U0116147

21世纪普通高校计算机公共课程规划教材

Visual FoxPro
程序设计

郭吉平 李殿奎 李华 主编

刀树民 主审

清华大学出版社
北京

内 容 简 介

　　本书共分为 11 章,内容涵盖了 Visual FoxPro 基础、Visual FoxPro 数据及其运算、表的基本操作、关系数据库标准语言 SQL、查询与视图、结构化程序设计、表单设计、菜单设计、报表与标签、应用系统开发等知识。本书讲解由浅入深,以适应多层次教学,满足不同学生及不同学时的教学需要。

　　本书在注重系统性和科学性的基础上,突出了实用性及操作性,对重要概念和操作技能进行了重点介绍,可作为高校非计算机专业学生计算机技术基础课程及面向对象可视化程序设计课程的教材,也可作为计算机专业教学及自学参考用书。

本书封面贴有清华大学出版社防伪标签,无标签者不得销售。

版权所有,侵权必究。侵权举报电话:010-62782989　13701121933

图书在版编目(CIP)数据

Visual FoxPro 程序设计/郭吉平,李殿奎,李华主编. —北京:清华大学出版社,2009.10
(21 世纪普通高校计算机公共课程规划教材)
ISBN 978-7-302-20981-2

Ⅰ. V…　Ⅱ. ①郭…　②李…　③李…　Ⅲ. 关系数据库－数据库管理系统,Visual Foxpro－程序设计－高等学校－教材　Ⅳ. TP311.138

中国版本图书馆 CIP 数据核字(2009)第 162022 号

责任编辑:郑寅堃　林都嘉
责任校对:白　蕾
责任印制:何　芊

出版发行:清华大学出版社　　　　　　　　　地　　　址:北京清华大学学研大厦 A 座
　　　　　http://www.tup.com.cn　　　　邮　　　编:100084
　　　　社　总　机:010-62770175　　　　邮　　　购:010-62786544
　　　　投稿与读者服务:010-62776969,c-service@tup.tsinghua.edu.cn
　　　　质　量　反　馈:010-62772015,zhiliang@tup.tsinghua.edu.cn
印　刷　者:北京市世界知识印刷厂
装　订　者:三河市新茂装订有限公司
经　　销:全国新华书店
开　　本:185×260　印　张:20.25　字　数:487 千字
版　　次:2009 年 10 月第 1 版　　印　　次:2009 年 10 月第 1 次印刷
印　　数:1～6000
定　　价:29.50 元

　　本书如存在文字不清、漏印、缺页、倒页、脱页等印装质量问题,请与清华大学出版社出版部联系调换。联系电话:(010)62770177 转 3103　　产品编号:033266-01

出 版 说 明

　　随着我国改革开放的进一步深化,高等教育也得到了快速发展,各地高校紧密结合地方经济建设发展需要,科学运用市场调节机制,加大了使用信息科学等现代科学技术提升、改造传统学科专业的投入力度,通过教育改革合理调整和配置了教育资源,优化了传统学科专业,积极为地方经济建设输送人才,为我国经济社会的快速、健康和可持续发展以及高等教育自身的改革发展做出了巨大贡献。但是,高等教育质量还需要进一步提高以适应经济社会发展的需要,不少高校的专业设置和结构不尽合理,教师队伍整体素质亟待提高,人才培养模式、教学内容和方法需要进一步转变,学生的实践能力和创新精神亟待加强。

　　教育部一直十分重视高等教育质量工作。2007 年 1 月,教育部下发了《关于实施高等学校本科教学质量与教学改革工程的意见》,计划实施“高等学校本科教学质量与教学改革工程(简称‘质量工程’)”,通过专业结构调整、课程教材建设、实践教学改革、教学团队建设等多项内容,进一步深化高等学校教学改革,提高人才培养的能力和水平,更好地满足经济社会发展对高素质人才的需要。在贯彻和落实教育部“质量工程”的过程中,各地高校发挥师资力量强、办学经验丰富、教学资源充裕等优势,对其特色专业及特色课程(群)加以规划、整理和总结,更新教学内容、改革课程体系,建设了一大批内容新、体系新、方法新、手段新的特色课程。在此基础上,经教育部相关教学指导委员会专家的指导和建议,清华大学出版社在多个领域精选各高校的特色课程,分别规划出版系列教材,以配合“质量工程”的实施,满足各高校教学质量和教学改革的需要。

　　本系列教材立足于计算机公共课程领域,以公共基础课为主、专业基础课为辅,横向满足高校多层次教学的需要。在规划过程中体现了如下一些基本原则和特点。

　　(1)面向多层次、多学科专业,强调计算机在各专业中的应用。教材内容坚持基本理论适度,反映各层次对基本理论和原理的需求,同时加强实践和应用环节。

　　(2)反映教学需要,促进教学发展。教材要适应多样化的教学需要,正确把握教学内容和课程体系的改革方向,在选择教材内容和编写体系时注意体现素质教育、创新能力与实践能力的培养,为学生知识、能力、素质协调发展创造条件。

　　(3)实施精品战略,突出重点,保证质量。规划教材把重点放在公共基础课和专业基础课的教材建设上;特别注意选择并安排一部分原来基础比较好的优秀教材或讲义修订再版,逐步形成精品教材;提倡并鼓励编写体现教学质量和教学改革成果的教材。

　　(4)主张一纲多本,合理配套。基础课和专业基础课教材配套,同一门课程有针对不同层次、面向不同专业的多本具有各自内容特点的教材。处理好教材统一性与多样化,基本教材与辅助教材、教学参考书,文字教材与软件教材的关系,实现教材系列资源配套。

　　(5)依靠专家,择优选用。在制定教材规划时要依靠各课程专家在调查研究本课程教材建设现状的基础上提出规划选题。在落实主编人选时,要引入竞争机制,通过申报、评审确定主题。书稿完成后要认真实行审稿程序,确保出书质量。

繁荣教材出版事业,提高教材质量的关键是教师。建立一支高水平教材编写梯队才能保证教材的编写质量和建设力度,希望有志于教材建设的教师能够加入到我们的编写队伍中来。

21 世纪普通高校计算机公共课程规划教材编委会

联系人:梁颖 liangying@tup. tsinghua. edu. cn

前　言

　　"Visual FoxPro 程序设计"是高校非计算机专业学生必修的计算机技术基础课程之一，课程的教学目标是根据教育部颁布的指导性教学大纲基本要求，实现教学与实际应用的有效结合。通过对教学内容基础性、科学性和前瞻性的研究，体现以有效知识为主体，构建支持学生终身学习的基础，反映本学科领域的最新科技成果。特别要以加强人才培养的针对性、应用性、实践性为重点，调整学生的知识结构和能力素质。通过本课程的学习，学生能够较全面、系统地掌握计算机应用的基本概念，掌握计算机信息处理的基本过程，掌握典型计算机数据库系统的基本工作原理，具备维护计算数据库系统的能力，为开发数据库应用系统打下坚实的基础。

　　《Visual FoxPro 程序设计》的编写，是根据教育部非计算机专业计算机基础课程教学指导委员会提出的《关于进一步加强高校计算机基础教学的几点意见》中有关"大学计算机基础"课程教学的要求，并参考了《全国计算机等级考试大纲》规定的内容，同时结合当前学生的实际情况和全国计算机等级考试需求编写而成的。

　　本书系统阐述了目前大学计算机基础教育和计算机技术发展的状况，在内容取舍、篇章结构、教学讲解和实验安排等方面都进行了精心的设计。全书共分为 11 章，系统介绍了 Visual FoxPro 基础、Visual FoxPro 数据及其运算、表的基本操作、关系数据库标准语言 SQL、查询与视图、结构化程序设计、表单设计、菜单设计、报表与标签、系统开发等知识。

　　本教材由郭吉平、李殿奎、李华担任主编并统稿。第 1 章和第 2 章由郭吉平编写，第 3 章由薛佳楣编写，第 4 章由李殿奎编写，第 5 章和第 9 章由富春岩编写，第 6 章由李华编写，第 7 章和第 11 章由朱启东编写，第 8 章和第 10 章由王锐编写。主审由刁树民担任。

　　为配合本课程的教学需要，本教材为教师配有习题参考答案，可发 E-mail 至 ZhengYK@ tup. tsinghua. edu. cn 联系索取。

　　由于时间仓促和编者水平的局限，书中的疏漏或错误在所难免，敬请谅解。

编　者

2009 年 6 月

目　录

第1章　Visual FoxPro 基础

　　信息时代,数据库技术已成为计算机应用技术的核心,数据库的建设规模、数据库信息量的大小和使用频度,已成为衡量一个国家信息化程度的重要标志。Visual FoxPro 6.0(简称 VFP 6.0)是目前微机上优秀的数据库管理系统之一,是 Xbase 数据库家族的最新成员,也是其前身 FoxPro 与面向对象可视化程序设计结合的产物。

　　本章将首先介绍数据库和关系数据库系统的发展及基本概念,介绍数据库系统的设计基础,然后对 VFP 6.0 的特点、安装、组成、界面、工作方式与核心工具等知识作概要介绍。掌握这些内容是学好、用好 VFP 6.0 的前提条件。

1.1　数据库基础知识

　　数据库(DataBase,DB)是存储在计算机存储设备上、结构化的相关数据集合。在通俗的意义上,数据库不妨理解为存储数据的仓库。

1.1.1　数据库系统

　　数据库系统(DataBase System,DBS)是指引进数据库技术后的计算机系统,实现有组织、动态存储大量相关的数据,提供数据处理和信息资源共享的便利手段。数据库系统由5部分组成:硬件系统、数据库集合、数据库管理系统及数据库应用系统、数据库管理员和用户。

1. 数据库系统的产生和发展

　　数据库系统的产生和发展与数据库技术的发展是相辅相成的。数据库技术就是数据管理技术,是对数据的分类、组织、编码、存储、检索和维护的技术。数据库系统的产生和发展是与计算机技术及其应用的发展联系在一起的。

　　数据库系统的产生主要经历了三个基本阶段。

　　(1) 人工管理阶段。

　　这一阶段是指 20 世纪 50 年代中期以前,计算机主要用于科学计算。外存只有磁带、卡片、纸带,没有磁盘等直接存取的存储设备,并且没有操作系统,没有管理数据的软件,数据处理方式是批处理。基本特点是:数据不保存、数据无专门软件进行管理、数据不共享(冗余度大)、数据不具有独立性(完全依赖于程序)、数据无结构。

　　(2) 文件系统阶段。

　　这一阶段从 20 世纪 50 年代后期到 20 世纪 60 年代中期,计算机硬件和软件都有了一定的发展。计算机不仅用于科学计算,还大量用于管理。这时硬件方面已经有了磁盘、磁鼓等直接存取的存储设备。在软件方面,操作系统中已经有了数据管理软件,一般称为文件系统。处理方式上不仅有了文件批处理,而且能够联机实时处理。基本特点是:数据可以长期保存、由文件系统管理数据、程序与数据有一定的独立性、数据共享性差(冗余度大)、数据独立性差、记录内部有结构(但整体无结构)。

(3) 数据库系统阶段。

这一阶段从 20 世纪 60 年代中期至今。随着计算机硬件和软件技术的飞速发展,计算机用于管理的规模更为庞大,应用越来越广泛,数据量急剧增长,数据的共享要求越来越高,数据库技术应运而生。

与文件系统比较,数据库系统有下列特点:

• 向用户提供高级接口。

在文件系统中,用户要访问数据,必须了解文件的存储格式、记录的结构等。而在数据库系统中,系统为用户处理了这些具体的细节,向用户提供非过程化的数据库语言(即通常所说的 SQL 语言),用户只要提出需要什么数据,而不必关心如何获得这些数据。对数据的管理完全由数据库管理系统(DataBase Management System,DBMS)来实现。

• 查询的处理和优化。

查询通常指用户向数据库系统提交的一些对数据操作的请求。由于数据库系统向用户提供了非过程化的数据操纵语言,因此对于用户的查询请求就由 DBMS 来完成,查询的优化处理成为 DBMS 的重要任务。

• 并发控制。

文件系统一般不支持并发操作,大大地限制了系统资源的有效利用。现代的数据库系统都有很强的并发操作机制,多个用户可以同时访问数据库,甚至可以同时访问同一个表中的不同记录。这就极大地提高了计算机系统资源的使用效率。

• 数据的完整性约束。

凡是数据都要遵守一定的约束,最简单的一个例子就是数据类型,定义成整型的数据就不能是浮点数。由于数据库中的数据是持久的和共享的,因此,对于使用这些数据的单位来说,数据的正确性显得非常重要。

根据数据库技术的发展,可以将数据库系统划分为三代。

(1) 层次、网状数据库系统。

第一代数据库系统的代表是 1969 年 IBM 公司研制的层次模型的数据库管理系统——信息管理系统(Information Management System,IMS)和 20 世纪 70 年代美国数据库系统语言协商(Conference On Data System Language,CODASYL)的下属组织——数据库任务组(Data Base Task Group,DBTG)提出的关于网状模型的数据库系统。

层次数据库的数据模型是有根的定向有序树。IMS 允许多个 COBOL 程序共享数据库,但其设计是面向程序员的,操作难度较大,只能处理数据之间一对一和一对多的关系。

网状模型对应的是有向图。网状模型可以描述现实世界中数据之间的一对一、一对多和多对多的关系。但要处理多对多的关系还要进行转换,操作也不方便。

这两种数据库奠定了现代数据库发展的基础。

(2) 关系数据库系统(Relational DataBase System,RDBS)。

20 世纪 70 年代中期,国外已有商品化的 RDBS 问世,数据库系统进入了第二代。80 年代后,RDBS 在包括 PC 在内的各型计算机上纷纷实现,目前在 PC 上使用的数据库系统主要是第二代数据库系统。

与第一代数据库系统相比，RDBS 具有下列优点：采用人们惯常使用的表格作为基本的数据结构，通过公共的关键字段来实现不同二维表之间(或“关系”之间)的数据联系，关系模型呈二维表形式(见图 1.1)，简单明了，使用与学习都很方便；一次查询仅用一条命令或语句，即可访问整个“关系”(或二维表)，因而查询效率较高，不像第一代数据库那样每次仅能访问一个记录；通过多表联合操作(也称为“多库”操作)，还能对有联系的若干二维表实现“关联”查询(见图 1.2)。

学号	姓名	性别	专业	出生日期	入学成绩	代培否	籍贯	照片	简历
080101	陈可	男	临床医学	02/10/89	580.0	F	北京	gen	memo
020204	刘宏刚	男	口腔医学	10/15/90	570.0	F	哈尔滨	gen	memo
080102	华青旺	男	临床医学	04/15/88	600.0	T	上海	gen	memo
080702	任可可	女	汉语言文学	11/18/89	610.5	F	北京	gen	memo
080601	陈礼怡	女	英语	05/25/88	615.0	T	佳木斯	gen	memo
080706	李欣	男	汉语言文学	09/02/89	590.0	F	上海	gen	memo
080503	姜姗姗	男	药学	12/01/88	608.0	F	沈阳	gen	memo
080801	沈峰	男	会计学	12/26/89	596.0	F	哈尔滨	gen	memo
080505	尹璐云	女	药学	10/16/88	618.0	F	佳木斯	gen	memo
080609	胡帅楠	男	英语	01/15/86	602.0	F	沈阳	gen	memo

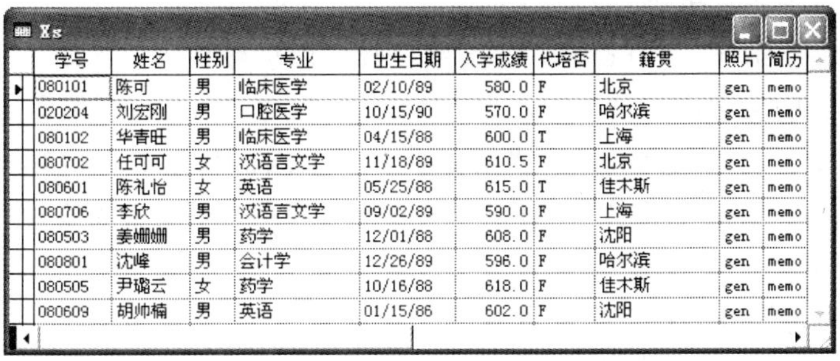

图 1.1　浏览 Xs 表

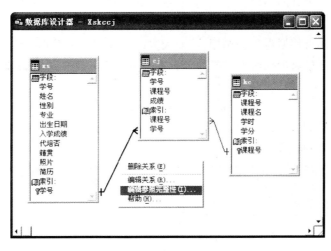

图 1.2　Visual FoxPro 6.0 中表示的关联

(3) 对象-关系数据库系统(Object-relational DataBase Systems，ORDBS)。

第三代数据库系统产生于 20 世纪 80 年代。随着科学技术的不断进步，各个行业领域对数据库技术提出了更多的需求，关系数据库已经不能完全满足需求，于是产生了第三代数据库系统。

第三代数据库系统主要有以下特征：

- 支持数据管理、对象管理和知识管理。
- 保持和继承了第二代数据库系统的技术。
- 对其他系统开放，支持数据库语言标准，支持标准网络协议，有良好的可移植性、可连接性、可扩展性和互操作性等。

第三代数据库系统支持多种数据模型,并与诸多新技术相结合(比如分布处理技术、并行计算技术、人工智能技术、多媒体技术、模糊技术、网络技术),广泛应用于多个领域(商业管理、地理信息系统 GIS、计划统计、决策支持等),由此也衍生出多种新的数据库。另外,近些年,数据仓库和数据挖掘技术成为数据库技术的一个发展趋势。

数据库系统可按照以下几种方法来分类。

(1) 单用户数据库和多用户数据库。

早期的微机数据库都是单用户系统,只能供一人使用。随着局域网应用的扩大,供网络用户共享的多用户数据库开始流行。VFP 6.0 就是一种多用户数据库系统。在它以前,已有 dBASE Ⅲ＋,FoxBASE＋,FoxPro 等多用户数据库供微机用户选用。

多用户数据库的关键是保证"并发存取"(concurrent access)的正确执行。例如飞机订票系统允许乘客在多个售票点订票。当两位乘客在不同的售票点同时向某一航班订票时,若缺乏相应的措施,在数据库中可能仅反映一个乘客的订票,从而发生两人同订一票的错误。

(2) 集中式数据库和分布式数据库。

集中和分布,是对数据存放地点而言的。分布式数据库把数据分散存储在网络的多个结点上,彼此用通信线路连接。例如,一个银行有众多储户。如果他(她)们的数据存放在一个集中式数据库中,所有的储户在存、取款时都要访问这个数据库,通信量必然很大。若改用分布式数据库,将众储户的数据分散存储在离各自住所最近的储蓄所,则大多数时候数据可就近存取,仅有少数数据需远程调用,从而大大减少了网上的数据传输量。对一个设计良好的数据库,用户在存取数据时不须指明数据的存放地点。换句话说,它能使用户像对集中式数据库访问时一样方便。

分布式数据库和多用户数据库都是在网络上使用的,但多用户数据库并非都是分布存储的。例如上述的飞机订票系统,其售票数据通常都集中存放,并不分散存放在各个售票点上。

(3) 传统数据库和智能数据库。

传统数据库存储的数据都代表已知的事实,智能数据库则除存储事实外还能存储用于逻辑推理的规则。所以后者也称为"基于规则的数据库"(rule-based database)。

例如,某智能数据库存储有"科长领导科员"的规则。如果它同时存有"甲是科长"、"乙是科员"等数据,它就能推理得出"甲领导乙"的新事实。随着人工智能不断走向实用化,对智能数据库的研究日趋活跃,演绎数据库、专家数据库和知识库系统,都属于智能数据库的范畴。它们的共同特征是逻辑推理,如果推理模式出了问题,就可能导致荒诞的结果。

2. 数据库系统的几个基本概念

1) 数据库系统与计算机系统的层次结构

在计算机系统的层次结构(见图 1.3)中,硬件是未配备任何系统软件及应用软件的计算机(裸机)。其中,系统软件包括计算机操作系统(OS)、数据库管理系统(DBMS)等,应用软件包括数据库应用系统(DBAS)等,用户包括数据库管理员(DBA)等。

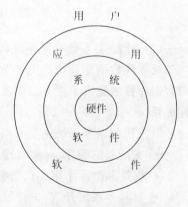

图 1.3　计算机系统的层次结构

2）数据（Data）

数据是描述现实世界事物的符号记录,是用物理符号记录的、可以鉴别的信息。物理符号有多种表现形式,包括:数字、文字、图形、图像、声音及其他特殊符号。数据的各种表现形式都可以通过数字化后存入计算机。

3）数据库（DataBase,DB）

数据库是长期存储在计算机内的、有组织的、可共享的数据集合。

数据库具有如下特点:

(1) 数据的结构化。

在文件系统中,各个文件不存在相互联系。从单个文件来看,数据一般是有结构的;但从整个系统来说,数据在整体上又是没有结构的。数据库系统则不同,在同一数据库中的数据文件是有联系的,且在整体上服从一定的结构形式。

(2) 数据共享。

共享是数据库系统的目的,也是它的重要特点。一个库中的数据不仅可为同一企业或机构之内的各个部门所共享,也可为不同单位、地域甚至不同国家的用户所共享。而在文件系统中,数据一般是由特定的用户专用的。

(3) 数据独立性。

在文件系统中,数据结构和应用程序相互依赖,一方的改变总是要影响另一方的改变。数据库系统则力求减小这种相互依赖,实现数据的独立性。虽然目前还未能完全做到这一点,但较之文件系统已大有改善。

(4) 可控冗余度。

数据专用时,每个用户拥有并使用自己的数据,难免有许多数据相互重复,这就是冗余。实现共享后,不必要的重复将全部消除,但为了提高查询效率,有时也保留少量重复数据,其冗余度可由设计人员控制。

为了有效地组织、管理数据,提高数据库的逻辑独立性和物理独立性,数据库具有如下模式结构:

(1) 内模式。

内模式又称存储模式,对应于物理级。它是数据库中全体数据的内部表示或底层描述,是数据库最低一级的逻辑描述。它描述了数据在存储介质上的存储方式和物理结构,对应着实际存储在外存储介质上的数据库。内模式由内模式描述语言（内模式 DLL）来描述、定义,它是数据库的存储观。在一个数据库系统中,只有唯一的数据库,因而作为定义、描述数据库存储结构的内模式和定义、描述数据库逻辑结构的概念模式,也是唯一的,但建立在数据库系统之上的应用则是非常广泛、多样的,故对应的外模式不是唯一的,也不可能唯一。

(2) 概念模式。

概念模式又称逻辑模式,对应于概念级。它是由数据库设计者综合所有用户的数据,按照统一的观点构造的全局逻辑结构,是对数据库中全部数据的逻辑结构和特征的总体描述,是所有用户的公共数据视图（全局视图）。它是由数据库系统提供的数据模式描述语言（Data Description Language,DDL）来描述、定义的,体现、反映了数据库系统的整体观。

(3) 外模式。

外模式又称子模式,对应于用户级。它是某个或某几个用户所看到的数据库的数据视图,是与某一应用有关的数据的逻辑表示。外模式是从模式导出的一个子集,包含模式中允许特定用户使用的那部分数据。用户可以通过外模式描述语言(外模式 DLL)来描述、定义对应于用户的数据记录(外模式),也可以利用数据操纵语言(Data Manipulation Language,DML)进行。外模式反映了数据库的用户观。

4)数据库管理系统(DBMS)

数据库系统中数据库的建立和查询等,都是通过特定的数据库语言进行的。关系数据库使用的语言称为"关系数据语言"。由于查询是数据库语言的中心功能,所以数据库语言有时也称为查询语言。被国际标准化组织(ISO)确定为关系数据语言标准的 SQL 语言,就是"结构化查询语言"(Structured Query Language,SQL)英文名的缩写。其实 SQL 也和任何其他数据库语言一样,不仅包含用于查询的语句,也包含用于建立数据库的语句。

正如使用高级语言需要解释/编译程序的支持一样,使用数据库语言也需要一个特定的支持软件,这就是"数据库管理系统"(DBMS)。一般地说,数据库管理系统应该具有下列功能:

(1)数据定义功能。

DBMS 能向用户提供"数据定义语言"(Data Definition Language,DDL),用于描述数据库的结构。以关系数据库的标准语言 SQL 为例,其 DDL 语言一般设置有 createtable/index,alter table,drop table/index 等语句,可分别供用户建立、修改或删除关系数据库的二维表结构,或者定义或删除数据库表的索引。

(2)数据操作功能。

对数据进行检索和查询,是数据库的主要应用。为此,DBMS 向用户提供了"数据操作语言"(Data ManiPulation Language,DML),支持用户对数据库中的数据进行查询、更新(包括增加、删除、修改)等操作。

(3)控制和管理功能。

除 DDL 和 DML 两类语言外,DBMS 还具有必要的控制和管理功能,其中包括:在多用户使用时对数据进行的"并发控制";对用户权限实施监督的"安全性检查";数据的备份、恢复和转储功能;对数据库运行情况的监控和报告等。通常数据库系统的规模越大,这类功能也越强,所以大型机 DBMS 的管理功能一般比 PC 的 DBMS 更强。

需要指出,数据库系统有层次、网状、关系和对象-关系等多种数据模型。一种 DBMS 只能支持一种模型的数据库系统。目前在 PC 上使用的 DBMS 都是关系数据库管理系统,简称 RDBMS。从较早的 dBASE 和 FoxBASE,到今天广泛流行的 FoxPro 和 Oracle,都是 RDBMS。它们提供的数据库语言都具有"一体化"的特点,即集 DDL、DML 和 DCL(数据控制语言)于一体,在 DBMS 的统一管理下完成上述的各种功能。

5)数据库应用系统(Data Base Application Systems,DBAS)

数据库应用系统专指基于数据库的应用系统,是系统开发人员利用数据库系统资源开发出来的,面向某一类实际应用的应用软件系统。一般是指帮助用户建立、使用和管理数据库的软件系统,例如,以数据库为基础的财务管理系统、人事管理系统、图书管理系统、教学管理系统、生产管理系统等。一个 DBAS 通常由数据库和应用程序两部分组成。开发 DBAS 中的应用程序,可采用:功能分析→总体设计→模块设计→编码调试的开发步骤。

3. 数据库系统的应用模式

从数据库系统的应用结构上来看，常见的有以下 5 种模式。

1）个人计算机(PC)模式

PC 上的 DBMS 的功能和数据库应用功能是结合在一个应用程序中的，这类 DBMS(如 Visual FoxPro，Access)的功能灵活，系统结构简洁，运行速度快，但这类 DBMS 的数据共享性、安全性、完整性等控制功能比较薄弱。

2）集中模式

在集中模式中，DBMS 和应用程序以及与用户终端进行通信的软件等都运行在一台宿主计算机上，所有的数据处理都是在宿主计算机中进行的。宿主计算机一般是大型机、中型机或小型机。应用程序和 DBMS 之间通过操作系统管理的共享内存或应用任务区来进行通信，DBMS 利用操作系统提供的服务来访问数据库。终端本身没有处理数据的能力。

集中系统的主要优点是：具有集中的安全控制，以及处理大量数据和支持大量并发用户的能力。集中系统的主要缺点是：购买和维持这样的系统一次性投资太大，并且不适合分布处理。Oracle，Informix 等数据库系统的早期版本都支持这一模式。

3）客户/服务器(Client/Server，C/S)模式

在客户/服务器结构的数据库系统中，数据处理任务被划分为两部分：一部分运行在客户端，另一部分运行在服务器端。划分的方案可以有多种，一种常用的方案是：客户端负责应用处理，数据库服务器完成 DBMS 的核心功能。

在 C/S 结构中，客户端软件和服务器端软件分别运行在网络中不同的计算机上，但也可以运行在一台计算机上。客户端软件一般运行在 PC 上，服务器端软件可以运行在从高档微机到大型机等各类计算机上。数据库服务器把数据处理任务分别在客户端和服务器端上运行，因而充分利用了服务器的高性能数据库处理能力以及客户端灵活的数据表示能力。通常从客户端发往数据库服务器的只是查询请求，从数据库服务器传回给客户端的只是查询结果，不必传送整个文件，从而大大减少了网络上的数据传输量。

这种模式中，客户机上都必须安装应用程序和工具，使客户端负担太重，而且系统安装、维护、升级和发布困难，从而影响效率。

4）分布式模式

分布式模式的数据系统由一个逻辑数据库组成，整个逻辑数据库的数据存储在分布于网络中的多个结点上的物理数据库中。在分布式数据库中，由于数据分布于网络中的多个结点上，因此与集中式数据库相比，存在一些特殊的问题。例如，应用程序的透明性、结点自治性、分布式查询和分布式更新处理等，这就增加了系统实现的复杂性。

较早的分布式数据库是由多个宿主系统构成的，数据在各个宿主系统之间共享。在当今的客户/服务器结构的数据库系统中，服务器的数目可以是一个或多个。当系统中存在多个数据库服务器时，就形成了分布系统。

5）浏览器/服务器(Browsed Server，B/S)模式

随着计算机网络技术的迅速发展，出现了三层客户机/服务器模型，即客户机→应用服务器→数据库服务器。在 B/S 结构中，客户端向应用服务器提出请求，应用服务器从数据库服务器中获得数据，应用服务器将数据进行计算并将结果提交给客户端。客户端只需安装浏览器就可以访问应用程序，这种系统称为浏览器/服务器系统。B/S 结构克服了 C/S

结构的缺点,是 C/S 的继承和发展,也是现在解决实际问题时经常采用的一种结构。

1.1.2 数据模型

数据模型是对客观事物及其联系的数据描述,反映实体内部和实体之间的联系。由于采用的数据模型不同,相应的数据库管理系统也就完全不同。在数据库系统中,常用的数据模型有层次模型、网状模型和关系模型 3 种。

1. 实体的描述

从数据处理的角度看,现实世界中的客观事物称为实体,它可以指人,如一个教师、一个学生等,也可以指物,如一本书、一张桌子等。它不仅可以指实际的物体,还可以指抽象的事件,如一次借书、一次奖励等。它还可以指事物与事物之间的联系,如学生选课、客户订货等。一个实体可有不同的属性,属性描述了实体某一方面的特性。例如,教师实体可以用教师编号、姓名、性别、出生日期、职称、基本工资、研究方向等属性来描述。每个属性可以取不同的值,对于具体的某一教师,其编号为 10121、姓名为张衡梨、性别为男、出生日期为 1963年 9 月 7 日、职称为教授、基本工资为 678 元、研究方向为网络信息系统,分别为该教师实体属性的取值。属性值的变化范围称作属性值的域。如性别这个属性的域为(男,女),职称的域为(助教、讲师、副教授、教授)等,由此可见,属性是个变量,属性值是变量所取的值,而域是变量的变化范围。属性值所组成的集合表征一个实体,相应地,这些属性的集合表征了一种实体的类型,称为实体型,例如上面的教师编号、姓名、性别、出生日期、职称、基本工资、研究方向等表征"教师"这样一种实体的实体型。同类型的实体的集合称为实体集。在 Visual FoxPro 6.0 中,用"表"来表示同一类实体,即实体集,用"记录"来表示一个具体的实体,用"字段"来表示实体的属性。显然,字段的集合组成一个记录,记录的集合组成一个表。相应地,实体型则代表了表的结构。

2. 实体间的联系

实体之间的对应关系称为联系,它反映了现实世界事物之间的相互关联。例如,图书和出版社之间的关联关系为:一个出版社可出版多种书,同一种书只能在一个出版社出版。实体间的联系是指一个实体集中可能出现的每一个实体与另一实体集中多少个具体实体存在联系。实体之间有各种各样的联系,归纳起来有 3 种类型:

(1) 一对一联系(1∶1)。如果对于实体集 A 中的每一个实体,实体集 B 中有且只有一个实体与之联系,反之亦然,则称实体集 A 与实体集 B 具有一对一联系。

(2) 一对多联系(1∶n)。如果对于实体集 A 中的每一个实体,实体集 B 中有多个实体与之联系,反之,对于实体集 B 中的每一个实体,实体集 A 中至多只有一个实体与之联系,则称实体集 A 与实体集 B 有一对多的联系。

(3) 多对多联系(m∶n)。如果对于实体集 A 中的每一个实体,实体集 B 中有多个实体与之联系,而对于实体集 B 中的每一个实体,实体集 A 中也有多个实体与之联系,则称实体集 A 与实体集 B 之间有多对多的联系。

3. 数据模型

1) 层次模型

层次模型用树形结构来表示实体及其之间的联系。在这种模型中,数据被组织成由"根"开始的"树",每个实体由根开始沿着不同的分支放在不同的层次上。树中的每一个结点代表实体型,连线则表示它们之间的关系。根据树形结构的特点,建立数据的层次模型需要满足两个条件:一是有一个结点没有父结点,这个结点即根结点;二是其他结点有且仅有一个父结点。层次模型具有层次清晰、构造简单、易于实现等优点。但由于受到如上所述的两个条件的限制,它可以比较方便地表示出一对一和一对多的实体联系,而不能直接表示出多对多的实体联系,对于多对多的联系,必须先将其分解为几个一对多的联系,才能表示出来。因而,对于复杂的数据关系,实现起来较为麻烦,这就是层次模型的局限性。采用层次模型设计的数据库称为层次数据库。

2) 网状模型

网状数据模型用以实体型为结点的有向图来表示各实体及其之间的联系。其特点一是可以有一个以上的结点无父结点,二是至少有一个结点有多于一个的父结点。由于树形结构可以看成是有向图的特例,所以网络模型要比层次模型复杂,但它可以直接用来表示"多对多"联系。然而由于技术上的困难,一些已实现的网状数据库管理系统(如 DBTG)中仍然只允许处理"一对多"联系。

在以上两种数据模型中,各实体之间的联系是用指针实现的,其优点是查询速度快。但是当实体集和实体集中实体的数目都较多时(这对数据库系统来说是理所当然的),众多的指针使得管理工作相当复杂,对用户来说使用也比较麻烦。

3) 关系模型

关系模型与层次模型和网状模型相比有着本质的差别,它用二维表来表示实体及其相互之间的联系。在关系模型中,把实体集看成一个二维表,每一个二维表称为一个关系。每个关系均有一个名字,称为关系名。虽然关系模型比层次模型和网状模型发展得晚,但是因为它建立在严格的数学理论基础上,所以是目前比较流行的一种数据模型。自 20 世纪 80 年代以来,新推出的数据库管理系统几乎都支持关系模型,本书讨论的 Visual FoxPro 6.0 就是一种关系数据库管理系统。

1.2　关系数据库

以关系模型建立的数据库就是关系数据库(Relational DataBase,RDB)。关系数据库中包含若干个关系,每个关系都由关系模式确定,每个关系模式包含若干个属性和属性对应的域,所以,定义关系数据库就是逐一定义关系模式,对每一关系模式逐一定义属性及其对应的域,即一个关系就是一张二维表,表格由表格结构与数据构成。表格的结构对应关系模式,表格每一列对应关系模式的一个属性,该列的数据类型和取值范围就是该属性的域。因此,定义了表格就定义了对应的关系。在 Visual FoxPro 6.0 中,与关系数据库对应的是数据库文件(.dbc 文件),一个数据库文件包含若干个二维的表(.dbf 文件),表由表结构与若干个数据记录组成,表结构对应关系模式。

1.2.1　关系模型

关系模型就是用人们经常使用的二维表作为基本的数据结构,来表示实体及其相互之间的联系。表由表结构与若干个数据记录组成,每个记录由若干个字段构成。字段对应关系模式的属性,字段的数据类型和取值范围对应属性的域。表中一个记录对应一个元组。

通过公共的关键字段来实现不同二维表之间(或"关系"之间)的数据联系。

1. 关系模型的基本概念

(1) 关系。

一个关系就是一张二维表。通常将一个没有重复行、重复列的二维表看成一个关系,每个关系都有一个关系名。在 Visual FoxPro 6.0 中,一个关系对应于一个表文件,其扩展名为 .dbf。

(2) 元组。

二维表的每一行在关系中称为元组。在 Visual FoxPro 6.0 中,一个元组对应表中一个记录。

(3) 属性。

二维表的每一列在关系中称为属性,每个属性都有一个属性名,属性值则是各个元组属性的取值。在 Visual FoxPro 6.0 中,一个属性对应表中一个字段,属性名对应字段名,属性值对应于各个记录的字段值。

(4) 域。

属性的取值范围称为域。域作为属性值的集合,其类型与范围具体由属性的性质及其所表示的意义确定。同一属性只能在相同域中取值。

(5) 关键字。

关系中能唯一区分、确定不同元组的属性或属性组合,称为该关系的一个关键字。单个属性组成的关键字称为单关键字,多个属性组合的关键字称为组合关键字。需要强调的是,关键字的属性值不能取"空值",所谓空值就是"不知道"或"不确定"的值,因而无法唯一地区分、确定元组。

(6) 候选关键字。

关系中能够成为关键字的属性或属性组合可能不是唯一的。凡在关系中能够唯一区分、确定不同元组的属性或属性组合,称为候选关键字。

(7) 主关键字。

在候选关键字中选定一个作为关键字,称为该关系的主关键字。关系中主关键字是唯一的。

(8) 外部关键字。

关系中某个属性或属性组合并非关键字,但却是另一个关系的主关键字,称此属性或属性组合为本关系的外部关键字。关系之间的联系是通过外部关键字实现的。

(9) 关系模式。

对关系的描述称为关系模式,其格式为:

关系名 (属性名 1, 属性名 2, …, 属性名 n)

关系既可以用二维表描述,也可以用数学形式的关系模式来描述。一个关系模式对应一个关系的结构。在 Visual FoxPro 6.0 中,也就是表的结构。

2. 关系的基本特点

在关系模型中,关系具有以下基本特点:

(1) 关系必须规范化,属性不可再分割。

规范化是指关系模型中每个关系模式都必须满足一定的要求。最基本的要求是关系必须是一张二维表，每个属性值必须是不可分割的最小数据单元，即表中不能再包含表。

(2) 在同一关系中不允许出现相同的属性名。Visual FoxPro 6.0 不允许同一个表中有相同的字段名。

(3) 关系中不允许有完全相同的元组，即冗余。

(4) 在同一关系中元组的次序无关紧要。也就是说，任意交换两行的位置并不影响数据的实际含义。

(5) 在同一关系中属性的次序无关紧要。任意交换两列的位置也并不影响数据的实际含义，不会改变关系模式。

以上是关系的基本性质，也是衡量一个二维表是否构成关系的基本要素。在这些基本要素中，有一点是关键，即属性不可再分割，也即表中不能套表。

3. 关系模型的优点

(1) 数据结构单一。

关系模型中，不管是实体还是实体之间的联系，都用关系来表示，而关系都对应一张二维数据表，数据结构简单、清晰。

(2) 关系规范化，并建立在严格的理论基础上。

关系中每个属性不可再分割，构成关系的基本规范。同时关系建立在严格的数学概念基础上，具有坚实的理论基础。

(3) 概念简单，操作方便。

关系模型最大的优点就是简单，用户容易理解和掌握。一个关系就是一张二维表，用户只需用简单的查询语言就能对数据库进行操作。

4. 实际的关系模型

(1) 学生-课程-成绩关系模型。

在 Visual FoxPro 6.0 中，学生-课程-成绩表(见图 1.4)，通过学号和课程号关联。

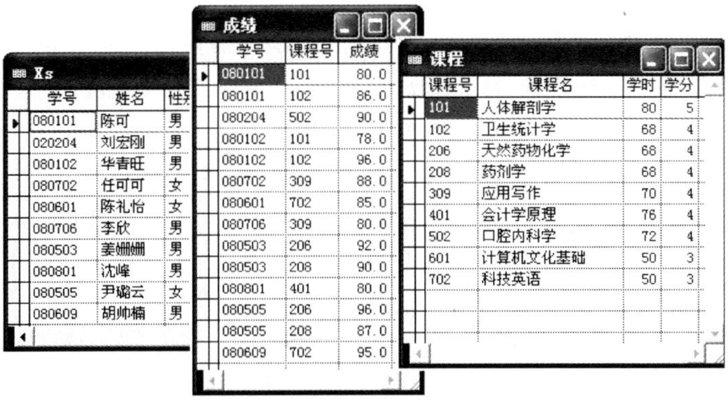

Xs

学号	姓名	性别
080101	陈可	男
020204	刘宏刚	男
080102	华香旺	男
080702	任可可	女
080601	陈礼怡	女
080706	李欣	男
080503	姜姗姗	男
080801	沈峰	男
080505	尹璐云	女
080609	胡帅楠	男

成绩

学号	课程号	成绩
080101	101	80.0
080101	102	86.0
080204	502	90.0
080102	101	78.0
080102	102	96.0
080702	309	88.0
080601	702	85.0
080706	309	80.0
080503	206	92.0
080503	208	90.0
080801	401	80.0
080505	206	96.0
080505	208	87.0
080609	702	95.0

课程

课程号	课程名	学时	学分
101	人体解剖学	80	5
102	卫生统计学	68	4
206	天然药物化学	68	4
208	药剂学	68	4
309	应用写作	70	4
401	会计学原理	76	4
502	口腔内科学	72	4
601	计算机文化基础	50	3
702	科技英语	50	3

图 1.4 学生-课程-成绩表

(2) 职工-仓库-订购单-供应商关系模型。

在 Visual FoxPro 6.0 中，职工-仓库-订购单-供应商表(见图 1.5)，通过职工号、仓库号和供应商号关联。

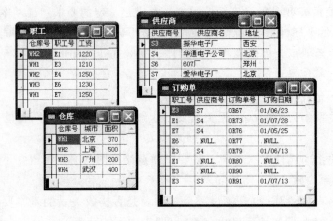

图 1.5 职工-仓库-订购单-供应商表

1.2.2 关系运算

关系数据库在进行查询时,需要对关系进行一系列的关系运算。关系运算的种类有 3 种:选择、投影和联结。对关系进行关系运算时,为保证数据库中数据的正确性和相容性,涉及关系的完整性。

1. 关系运算的种类

1)选择

选择运算是从关系中查找符合指定条件元组的操作,一般以逻辑表达式指定选择条件。选择运算将选取使逻辑表达式为真的所有元组。选择运算的结果构成关系的一个子集,是关系中的部分元组,其关系模式不变。选择运算是从二维表中选取若干行的操作,在表中则是选取若干个记录的操作。在 Visual FoxPro 6.0 中,可以通过命令子句 FOR <逻辑表达式>、WHILE <逻辑表达式>和设置记录过滤器实现选择运算。

2)投影

投影运算是从关系中选取若干个属性的操作。投影运算从关系中选取若干属性形成一个新的关系,其关系模式中属性个数比原关系少,或者排列顺序不同,同时也可能减少某些元组。因为排除了一些属性后,特别是排除了原关系中关键字属性后,所选属性可能有相同值,出现相同的元组,而关系中必须排除相同元组,从而有可能减少某些元组。投影是从二维表中选取若干列的操作,在表中则是选取若干个字段。因 Visual FoxPro 6.0 允许表中有相同记录,如有必要,只能由用户删除相同记录。在 Visual FoxPro 6.0 中,通过命令子句 FILEDS <字段表>和设置字段过滤器实现投影运算。

3)联结

联结运算是将两个关系模式的若干属性拼接成一个新的关系模式的操作,对应的新关系中,将包含满足联结条件的所有元组。联结过程是通过联结条件来控制的。联结条件中将出现两个关系中的公共属性名,或者具有相同语义、可比的属性。联结是将两个二维表中的若干列,按同名等值的条件拼接成一个新二维表的操作。在表中则是将两个表的若干字段,按指定条件(通常是同名等值)拼接生成一个新的表。在 Visual FoxPro 6.0 中,联结运算是通过 JOIN 命令和 SELECT-SQL 命令来实现的。

2. 关系的完整性约束

对关系进行一系列的关系运算时,为保证数据库中数据的正确性和相容性,对关系模型提出了某种约束条件或规则,这就是关系完整性。完整性通常包括实体完整性、参照完整性和用户定义完整性(又称域完整性),其中实体完整性和参照完整性,是关系模型必须满足的完整性约束条件。

1) 实体完整性

实体完整性是指关系的主关键字不能取"空值"。一个关系对应现实世界中一个实体集。现实世界中的实体是可相互区分、识别的,也即它们应具有某种唯一的标志。在关系模式中,以主关键字作唯一性标志,而主关键字中的属性(称为主属性)不能取空值,否则,表明关系模式中存在着不可标志的实体(因空值是"不确定"的),这与现实世界的实际情况相矛盾,这样的实体就不是一个完整实体。按实体完整性规则要求,主属性不能取空值,如主关键字是多个属性的组合,则所有主属性均不得取空值。

2) 参照完整性

参照完整性是定义建立关系之间联系的主关键字与外部关键字引用的约束条件。关系数据库中通常都包含多个存在相互联系的关系,关系与关系之间的联系是通过公共属性来实现的。所谓公共属性,它是一个关系 R(称为被参照关系或目标关系)的主关键字,同时又是另一关系 K(称为参照关系)的外部关键字。如果参照关系 K 中外部关键字的取值,要么与被参照关系 R 中某元组主关键字的值相同,要么取空值,那么,在这两个关系间建立关联的主关键字和外部关键字引用,符合参照完整性规则要求。如果参照关系 K 的外部关键字也是其主关键字,根据实体完整性要求,主关键字不得取空值,因此,参照关系 K 外部关键字的取值实际上只能取相应被参照关系 K 中已经存在的主关键字值。

3) 用户定义完整性

实体完整性和参照完整性适用于任何关系型数据库系统,主要是对关系的主关键字和外部关键字的取值必须有效而应具备的约束。用户定义完整性则是根据应用环境的要求和实际的需要,对某一具体应用所涉及的数据提出的约束性条件。这一约束机制一般不应由应用程序提供,而应由关系模型提供定义并检验。用户定义完整性主要包括字段有效性约束和记录有效性约束。

1.3 数据库设计基础

数据库应用系统开发时涉及两方面的开发工作:一是数据库的设计;二是应用程序的设计。这两个方面在数据库应用系统开发时都是至关重要的。

1.3.1 数据库设计步骤

数据库不同于普通数据文件,数据库的设计在 DBAS 的开发中上升为独立的开发活动,而且要提前到设计应用程序之前来进行。数据库的设计,第一是依据在进行系统调查时由项目委托方所提供的各种凭证、报表和数据台账等需求分析的内容,第二是依据功能设计结果,第三是依据数据库设计规范化理论,按以下 3 个阶段进行:

1. 概念结构设计

概念结构设计是整个数据库设计的关键,它通过对用户需求进行综合、归纳与抽象,形成一个独立于具体 DBMS 的概念模型。一般用 E-R 图表示概念模型。

2. 逻辑结构设计

逻辑结构设计是将概念结构转化为选定的 DBMS 所支持的数据模型,并使其在功能、性能、完整性约束、一致性和可扩充性等方面均满足用户的需求。

3. 物理结构设计

数据库的物理设计是为逻辑数据模型选取一个最适合应用环境的物理结构(包括存储结构和存取方法),即利用选定的 DBMS 提供的方法和技术,以合理的存储结构设计一个高效的、可行的数据库物理结构。

1.3.2 数据库的设计过程

在 DBAS 的开发工作中,数据库的设计是核心工作。这主要是由于数据库要为系统提供良好的数据环境,数据库结构的冗余性等的好坏,关系到系统的整体性能。数据库设计的主要任务是在 DBMS 的支持下,按照应用的要求,为某一部门或组织设计一个结构合理、使用方便、效率较高的数据库及其应用系统。数据库的设计采用的方法很多,这些方法都是依据软件工程理论所提出的设计准则和规程,都属于规范设计方法。比较著名的有新奥尔良 (New Orleans)方法。在设计数据库时,也可以采用数据库设计工具,可以大大简化数据库的设计工作。例如,Design 2000 和 Power Designer 这两个工具,分别是 ORACLE 公司和 SYBASE 公司推出的数据库设计工具软件。这些工具从很大程度上可帮助用户快速方便地完成数据库的设计任务。

1. 绘制 E-R 图

E-R 图是用一种直观的图形方式建立现实世界中实体及其联系模型的工具,也是设计数据库的一种基本工具。这种图用矩形框表示现实世界中的实体,用椭圆形框表示实体的属性,用菱形框描述实体间的联系。

2. E-R 图到关系模型的转化

一般用一个关系转化一个实体。E-R 图中的椭圆形框作为关系的属性,并在一个主属性(能够区分一个实体类中的两个不同实体的属性称为主属性,如学生的学号、班级的班号就是主属性)字段上建立索引。要描述两种实体间的联系,应该再增加一个对方主属性的字段,通常把这个增加的字段称为外部关键字。如在学生表中,除设置学号、姓名、民族、年龄 4 个字段外,再增加一个班号字段以反映学生和班级两种不同实体间的联系。这样,学生表中的一个记录(1005,张其兵,汉,22,005)就能够清楚地反映张其兵是第 5 班的学生,并能顺着 005 这个线索在班级表中找到该班的其他情况,如该班所属的系、专业等。

3. 数据规范

数据规范是一个大问题,需要进行专门的研究。简单地说,数据规范就是为了保证所建立的数据表不出现数据冗余,不出现数据插入异常和删除异常而提出的一些标准。数据规范分成几种不同的层次,分别称为一到三范式。这里只介绍第一和第二范式,一般情况下应保证自己建立的数据表符合这两个范式。

第一范式:一个表的每个字段应该是基本的。这是表设计最基本的要求,不能把两种属性作为一个字段。如职工的应发工资由基本工资和考核工资两部分组成，在设计表时，就不能把构成应发工资的基本工资和考核工资两部分数据放在同一个字段中，而应该分别设置基本工资和考核工资两个字段。

第二范式：表中的非主属性字段间不应该存在依赖关系，也就是说，表中的每个字段都描述了本实体的一个独立属性，对其他一个或几个非主字段都没有依赖关系。还是用工资表来说明这点，当表中设置了基本工资和考核工资字段后，因为应发工资可以由基本工资和考核工资简单相加而得到，所以工资表中就不应该再设置应发工资这样一个字段，否则就不符合第二范式。此外如果在学生表中既设置一个"班号"字段，同时又设置一个"专业"字段也是不符合第二范式的，因为"专业"由"班号"而唯一确定，这种确定关系在"班级"表中已有明确定义，这里在"学生"表中加入一个"专业"字段对于整个系统未提供新的信息量，并且存在着数据不一致的可能。

范式只是指导数据库设计的一种工具，如果有时增加一个字段确能带来很大的方便，违反规范化的数据表在实际工作中也是允许的。

1.4　VFP 6.0 系统概述

在关系数据库中，Xbase 家族占有重要的地位。从 dBASE 到 FoxBASE，FoxPro，Visual FoxPro，这一家族在 PC 平台上始终独占鳌头，微机关系数据库系统由基于字符的界面演变到基于图形的用户界面，拥有最广大的用户群。1998 年 Microsoft 已推出了 Visual FoxPro 6.0 版（简称 VFP 6.0），成为 Xbase 家族中最新的成员。

VFP 6.0 主要有七大特点。

(1) 强大的查询与管理功能。VFP 6.0 拥有近五百条命令，二百余种函数，使其功能空前地强大。VFP 6.0 采用了 Rushmore 快速查询技术，提供了一种称为"项目管理器"（program manager）的管理工具，可供用户对所开发项目中的数据、文档、源代码和类库（class library）等资源集中进行高效的管理，开发与维护更加方便。

(2) 引入了数据库表的新概念。在同一数据库中的数据库文件，相互间总是存在着这样那样的数据联系，称为数据的结构化。但是从 dBASE 到 FoxPro，每一个数据库文件（使用.dbf 为扩展名）都是独立存在的。库文件之间的联系，只能在使用时由用户编程用命令来描述。VFP 6.0 改变了这一传统的做法，在定义库文件时就将它们区分为属于某一数据库的"数据库表"（database table）和不属于任何库的"自由表"（freetable）两大类。对所有的数据库表，在建表时就同时定义它与库内其他表之间的关系，这就使 VFP 6.0 建立的库表更加符合数据库的实际，也方便了用户随后对这些表的使用。

(3) 扩大了对 SQL 语言的支持。SQL 语言是关系数据库的标准语言，其查询语句不仅功能强大，而且使用灵活。在 VFP 6.0 中，SQL 型的命令已扩充为 8 种。

(4) 大量使用可视化的界面操作工具。VFP 6.0 可提供向导（wizard）、设计器（designer）、生成器（builder）3 类界面操作工具，达 40 种之多。它们普遍采用图形界面，能帮助用户以简单的操作快速完成各种查询和设计任务。VFP 6.0 的设计器普遍配有工具栏和弹出式的快捷菜单。每个工具按钮对应一项功能，用户可通过它们方便地完成操作（如打开文件）或设计控件（如控制按钮），不必编程或很少编程即可实现美观实用的应用程序界面。大多数设计器还可提供快捷菜单,内含最常用的菜单选项,供用户随时调用。

(5) 支持面向对象的程序设计。早期的 Xbase 数据库语言只支持面向过程的程序设计(结构化程序设计)。VFP 6.0 除继续使用传统的面向过程的程序设计外,还支持面向对象的程序设计,允许用户对"对象"(object)和"类"(class)进行定义,并编写相应的代码。由于 VFP 6.0 预先定义和提供了一批基类,用户可以在基类的基础上定义自己的类和子类(subclass),从而利用类的继承性(inheritance),减少编程的工作量,加快软件的开发过程。

(6) 通过 OLE 实现应用集成。对象链接与嵌入(Object Linking and Embedding, OLE)是美国微软公司开发的一项重要技术。通过这种技术,VFP 6.0 可与包括 Word 与 Excel 在内的微软其他应用软件共享数据,实现应用集成。例如在不退出 VFP 6.0 环境的情况下,用户就可在 VFP 6.0 的表单(或窗体)中链接其他软件中的对象,直接对这些对象进行编辑。在通过必要的格式转换后,用户可以在 VFP 6.0 与其他软件之间进行数据的输入与输出。VFP 6.0 还能提供自动的 OLE 控制,用户借助于这种控制,甚至能通过 VFP 6.0 的编程来运行其他软件,让它们完成诸如计算、绘图等功能,实现应用的集成。

(7) 支持网络应用。VFP 6.0 既适用于单机环境,也适用于网络环境。其网络功能主要包括:支持客户/服务器结构,既可访问本地计算机,也支持对服务器的浏览;对于来自本地、远程或多个数据库表的异种数据,VFP 6.0 可支持用户通过本地或远程视图访问与使用,并在需要时更新表中的数据;在多用户环境中,VFP 6.0 还允许建立事务处理程序来控制对数据的共享,包括支持用户共享数据,或限制部分用户访问某些数据等。

1.4.1　VFP 6.0 的安装与启动

VFP 6.0 的安装有自动安装和手动运行 setup.exe 文件两种方式。

1. VFP 6.0 的运行环境

(1) 软件环境。

Windows 95 以上版本或 Windows NT 3.5 以上版本。

(2) 硬件环境。

- 一台 586 100MHz 以上的与 IBM PC 兼容的计算机。
- 16MB 以上的内存。
- 100MB 的硬盘为最小安装,200MB 可以典型安装,350MB 才能进行全部内容的安装。
- 一个鼠标。
- 一台 VGA 或更高分辨率的显示器。

2. VFP 6.0 安装程序的启动

(1) 自动启动安装程序。

VFP 6.0 的安装是全智能型的,只要在计算机系统启动后,将 Visual FoxPro 6.0 光盘插入光驱中,等一会儿,就会出现 Visual FoxPro 6.0 的自动安装界面。根据屏幕提示操作便可以开始安装过程。

(2) 手动运行 setup.exe 安装程序。

在"我的电脑"或"资源管理器"中双击相应的 setup.exe 文件,或在 Windows 桌面上单击"开始"按钮,选择"运行"选项,输入 F:\SETUP(假定 CD-ROM 驱动器号是 F),并且按 Enter 键。运行 setup.exe 文件后,进入 Visual FoxPro 6.0 安装过程。

3. VFP 6.0 的安装过程

(1)按照安装向导的提示,单击"下一步"按钮,进入用户许可协议界面。选择"接受协议"后,单击"下一步"按钮。

(2)在产品号和用户 ID 界面,输入产品的 ID 号和用户信息,单击"下一步"按钮。只有输入正确的产品 ID 号以后,安装过程才能继续。

(3)接下来为 Visual Studio 6.0 应用程序所公用的文件选择安装位置。默认情况下,Visual FoxPro 6.0 会自动将公用文件安装在 C:\Program Files\Microsoft Visual Studio\Vpf98 目录下,如果用户还安装了其他 Visual Studio 6.0 的产品,最好不要更改此目录。

(4)单击"下一步"按钮后,进入 Visual FoxPro 6.0 的安装程序,选择安装类型。若要进行典型安装(85MB),选择"典型安装(T)",该选项将安装最典型的组件,并将帮助文件留在 CD-ROM 上。若需要安装其他的 Visual FoxPro 文件,包括 ActiveX 控件或企业版文件,选择"自定义安装(U)",该选项允许自定义要安装的组件。系统默认安装所有文件。

(5)安装完成后,在"开始"菜单下增加了两个程序组,分别为 Visual FoxPro 6.0 与 ODBC。

4. VFP 6.0 的启动

VFP 6.0 的启动同 Windows 系统中其他应用程序的启动类似,有很多方法。

(1)在 Windows 桌面上单击"开始"按钮,选择"程序"命令,单击 Microsoft Visual Studio 6.0 组中的 Microsoft Visual FoxPro 6.0 选项。

(2)运行 Visual FoxPro 6.0 系统的启动程序 vfp6.exe。通过"我的电脑"或"资源管理器"去查找这个程序,然后双击它,或单击"开始"按钮,选择"运行"命令,在弹出的"运行"对话框中输入 Visual FoxPro 6.0 启动程序的文件名,单击"确定"按钮。

(3)在 Windows 桌面上建立 Visual FoxPro 6.0 系统的快捷方式图标,只要在桌面上双击该图标即可启动 Visual FoxPro 6.0。

启动 Visual FoxPro 6.0 后,屏幕上即出现 Microsoft Visual FoxPro 6.0 应用程序窗口(见图 1.6),此为 Visual FoxPro 6.0 主窗口。它的出现,表示已成功地进入 Visual FoxPro 6.0 操作环境。

图 1.6 VFP 6.0 的应用程序窗口和命令窗口

Visual FoxPro 基础

5. Visual FoxPro 6.0 的退出

(1) 在 Visual FoxPro 6.0"文件"菜单下,选择"退出"命令。

(2) 在 Visual FoxPro 6.0 命令窗口输入 QUIT 命令并回车。

(3) 单击 Visual FoxPro 6.0 主窗口右上角的关闭按钮。

(4) 单击 Visual FoxPro 6.0 主窗口左上角的控制菜单图标,从弹出的菜单中选择"关闭"命令。或者双击控制菜单图标。

(5) 按 Alt+F4 键。

1.4.2 VFP 6.0 主界面

与所有的 Windows 应用程序一样,Visual FoxPro 6.0 也采用图形用户界面,并在其界面中大量使用窗口(windows)、图标(icons)、菜单(menus)等技术,主要通过以鼠标为代表的指点式输入设备(pointing device)来操作。所以在有些文献中,也称这类界面为 WIMP 界面。

1. 窗口

1) 应用程序窗口

VFP 6.0 运行时,屏幕上会出现一个程序窗口,作为开发或运行 VFP 6.0 程序的场所。如图 1.6 所示。程序窗口通常由以下各部分组成:

- 标题栏:显示 Microsoft Visual FoxPro,表明它是 VFP 6.0 的应用程序窗口。

- 控制按钮:在标题栏右端有 3 个控制按钮,自右至左依次为:关闭按钮 ✖,用于关闭 VFP 6.0 程序窗口;最大化按钮 □,用于把窗口放大到整个屏幕;最小化按钮 ▬,用于把程序窗口缩小为一个图标。

- 菜单栏:显示 VFP 6.0 系统菜单(亦称主菜单)中的菜单选项(见图 1.7),供用户选用。任何选项被用户选中后,其下方会弹出一个子菜单,列出该菜单所含的命令。

图 1.7 VFP 6.0 系统菜单和工具栏

- 工具栏:由若干工具按钮组成(见图 1.7)。每个按钮对应于一项特定的功能。VFP 6.0 可提供十几个工具栏,它们或为条形,或为窗形。用户通过菜单栏中的"显示"选项,可决定哪些工具栏需要在程序窗口中显示。VFP 6.0 初启时,一般仅在菜单栏的下方显示一个条形的"常用"工具栏,其余的工具栏(条形或窗形)由用户来决定要否显示。注意命令、菜单和工具栏的异同。前已提到 VFP 6.0 有近五百条命令,其中仅有一部分常用的命令列为菜单命令,所以菜单命令的数量远小于五百。工具按钮中,也有相当一部分与菜单命令具有相同的功能,但工具栏的操作往往比菜单栏的操作更为简便,所以 VFP 6.0 仅将最常用的命令放入工具栏。需要指出,工具按钮和菜单命令的功能并不总是某些命令功能的重复,其中也包含了对 VFP 6.0 命令功能的扩充。在多数情况下,菜单命令对应于常用命令,工具按钮对应于最常用命令,但并非总是这样。

- 窗口工作区：亦称主窗口。主要用于显示命令或程序的执行（运行）结果，或显示 VFP 6.0 提供的工具栏。
- 窗口围框：即窗口的外边，移动外边线可缩放窗口的大小。
- 窗口角：位于两条边线的交点，移动交点可使角两边的边线同时伸长或缩短。

2）命令窗口

窗口内可以再开窗口，这也是 WIMP 界面对多窗口（multi-windows）技术的要求。这里介绍的命令窗口是窗口内有窗口的例子。如图 1.6 所示，命令窗口是一个标题为"命令"（command）的小窗口，它的主要作用是显示命令。

命令窗口可以隐藏与激活。Visual FoxPro 6.0 启动后，命令窗口被自动设置为活动窗口，在窗口左上角出现插入光标，等待用户输入命令。若要把处于活动状态的命令窗口隐藏起来，使之在屏幕上不可见，可以选择"窗口"菜单中的"隐藏"命令。命令窗口被隐藏后，按 Ctrl+F2 键，或在"窗口"菜单中选择"命令窗口"命令，命令窗口被激活，显示在 Visual FoxPro 6.0 主窗口中。

命令窗口的使用：

- Visual FoxPro 6.0 的命令工作方式。在命令窗口中输入一条命令，Visual FoxPro 6.0 即刻执行该命令，并在主窗口显示命令的执行结果，然后返回命令窗口，等待用户的下一条命令。

例如，在命令窗口（见图 1.6）输入以下两条命令：

```
USE 学生
LIST FOR 入学成绩>600 FIEL 姓名
```

将立即在主窗口显示执行结果：

记录号	姓名
4	任可可
5	陈礼怡
7	姜姗姗
9	尹璐云
10	胡帅楠

- 命令窗口的自动响应菜单操作功能。当在 Visual FoxPro 6.0 菜单中选择某个菜单项时，Visual FoxPro 6.0 会把与该操作等价的命令自动显示在命令窗口中。对于初学者来说，这也是学习 Visual FoxPro 6.0 命令的一种好方法。
- 命令窗口的命令记忆功能。Visual FoxPro 6.0 在内存设置一个缓冲区，用于存储已执行过的命令。通过使用命令窗口右侧的滚动条，或用键盘上、下光标移动键能把光标移至曾执行过的某个命令上。这不仅可用于命令的查看、重复执行，而且对于纠正错误、调试程序是非常有用的。不论用户采用哪一种交互操作方式，凡是用过的命令总会在命令窗口显示和保存下来，供用户备查或以后再用。

2. 图标

图标是用来表示不同程序和文件的小图像，在 VFP 6.0 的界面中处处可见。

在程序窗口标题栏的左端通常有一个图标，代表在该窗口中运行的程序。在控制按钮或工具按钮的表面也都绘有图标,各自代表该按钮所对应的程序。例如在图 1.6 中,狐狸头和笔图标分别代表主程序窗口和命令窗口的对应程序;而控制按钮 ✖ 、□ 、▬ 则分别代表实现窗口关闭、最大化和最小化使用的程序等。

文件(files)与文档(documents)也可用图标来表示。例如数据库、自由表是文件,表单、报表和标签是文档,都分别用不同的图标来表示。由于图标具有直观和形象的优点,故而受到用户的欢迎。

3. 菜单

1) Visual FoxPro 6.0 菜单的约定

• 带"省略号"的菜单选项。

如果在菜单选项右方紧跟一个省略号(…),表示选择该项后将弹出一个对话框,等待用户继续选择。

• 带向右箭头的菜单选项。

有些菜单选项后面带有一个向右箭头,表示选择该项会打开一个子菜单。

• 有"对号"的菜单选项。

如果菜单选项被选择后在其左方出现一个"对号"(√),表示该项在当前有效。若要使它失效,只需再将它选择一次,使"对号"消失即可。

• 灰色菜单选项。

当菜单选项以灰色显示时,表示该项在当前条件下不能使用。例如,如果现在未打开任何文件,则文件菜单项下的"保存"、"另存为"命令将呈现灰色,因为此时无文件需要保存。

• 热键和快捷键。

热键和快捷键均用于键盘操作。前者指菜单项中带下划线的字母,菜单项名称中带下划线的英文字母,也称该菜单项的访问键,例如"文件"菜单项中的"F","格式"菜单项中的"O"等。后者常出现在菜单项名称的右方,一般采用组合键的形式,例如,"文件"菜单项下的"新建"命令为 Ctrl+N,"打开"命令为 Ctrl+O 等。如果用户记住了这些键,可直接用它们来选择菜单项,比逐级选择更省时间。

2) Visual FoxPro 6.0 菜单项的功能

Visual FoxPro 系统菜单是一个典型的菜单系统,其主菜单是一个条形菜单。选择条形菜单中的每一个菜单项都会激活一个弹出式菜单。在 Visual FoxPro 中,每一个条形菜单都有一个内部名字和一组菜单选项,每个菜单选项都有一个名称(标题)和内部名字。例如,Visual FoxPro 主菜单的内部名字为_MSYSMENU,条形菜单项"文件"、"编辑"和"窗口"的内部名字分别为_MSM_FILE,_MSM_EDIT,_MSM_WINDOW。每一个弹出式菜单也有一个内部名字和一组菜单选项,每个菜单选项则有一个名称(标题)和选项序号。例如,_MFILE,_MEDIT,_MWINDOW 为弹出式菜单项"文件"、"编辑"和"窗口"的内部名。菜单项的名称用于在屏幕上显示菜单系统,而内部名字或选项序号则用于在程序代码中引用。

通过 SET SYSMENU 命令可以允许或禁止在程序执行时访问系统菜单,也可以重新设置系统菜单。命令格式是:

SET SYSMENU ON|OFF|AUTOMATIC|TO [<弹出式菜单名表>]|TO [<条形菜单项名表>]|TO [DEFAULT]| SAVE|NOSAVE

其中：ON 允许程序执行时访问系统菜单,OFF 禁止程序执行时访问系统菜单,AUTOMATIC 可使系统菜单显示出来,可以访问系统菜单。TO 子句用于重新设置系统菜单。"TO [<弹出式菜单名表>]"以菜单项内部名字列出可用的弹出式菜单。例如,命令 SET SYSMENU TO _MFILE,_MEDIT 将使系统菜单只保留"文件"和"编辑"两个子菜单。"TO [<条形菜单项名表>]"以条形菜单项内部名字列出可用的子菜单。例如,上面的系统菜单设置命令也可以写成 SET SYSMENU TO _MSM_FILE,_MSM_EDIT。"TO [DEFAULT]"将系统菜单恢复为默认配置。SAVE 将当前系统菜单配置指定为默认配置,NOSAVE 将默认设置恢复成 Visual FoxPro 系统的标准配置。要将系统菜单恢复成标准设置,可先执行 SET SYSMENU NOSAVE 命令,然后执行 SET SYSMENU TO DEFAULT 命令。不带参数的 SET SYSMENU TO 命令将屏蔽系统菜单,使系统菜单不可用。

菜单项的功能如下。

• "文件"菜单。

"文件"菜单用于新建、打开、保存、打印以及退出 Visual FoxPro 6.0 等操作。

• "编辑"菜单。

"编辑"菜单提供了许多编辑功能。在编辑窗口编辑 Visual FoxPro 6.0 程序文件时,选取某个菜单项就可完成某项操作,如剪切、复制、粘贴、查找、替换等。"编辑"菜单还允许插入在其他非 Visual FoxPro 6.0 应用程序中创建的对象,如文档、图形、电子表格等。使用 Microsoft 的对象链接与嵌入(OLE)技术,可以在通用型字段中嵌入一个对象或者将该对象与创建它的应用程序链接起来。只有处于通用型字段的编辑窗口时,"编辑"菜单中的插入对象、对象、链接选项才是可选的。

• "显示"菜单。

"显示"菜单主要是显示 Visual FoxPro 6.0 的各种控件和设计器,如表单控件、表单设计器、查询设计器、视图设计器、报表控件、报表设计器、数据库设计器等。

• "格式"菜单。

"格式"菜单提供一些排版方面的功能,允许用户在显示正文时选择字体和行间距,检查在正文编辑窗口中的拼写错误,确定缩进和不缩进段落等。

• "工具"菜单。

"工具"菜单提供了表、查询、表单、报表、标签等项目的向导模块,并提供了 Visual FoxPro 6.0 系统环境的设置。

• "程序"菜单。

"程序"菜单用于程序运行控制、程序调试等。

• "窗口"菜单。

"窗口"菜单用于 Visual FoxPro 6.0 窗口的控制。单击"窗口"菜单中的"命令窗口"命令(也可以直接按 Ctrl+F2 键),可打开"命令"窗口进入命令编辑方式。

• "帮助"菜单。

在菜单栏的最右边是帮助菜单,该菜单为用户提供帮助信息。

3) Visual FoxPro 6.0 菜单的种类

VFP 6.0 主要使用两类菜单：下拉式菜单和弹出式菜单。

系统菜单为下拉式菜单。它平时只显示菜单栏中的若干选项。如果有某个选项被选中,该选项下方就会拉伸出一个子菜单。这也是下拉式菜单名称的由来。

弹出式菜单平时不在屏幕上显示,仅当使用时才弹出。VFP 6.0 有许多设计器。这些设计器窗口中提供的"快捷菜单",都是弹出式菜单的实例。它们所包含的菜单项,常能在用户需要的时候提供及时的帮助。

需要强调指出,菜单的内容并非一成不变的。它具有对数据环境的敏感性,故有时也称之为敏感菜单。VFP 6.0 菜单的敏感性主要表现在:一是子菜单的内容可变。以"显示"(view)子菜单为例,在没有打开任何文件的情况下,它只有"工具栏"(toolbars)一个菜单项;如果已打开了某个表,子菜单将进一步改变内容。二是菜单项的颜色可变。菜单项可有深、灰两种显示颜色,随当时的数据环境而变化。如果某一菜单项当前为灰色,表示它暂时不能使用。

4. 对话框

对话框实际上是一个特殊的窗口,它可以用来要求用户输入某些信息或做出某些选择。在 Visual FoxPro 6.0 中,对话框通常由文本框、列表框、单选按钮、复选框、命令按钮等部件组成。用鼠标实现对话框的操作很方便,只要将鼠标指针移到对话框中的选项处,单击鼠标的左键即可。

对话框是以人机对话为主要目的的一类窗口,在 VFP 6.0 中有着广泛的应用。用户可通过对话框选择所需的数据或操作;VFP 6.0 则借助于对话框引导用户正确地操作,或者向用户提供警告或提示信息。VFP 6.0 大量使用的向导、设计器等界面操作工具,实际上都是由一个个特定的对话框构成的。可见不熟悉对话框,就不能熟练地使用 VFP 6.0。

典型的对话框由若干按钮、标签和矩形框构成。每个按钮代表一种操作命令,故有时也称为命令钮(command button)。矩形框一般可分为 3 类,即文本框、选择框与列表框。现以表向导的步骤 2 对话框(见图 1.8)为例分述如下。

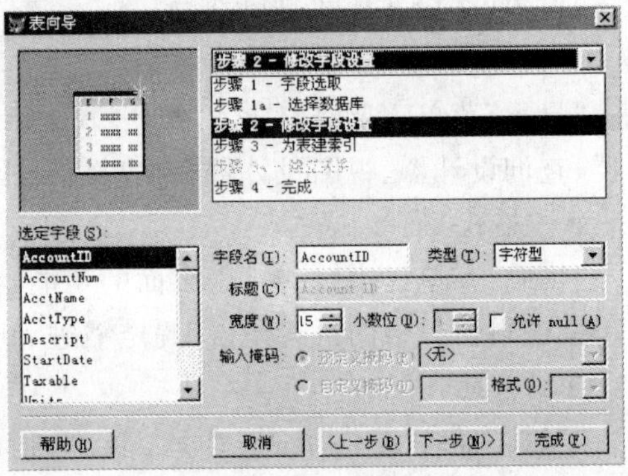

图 1.8 表向导的步骤 2 对话框

1) 文本框

供用户输入一串字符,作为对系统提问的回答。在图 1.8 中,"字段名"、"标题"和"自定义掩码"都是文本框。

2) 选择框

供用户在若干可选项中选择其中的一项或者几项。它又可细分为单选按钮(option button,在中文 VFP 6.0 中译为选项按钮)和复选框(check boxes)两类,前者一次只能选择一个可选项,后者一次可同时选择几项。图 1.8 中有两个单选按钮,均以圆圈(○)为标志;一个复选框,以小方框(□)为标志。

3) 列表框

列表框(listbox)用于显示一组相关的数据,例如一个数据库表中的所有字段名等。当相关数据较多,在一个框内容纳不完时,系统会自动在列表框的下方或右侧增加滚动条,对数据实现滚动显示。图 1.8 中的"选定字段"框就是列表框的一个例子,其右侧的滚动条能使框内数据上下滚动显示。当对话框的空间较小时,可利用组合框(combo box)来节省空间。这种框可看成由一个文本框和一个列表框组合而成。它平时只显示一行文本,其右端有一个带"▼"图标的下拉按钮。一旦单击了下拉按钮,随即在文本行下方拉出一个列表框,故又称下拉列表框。在图 1.8 中有 4 个下拉列表框,其中的一个(用于显示步骤顺序)已经展开,其余 3 个都是未展开的。

除上述 3 类矩形框外,在图 1.8 的对话框中还设有两个"微调控件"(spinner,又译"数码器")。利用控件中的"▲"、"▼"两个按钮,可以将数码文本框(本例为"宽度"和"小数位")中的数值在较小范围内增加或减小。

图 1.8 中共设 5 个按钮,标题为"取消"、"完成"、"上一步"、"下一步"与"帮助",分别用于取消对话、结束对话、返回上一步、转入下一步和提供帮助信息。

与程序窗口、命令窗口等不同,对话框一般不设置(实际上也不需要)最大化、最小化等按钮。但有些对话框在关闭按钮 ✖ 的左边还加设一个帮助按钮 ❓ ,用于向用户提供帮助信息。

还须指出,并非所有的对话框都必须包含上述的全部控件。最简单的对话框可能只含有一条提示或提问,外加一两个命令按钮。与此相反,一些复杂的对话框还可以"选项卡"(tag)的形式,使一个对话框包含多张重叠的选项卡。这种多卡框实际上相当于多个对话框,图 1.9 显示的表设计器对话框,就是这类对话框的一个例子。

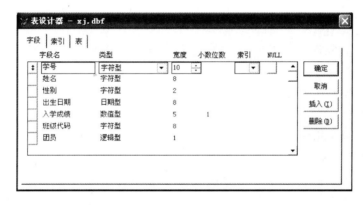

图 1.9　表设计器对话框

另有些对话框中还设有扩展按钮。单击这种按钮,可使对话框在原来的基础上扩展出部分新内容,变成一个更大的对话框。扩展按钮通常使用双"大于"符号(>>)为图标。

5. VFP 6.0 的界面操作

VFP 6.0 界面的组成一般都遵守通用的标准,其操作也具有一定的规律。本节的目的,就是向读者介绍这些标准与规律,帮助大家在了解界面组成的基础上掌握 VFP 6.0 的操作要领。这里要特别强调,学习 VFP 6.0 绝不能靠死记操作步骤。只有掌握了操作的一般要领,在实际使用中勤练习·举一反三,才能融会贯通。

1) 鼠标的操作

鼠标在一个平板上移动时,在显示器上的鼠标"指针"(pointer)会在屏幕上同步地移动,以便用户选择所需的对象。一次完整的鼠标操作一般都包含两步:先移动光标定位到有关对象上;然后执行"单击"、"双击"或"拖动"等操作。

2) 窗口操作

常见的窗口操作,包括打开窗口、关闭窗口、移动窗口位置和改变窗口大小等。对于程序窗口和命令窗口等窗口,还可进行最大化和最小化等操作。

- 打开窗口。

打开窗口目的就是运行该窗口所代表的程序。常用的方法有三种:一是在命令窗口输入一条相关的命令;二是用鼠标在工具栏中选定(即单击)相关的工具按钮;三是用鼠标打开相关的菜单,再在菜单中选定(单击)相关的菜单命令。其中第一种方法最为简便,工具按钮次之,使用菜单所需的步骤最多。

- 关闭窗口。

关闭窗口的操作比较简单。所有的窗口(包括对话框)均在右上角设有关闭按钮,单击这一按钮窗口随即关闭。有些窗口还在窗口内设有取消按钮,用鼠标选定(单击)取消按钮也可关闭窗口。

- 移动窗口位置。

把鼠标指针定位到窗口的标题栏上,按下鼠标的左键,即可将窗口拖放到新的位置。

- 改变窗口大小。

当移动鼠标指针缓慢地穿过窗口的一角或某条边线时,指针形状将改变为双向箭头形。此时若拖动鼠标,被指针压住的一角或边线即随之移动,使窗口放大或者缩小。注意拖动边线只能在一个方向(水平或垂直)改变窗口的大小,拖动窗角可同时移动角两边的边线。

- 窗口的最大化。

单击窗口右上角的最大化按钮,便可将窗口放大到整个屏幕。与此同时,该按钮将变成"还原"按钮,可用于把已扩展到全屏幕的程序窗口恢复到最大化以前大小。还原按钮的图标为两个重叠的矩形。

- 窗口的最小化。

单击窗口的最小化按钮,窗口将缩为最小,以节省屏幕的空间。

3) 菜单操作

菜单系统是在交互方式下实现人机对话的工具。菜单是当前可用命令的集合。VFP 6.0 的主菜单拥有近七十条命令。所谓菜单操作,就是从这些菜单命令中选择执行所需的命令,其中又包括打开(或激活)菜单,选定并执行命令以及关闭菜单等步骤。

VFP 6.0 主菜单基本上是二级下拉式菜单,选定一条命令一般要经历"选定子菜单——选定菜单命令"两步。少数菜单命令在命令名的右边有一个向右箭头▶,表示它还有下级菜单。可见 VFP 6.0 的主菜单实际上是一个三级下拉菜单。下拉式菜单的操作既可以使用鼠标操作,又可以使用键盘操作。

- 使用鼠标操作。

将鼠标指针移到所需选项上,单击该选项,其下方会出现一个子菜单。接着将指针移到子菜单中的某个菜单命令上,单击这一命令,该命令便随即执行。如果在菜单命令中还包含子命令(例如刚才提到过的向导命令),则当鼠标指针移到该命令上面时,只需把鼠标向右移动,就会显示出该命令的下级菜单,供用户从中选定所需的子命令。

- 使用键盘操作。

无论是主菜单的选项还是子菜单中的菜单命令,其名称之后的括号内总有一个带下划线的字母,称为访问键。在键盘上按下 Alt+访问键(字母大小写不限),其效果相当于用鼠标单击与该访问键相对应的选项/菜单命令。例如,若要执行"文件"菜单中的"新建"命令,只需在键盘上先后按下 Alt＋F 键与 Alt＋N 键即可。有些常用的菜单命令除访问键外还设有快捷键,在子菜单中显示在命令名的右边。如果用户记住了快捷键,便可利用它来直接选定菜单命令,省去了逐级打开菜单的麻烦。例如 Ctrl＋N 键为"新建"命令的快捷键。在键盘上按下 Ctrl＋N 键,就相当于先后按 Alt＋F 键与 Alt＋N 键,操作更加简便。

应该再次重申,当菜单选项/菜单命令显示为灰色时,不论鼠标操作或键盘操作均不起作用。

快捷菜单的操作。快捷菜单一般用鼠标来操作。

与下拉式菜单相比,其特点主要表现在:

第一,单击右键可打开菜单,单击左键则关闭菜单。

第二,快捷菜单具有对区域的敏感性,其内容将随打开菜单的区域不同而不同。但是在同一窗口(或其他桌面区域)内,在不同位置上打开的快捷菜单都包含相同的内容。

第三,快捷菜单中使用的符号,其含义与下拉式菜单使用的符号是一样的。

4) 对话框操作

各类对话框都主要是由矩形框和按钮等组成的。对话框的操作,就是对按钮和各类矩形框的操作。

(1) 按钮操作。对话框中的命令按钮一般都标有名称,据此可知道它的功能。有些按钮在面上刻有象形的图标,例如,省略号(…)表示单击该按钮将打开另一对话框;▷表示能将数据从左边的列表框逐个地转移到右边的列表框;▷▷表示能将数据从左边的列表框成批地转移到右边的列表框,等等。当按钮上的名称或图标变为灰色时,表示该按钮暂不能使用。按钮通常用鼠标操作,单击鼠标即可执行按钮所代表的功能。单选按钮以○为特征,选中后○内将出现一个黑点;复选框以□为特征,选中后□内将出现一个"√"号。当同时有多个选项可供选择时,单选按钮只能从中选择其一,即一旦在一个选项的○中出现了黑点,其他选项中原有的黑点即被取消。复选框不受这一限制,允许在多个□中打上"√"号。

(2) 文本框操作。把鼠标指针移到文本框,单击框内要输入字符的位置,等看到一个插入光标在该位置上闪烁时,表示文本框已经激活,即可从键盘向框内输入字符了。

(3) 选择框操作。选择框通常用鼠标来操作。单击一次鼠标可使原来未选的选项被选中,也可使原已选中的选项被取消。

(4) 列表框操作。列表框通常含有多行相关的数据,但只有一行是选中的。当用鼠标单击列表框内的任何一行时,该行就会显示一个覆盖的光带,表示该行已被选中;当框内的已有数据超出窗口的容纳范围时,可以用鼠标拖动周边的滚动条,使窗口数据滚动显示。

(5) 组合框操作。如前所述,组合框是由文本框与列表框组合而成的。文本框显示的内容,就是在列表框中选定了的选项。由于列表框平时并不显示,所以在组合框的操作中还需增加展开与关闭列表框的操作。步骤如下:①单击文本框右侧的下拉按钮,使文本框下方展开一个下拉的列表框(见图 1.8);②在列表框中选择并且单击需要的选项;③再次单击下拉按钮,关闭下拉的列表框。

(6) 微调控件的操作。如图 1.8 所示,微调控件也可视为数码文本框与"增 1"、"减 1"两个微调按钮的组合。当用鼠标单击上述按钮时,每单击一次按钮,文本框中的数码初值(由系统自动设定)即增 1 或减 1。

6. VFP 6.0 状态栏

（1）显示菜单选项的功能。

当选择了某一菜单选项时，就会在状态栏显示该选项的功能，使使用户能及时了解所选命令的作用。例如在"文件"菜单中选择"打开"命令时，状态栏将显示"打开已有文件"，选择"退出"命令时将显示"退出 Visual FoxPro 6.0"等。

（2）系统对用户的反馈信息。

Visual FoxPro 6.0 命令执行后，系统在状态栏向用户反馈有关执行情况。

（3）当前操作状态。

状态栏右边有 3 个方格：左格表示当前是否处于插入方式，若是为空白，否则显示 OVR，由 Insert 键控制；中格表示小键盘是否处于数字方式，若是显示 Num，否则为空白，由 Num Lock 键控制；右格表示键盘是否处于大写字母方式，若是显示 Caps，否则为空白，由 Caps Lock 键控制。

7. VFP 6.0 的工作方式

从 dBASE 到 VFP 6.0，都可以支持三类不同的工作方式，即交互操作方式、菜单操作方式与程序执行方式。交互操作方式又分命令执行与界面操作两种操作方式。

1）交互操作方式

随着 Windows 的推广，FoxPro for Windows 也开始支持界面操作，从而成为能同时支持命令执行与界面操作两种交互操作方式的数据库管理系统。

启动 Visual FoxPro 6.0 后，命令操作窗口就出现在主窗口上，光标停留在"命令"窗口等待命令的输入，这时就进入命令操作方式。"命令"窗口可以直接运行程序，也可以直接输入命令。单击命令窗口右上角的"✖"按钮，关闭"命令"窗口；若要再打开"命令"窗口，单击"窗口（W）"菜单项，选择"命令窗口"或用 Ctrl＋F2 键。

继 FoxPro 推出的 VFP 6.0 进一步完善了界面操作，使交互操作方式的内涵逐渐从以命令方式为主转变为以界面操作为主、命令方式为辅。由 VFP 6.0 提供的向导、设计器等辅助设计工具，其直观的可视化界面正被越来越多的用户所熟悉和欢迎。

2）菜单操作方式

菜单操作方式是 Visual FoxPro 6.0 的一种重要的工作方式。Visual FoxPro 6.0 的大部分功能都可以通过菜单操作来实现。在图形用户界面下，菜单操作实质上是对菜单和对话框的联合运用，其中对话框的详细画面，对用户操作常常起到提示作用。

菜单操作的优点是直观易懂，击键简单（主要是鼠标单击和双击），对于不熟悉 Visual FoxPro 6.0 命令，又没有或不想花时间去学习它的用户十分适合。它的不足是操作环节多，步骤烦琐，因而速度较慢，效率不高。对菜单操作，要选择菜单栏中的某一菜单项时，只要用鼠标单击该菜单项，或者同时按下 Alt 键和选项的带下划线的字母，即可弹出该菜单项菜单。例如，单击"文件"菜单项或按 Alt＋F 键，就可弹出"文件"菜单。菜单打开后，如果想选择其中的某一项命令，只要单击相应项即可。

3）程序执行方式

Visual FoxPro 6.0 除了提供菜单操作方式、交互操作方式外，还提供了程序执行方式。程序是由命令或语句组成的。通过运行程序，可为用户提供更简洁的界面，达到操作的目的。

交互操作虽然方便,但用户操作与机器执行互相交叉,会降低执行速度。为此在实际工作中常常根据需要解决的问题,将 VFP 6.0 的命令编成特定的序列,并将它们存入程序文件(或称命令文件)。用户需要时,只需通过特定的命令(例如 DO 命令)调用程序文件,VFP 6.0 就能自动执行这一程序文件,把用户的介入减至最小限度。

程序执行方式不仅运行效率高,而且可重复执行。要执行几次就调用几次,何时调用便何时执行。另一个好处是,虽然编写程序的人需熟悉 VFP 6.0 的命令和掌握编程的方法,使用程序的人却只需了解程序的运行步骤和运行过程中的人机交互要求,对程序的内部结构和其中的命令可不必知道。

还需指出,开发 VFP 6.0 应用程序要求同时进行结构化程序设计与面向对象程序设计,其庞大的命令集往往令初学者望而生畏。幸运的是,VFP 6.0 提供了大量的辅助设计工具,不仅可直接产生应用程序所需的界面,而且能自动生成 VFP 6.0 的程序代码。因此在一般情况下,仅有少量代码需要由用户手工编写。这些工具充分体现了"可视化程序设计"的优越性,从本书第 5 章起将陆续讲解,下节将先对它们的概貌简要地作一介绍。

8. VFP 6.0 命令特点与分类

VFP 6.0 的命令具有下列特点:

(1) 采用英文祈使句的形式,命令的各部分简洁规范(最简单的命令仅含一个命令字),初通英语的人都能看懂。VFP 6.0 中文版允许命令中的专用名词使用汉字,但其余词汇仍用英文。

(2) 操作对象、结果(目的地)和条件均可用命令子句的形式来表示。命令子句的数量不限(有些命令有二三十条子句),顺序不拘(例如,"copy to TY for 团员"和"copy for 团员 to TY"是等效的)。它们使命令的附属功能可方便地增删,十分灵活。

(3) 命令中只讲对操作的要求,不描述具体的操作过程,言简意赅,所以又称为"非过程化"(non-procedural)语言,而常见的高级语言都是"过程化"(procedural)语言。

VFP 6.0 的命令既可逐条用交互的方式执行,又可编写成程序,以"程序文件"的方式执行。命令中的词汇(专用名词除外)还可使用简写,即只写出它们的前 4 个字母(例如 REPLACE 可简写作 REPL)即可。

VFP 6.0 拥有近五百条命令,大致可分为以下 7 类:

(1) 建立和维护数据库的命令。

(2) 数据查询命令。

(3) 程序设计命令,包括程序控制、输入/输出、打印设计、运行环境设置等命令。

(4) 界面设计命令,包括菜单设计、窗口设计、表单(包括其中的控件)设计等命令。

(5) 文件和程序的管理命令。

(6) 面向对象的设计命令。

(7) 其他命令。

全面介绍这些命令需要很大的篇幅。作为 VFP 6.0 的一本入门教材,这既无必要也不可能。本书从下章起,将陆续介绍 VFP 6.0 的部分常用命令。

9. VFP 6.0 命令的格式

VFP 6.0 使用命令式的语言,一条命令可能相当于一般高级语言中的一段程序,能够完成一项相当复杂的功能。上文已多次提到过 VFP 6.0 的命令,本小节再对命令的格式作一些补充介绍。

1) Visual FoxPro 6.0 命令的结构

Visual FoxPro 6.0 命令通常由两部分组成:第一部分是命令动词,它的词意指明了该命令的功能;第二部分包含有几个跟随在命令动词后面的短语,这些短语通常用来对所要执行的命令进行某些限制性的说明。一般情况下,命令动词表示了命令的功能,命令短语提供执行命令所需要的各种参数。命令短语本身还可分为两类,一类是必选短语,另一类是可选短语。在命令格式中,约定界限符[ ]中的内容是可选的,界限符<>中的内容是必选的,|表示在其中任选一项。在 Visual FoxPro 6.0 中,命令动词后面一般都有几个可选短语,用户根据需要选择不同的短语,使得同一个命令可实现多种任务,从而大大地丰富了命令的功能。

2) 命令中的常用短语

(1) FIELDS 子句。

本子句用以规定当前处理的字段或表达式。一般形式为:

FIELDS <字段名表>　或　**FIELDS <表达式表>**

在使用 FIELDS 子句时,如果已经由 SET FIELDS TO 命令建立了内存字段表,而且内存字段表已打开(即 SET FIELDS ON),那么在 FIELDS 子句中出现的字段名必须是内存字段表中已存在的,否则就会发生语法错误。

(2) 范围子句。

表示本命令对数据库文件进行操作的记录范围,一般有 4 种选择。

- ALL:对数据库文件的全部记录进行操作。
- NEXT n:只对包括当前记录在内的以下 n 个记录进行操作。
- RECORD n:只对第 n 个记录进行操作。
- REST:自当前记录开始到文件尾的所有记录。

其中 $n(n \neq 0)$ 为数值量。若有小数则自动舍去小数部分。

命令执行后,记录指针的位置也取决于命令中指定的范围。如果指定的范围为当前一条记录,则指针位置不发生变化;如果指定的范围为某一条记录(如 RECORD n),则指针移到该条记录;如果指定的范围为 NEXT n,则当有 FOR 短语或无条件短语时,指针将停在此范围中最下一条记录,当有 WHILE 条件短语时,指针停在此范围内第一个不符合条件的记录;如果指定的范围为 ALL 或 REST,只要不是 WHILE 条件未满足的情况,最后指针都将停在文件尾,也就是使 EOF()为.T.处,而不是最后一条记录。

(3) FOR 子句和 WHILE 子句。

这两个子句的格式分别是 FOR <条件>和 WHILE <条件>。它们的作用是让数据库记录操作命令只作用于符合<条件>的。FOR <条件>的作用是:在规定的范围中,按条件检查全部记录。即从第一条记录开始,满足条件的记录就执行该命令,不满足就跳过该记录,继续搜索下一记录,直到最后一条记录也不执行。若省略<范围>则默认为 ALL。WHILE <条件>的作用是:在规定的范围内,只要条件成立,就对当前记录执行该命令,并把记录指针指向下一个记录,一旦遇到使条件不满足的记录,就停止搜索并结束该命令的执行。即遇到第一个不满足条件的记录时，就停止执行该命令，即使后面还有满足条件的记录也不执行。若省略范围则默认为 REST。FOR 子句一般用在未排序或未索引的数据库文件中，而 WHILE 用在已排序或已索引的数据库文件中，以加快检索速度。

若同时使用 FOR 和 WHILE 子句，则 WHILE 有较高的优先级，而 FOR 用来过滤由 WHILE 挑选出来的记录。

3）Visual FoxPro 6.0 命令的书写规则

- 每个命令必须以一个命令动词开头，而命令中的各个子句可按任意次序排列。
- 命令行中各个词应以一个或多个空格隔开，如果两个词之间嵌有双撇号、单撇号、括号、逗号等分界符，则空格可以省略。但应注意，.T. 或.F. 两个逻辑值中的小圆点与字母之间不许有空格。
- 一个命令行的最大长度是 254 个字符。如果一个命令太长，一行写不下，可以使用续行符";"，在行末进行分行，并在下一行继续书写。即一个命令行可以分为若干个连续的物理行，其中除最后一个以外，各物理行应以分号结束。各物理行的长度之和不得超过 254 个字符。
- 命令行的内容可以用英文字母的大写、小写或大小混写。
- 命令动词和子句中的短语可以用其前 4 个或 4 个以上字母的缩写表示。例如，DISPLAY STRUCTURE 可简写为 DISP STRU。
- 不可用 A～J 之间的单个字母作数据库文件名，因为它们已被保留用作数据库工作区名称。也不可用操作系统所规定的输出设备名作为文件名。
- 尽量不要用命令动词、短语等 Visual FoxPro 6.0 的保留字作文件名、字段名、变量名等，以免发生混乱。
- 一行只能写一条命令，每条命令的结束标志是按 Enter 键。

1.4.3 工具栏的使用

工具栏指的是将大多数常用的功能或工具操作以按钮的形式集中存放，以方便用户的操作和查询。在 Visual FoxPro 6.0 中有许多设计器，每种设计器都有一个或多个工具栏。在操作时，可以根据需要在屏幕上放置多个工具栏，通过把工具栏停放在屏幕的上部、底部或两边，可以定制工作环境。Visual FoxPro 6.0 能够记忆工具栏的位置，再次进入 Visual FoxPro 6.0 时，工具栏将位于关闭时所在的位置上。

1. 显示或隐藏工具栏

若需要显示或隐藏某一个工具栏，可以单击"显示"菜单项（见图 1.7），再选择"工具栏"命令，此时出现"工具栏"对话框，选择或清除相应的工具栏的复选框，然后单击"确定"按钮，便可显示或隐藏选定的工具栏（见图 1.10）。

在"工具栏"对话框的下面是"显示"选项，其中有 3 个复选框。选中"彩色按钮"选项表示系统中的工具栏按钮将变为彩色按钮，否则所有的工具栏按钮都将为黑白的，系统默认为彩色按钮。选中"大按钮"选

图 1.10 "工具栏"对话框

Visual FoxPro 基础

项,则系统中的工具栏按钮将放大一倍,不选中时恢复原样,即为小按钮,系统默认为小按钮。选中"工具提示"选项表示每个工具栏中的按钮都有文本提示功能,即把鼠标指针停留在某个按钮图标上时,系统将自动显示出该按钮图标的名称,否则,不显示名称,系统默认为显示工具提示。

2. 创建新工具栏

在操作过程中,用户可以随时创建一个适合于自己工作需要的新工具栏。例如,在开发学生管理系统过程中,可以把常用的工具集中在一起,建立一个"学生管理"工具栏,其操作步骤如下:①单击"显示"菜单项,选择"工具栏"命令,在"工具栏"对话框中单击"新建"按钮,出现如图 1.11(a)所示的"新工具栏"对话框。②输入新工具栏的名称,本例中输入"学生管理",并单击"确定"按钮。出现如图 1.11(b)所示的"定制工具栏"对话框,与此同时,在屏幕窗口上也出现了"学生管理"工具栏。③在"定制工具栏"对话框最左边的"分类"列表框,选择该列表框中的任何一类,其右侧便显示该类的所有按钮。④用户可根据需要选择分类中的某一类,并在该分类中选择按钮,当选中了某一个按钮后,用鼠标器将其拖动到"学生管理"工具栏下即可。所创建的"学生管理"工具栏如图 1.11(c)所示。生成该工具栏后,其打开和使用方法与其他工具栏相同。最后关闭"定制工具栏"对话框。

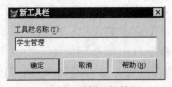

(a) "新工具栏"对话框

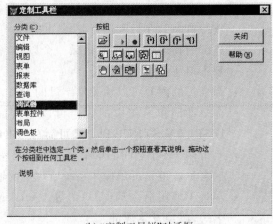

(b) "定制工具栏"对话框

(c) "学生管理"工具栏

图 1.11 创建新工具栏

3. 工具栏的形式

VFP 6.0 的工具栏有条形与窗形两种。除"常用"工具栏与"表设计"工具栏为条形外,其余的均采用工具窗口的形式。工具窗口一般仅设一个"关闭"按钮,位于标题栏的右端,窗口中除工具按钮外没有其他内容。

1.5 项目管理器

在 VFP 6.0 中,项目管理器一方面通过项目文件(扩展名为.PJX,每一开发项目可建一个 PJX 文件)对项目中的数据和对象进行集中的管理,另一方面则借助界面十分友好的集成环境,使用户能够方便地访问 VFP 6.0 提供的工具栏、快捷菜单和各种辅助设计工具。有人把项目管理器称为 VFP 6.0 的"控制中心",足见其地位之重要。如果说辅助设计工具能从技术上加快项目的开发,则项目管理器将从管理上对项目的开发与维护给予有效的支持。项目管理器窗口如图 1.12 所示。

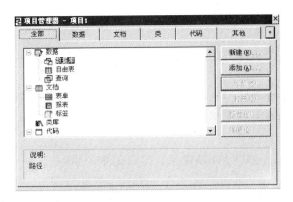

图 1.12 项目管理器窗口

1.5.1 创建项目

项目管理器可对项目中的数据、文档等进行集中管理,使项目的创建与维护均很方便。

1. 创建项目步骤

建立项目文件同建立其他类型的文件一样,其操作步骤如下:

(1) 单击"文件"菜单中的"新建"命令,在"新建"对话框中,选定"文件类型"为"项目",然后单击"新建文件"按钮,将弹出"创建"对话框。

(2) 在"创建"对话框中,输入项目文件名并确定项目文件的存放路径,单击"保存"按钮。此时"创建"对话框关闭,同时打开项目管理器窗口。

要打开已有的项目文件,单击"文件"菜单中的"打开"命令,在"打开"对话框中,选择或直接输入项目文件路径和项目文件名,单击"确定"按钮。此时也将出现如图 1.12 所示的项目管理器窗口。

2. 打开与关闭项目管理器

打开项目管理器较常用的方法有两种。一是使用 Modify project 命令打开,二是借助 Windows 的资源管理器打开。

(1) 使用 Modify project 命令打开。

Modify project <项目名>   或   **Modify project** [?]

用于修改(若项目文件已经存在)或创建(若项目文件不存在)指定项目名的项目文件。

命令中的"?"为可选项。不论带不带"?",命令执行时系统将显示一个"打开"对话框,请用户从中选定一个已有的项目文件,或输入新的待创建的项目文件名。

(2) 借助 Windows 的资源管理器打开。

先打开资源管理器,找到需要的项目文件;然后用鼠标双击这一文件,即可同时打开 VFP 6.0(如果原来尚未打开)和包含该项目文件的项目管理器。

借助菜单操作也可打开项目管理器,但不及以上的方法简便,不再细述。

关闭项目管理器十分简单,只需单击其窗口右上角的"关闭"按钮 ✕ 即可。

3. 项目管理器的选项卡

项目管理器有 6 个选项卡,它们分别是:"全部"、"数据"、"文档"、"类"、"代码"和"其

Visual FoxPro 基础

他"，每个选项卡用于管理某一类型文件。

（1）"数据"选项卡。

该选项卡包含了一个项目中的所有数据，如数据库、自由表、查询和视图。

（2）"文档"选项卡。

该选项卡中包含了处理数据时所用的全部文档，即输入和查看数据所用的表单，以及打印表和查询结果所用的报表及标签。

（3）"类"选项卡。

该选项卡显示和管理由类设计器建立的类库文件。

（4）"代码"选项卡。

该选项卡包含了用户的所有代码程序文件，如程序文件、API 库文件、应用程序等。

（5）"其他"选项卡。

该选项卡显示和管理下列文件：菜单文件、文本文件、由 OLE 等工具建立的其他文件（如图形、图像文件）。

（6）"全部"选项卡。

该选项卡显示和管理以上所有类型的文件。

4．项目管理器的命令按钮

项目管理器中有许多命令按钮，并且命令按钮是动态的，选择不同的对象会出现不同的命令按钮。下面介绍常用命令按钮的功能。

（1）"新建"按钮。

创建一个新文件或对象，新文件或对象的类型与当前所选定的类型相同。此按钮与"项目"菜单中"新建文件"命令作用相同。

注意：**"文件"菜单中的"新建"命令可以新建一个文件，但不会自动包含在项目中。而使用项目管理器中的"新建"命令按钮，或"项目"菜单中的"新建文件"命令建立的文件会自动包含在项目中。**

（2）"添加"按钮。

把已有的文件添加到项目中。此按钮与"项目"菜单中"添加文件"命令作用相同。

（3）"修改"按钮。

在相应的设计器中打开选定项进行修改，例如可以在数据库设计器中打开一个数据库进行修改。此按钮与"项目"菜单中"修改文件"命令作用相同。

（4）"浏览"按钮。

在"浏览"窗口中打开一个表，以便浏览表中内容。此按钮与"项目"菜单中"浏览文件"命令作用相同。

（5）"运行"按钮。

运行选定的查询、表单或程序。此按钮与"项目"菜单中"运行文件"命令作用相同。

（6）"移去"按钮。

从项目中移去选定的文件或对象。Visual FoxPro 6.0 将询问是仅从项目中移去此文件，还是同时将其从磁盘中删除。此按钮与"项目"菜单中的"移去文件"命令的作用相同。

（7）"打开"按钮。

打开选定的数据库文件。当选定的数据库文件打开后，此按钮变为"关闭"。此按钮与

"项目"菜单中"打开文件"命令作用相同。

(8)"关闭"按钮。

关闭选定的数据库文件。当选定的数据库文件关闭后,此按钮变为"打开"。此按钮与"项目"菜单中"关闭文件"命令作用相同。

(9)"预览"按钮。

在打印预览方式下显示选定的报表或标签文件内容。此按钮与"项目"菜单中"预览文件"命令作用相同。

(10)"连编"按钮。

连编某个项目或应用程序,还可以连编一个可执行文件。此按钮与"项目"菜单中"连编"命令作用相同。

1.5.2 使用项目管理器

在项目管理器中,各个项目都是以树状分层结构来组织和管理的。项目管理器按大类列出包含在项目文件中的文件。在每一类文件的左边都有一个图标形象地表明该种文件的类型,用户可以展开或折叠某一类型的文件。在项目管理器中,还可以在该项目中新建文件,对项目中的文件进行修改、运行、预览等操作,同时还可以向该项目中添加文件,或把文件从项目中移去。

1. 选择选项卡

用鼠标单击所需的选项卡的名称即可。

2. 展开/折叠目录树

项目管理器中的目录树使用"+"、"-"号来表示各级目录的当前状态(见图 1.12)。处于折叠状态的目录在其图标左边有一"+"号,单击"+"号可将它展开,显示出该目录所包含的子目录,同时将当前状态的图标从"+"号改为"-"号。单击目标左边的"-"号将使它恢复成折叠状态。

3. 项目管理器的快捷菜单

项目管理器可提供多种快捷菜单,其内容取决于菜单弹出时鼠标的位置。例如,当鼠标指针移至项目管理器窗口内选项卡之外的位置时,右击鼠标可出现一种快捷菜单;若将鼠标指针移到选项卡之内的任何位置上,右击后出现的快捷菜单会显示不同的内容。当选项卡处于分离状态时,右击选项卡也会弹出一个快捷菜单,但其内容又与前两种不同。

4. 折叠和展开项目管理器

项目管理器右上角的向上箭头按钮用于折叠或展开项目管理器窗口。该按钮正常时显示为向上箭头,单击时,项目管理器缩小为仅显示选项卡,同时该按钮变为向下箭头,称为还原按钮。在折叠状态,选择其中一个选项卡将显示一个较小窗口。小窗口不显示命令按钮,但是在选项卡中单击鼠标右键,弹出的快捷菜单增加了"项目"菜单中各命令按钮功能的选项。如果要恢复包括命令按钮的正常界面,单击"还原"按钮即可。

5. 拆分项目管理器

折叠项目管理器窗口后,可以进一步拆分项目管理器,使其中的选项卡成为独立、浮动的窗口,可以根据需要重新安排它们的位置。

首先单击向上箭头按钮折叠项目管理器,然后选定一个选项卡,将它拖离项目管理器。

当选项卡处于浮动状态时,在选项卡中单击鼠标右键,弹出的快捷菜单增加了"项目"菜单中的选项。对于从项目管理器窗口中拆分出的选项卡,单击选项卡上的图钉图标,可以钉住该选项卡,将其设置为始终显示在屏幕的最顶层,不会被其他窗口遮挡。再次单击图钉图标便取消其"顶层显示"设置。若要还原拆分的选项卡,可以单击选项卡上的"关闭"按钮,也可以用鼠标将拆分的选项卡拖回项目管理器窗口中。

6. 停放项目管理器

将项目管理器拖到 Visual FoxPro 6.0 主窗口的顶部就可以使它像工具栏一样显示在主窗口的顶部。停放后的项目管理器变成了窗口工具栏区域的一部分,不能将其整个展开,但是可以单击每个选项卡来进行相应的操作。对于停放的项目管理器,同样可以从中拖出选项卡。

7. 在项目管理器中新建文件

首先选定要创建的文件类型(如数据库、数据库表、查询等),然后选择"新建"按钮,将显示与所选文件类型相应的设计工具。对于某些项目,还可以利用向导来创建文件。

以用项目管理器新建表为例,操作步骤为:打开已建立的项目文件,出现项目管理器窗口;选择"数据"选项卡中的"数据库"下的表,然后单击"新建"按钮,出现"新建表"对话框;选择"新建表"出现"创建"对话框,确定需要建立表的路径和表名,单击"保存"按钮后,出现表设计器窗口。

8. 在项目中修改文件

若要在项目中修改文件,只要选定要修改的文件名,再单击"修改"按钮。例如,要修改一个表,先选定表名,然后单击"修改"按钮,该表便显示在表设计器中。

9. 添加和移去文件

(1) 向项目中添加文件。

要在项目中加入已经建立好的文件,首先选定要添加文件的文件类型,如单击"数据"选项卡中的"数据库"选项,再单击"添加"按钮,在"打开"对话框中,选择要添加的文件名,然后单击"确定"按钮。

(2) 从项目中移去文件。

在项目管理器中,选择要移去的文件,如单击"数据"选项卡中"数据库"选项下的数据库文件,单击"移去"按钮,此时将打开一个提示对话框,询问是"把数据库从项目中移去还是从磁盘上删除?"。如想把文件从项目中移去,单击"移去"按钮;如想把文件从项目中移去,并从磁盘上删除,单击"删除"按钮。

10. 项目文件的连编与运行

连编是将项目中所有的文件连接编译在一起,这是大多数系统开发都要做的工作。这里先介绍有关的两个重要概念。

(1) 主文件。

主文件是"项目管理器"的主控程序,是整个应用程序的起点。在 Visual FoxPro 6.0 中必须指定一个主文件,它应当是一个可执行的程序,这样的程序可以调用相应的程序,最后一般应回到主文件中。

(2) "包含"和"排除"。

"包含"是指应用程序的运行过程中不需要更新的项目,也就是一般不会再变动的项目。

它们主要有程序、图形、窗体、菜单、报表、查询等。

"排除"是指已添加在"项目管理器"中，但又在使用状态上被排除的项目。通常，允许在程序运行过程中随意地更新它们，如数据库表。对于在程序运行过程中可以更新和修改的文件，应将它们修改成"排除"状态。

指定项目的"包含"与"排除"状态的方法是：打开"项目管理器"，选择"项目"菜单中的"包含/排除"命令；或者通过单击鼠标右键，在弹出的快捷菜单中，选择"包含/排除"命令。

在使用连编之前，要确定以下几个问题：

- 在"项目管理器"加进所有参加连编的项目，如程序、窗体、菜单、数据库、报表、其他文本文件等。
- 指定主文件。
- 对有关数据文件设置"包含/排除"状态。
- 确定程序（包括窗体、菜单、程序、报表）之间明确的调用关系。
- 确定程序在连编完成之后的执行路径和文件名。

在上述问题确定后，即可对该项目文件进行编译。

通过设置"连编选项"对话框的"选项"，可以重新连编项目中的所有文件，并对每个源文件创建其对象文件。同时在连编完成之后，可指定是否显示编译时的错误信息，也可指定连编应用程序之后，是否立即运行它。

1.5.3 定制项目管理器

用户可以改变项目管理器窗口的外观。例如，可以移动项目管理器的位置，改变它的大小，也可以折叠或拆分项目管理器窗口以及使项目管理器中的选项卡永远浮在其他窗口之上。

1. 项目管理器的折叠

项目管理器的右上角有一个带向上箭头的折叠按钮 。单击这一按钮可隐去全部选项卡，只剩下项目管理器和选项卡的标题，如图 1.13 所显示。与此同时，折叠按钮上的向上箭头也改为向下，变成了恢复按钮。

图 1.13　折叠后的项目管理器

2. 项目管理器的分离

项目管理器处于折叠状态时，用鼠标拖动任何一个选项卡的标题，都可使该选项卡与项目管理器分离，如图 1.14 所示。分离后的选项卡可以像一个独立的窗口在 VFP 6.0 主窗口中移动。单击分离选项卡的"关闭"按钮，即可使该选项卡恢复原位。

3. 移动和缩放项目管理器

项目管理器窗口和其他 Windows 窗口一样，可以随时改变窗口的大小以及移动窗口的显示位置。将鼠标放置在窗口的标题栏上并拖曳鼠标即可移动项目管理器。将鼠标指针指向项目管理器窗口的顶端、底端、两边或角上，拖动鼠标便可更改它的尺寸。

Visual FoxPro 基础

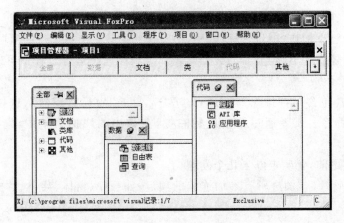

图 1.14　从项目管理器分离的选项卡

1.6　VFP 6.0 向导、设计器和生成器简介

VFP 6.0 提供了 3 类支持可视化设计的辅助工具，即向导、设计器和生成器，以便加快 VFP 6.0 应用程序的开发，减轻用户的程序设计工作量。

1.6.1　VFP 6.0 向导

图 1.15(a)至图 1.15(d)显示了运行表向导所显示的 4 个对话框，读者从中可见一斑。

向导是一种快捷设计工具。通过一组对话框依次与用户对话，引导用户分步完成 VFP 6.0 的某项任务，例如创建一个新表，建立一项查询，或设置一个报表的格式等。

1. 向导的种类

VFP 6.0 有二十余种向导工具。表 1.1 列出了 VFP 6.0 提供的 21 种向导的名称及其简明用途。从创建表、视图、查询等数据文件，到建立报表、标签、图表、表单等 VFP 6.0 文档，直至创建 VFP 6.0 的应用程序、SQL 服务器上的数据库等操作，均可使用相应的向导工具来完成。

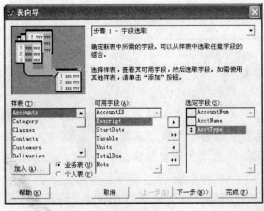

(a)字段选取

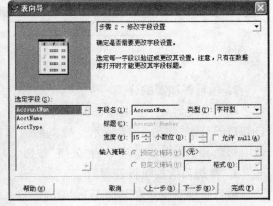

(b)修改字段设置

图 1.15　VFP 6.0 表向导的系列对话框

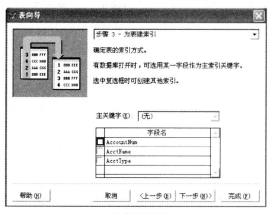 

(c) 为表建索引　　　　　　　　　　　　(d) 完成

图 1.15　（续）

表 1.1　VFP 6.0 向导一览表

向　导　名　称	用　　途
表向导	创建一个表
查询向导	创建查询
本地视图向导	创建一个视图
远程视图向导	创建远程视图
交叉表向导	创建一个交叉表查询
文档向导	格式化项目和程序文件中的代码并从中生成文本文件
图表向导	创建一个图表
报表向导	创建报表
分组/总计报表向导	创建具有分组和总计功能的报表
一对多报表向导	创建一个一对多报表
标签向导	创建邮件标签
表单向导	创建一个表单
一对多表单向导	创建一个一对多表单
数据透视表向导	创建数据透视表
邮件合并向导	创建一个邮件合并文件
安装向导	从发布树中的文件创建发布磁盘
升迁向导	创建一个 Oracle 数据库,使之尽可能多地重复 Visual FoxPro 6.0 数据库的功能
SQL 升迁向导	创建一个 SQL Server 数据库,使之尽可能多地重复 Visual FoxPro 6.0 数据库的功能
导入向导	导入或追加数据
应用程序向导	创建一个 Visual FoxPro 6.0 应用程序
WWW 搜索页向导	创建 Web 页面,使该页的访问者可以从 Visual FoxPro 6.0 表中搜索及检索记录

2. 向导的启动与操作

向导的操作由一系列对话框组成,在用户完成每一步中对话框提出的问题后,向导将创建相应的文件或是执行相应的任务。选择"工具"菜单中的"向导"命令,出现向导对话框,选中某一个向导,然后按出现对话框的提示操作。

启动向导后,要依次回答每一对话窗口提出的问题,即回答完当前对话窗口的问题后,单击"下一步"按钮转到下一个步骤,如果操作中有错误,可选择"上一步"按钮查看或修改前一对话框的内容。到达最后一屏时,单击"完成"按钮,退出向导。

向导运行时,系统将以系列对话框的形式向用户提示每步操作的详细步骤,引导他们选定所需的选项,回答系统提出的询问。向导工具的最大特点是"快"。不仅操作简捷,得出结果也很迅速。因向导工具强调快,其完成的任务也相对比较简单。所以通常的做法,是先用向导创建一个较简单的框架,然后再用相应的设计器进一步对它修改。

例如若需创建一个新表,可先用表向导来创建,然后再用表设计器进行修改。

1.6.2 VFP 6.0 设计器

设计器一般比向导具有更强的功能,可用来创建或者修改 VFP 6.0 应用程序所需要的构件。例如使用表设计器来定义表,使用表单设计器来定义表单等。

表 1.2 列出了 VFP 6.0 九种设计器的用途一览表。与向导相似,设计的对象也包括数据文件与 VFP 6.0 文档两大类。

表 1.2 VFP 6.0 的设计器用途一览表

设 计 器	用 途
表设计器	创建表并在其上建立索引
查询设计器	运行本地表查询
视图设计器	运行远程数据源查询;创建可更新的查询
表单设计器	创建表单,用以查看并编辑表中数据
报表设计器	创建报表,显示及打印数据
标签设计器	创建标签布局以打印标签
数据库设计器	设置数据库;查看并创建表间的关系
连接设计器	为远程视图创建连接
菜单设计器	创建菜单或快捷菜单

图 1.16 显示了"视图设计器"的程序窗口,由上、下两部分组成。上半部分为窗口工作区,在设计视图时用于显示视图的结构;下半部分为选项卡区,供用户在设计视图时与系统进行交互。本例图共有 7 个选项卡,分别使用"字段"、"联结"、"筛选"等作为选项卡的标题。单击任一标题,一个与之相应的选项卡即被激活,并浮动到顶上来显示。选项卡愈多,设计时可供用户设置和选择的内容也越丰富。

1.6.3 VFP 6.0 生成器

生成器也可译为构造器,均来源于英文 builder 一词。它的主要功能,是在 VFP 应用程序的构件中生成并加入某类控件,例如生成一个组合框或生成一个列表框等。表 1.3 显示了由 VFP 6.0 提供的 10 种生成器。

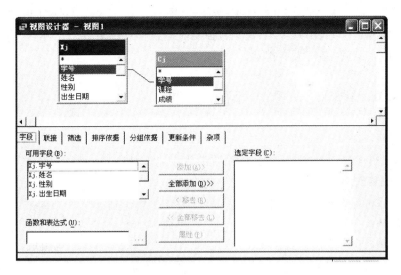

图 1.16　"视图设计器"的程序窗口

表 1.3　VFP 6.0 的生成器一览表

生 成 器	功 能	生 成 器	功 能
组合框生成器	生成组合框	列表生成器	生成列表
命令组生成器	生成命令组	选项组生成器	生成选项组
编辑框生成器	生成编辑框	文本框生成器	生成文本框
表单生成器	生成表单	自动格式生成器	格式化控件组
表格生成器	生成表格	参照完整性生成器	在数据库表间创建参照完整性

作为示例,图 1.17 显示了"表单生成器"的对话框。从外观上看,它其实是一个选项卡对话框。通常每个生成器都包括一叠选项卡,可供用户设置所选定对象的属性。

以上 3 类辅助工具全部使用图形交互界面。通过直观、简单的人机交互操作,就可使用户轻松地完成应用程序的界面设计任务。不仅如此,所有上述工具的设计结果,都能自动生成 VFP 6.0 的代码,使用户可摆脱面向对象程序设计烦琐的编码任务,轻松地建立起自己的 VFP 6.0 应用程序来。

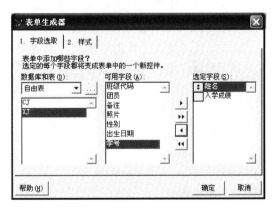

图 1.17　"表单生成器"对话框

上述工具的操作方法与示例,将在后续章节中进一步介绍。

本 章 小 结

本章介绍了数据库和关系数据库系统的发展及基本概念,介绍了关系数据库模型及其运算,介绍了数据库系统的设计基础知识。

最后对 VFP 6.0 的特点、安装、组成、界面、工作方式与核心工具等知识进行了概要介绍,掌握这些内容是学好、用好 VFP 6.0 的必要前提条件。读者在今后学习 VFP 6.0 的过程中,经常返回来翻阅,必定大有裨益。

习　　题

1. 填空题

1.1　与文件管理系统相比,数据库系统的优点之一是_____。

1.2　数据库管理系统的基本功能之一是_____。

1.3　VFP 6.0 的主要特点之一有_____。

1.4　VFP 6.0 的用户界面也称为_____界面。

1.5　VFP 6.0 的程序窗口主要由_____、_____、_____等组成。

1.6　VFP 6.0 主要使用_____、_____两种菜单。

1.7　VFP 6.0 的工作方式有_____、_____、_____。

1.8　VFP 6.0 对话框主要由_____、_____等组成。

1.9　VFP 6.0 项目管理器能把_____、_____、_____等连编成应用程序。

1.10　VFP 6.0 的主要工具有_____、_____、_____等。

2. 选择题

2.1　下列有关数据库的描述,正确的是_____。

A) 数据库是一个 DBF 文件　　　　　　B) 数据库是一个关系

C) 数据库是一个结构化的数据集合　　　D) 数据库是一组文件

2.2　单个用户使用的数据视图的描述称为_____。

A) 外模式　　　　B) 概念模式　　　　C) 内模式　　　　D) 逻辑模式

2.3　在下述关于数据库系统的叙述中,正确的是_____。

A) 数据库中只存在数据项之间的联系

B) 数据库的数据项之间和记录之间都存在联系

C) 数据库的数据项之间无联系,记录之间存在联系

D) 数据库的数据项之间和记录之间都不存在联系

2.4　数据库系统的构成为:数据库集合、计算机硬件系统、数据库管理员和用户与_____。

A) 操作系统　　　　　　　　　　　　B) 文件系统

C) 数据集合　　　　　　　　　　　　D) 数据库管理系统及相关软件

2.5　下面关于工具栏的叙述,错误的是_____。

A) 可以创建自己的工具栏　　　　　　B) 可以修改系统提供的工具栏

C) 可以删除用户创建的工具栏　　　　D) 可以删除系统提供的工具栏

第2章　Visual FoxPro 数据及其运算

本章主要介绍 Visual FoxPro 6.0 使用的各种不同类型的数据及运算规则。Visual FoxPro 6.0 有常量、变量、表达式和函数 4 种形式的数据，常量和变量是数据运算和数据处理的基本对象，表达式和函数能够体现语言对数据运算和数据处理的能力和功能。

2.1　VFP 6.0 数据类型

Visual FoxPro 6.0 的数据类型有字符型、数值型、货币型、日期型、日期时间型、逻辑型、备注型、通用型、二进制字符型和二进制备注型。

1. 字符型

字符型（Character）数据是不能进行算术运算的文字数据类型，用字母 C 表示。字符型数据包括中文字符、英文字符、数字字符和其他 ASCII 字符，其长度（即字符个数）范围是 0～254 个字符。

2. 数值型

数值型（Numeric）数据是表示数量并可以进行算术运算的数据类型，用字母 N 表示。数值型数据由数字、小数点和正负号组成。数值型数据在内存中占用 8 个字节，相应的字段变量长度（数据位数）最大为 20 位。

在 Visual FoxPro 6.0 中，具有数值特征的数据类型还有整型（Integer）、浮点型（Float）和双精度型（Double），不过这 3 种数据类型只能用于字段变量。

3. 货币型

货币型（Currency）数据是为存储货币值而使用的一种数据类型，它默认保留 4 位小数，占据 8 字节存储空间。货币型数据用字母 Y 表示。

4. 日期型

日期型（Date）数据是表示日期的数据，用字母 D 表示。日期的默认格式是{mm/dd/yy}，其中 mm 表示月份，dd 表示日期，yy 表示年度，年度也可以是 4 位。日期型数据的长度固定为 8 位。日期型数据的显示格式有多种，它受系统日期格式设置的影响。

5. 日期时间型

日期时间型（Date Time）数据是表示日期和时间的数据，用字母 T 表示。日期时间的默认格式是{mm/dd/yyyy hh:mm:ss}，其中 mm，dd，yyyy 的意义与日期型相同，而 hh 表示小时，mm 表示分钟，ss 表示秒数。日期时间型数据也是采用 8 位固定长度，取值范围是：日期为 01/01/0001～12/31/9999，时间为 00:00:00～23:59:59。如{08/16/2003 10:35:30}表示 2003 年 8 月 16 日 10 时 35 分 30 秒这一日期和时间。

6. 逻辑型

逻辑型(Logic)数据是描述客观事物真假的数据类型,表示逻辑判断的结果,用字母 L 表示。逻辑型数据只有真(. t. 或. y.)和假(. f. 或. n.)两种,长度固定为 1 位。

7. 备注型

备注型(Memo)数据是用于存放较多字符的数据类型,用字母 M 表示。备注型数据没有数据长度限制,仅受限于磁盘空间。它只用于表中字段类型的定义,字段长度固定为 4 个字节,实际数据存放在与表文件同名的备注文件(. fpt)中,长度根据数据内容而定。

8. 通用型

通用型(General)数据是存储 OLE(对象链接与嵌入)对象的数据类型,用字母 G 表示。通用型数据中的 OLE 对象可以是电子表格、文档、图形、声音等。它只用于表中字段类型的定义。通用型数据字段长度固定为 4 位,实际数据长度仅受限于磁盘空间。

9. 二进制字符型和二进制备注型

这两类数据是以二进制格式存储的数据类型,只能用于表中字段数据的定义。所存储的数据不受代码页改变的影响。

2.2　VFP 6.0 常量与变量

常量是固定不变的数据,它具有数值型、字符型、日期型、日期时间型、逻辑型和货币型等多种类型。在命令操作和程序运行过程中其值允许变化的量称变量,变量包括内存变量、数组变量、字段变量和系统内存变量 4 种。

2.2.1　常量

常量是固定不变的数据,它具有数值型、字符型、日期型、日期时间型、逻辑型和货币型等多种类型。

1. 字符型常量

字符型常量是用定界符括起来的一串字符。在 Visual FoxPro 6.0 中,定界符有 3 种:单引号、双引号和方括号。如'Central South University'、"410075"、［教授］等都是字符型常量。如果某一种定界符本身是字符型常量中的字符,就应选择另一种定界符。例如,"That's right!"表示字符常量 That's right!,含有 13 个字符。

2. 数值型常量

数值型常量就是平时所讲的常数,由数字、小数点和正负号组成。在 Visual FoxPro 6.0 中,数值型常量有两种表示方法:小数形式和指数形式。如 75,－3.75 是小数形式的数值型常量。指数形式通常用来表示那些绝对值很大或很小,而有效位数不太长的一些数值,对应于日常应用中的科学记数法。

指数形式用字母 E 来表示以 10 为底的指数,E 左边为数字部分,称为尾数,右边为指数部分,称为阶码。阶码只能是整数,尾数可以是整数,也可以是小数。尾数与阶码均可正可负。例如,常量 0.6947×10^{-6},4.9523×10^{9} 分别用指数形式表示为 $0.6947E-6$,$4.9523E9$。

3. 货币型常量

货币型常量的书写格式与数值型常量类似,但要加上一个前置的 $。货币型数据在存储和计算时,采用 4 位小数。如果一个货币型常量多于 4 位小数,那么系统会自动将多余的小数位四舍五入。例如,货币型常量 $3.141 592 6 将存储为 $3.1416。货币型常量不能采用指数形式。

4. 日期型常量

日期型常量要放在一对花括号中,花括号内包括年、月、日 3 部分内容,各部分内容之间用分隔符分隔。分隔符可以是/、-、. 等。Visual FoxPro 6.0 的默认日期格式是{mm/dd/[yy]yy}。

5. 日期时间型常量

日期时间型常量也要放在一对花括号中,其中既含日期又含时间。日期的格式与日期型常量相同,时间包括时、分、秒,时分秒之间用“:”分隔。日期时间型常量的默认格式是{mm/dd/[yy]yy [,] [hh[:mm[:ss]][a|p]]}。其中 hh,mm,ss 的默认值分别为 12,0 和 0。a 和 p 分别表示 AM(上午)和 PM(下午),默认为 AM。如果指定时间大于等于 12,则自然为下午的时间。

日期值和日期时间值的输入格式与输出格式并不完全相同,特别是输出格式受系统环境设置的影响,用户可根据应用需要进行相应设置。下面介绍有关命令。

1) 日期格式中的世纪值

通常日期格式中用 2 位数表示年份,但涉及世纪问题就不便区分。Visual FoxPro 6.0 提供设置命令对此进行相应设置。

格式: SET CENTURY ON | OFF | TO [nCentury]

功能:用于设置显示日期时是否显示世纪。其中,ON 表示日期值输出时显示年份值,即日期数据显示 10 位,年份占 4 位。OFF(默认值)表示日期值输出时不显示年份值,即日期数据显示 8 位,年份占 2 位。TO [nCentury]指定日期数据所对应的世纪值,nCentury 是一个 1~99 的整数,代表世纪数。

2) 设置日期显示格式

用户可以调整、设置日期的显示输出格式。

格式:

SET DATE [TO] AMERICAN|ANSI|BRITISH|FRENCH|GERMAN|ITLIAN|JAPAN|USA|MDY|DMY|YMD|SHORT|LONG

功能:设置日期的显示输出格式。系统默认为 AMERICAN(美国日期格式)。如果日期格式设置为 SHORT 或 LONG 格式,Visual FoxPro 6.0 将按 Windows 系统设置的短日期格式或长日期格式显示输出日期数据,而且 SET CENTURY 命令的设置被忽略。

3) 设置日期分隔符

格式: SET MARK TO [日期分隔符]

功能:设置显示日期时使用的分隔符,如/、-、. 等。如没有指定任何分隔符,则恢复系统默认的斜杠分隔符。

4) 设置日期 2000 年兼容性

通常日期型和日期时间型数据的结果,与 SET DATE 命令和 SET CENTURY 命令设置状态及当前系统时间有关。由于系统时间与相应设置不同,同一数据的结果可能有不同的解释。如日期值{10/11/12}可以解释为 1912 年 10 月 11 日、2012 年 10 月 11 日、1912 年

11 月 10 日、1910 年 11 月 12 日或者 2010 年 11 月 12 日等。这显然会导致系统混乱,而且还可能造成 2000 年兼容性错误,影响系统正常运行。

Visual FoxPro 6.0 增加了一种所谓严格的日期格式。不论哪种设置,按严格日期格式表示的日期型和日期时间型数据,都具有相同的值和表示形式。严格的日期格式是:{^yyyy-mm-dd[,][hh[:mm[:ss]][a|p]]}。其中,^表明该格式是严格的日期格式,并按照 YMD 的格式解释日期型和日期时间型数据,它是严格日期格式的标志,不可缺少。有效的日期型和日期时间型数据分隔符为:/、-、、和空格。如{^2003-08-16}、{^2003-08-16 10:35:30a},分别以严格的日期格式表示 2003 年 8 月 16 日及该日上午 10 时 35 分 30 秒,Visual FoxPro 6.0 默认采用严格的日期格式,并以此检测所有日期型和日期时间型数据的格式是否规范、合法。

格式:SET STRICTDATE TO [0 | 1 | 2]

功能:用于设置是否对日期格式进行检测。其中,0 表示不进行严格的日期格式检测。1 表示进行严格的日期格式检测(默认值),要求所有日期型和日期时间型数据均按严格的格式。2 表示进行严格的日期格式检测,并且对 CTOD 和 CTOT 函数的格式也有效。省略各选项时,恢复系统默认值,等价于 1 的设置。除了利用命令方式设置外,也可以用菜单方式进行设置。在"工具"菜单中选择"选项"命令,将打开"选项"对话框,在"区域"选项卡中可以设置日期和时间的显示格式。在"常规"选项卡中可以设置 2000 年兼容性。

6. 逻辑型常量

逻辑型常量表示逻辑判断的结果,只有"真"和"假"两种值。在 Visual FoxPro 6.0 中,逻辑真用.T.、.t.、.Y. 或.y. 表示,逻辑假用.F.、.f.、.N. 或.n. 表示。注意字母前后的圆点一定不能丢。

2.2.2 变量

变量是在操作过程中可以改变其值的数据对象。在 Visual FoxPro 6.0 中变量分为字段变量、内存变量、数组变量和系统变量 4 类。此外,作为面向对象的程序设计语言,Visual FoxPro 6.0 在进行面向对象的程序设计中引入了对象的概念,对象实质上也是一类变量。确定一个变量,需要确定其 3 个要素:变量名、数据类型和变量值。

1. 命名规则

(1) 使用字母、汉字、下划线和数字命名。

(2) 命名以字母或下划线开头。除自由表中字段名、索引的 TAG 标志名最多只能 10 个字符外,其他的命名可使用 1~128 个字符。

(3) 为避免误解、混淆,避免使用 Visual FoxPro 6.0 的保留字。

(4) 文件名的命名应遵循操作系统的约定。

2. 字段变量

字段变量就是表中的字段名,它是表中最基本的数据单元。字段变量是一种多值变量,一个表有多少条记录,那么该表的每一字段就有多少个值,当用某一字段名做变量时,它的值就是表记录指针所指的那条记录对应字段的值。字段变量的类型可以是 Visual FoxPro 6.0 的任意数据类型。字段变量的名字、类型、长度等是在定义表结构时定义的。

3. 内存变量

Visual FoxPro 6.0 中，除了字段变量外，还有一种变量，它独立于表，是一种临时工作单元，称为内存变量。

4. 数组变量

在 Visual FoxPro 6.0 中，数组变量被定义为一组变量的集合，这些变量可以具有不同的数据类型。数组由数组元素组成，每个数组元素就相当于一个内存变量。

5. 系统变量

VFP 提供了一批系统内存变量，简称系统变量。它们都以下划线开头，分别用于控制外部设备（如打印机、鼠标器等），屏幕输出格式，或处理有关计算器、日历、剪贴板等方面的信息。系统变量举例如下：

(1) _DIARYDAT：存储当前日期。

(2) _CLIPTEXT：接受文本并送入剪贴板。例如执行命令_CLIPTEXT＝"VFP"后，剪贴板中就存储了文本 VFP。

2.2.3 内存变量

Visual FoxPro 6.0 内存变量可以分为普通内存变量和数组内存变量。普通内存变量是一种临时工作单元，常简称为内存变量，数组内存变量由数组元素组成，每个数组元素就相当于一个普通内存变量，常简称为数组。

1. 内存变量

内存变量的类型有字符型、数值型、货币型、逻辑型、日期型和日期时间型等。可直接用内存变量名对内存变量进行访问，但若它与字段变量同名时，则应该用如下格式进行访问：

M.内存变量名
M->内存变量名

1）内存变量的赋值

格式：<内存变量> = <表达式>

　　　　STORE <表达式> TO <内存变量表>

功能：该命令先计算表达式的值，然后将表达式的值赋给一个或几个内存变量。第一种格式只能给一个内存变量赋值。第二种格式可以同时给多个内存变量赋相同的值，各内存变量名之间用逗号分隔。内存变量的数据类型取决于表达式值的类型。可以通过对内存变量重新赋值来改变其值和类型。

2）内存变量的显示

可以用命令显示当前已定义的内存变量的有关信息，包括变量名、作用域、类型和取值。

格式：DISPLAY MEMORY [LIKE <通配符>] [TO PRINTER][TO FILE <文件名>]

　　　　LIST MEMORY [LIKE <通配符>] [TO PRINTER][TO FILE <文件名>]

功能：显示当前已定义的内存变量的有关信息，LIKE 选项表示显示与通配符相匹配的内存变量，在＜通配符＞中允许使用符号？和＊，分别代表单个字符和多个字符。TO PRINTER 或 TO FILE ＜文件名＞选项可将内存变量的有关信息在打印机上打印出来，或者以给定的文件名存入文本文件中（扩展名为.txt）。

LIST 命令一次显示所有内存变量，如果内存变量多，一屏显示不下，则连续向上滚动。

而 DISPLY 命令分屏显示所有内存变量,如果内存变量多,显示一屏后暂停,按任意键后再继续显示下一屏。

3) 内存变量文件的建立

将所定义的内存变量的各种信息全都保存到一个文件中,该文件称为内存变量文件。其默认的扩展名为 .mem。

格式:SAVE TO <内存变量文件名> [ALL [LIKE|EXCEPT <通配符>]]

功能:建立内存变量文件命令,ALL 表示将全部内存变量存入文件中。ALL LIKE <通配符>表示内存变量中所有与通配符相匹配的内存变量都存入文件。ALL EXCEPT <通配符>表示把与通配符不匹配的全部内存变量存入文件中。

4) 内存变量的恢复

内存变量的恢复是指将已存入内存变量文件中的内存变量从文件中读出,装入内存中。

格式:RESTORE FROM <内存变量文件名> [ADDITIVE]

功能:内存变量的恢复,若命令中含有 ADDITIVE 任选项,系统不清除内存中现有的内存变量,并追加文件中的内存变量。

5) 内存变量的清除

清除内存变量并释放相应的内存空间。

格式:CLEAR MEMORY

RELEASE [<内存变量表>][ALL [LIKE|EXCEPT <通配符>]]

功能:清除内存变量并释放相应的内存空间,其中第一条命令是清除所有的内存变量,第二条命令是清除指定的内存变量。

2. 数组变量

数组由数组元素组成,每个数组元素就相当于一个内存变量,它可以用数组名后接顺序号来表示,顺序号也叫下标。

1) 数组的定义

Visual FoxPro 6.0 规定,数组在使用之前必须用数组说明命令进行定义,即定义数据名、维数和大小。

格式:DIMENSION <数组名>(<下标上界 1>[,<下标上界 2>])[,…]

DECLARE <数组名>(<下标上界 1>[,<下标上界 2>])[,…]

功能:两条命令的功能完全相同,用于定义一维或二维数组。下标上界是一数值量,下标的下界由系统统一规定为 1。数组一经定义,它的每个元素都可当作一个内存变量来使用,因此它具有与内存变量相同的性质。Visual FoxPro 6.0 命令行中可以使用内存变量的地方都能用数组元素代替。

2) 数组的赋值

可以使用赋值命令给数组元素赋值,也可以给整个数组的各个元素赋相同的值。

例如命令:

b = 73

为上面定义的二维数组 b 的 6 个元素都赋同样的值 73。在没有向数组元素赋值之前,数组元素的初值均为逻辑假(.F.)值。在 Visual FoxPro 6.0 中,二维数组各元素在内存中按行的顺序存储,它们也可按一维数组元素的顺序来存取数据。如上述二维数组 b 中的元素 b(2,1)是排在第 2 行第 1 列,由于每一行是 3 个元素,所以 b(2,1)也可用 b(4) 表示。

2.3 VFP 6.0 常用函数

函数具有特定的功能,是用程序来实现一种数据运算或转换。Visual FoxPro 6.0 提供了 200 余种函数,具有强大的功能。函数有函数名、参数和函数值 3 个要素。

函数的 3 个要素如下:

(1) 函数名起标志作用。

(2) 参数是自变量,一般是表达式,写在括号内。

(3) 函数运算后会返回一个值,称为函数值,这就是函数的功能。函数值会因参数值而异。有的函数缺省参数,称为哑参,但仍有返回值,例如函数 DATE()能返回系统当前日期。

2.3.1 数值函数

数值函数是数值型数据涉及的函数。例如平方根函数,其函数名为 SQRT,参数值为 16 时的函数值为 SQRT(16)。

1. 求绝对值函数

格式:ABS(<数值型表达式>)

功能: 求数值型表达式的绝对值。函数值为数值型。

举例:

```
? ABS(-4)      && 返回值 4
```

2. 求平方根函数

格式:SQRT(<数值型表达式>)

功能: 求数值型表达式的算术平方根,数值型表达式的值应不小于 0。函数值为数值型。

举例:

```
? SQRT(4)     && 返回值 2.00
```

3. 求指数函数

格式:EXP(<数值型表达式>)

功能: 将数值型表达式的值作为指数 x,求出 e 的 x 次方根,函数值为数值型。

举例:

```
? EXP(2)      && 返回值 7.39
```

4. 求对数函数

格式:LOG(<数值型表达式>)

      LOG10(<数值型表达式>)

功能：LOG 求数值型表达式的自然对数，LOG10 求数值型表达式的常用对数，数值型表达式的值必须大于 0。函数值为数值型。

举例：

```
? LOG10(100)      && 返回值 2
```

5. 取整函数

格式：INT(<数值型表达式>)

　　　　CEILING(<数值型表达式>)

　　　　FLOOR(<数值型表达式>)

功能：INT 取数值型表达式的整数部分。CEILING 取大于或等于指定表达式的最小整数。FLOOR 取小于或等于指定表达式的最大整数。函数值均为数值型。

举例：

```
x = 56.72
? INT(x),INT( - x),CEILING(x),CEILING( - x),FLOOR(x),FLOOR( - x)
```

输出的 3 个函数的值依次为 $56, -56, 57, -56, 56, -57$。

6. 求余数函数

格式：MOD(<数值型表达式 1>,<数值型表达式 2>)

功能：求<数值型表达式 1>除以<数值型表达式 2>所得出的余数，所得余数的符号和表达式 2 相同。如果被除数与除数同号，那么函数值即为两数相除的余数。如果被除数与除数异号，则函数值为两数相除的余数再加上除数的值。函数值为数值型。

举例：

```
? MOD(25,7),MOD(25, - 7),MOD( - 25,7),MOD( - 25, - 7)
```

输出的函数值依次为 $4, -3, 3, -4$。显然如果 M 除以 N 的余数为 0，则 M 能被 N 整除。

```
x = 521
x1 = INT(x/100)
x2 = INT(MOD(x,100)/10)
x3 = MOD(x,10)
? 100 * x1 + 10 * x2 + 1 * x3
```

输出为 521。显然 x1、x2、x3 分别为 x 的百、十、个位数字。

7. 四舍五入函数

格式：ROUND(<数值型表达式 1>,<数值型表达式 2>)

功能：对<数值型表达式 1>求值并保留 n 位小数，从 n+1 位小数起进行四舍五入，n 的值由<数值型表达式 2>确定，若 n 小于 0，则对<数值型表达式 1>的整数部分按 n 的绝对值进行四舍五入。

举例：

```
? ROUND(3.1415 * 3,2),ROUND(156.78, - 1)
```

输出的函数值分别为 9.42 和 160。

8. 求最大值和最小值函数

格式：MAX(<表达式 1>,<表达式 2>,…,<表达式 n>)

MIN(<表达式 1>,<表达式 2>,…,<表达式 n>)

功能：MAX 求 n 个表达式中的最大值，MIN 求 n 个表达式中的最小值。表达式的类型可以是数值型、字符型、货币型、浮点型、双精度型、日期型和日期时间型，但所有表达式的类型应相同。函数值的类型与自变量的类型一致。

举例：

? MAX({^2003 - 08 - 16},{^2002 - 08 - 16}),MIN("助教","讲师","副教授","教授")

输出的函数值分别为 08/16/03、助教。

9. π 函数

格式：PI()

功能：返回圆周率 π 的近似值 3.14。

2.3.2 字符函数

字符函数是处理字符型数据的函数，其自变量或函数值中至少有一个是字符型数据。

1. 宏代换函数

格式：&<字符型内存变量>[.字符表达式]

功能：代换出一个字符型内存变量的内容。若<字符型内存变量>与后面的字符无空格分界，则 & 函数后的"."必须有。

举例：

```
i = "1"
j = "2"
x12 = "Good"
Good = MAX(96/01/02,65/05/01)
? x&i.&j,&x12
```

输出的内容依次是 Good 和 48。

```
m = "245 * SQRT(4)"
? 34 + &m
```

输出为 524.00。

2. 求字符串长度函数

格式：LEN(字符型表达式)

功能：求字符串的长度，即所包含的字符个数。若是空串，则长度为 0。函数值为数值型。

举例：

? LEN("ABCD")   && 返回值 4

3. 求子串位置函数

格式：AT(<字符型表达式 1>,<字符型表达式 2>)

ATC(<字符型表达式 1>,<字符型表达式 2>)

功能：若<字符型表达式 1>的值存在于<字符型表达式 2>的值中,则给出<字符表达式 1>在<字符型表达式 2>中的开始位置,若不存在,则函数值为 0。函数值为数值型。ATC 函数在子串比较时不区分字母大小写。

举例：

```
xm = "刘宏刚"
? AT("刘",xm),AT("PRO","Visual FoxPro"),ATC("PRO","Visual FoxPro")
```

输出的函数值分别为 1、0、11。

4. 取子串函数

格式：**LEFT**(<字符型表达式>,<数值型表达式>)

　　　　RIGHT(<字符型表达式>,<数值型表达式>)

　　　　SUBSTR(<字符型表达式>,<数值型表达式 1>[,<数值型表达式 2>])

功能：LEFT 函数从字符型表达式左边的第一个字符开始截取子串,RIGHT 函数从字符型表达式右边的第一个字符开始截取子串。若数值型表达式的值大于 0,且小于等于字符串的长度,则子串的长度与数值型表达式值相同。若数值型表达式的值大于字符串的长度,则给出整个字符串。若数值型的表达式小于或等于 0,则给出一个空字符串。

SUBSTR 函数对字符型表达式从指定位置开始截取若干个字符。起始位置和字符个数分别由<数值型表达式 1>和<数值型表达式 2>决定。若字符个数省略,或字符个数多于从起始位置到原字符串尾部的字符个数,则取从起始位置起,一直到字符串尾的字符串作为函数值。若起始位置或字符个数为 0,则函数值为空串。显然 SUBSTR 函数可以代替 LEFT 函数和 RIGHT 函数的功能。

举例：

```
xm = "刘宏刚"
? SUBSTR(xm,1,2),LEFT(xm,2)
```

输出的函数值均为：刘。若 xm 代表职工姓名,则用这两个函数可以取出职工的姓。

5. 删除字符串前后空格函数

格式：**LTRIM**(<字符型表达式>)

　　　　RTRIM(<字符型表达式>)

　　　　ALLTRIM(<字符型表达式>)

功能：LTRIM 删除字符串的前导空格。RTRIM 删除字符串的尾部空格。RTRIM 亦可写成 TRIM。ALLTRIM 删除字符串中的前导和尾部空格。ALLTRIM 函数兼有 LTRIM 和 RTRIM 函数的功能。

6. 生成空格函数

格式：**SPACE**(<数值型表达式>)

功能：生成若干个空格,空格的个数由数值型表达式的值决定。

举例：

```
name = SPACE(8)
? LEN(LTRIM(name))      && 返回值 0
```

7. 字符串替换函数

格式：**STUFF**(<字符型表达式 1>,<数值型表达式 1>,<数值型表达式 2>,<字符型表达式 2>)

功能：用＜字符型表达式 2＞去替换＜字符型表达式 1＞中由起始位置开始所指定的若干个字符。起始位置和字符个数分别由＜数值型表达式 1＞和＜数值型表达式 2＞指定。如果＜字符型表达式 2＞的值是空串，则＜字符型表达式 1＞中由起始位置开始所指定的若干个字符被删除。

举例：

```
STORE "中国 长沙" TO x
? STUFF(x,6,4,"北京")        && 返回值 中国 北京
```

8. 产生重复字符函数

格式：REPLICATE(＜字符型表达式＞,＜数值型表达式＞)

功能：重复给定字符串若干次，次数由数值型表达式给定。

举例：

```
? REPLICATE("＊",6)        && 返回值 ＊＊＊＊＊＊
```

9. 大小写字母转换函数

格式：LOWER(＜字符型表达式＞)

　　　　UPPER(＜字符型表达式＞)

功能：LOWER 将字符串中的大写字母转换成小写。UPPER 将字符串中的小写字母转换成大写。

举例：

```
yn = "y"
? UPPER(yn),LOWER("YES")
```

输出的函数值为：Y,yes。

在字符串中，同一字母的大小写为不同字符，如果利用大小写字母转换函数，就可以不考虑字符串中的字母是大写还是小写。

2.3.3　日期和时间函数

日期时间函数是处理日期型或日期时间型数据的函数。

1. 系统日期和时间函数

格式：DATE()

　　　　TIME()

　　　　DATETIME()

功能：DATE 函数给出当前的系统日期，函数值为日期型。TIME 函数给出当前的系统时间，形式为 hh:mm:ss，函数值为字符型。DATETIME 函数给出当前的系统日期和时间，函数值为日期时间型。

2. 求年份、月份和天数函数

格式：YEAR(＜日期型表达式＞|＜日期时间型表达式＞)

　　　　MONTH(＜日期型表达式＞|＜日期时间型表达式＞)

　　　　DAY(＜日期型表达式＞|＜日期时间型表达式＞)

功能：YEAR 函数返回日期表达式或日期时间型表达式所对应的年份值。MONTH

函数返回日期型表达式或日期时间型表达式所对应的月份,月份以数值 1~12 来表示。DAY 函数返回日期型表达式或日期时间型表达式所对应月份里面的天数。

举例:

```
d = {^2003 - 08 - 16}
? YEAR(d),MONTH(d),DAY(d)
```

输出的函数值分别为:2003,8,16。

3. 求时、分和秒函数

格式: HOUR(<日期时间型表达式>)

MINUTE(<日期时间型表达式>)

SEC(<日期时间型表达式>)

功能: HOUR 函数返回日期时间型表达式所对应的小时部分(按 24 小时制)。MINUTE 函数返回日期时间型表达式所对应的分钟部分。SEC 函数返回日期时间型表达式所对应的秒数部分。

举例:

```
d = {^2003 - 08 - 16,5:43:56 P}
? HOUR(d),MINUTE(d),SEC(d)
```

输出的函数值分别为:17,43,56。

2.3.4 数据类型转换函数

1. 将字符转换成 ASCII 码函数

格式: ASC(<字符型表达式>)

功能: 给出指定字符串最左边的一个字符的 ASCII 码值。函数值为数值型。

举例:

```
? ASC("A")      && 返回值 65
```

2. 将 ASCII 值转换成相应字符函数

格式: CHR(<数值型表达式>)

功能: 将数值型表达式的值作为 ASCII 码,给出所对应的字符。

举例:

```
ch1 = "M"
ch2 = CHR(ASC(ch1) + ASC("a") - ASC("A"))
? ch2
```

输出为:m。

若 ch1 的值为某个大写字母,则利用求 ch2 的表达式可求出对应的小写字母。注意,在 ASCII 表中,字母是连续排列的,任何一个字母其大小写 ASCII 码值之差是相等的。

3. 将字符串转换成日期或日期时间函数

格式: CTOD(<字符型表达式>)

CTOT(<字符型表达式>)

功能：CTOD 函数将指定的字符串转换成日期型数据，CTOT 函数将指定的字符串转换成日期时间型数据。字符型表达式中的日期部分格式要与系统设置的日期显示格式一致，其中的年份可以用 4 位，也可以用 2 位。如果用 2 位，则世纪值由 SET CENTURY TO 命令指定。

举例：

? CTOD("10/01/99")　　&& 返回值为日期 10/01/99

4. 将日期或日期时间转换成字符串函数

格式：DTOC(<日期表达式>|<日期时间型表达式>[,1])

　　　　　TTOC(<日期时间表达式>[,1])

功能：DTOC 函数将日期数据或日期时间数据的日期部分转换为字符型，TTOC 函数将日期时间数据转换为字符型。字符串中日期和时间的格式受系统设置的影响。对 DTOC 来说，若选用 1，结果为 yyyymmdd 格式。对 TTOC 来说，若选用 1，结果为 yyyymmddhhmmss 格式。

举例：

? DTOC({^1999/10/1})　　&& 返回值为字符串 10/01/99

5. 将数值转换成字符串函数

格式：STR(<数值型表达式 1>[,<数值型表达式 2>[,<数值型表达式 3>]]])

功能：将<数值型表达式 1>的值转换成字符串。转换后字符串的长度由<数值型表达式 2>决定，保留的小数位数由<数值型表达式 3>决定。省略<数值型表达式 3>时，转换后将无小数部分。省略<数值型表达式 2>和<数值型表达式 3>时，字符串长度为 10，无小数部分。如果指定的长度大于小数点左边的位数，则在字符串的前面加上空格，如果指定的长度小于小数点左边的位数，则返回指定长度个星号 ∗，表示出错。

举例：

x = 1234.587
? STR(x,10,2),STR(x,10,4),STR(x,7,2),STR(x,7),STR(x,3),STR(x)

输出为：

□□□1234.59□1234.5870□1234.59□□□□1235□∗∗∗□□□□□□1235

其中的□代表空格。

6. 将字符串转换成数值函数

格式：VAL(<字符型表达式>)

功能：将由数字、正负号、小数点组成的字符串转换为数值，转换遇上非上述字符停止。若串的第一个字符即非上述字符，函数值为 0。前导空格不影响转换。

举例：

? VAL("3.14") ∗2

输出为：6.28。

2.3.5 测试函数

1. 数据类型测试函数

格式：VARTYPE(<表达式>,[<逻辑表达式>])

功能：测试引号内表达式的数据类型，返回用字母代表的数据类型。函数值为字符型。未定义或错误的表达式返回字母 U。若表达式是一个数组，则根据第一个数组元素的类型返回字符串。若表达式的运算结果是 NULL 值，则根据函数中逻辑表达式的值决定是否返回表达式的类型。具体规则是：如果逻辑表达式为.T.，则返回表达式的原数据类型。如果逻辑表达式为.F.或省略，则返回 X，表明表达式的运算结果是 NULL 值。

举例：

```
a = DATE()
a = NULL
?
VARTYPE(3.46),VARTYPE( $ 385),VARTYPE([FoxPro]),VARTYPE(a,.T.),VARTYPE(a)
```

输出为：N Y C D X。

2. 表头测试函数

格式：BOF([<工作区号>|<别名>])

功能：测试指定或当前工作区的记录指针是否超过了第一个逻辑记录，即是否指向表头，若是，函数值为.T.，否则为.F.。<工作区号>用于指定工作区，<别名>为工作区的别名或在该工作区上打开的表的别名。当<工作区号>和<别名>都缺省不写时，默认为当前工作区。

3. 表尾测试函数

格式：EOF([<工作区号>|<别名>])

功能：测试指定或当前工作区中记录指针是否超过了最后一个逻辑记录，即是否指向表的末尾，若是，函数值为.T.，否则为.F.。自变量含义同 BOF 函数，缺省时默认为当前工作区。

4. 记录号测试函数

格式：RECNO([<工作区号>|<别名>])

功能：返回指定或当前工作区中当前记录的记录号，函数值为数值型。省略参数时，默认为当前工作区。如果记录指针在最后一个记录之后，即 EOF()为.T.，RECNO()返回比记录总数大 1 的值。如果记录指针在第一个记录之前或者无记录，即 BOF()为.T.，RECNO()返回 1。

5. 记录个数测试函数

格式：RECCOUNT([<工作区号>|<别名>])

功能：返回当前或指定表中记录的个数。如果在指定的工作区中没有表被打开，则函数值为 0。如果省略参数，则默认为当前工作区。RECCOUNT()返回的值不受 SET DELETED 和 SET FILTER 的影响，总是返回包括加有删除标记在内的全部记录数。

6. 查找是否成功测试函数

格式：FOUND([<工作区号>|<别名>])

功能：在当前或指定表中，检测是否找到所需的数据。如果省略参数，则默认为当前工作区。数据搜索由 FIND、SEEK、LOCATE 或 CONTINUE 命令实现。如果这些命令搜索到所需的数据记录,函数值为.T.,否则函数值为.F.。如果指定的工作区中没有表被打开,则 FOUND()返回.F.。如果用非搜索命令如 GO 移动记录指针,则函数值为.F.。

7. 文件是否存在测试函数

格式：FILE(<文件名>)

功能：检测指定的文件是否存在。如果文件存在,则函数值为.T.,否则函数值为.F.。文件名必须是全称,包括盘符、路径和扩展名,且<文件名>是字符型表达式。

举例：

? FILE("XJ.DBF")　　&& 返回值为.T.时文件存在;返回值为.F.时文件不存在

8. 判断值介于两个值之间的函数

格式：BETWEEN(<被测试表达式>,<下限表达式>,<上限表达式>)

功能：判断表达式的值是否介于相同数据类型的两个表达式值之间。BETWEEN()首先计算表达式的值。如果一个字符、数值、日期、表达式的值介于两个相同类型表达式的值之间,即被测表达式的值大于或等于下限表达式的值,小于或等于上限表达式的值,BETWEEN()将返回一个真值.T.,否则返回.F.。

举例：

gz = 375
? BETWEEN(gz,260,650)

输出为：.T.。

9. 条件函数 IIF

格式：IIF(<逻辑型表达式>,<表达式 1>,<表达式 2>)

功能：若逻辑型表达式的值为.T.,函数值为<表达式 1>的值,否则为<表达式 2>的值。

举例：

xb = "女"
? IIF(xb = [男],1,IIF(xb = [女],2,3))

输出为：2。

2.4　VFP 6.0 表达式

表达式是常量、变量、函数和运算符的组合。例如表达式 2 * PI() * R 能计算半径为 R 的圆的周长,其中 2 是常量;PI()函数,系统默认值为 3.14;R 是变量,计算表达式前需通过输入或赋值取得初值;* 是乘号运算符。表达式具有计算、判断和数据类型转换等作用,广泛用于命令、函数、对话框、控件及其属性之中。

VFP 6.0 运算符共有 5 种：算术、关系、逻辑、字符、日期与日期时间。

书写 VFP 6.0 表达式应遵循以下规则：一是表达式中所有的字符必须写在同一水平线上,每个字符占一格;二是表达式中常量的表示、变量的命名以及函数的引用要符合 Visual FoxPro 6.0 的规定;三是要根据运算符运算的优先顺序,合理地加括号,以保证运算顺序的正确性。特别是分式中的分子分母有加减运算时,或分母有乘法运算,要加括号表示分子分母的起始范围。

2.4.1　算术表达式

用算术运算符将数值型数据连接起来的式子叫算术表达式。

1. 算术运算符

算术运算符有(按优先级从高到低的顺序排列):( )(括号)、** 或^(乘方)、*(乘)、/(除)、%(求余数)、+(加)、-(减)。各运算符运算的优先顺序和一般算术运算规则完全相同。同级运算按自左向右的方向进行运算。各运算符的运算规则也和一般算术运算相同,其中求余运算符%和求余函数 MOD 的作用相同。余数的符号与除数一致。

2. 算术表达式应用举例

求解一元二次方程,其中一个实根的表达式为(-B+SQRT(B*B-4*A*C))/(2*A),或(-B+SQRT(B**2-4*A*C))/(2*A),或(-B+SQRT(B^2-4*A*C))/(2*A)。

2.4.2　字符表达式

用字符运算符将字符型数据连接起来的式子叫字符表达式。字符运算符有连接运算符和包含运算符两种。

1. 连接运算

连接运算符有完全连接运算符"+"和不完全连接运算符"-"两种。"+"运算的功能是将两个字符串连接起来形成一个新的字符串。"-"运算的功能是去掉字符串 1 尾部的空格,然后将两个字符串连接起来,并把字符串 1 末尾的空格放到结果串的末尾。

例如:

? "姓名□" - "刘宏刚" + "男"

输出为:姓名刘宏刚□男。

2. 包含运算

包含运算的结果是逻辑值。

格式: <字符串 1>$<字符串 2>

功能: 若<字符串 1>包含在<字符串 2>之中,其表达式值为.T. ,否则为.F. 。

举例:

zhch = "副教授"
? "教授" $ zhch

输出为:.T. 。

2.4.3　日期和时间表达式

用日期与日期时间运算符将日期与日期时间型数据连接起来的式子叫日期与日期时间表达式。

1. 一个日期型数据的"+"运算符

格式: <日期型数据> + <天数>

<天数> + <日期型数据>

功能：其结果是将来的某个日期。

举例：

SET CENTURY ON &&输出时在年份前冠以世纪
?{^1999/12/31} + 1 &&显示日期 01/01/2000

2. 一个日期型数据的"－"运算符

格式：<日期型数据> - <天数>

功能：其结果是过去的某个日期。

举例：

?{^1998/12/31} - 31 &&日期型数据减天数,显示日期 11/30/98

3. 两个日期型数据的"－"运算符

格式：<日期型数据1> - <日期型数据2>

功能：其结果是两个日期之间相差的天数。

举例：

?{^1995/12/31} - {^1994/12/31} &&日期相减,显示数值 365

4. 两个日期时间型数据的"－"运算符

格式：<日期时间型数据1> - <日期时间型数据2>

功能：其结果是两个日期时间之间相差的秒数。

举例：

?{^1998/09/01 12:00:01 am} - {^1998/09/01 12:00:00 am}

输出为：1。

5. 一个日期时间型数据的"＋"运算符

格式：<日期时间型数据> + <秒数>

功能：其结果是日期时间型数据。

举例：

?{^1998/09/01 12:00:00 am } + 60

输出为：09/01/1998 12:01:00 am。

6. 一个日期时间型数据的"－"运算符

格式：<日期时间型数据> - <秒数>

功能：其结果是日期时间型数据。

举例：

?{^1998/09/01 12:00:00 am } - 60 &&设 12 小时制

输出为：08/31/1998 11:59:00 pm。

2.4.4 关系表达式

关系运算符有：<（小于）、<=（小于等于）、>（大于）、>=（大于等于）、=（等于）、

==（精确等于）、<>或♯或！＝（不等于）。它们的运算优先级相同。

1. 关系表达式一般形式

关系表达式一般形式为：

e1 <关系运算符> e2

其中 e1、e2 可以同为数值型表达式、字符型表达式、日期型表达式或逻辑型表达式。但==仅适用于字符型数据。关系表达式表示一个条件，条件成立时值为.T.，否则为.F.。

2. 关系表达式比较规则

各种类型数据的比较规则如下：

（1）数值型和货币型数据根据其代数值的大小进行比较。

（2）日期型和日期时间型数据进行比较时，离现在日期或时间越近的日期或时间越大。

（3）逻辑型数据比较时，.T.比.F.大。

（4）对于字符型数据，Visual FoxPro 6.0 可以设置字符的排序次序。在"工具"菜单中选择"选项"命令，将打开"选项"对话框，在"数据"选项卡的"排序序列"下拉列表框中选择 Machine、PinYin 或 Stroke 项并确定。若选择 Machine，字符按照机内码顺序排序。对于西文字符而言，按其 ASCII 码值大小进行排列：空格在最前面，大写字母在小写字母前面，数字在字母之前。因此，空格最小，大写字母小于小写字母，数字字符小于字母。对于汉字字符，按其国标码的大小进行排列，对常用的一级汉字而言，根据它们的拼音顺序比较大小。若选择 PinYin，字符按照拼音次序排序。对于西文字符，空格在最前面，小写字母在前，大写字母在后。若选择 Stroke，字符按笔画数多少排序，因而，字符笔画数的多少就决定其大小。

3. 关系表达式命令

用命令设置字符的排序次序。

格式：SET COLLATE TO "<排序次序名>"

功能：<排序次序名>可以是 Machine、PinYin 或 Stroke。比较字符串时，先取两字符串的第一个字符比较，若两者不等，其大小就决定了两字符串的大小，若相等，则各取第二个字符比较，依次类推，直到最后，若每个字符都相等，则两个字符串相等。

举例：

在不同的字符排序次序下，比较字符串的大小。

```
SET COLLATE TO "Machine"
? "助教">"教授","abc">"a",""">"a","XYZ">"a"
.T. .F. .F. .F.
SET COLLATE TO "PinYin"
? "助教">"教授","abc">"a",""">"a","XYZ">"a"
.T. .F. .F. .T.
SET COLLATE TO "Stroke"
? "助教">"教授","abc">"a",""">"a","XYZ">"a"
.F. .F. .F. .T.
```

注意＝（等于）和==（精确等于）两个关系运算符的区别。它们主要是对字符串进行比较时有所区别。字符串的"等于"比较有精确和非精确之分，精确等于是指只有在两字符串完全相同时才为真，而非精确等于是指当"="号右边的串与"="号左边的串的前几个字符相同时,运算结果即为真。可以用命令 SET EXACT ON 来设置字符串精确比较,此时,＝和＝＝的作用相同,用命令 SET EXACT OFF 可设置字符串非精确比较,此时,＝和＝＝的作用是不相同的,＝＝为精确比较,＝为非精确比较。

```
SET EXACT OFF
zc = "教授□□"
? zc = "教授","教授" = zc,"教授" = = LEFT(zc,4),zc = = "教授"
```

输出结果为:.T. .F. .T. .F.。

请注意在非精确比较状态下,条件 zc＝"教授"与条件"教授"＝zc 不等价。

2.4.5 逻辑表达式

逻辑表达式是由逻辑运算符将逻辑型数据连接起来的式子。其值仍是逻辑值。

1. 逻辑运算符

逻辑运算符有:NOT 或.NOT.或!(逻辑非)、AND 或.AND.(逻辑与)、OR 或.OR.(逻辑或)。其运算优先级是 NOT 最高,OR 最低。逻辑非运算符是单目运算符,只作用于后面的一个逻辑操作数,若操作数为真,则返回假,否则返回真。逻辑与和逻辑或是双目运算符,所构成的逻辑表达式为:

L1 AND L2
L1 OR   L2

其中 L1 和 L2 均为逻辑型操作数。

对于逻辑与运算,只有 L1 和 L2 同时为真,表达式值才为真,只要其中一个为假,则结果为假。

对于逻辑或运算,L1 和 L2 中只要有一个为真,表达式即为真,只有 L1 和 L2 均为假时,表达式才为假。

2. 运算的优先级

当一个表达式包含多种运算时,其运算的优先级由高到低排列为:

算术运算 → 字符串运算 → 日期运算 → 关系运算 → 逻辑运算

在对表进行各种操作时常常要表达各种条件,即对满足条件的记录进行操作,此时就要综合运用本章的知识。下面的例子希望读者能认真领会,这些知识对以后章节的学习十分重要。

3. 逻辑表达式举例

针对下面学生表:学生(学号 C 6,姓名 C 10,性别 C 2,出生日期 D,少数民族否 L,籍贯 C 10,入学成绩 N 5.1,简历 M,照片 G)。

(1) 姓"张"的学生。

由于学生的"姓"包含在姓名字段且为第一个汉字,所以可写出 4 种表达式:

```
"张" $ 姓名
AT("张",姓名) = 1
SUBSTR(姓名,1,2) = "张"
姓名 = "张"
```

(2) 30 岁以下(含 30 岁)的学生。

由于年龄包含在代表学生出生日期的字段中,所以关键是如何根据出生日期求出年龄,可写出两种表达式：

```
YEAR(DATE()) - YEAR(出生日期)<= 30
DATE() - 出生日期<= 30 * 365
```

（3）家住湖南或湖北的学生。

根据籍贯字段，可以写出 3 种表达式：

```
籍贯 = "湖南" OR 籍贯 = "湖北"
"湖" $ 籍贯
AT("湖",籍贯)> 0
```

（4）汉族学生。

根据少数民族否字段，可写出 3 种表达式：

```
NOT 少数民族否
少数民族否 = .F.
IIF(少数民族否,"少数民族","汉族") = "汉族"
```

（5）入学成绩在 580 分以上的湖南或湖北的学生。

根据入学成绩字段和籍贯字段，可写出两种表达式：

```
入学成绩> 580 AND "湖" $ 籍贯
入学成绩> 580 AND(籍贯 = "湖南" OR 籍贯 = "湖北")
```

由于 AND 运算优先级比 OR 要高，为了保证先做 OR 运算，条件 2 中的括号是必不可少的。

（6）20 岁以下（含 20 岁）的少数民族学生。

根据出生日期字段求出年龄，再结合少数民族否字段，可写出表达式：

```
YEAR(DATE()) - YEAR(出生日期)<= 20 AND 少数民族否
```

本 章 小 结

本章介绍了 Visual FoxPro 6.0 语言的基本成分，包括常量、变量、表达式和函数 4 种形式的数据。介绍了 Visual FoxPro 6.0 运算规则及相关的命令，有日期及其格式设置的命令，有变量及相关的常用命令等，为各种程序代码设计打下基础。

习　　题

1. 填空题

1.1　表达式 LEFT("123456789",LEN("数据库"))的计算结果是_____。

1.2　表达式 VAL(SUBSTR("1999",3)＋RIGHT(STR(YEAR(DATE())),2))＋17 的值是_____（设系统日期为 2001 年 12 月 31 日）。

1.3　表达式工资＞1000 AND(职称＝"教授"OR 职称＝"副教授")的值是_____（设工资＝1200,职称＝"教授"）。

1.4 表达式 VAL(SUBS("奔腾 586",5,1))＊Len("visual foxpro")的结果是_____。

1.5 命令？AT("大学","北京语言文化学院")的结果是_____。

1.6 表达式{^1999/05/01}＋31 的值应为_____。

1.7 命令"DIME array(5,5)"执行后,array(3,3)的值为_____。

1.8 说明数组后,数组的每个元素在未赋值之前的默认值是_____。

1.9 函数 BETWEEN(40,34,50)的运算结果是_____。

1.10 表达式 LEN(SPACE(1＋2))的运算结果是_____。

2. 选择题

2.1 在下列函数中,函数返回值为数值的是_____。

A) BOF()   B) CTOD('01/01/96')

C) AT('人民','中华人民共和国')   D) SUBSTR(DTOC(DATE()),7)

2.2 下列表达式中结果不是日期型的是_____。

A) CTOD("2000/10/01")   B) {^99/10/01}＋365

C) VAL("2000/10/01")   D) DATE()

2.3 下列函数中函数值为字符型的是_____。

A) DATE()   B) TIME()

C) YEAR()   D) DATETIME()

2.4 设 X＝"ABC",Y＝"ABCD",则下列表达式中值为.T. 的是_____。

A) X＝Y   B) X＝＝Y

C) X＄Y   D) AT(X,Y)＝0

2.5 在 VFP 6.0 中,下面 4 个关于日期或日期时间的表达式中,错误的是_____。

A) {^2002.09.01 11：10：10AM}－{^2001.09.01 11：10：10AM}

B) {01/01/2002}＋20

C) {^2002.02.01}＋{^2001.02.01}

D) {^2002/02/01}－{^2001/02/01}

2.6 Visual FoxPro 内存变量的数据类型不包括_____。

A) 数值型   B) 货币型

C) 备注型   D) 逻辑型

2.7 执行如下命令序列后,最后一条命令的显示结果是_____。

```
DIMENSION M(2,2)
M(1,1) = 10
M(1,2) = 20
M(2,1) = 30
M(2,2) = 40
? M(2)
```

A) 变量未定义的提示   B) 10

C) 20   D) .F.

2.8 设有变量 pi＝3.141 592 6,执行命令?ROUND(pi,3)的显示结果为_____。

A) 3.141   B) 3.142

C) 3.140 D) 3.000

2.9 命令?VARTYPE(TIME())的结果是_____。

A) C B) D

C) T D) 出错

2.10 以下赋值语句正确的是_____。

A) STORE 8 TO X,Y B) STORE 8,9 TO X,Y

C) X=8,Y=9 D) X,Y=8

第 3 章 表 的 基 本 操 作

在关系数据库中,一个关系的逻辑结构就是一个二维表。将一个二维表以文件形式存入计算机中就是一扩展名为.dbf的表文件,简称为表(Table)。表是组织数据、建立数据库的基本元素。在 Visual FoxPro 中,根据表是否属于数据库(扩展名为.dbc)而把表分为数据库表和自由表两类。属于某一个数据库的表称为数据库表,不属于任何数据库独立存在的表称为自由表。两种表绝大多数的操作相同,并且两种类型的表可以相互转换。当把一个自由表添加到某一个数据库中时,该自由表就变成了数据库表。相反,若将数据库表从某一个数据库中移出,该数据库表就变成了自由表。本章暂不涉及数据库表的操作,主要介绍自由表的基本操作。

3.1 表 的 建 立

在工作、学习、生活中要经常遇到二维的表格,由于 VFP 采用关系型数据模型,故能方便地将二维表作为表文件存储到计算机中。建立表是其他操作的基础。一个表文件由表结构和记录数据两部分组成,建立表必须先从设计表的结构入手。

3.1.1 建立表结构

1. 设计表的结构

表 3.1 所示的学生清单是一个二维表。

表 3.1 学生表

学号	姓名	性别	专业	出生日期	入学成绩	代培否	籍贯	照片	备注
080101	陈可	男	临床医学	1989-02-10	580.0	F	北京		
080204	刘宏刚	男	口腔医学	1990-10-15	570.0	F	哈尔滨		
080102	华青旺	男	临床医学	1988-04-15	600.0	T	上海		
080702	任可可	女	汉语言文学	1989-11-18	610.5	F	北京		
080601	陈礼怡	女	英语	1988-05-25	615.0	T	佳木斯		
080706	李欣	男	汉语言文学	1990-09-02	590.0	F	上海		
080503	姜珊珊	女	药学	1988-12-01	608.0	F	沈阳		
080801	沈峰	男	会计学	1989-12-26	596.0	F	哈尔滨		
080505	尹璐云	女	药学	1988-10-16	618.0	F	佳木斯		
080609	胡帅楠	男	英语	1986-01-15	602.0	F	沈阳		

建表时,二维表标题栏的列标题将成为表的字段(相当于关系中的属性)。标题栏下方的内容输入到表中成为表的数据,每一行数据(各字段所对应的值)称为表的一个记录(相当于关系中的元组)。记录和字段是对表操作的最终对象。假定已根据学生清单建立了表XS.DBF,则该表含有 10 个字段和 10 个记录,表的数据共包括 10 个记录,其中每个记录含有 10 个字段值。例如学生清单中的数据"李欣"便是第 6 个记录"姓名"字段所对应的值。

建立表结构就是定义各个字段的属性,基本的字段属性包括字段名、字段类型、字段宽度和小数位数等。

(1) 字段名。

字段名是表中每个字段的名字,它必须以汉字、字母或下划线开头,由汉字、字母、数字或下划线组成。自由表中的字段名最多为 10 个字符,数据库表中的字段名最多为 128 个字符。当数据库表转化为自由表时截去超长部分的字符。

(2) 字段类型。

字段类型、字段宽度属性都用来描述字段值。字段类型表示该字段中存放数据(即字段值)的类型。

(3) 字段宽度。

字段宽度用以表明允许字段存储的最大字节数。对于字符型、数值型、浮点型这 3 种字段宽度不固定的字段,在建立表结构时应根据要存储的数据的实际需要设定合适的宽度。其他类型字段的宽度均由系统统一规定。货币型、日期型、日期时间型、双精度型字段宽度均为 8 个字节;逻辑型字段宽度为 1 字节;整型、备注型和通用型字段宽度均为 4 个字节。

(4) 小数位数。

只有数值型与浮点型字段才有小数位数。应注意小数点和正负号在字段宽度中都占一位。例如,职工工资若为 4 位整数与 2 位小数,则该字段的宽度应设定 7 位。由此可知,对于纯小数,其小数位数至少应比字段宽度小 1;若字段值都是整数,则应定义小数位数为 0。双精度型字段允许输入小数,但不需事先定义小数位数,小数点将在输入数据时输入。

(5) 是否允许为空。

表示是否允许字段接受空值(NULL)。空值是指无确定的值,它与空字符串、数值 0 等是不同的。例如,表示成绩的字段,空值表示没有确定成绩,0 表示 0 分。一个字段是否允许空值与字段的性质有关,作为关键字的字段是不允许为空值的。

根据上述规定,可为表 3.1 所示的学生清单,设计出如表 3.2 所示的表结构。其表结构可表示如下:学号(C,6)、姓名(C,8)、性别(C,2)、专业(C,10)、出生日期(D)、入学成绩(N,5,1)、代培否(L)、籍贯(C,10)。

表 3.2　学生表的表结构

字段名	类型	宽度	小数位数
学号	字符型	6	
姓名	字符型	8	
性别	字符型	2	
专业	字符型	10	

字段名	类型	宽度	小数位数
出生日期	日期型	8	
入学成绩	数值型	6	1
代培否	逻辑型	1	
备注	备注型	4	
商标	通用型	4	

2. 建立表的结构

在设计好表的结构之后,就可以建立表文件了,具体可以采用菜单和命令两种操作方式。

1)菜单操作方式

在 Visual FoxPro 中,要建立文件可选择"文件"菜单中的"新建"命令,系统提供一系列的窗口与对话框,用户只要根据屏幕的提示,就可完成有关操作。

(1)选择"文件"菜单中的"新建"命令,将出现如图 3.1 所示的"新建"对话框。在这个对话框中用户可以选择所要新建文件的类型。在实际操作中,可能要建立各种类型的文件,"新建"对话框中的文件类型框中列出了可供选择的文件类型。

(2)在这里是建立表文件,所以需要选择"表"文件类型,然后可以选择"新建文件"或"向导"按钮去建立新的文件。向导是一个交互式程序,由一系列对话框组成,利用向导可以引导用户完成一系列操作。"表向导"是众多 Visual FoxPro 向导中的一种,在有样表可供利用的条件下,可以使用表向导来定义表结构,但操作比较烦琐。这里不介绍利用向导建立表,而是直接建立新表。从"新建"对话框中单击"新建文件"按钮,此时首先出现图 3.2 所示的"创建"对话框,在其中可以输入文件名,选择保存表的位置,然后单击"保存"按钮,此时便出现图 3.3 所示的"表设计器"对话框。在对话框中,有字段、索引和表 3 个选项卡,利用"字段"选项卡可建立表结构。

图 3.1 "新建"对话框

图 3.2 "创建"对话框

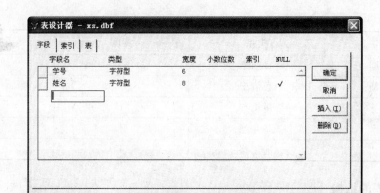

图 3.3 "表设计器"对话框

(3) 在"表设计器"对话框中，可按表 3.2 设定各字段的属性值。

在"字段名"下面的文本编辑区输入字段的名字。按 Tab 键或单击"类型"，选择类型列，其中列出所有的 Visual FoxPro 字段类型，可以单击"类型"列右边的向下箭头或按空格键进行选择。

按 Tab 键或单击"宽度"进入宽度列，可直接输入所需的字段宽度或连续单击右侧的上下箭头，使数字变化到所需的大小。前已提到，仅字符型、数值型或浮点型字段需要用户设定宽度，如果类型是数值型或浮点型，还需要设置小数位数。其他类型字段的宽度由 VFP 规定，操作时光标将跳过该列。

(4) 索引列可确定索引字段及索引方式(升序、降序或无索引)。

(5) NULL 列设置字段可否接受 NULL 值。选中此项(其面板上会显示"√"号)意味着该字段可接受 NULL 值。

(6) 表字段设置完成后，单击"确定"按钮，结束表结构的建立。这时将弹出图 3.4 所示的对话框，询问"现在输入数据记录吗?"，若单击"是"按钮，则可以立即输入数据；单击"否"按钮，则退出建表工作，此时创建的表是只有表结构而没有表记录的空表。以后需要添加记录时使用其他的操作输入数据。

图 3.4 现在是否输入数据记录对话框

(7) 在表设计器窗口中，还有一些别的按钮，它们用来修改表结构。

在字段名列左边有一列按钮，其中按钮上标有双向箭头的一行是当前字段行，将按钮上下拖动可以改变字段的次序。单击某空白按钮，它就会变成双箭头按钮。

"删除"按钮：要删除一个字段，可选定某字段后再单击"删除"按钮。

"插入"按钮：要插入一个字段，可选定某字段后再单击"插入"按钮。新字段将插入在当前字段之前。

若想放弃建立表的操作，则在"表设计器"对话框中单击"取消"按钮或双击控制菜单按钮。

2) 命令操作方式

以上介绍了利用菜单操作方式建立表结构的过程，还可以在命令窗口中使用 CREATE 命令来建立表的结构。

格式：CREATE[<表文件名>|?]

在命令中使用"?"或省略参数时，会打开"创建"对话框，提示用户输入要创建的表名并选择保存该表的位置。为使用方便，文件一般都保存在默认路径下，即 VFP 应用程序所在系统默认目录下。启动 VFP 后可先指定此路径为默认值，操作步骤为：选定"工具"菜单中的"选项"命令，在如图 3.5 所示的"选项"对话框中选择"文件位置"选项卡，在列表中选定"默认目录"选项，单击"修改"按钮，在更改文件位置对话框中选定"使用默认目录"复选框，然后通过文本框右侧上面显示有 3 个小点的按钮来选定要设为默认目录的路径，单击"确定"按钮返回"选项"对话框，最后单击"确定"按钮关闭"选项"对话框。若在关闭"选项"对话框前单击"设置为默认值"按钮，则每次启动 VFP 后都设该路径为默认值。保存在默认路径下的文件在命令中直接引用文件名就可以了，如将文件保存在非默认目录下，则在命令中使用时要指明其所在路径，否则，系统将提示该文件在默认目录下不存在。

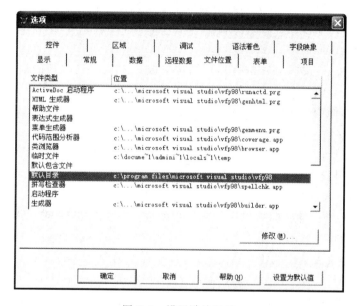

图 3.5　设置默认目录

CREATE 命令执行后，屏幕上弹出"表设计器"对话框，以后的操作与菜单操作相同。

这里顺便对"命令"窗口再次进行说明。VFP 的功能，既可通过菜单操作，也可通过在命令窗口输入命令来实现。VFP 启动后，其主窗口中会出现一个标题为"命令"的窗口，光标在窗口内左上角闪烁。用户若在其中输入 VFP 命令，按 Enter 键后该命令即被执行。

VFP 命令窗口具有如下两个特点：

（1）进行实现某功能的菜单操作步骤后，在命令窗口内会自动显示相应的命令，这有利于用户对照学习 VFP 命令。

（2）执行过的命令会按执行顺序保留在命令窗口中，可供用户修改、重用或剪贴，有效地减少了命令的重复输入。

若要使命令窗口不显示，可在"窗口"菜单中选择"隐藏"命令，而要使它再出现，可选择"窗口"菜单中的"命令窗口"命令，或按 Ctrl＋F2 键。

表的基本操作

3.1.2 修改表结构

1. 打开表设计器来修改表结构

1）菜单方式

表处于打开状态时，"显示"菜单中就会包含表设计器命令，选定该命令即出现表设计器（见图 3.3），这和建立表时的屏幕画面是一样的，显示出原来的表结构，此时可以根据需要修改结构。"插入"按钮用来在光标所在字段之前插入新的字段。"删除"按钮用来删除光标处字段。用鼠标拖动每个字段最左侧的小方块，可以调整字段的排列顺序。如果要修改原有字段的属性，可先将光标移到需要修改的位置，然后进行修改。

2）命令方式

格式：MODIFY STRUCTURE

使用此命令也可打开表设计器，其前提也是必须先打开表。

在表设计器对话框修改过表结构后，可单击对话框内的"确定"按钮或"取消"按钮对作出的修改进行确认或取消。

（1）若单击"确定"按钮，将出现询问"结构更改为永久性更改？"的信息对话框。单击"是"按钮表示修改有效且表设计器关闭；单击"否"按钮则意义相反。

与"确定"按钮作用相同的还有 Ctrl＋W 键。

（2）若单击"取消"按钮，将出现询问"放弃结构更改？"的信息对话框。单击"是"按钮表示修改无效且表设计器关闭；单击"否"按钮则表设计器不关闭，可继续修改。

与取消按钮作用相同的还有窗口关闭按钮和 Esc 键。

2. 利用表向导来修改表结构

VFP 提供了多种向导。向导包括一系列对话框，它提示用户一步一步操作直至完成，省去了用户记忆操作步骤的麻烦。

用表向导来修改表结构或建立新表的结构，都必须利用已有的表来实现。用户通过打开表向导对话框进行操作，分字段选取、修改字段设置、表索引、完成 4 个步骤，每一步显示一个设置窗口，如图 3.6 所示。

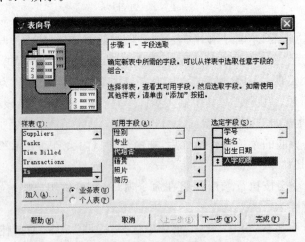

图 3.6 "表向导"对话框

打开表向导对话框的方法如下。

方法一：选择"文件"菜单中的"新建"命令，在如图3.1所示的"新建"对话框中选择"表"。

方法二：选择"工具"菜单，选择"向导"命令的子命令"表"，即出现"表向导"对话框。

3.1.3 输入数据

在把刚建立好的表结构存盘以后，若要立即输入记录，此时，屏幕显示如图3.7所示的记录输入窗口，用户可通过它输入记录。

1. 记录输入窗口

在记录输入窗口的标题栏上给出了表的名称，窗口左上角有控制菜单按钮，通过它可关闭该窗口，窗口的右上角有最小化、最大化和关闭按钮，窗口的右边和下边各为纵向和横向滚动条。如果已经输入了很多数据记录，可以使用纵向滚动条，使记录内容上下移动。如果某个字段定义得很宽，它的输入内容被隐蔽在窗口的后面。这里可以使用横向滚动条，使窗口内容左右推移。

窗口内左侧纵向列出该表的所有字段名称，以供输入记录，记录和记录之间由一

图3.7 记录输入窗口

条横线分隔。字段名右边文本区示意出每个字段的宽度，控制着输入的字符个数。输入到定义的宽度时机器会发出"蜂鸣"声以示警告，并立即自动进到下一字段去。如果字段中输入的内容比给定宽度小，那么在输入完后，按Tab键或Enter键可进到下一个字段去。

表的数据可通过记录编辑窗口按记录逐个字段输入。在当前窗口最后一个记录的任何位置上输入数据时，VFP即自动提供下一条记录的输入位置。逻辑型字段只能接受T，Y，F，N这4个字母之一（不论大小写），T与Y同义，若输入Y也显示T；同样，F与N同义，若输入N也显示F。对于带有小数点的数值型字段，系统在该字段中会自动给出小数点。日期型字段，系统自动给出斜杠，以分开年、月、日的输入位置。Visual FoxPro中，日期的显示格式有多种，因此在输入日期型字段数据时，必须清楚当前采用的日期格式，按此格式输入，否则系统会发出警告，需重新输入。如果字段是备注型的或是通用型的，输入它们的数据时需采用其他方法。

2. 备注型字段数据的输入

在记录输入窗口中，备注型字段显示memo标志，其值通过一个专门的编辑窗口输入。具体的操作方法是：

（1）将光标移到备注型字段的memo处，按Ctrl＋PgDn键或双击字段的memo标志，进入备注型字段编辑窗口。

（2）在此窗口，Visual FoxPro提供了一个字处理环境，可以像任何字处理软件那样输入并编辑文本。

（3）编辑完成后，按Ctrl＋W键将数据存入相应的备注文件之中，并返回到记录输入窗口。如按Ctrl＋Q键或Esc键放弃本次输入的备注数据并返回到记录输入窗口。

在备注型字段输入数据后,该字段的 memo 标志变成 Memo。通过字段中 memo 里的第一个字母是大写还是小写,可以判断出该备注型字段是否已经输入了内容。

3. 通用型字段数据的输入

通用型字段的显示与备注型字段类似,不同的是对于通用型字段在编辑窗口中标志是 Gen 或 gen,当该字段值为空时为 gen,若在其中已经存入数据,则变为 Gen。

通用型字段的输入可使用"编辑"菜单中的"插入对象"命令,或通过"剪贴板"粘贴。具体的操作方法是:

(1) 将光标移到通用型字段的 gen 处,按 Ctrl+PgDn 键或双击字段的 gen 标志,进入通用型字段编辑窗口。

(2) 选择"编辑"菜单中的"插入对象"命令,出现"插入对象"对话框。若插入的对象是新建的,则选中"新建"单选按钮,然后从"对象类型"列表框中选择要创建的对象类型。若插入对象已经存在,则单击"由文件创建"单选按钮,在"文件"文本框中直接输入文件的路径及文件名,也可单击"浏览"按钮进行浏览查找。若不是将已存在的文件实际插入表中,而是建立一种链接的关系,则需选中"链接"复选框。若需要将插入的对象显示为一个图标,则选中"显示图标"复选框。

经过上述操作后,单击"确认"按钮,所选定的对象将自动插入到表中。

上述过程也可以通过剪贴板来完成。先用图形编辑程序(如 Windows 的画图程序)将图形复制到剪贴板,再回到通用型字段编辑窗口,选择"编辑"菜单中的"粘贴"命令,剪贴板中的图形就送至该窗口。

(3) 关闭通用型字段编辑窗口。

【**例题 3.1**】 在 XS.DBF 的"任可可"记录中输入她的"照片"。

(1) 打开 XS.DBF 任可可记录的通用型字段窗口:选择"文件"菜单中的"打开"命令,在"打开"对话框中选择表 XS.DBF,单击"确定"按钮,选择"显示"菜单中的"浏览"命令,双击任可可记录的照片字段的 gen 区,使出现标题为"Xs.照片"的通用型字段窗口如图 3.8 所示。

(2) 向通用型字段窗口插入图形:选择"编辑"菜单中的"插入对象"命令,在如图 3.9 所示的"插入对象"对话框中选中"由文件创建"单选按钮,然后通过"浏览"按钮选择文件"任可可.BMP",单击"确定"按钮,在图 3.8 中的"Xs.照片"通用型字段窗口内可显示出照片。

图 3.8 通用型字段窗口

图 3.9 "插入对象"对话框

下面结合本例说明几点：

(1) 通用型字段窗口也可用命令来打开。若 XS. DBF 已打开，执行下述命令就能打开第一个记录的"Xs. 照片"窗口。

MODIFY GENERAL 照片

(2) 上例中插入的图形是位图文件(扩展名为. BMP)，其他类型的图形及声音等多媒体数据也可以插入。

若要插入声音，主机必须装好声卡及声卡驱动程序，还要带有音箱。

(3) 上例中在"插入对象"对话框中选中了"由文件创建"单选按钮，其功能是插入已有的图形。若选中"新建"单选按钮，并在对象类型列表框中选择 BMP 图形选项，单击"确定"按钮后将出现 Microsoft Visual FoxPro 画图窗口，供画出新的图画。

(4) 上述插入的 BMP 图形也可以通过剪贴板来粘贴，操作如下：用画图程序打开任可可. BMP，使用画图窗口工具箱的"选定"按钮，然后拖出包含图形的虚框来选定该图形，接着选择"编辑"菜单中的"复制"命令，进入 VFP，打开通用型字段窗口，选定"编辑"菜单中的"粘贴"命令，剪贴板中图形就送入了该窗口。

上述操作步骤描述了利用剪贴板将 Windows 的图形传送到 VFP。其实，Word 的图形、Excel 的表格都能通过剪贴板向 VFP 传送。反之，通用型字段数据也可通过剪贴板传送到这些应用程序。

4. 通用型字段数据的删除

若要删除已存入的图形，可先打开通用型字段窗口，然后选择"编辑"菜单中的"清除"命令。通用型字段数据被删除的标志是该字段显示的 Gen 恢复为 gen。

3.2 表的显示与更新

3.2.1 表的打开和关闭

1. 表的打开

建立了表以后，需要对表进行维护，包括表的修改、记录的增加与删除、表的复制等操作，通过这些操作保证表的合理性和正确性。对表进行操作，首先要打开表。

1) 菜单方式

(1) 选择"文件"菜单下的"打开"命令，出现"打开"对话框，如图 3.10 所示，在该对话框中先将文件类型设置为"表"文件类型后选择要打开的表，或在"文件名"文本框中直接输入表文件名，然后单击"确定"按钮将其打开。

在"打开"对话框中有"以只读方式打开"和"独占"两个复选框可供选择。如果选择"以只读方式打开"复选框，则不允许对表进行修改，如果未选择"以只读方式打开"复选框，则默认的打开方式是读/写方式，即可修改。如果选择

图 3.10 "打开"对话框

表的基本操作

"独占"复选框,即不允许其他用户在同一时刻也使用该表,如果不选择"独占"复选框则允许其他用户在同一时刻也使用该表,也就是以"共享"方式打开表。默认的打开方式由 SET EXCLUSIVE ON|OFF 的设置值确定,系统默认设置为 ON。

(2) 选择"窗口"菜单中的"数据工作期"命令,弹出数据工作期窗口,在数据工作期窗口中单击"打开"按钮,也会出现图 3.10 所示的"打开"对话框。

2) 命令方式

格式:USE <表文件名>[NOUPDATE][EXCLUSIVE ∣ SHARED]

           [ALIAS<别名>][IN<工作区号>]

功能:在选定工作区中打开表,并可以同时给表起别名。

命令中各子句的含义如下:

(1) <表文件名>表示被打开的表的名字,其中 NOUPDATE 指定以只读方式打开表,EXCLUSIVE 指定以独占方式打开表,SHARED 指定以共享方式打开表。

(2) 表打开时,若该表有备注型或通用型字段,则自动打开同名的.FPT 文件。如备注文件丢失,则表打不开。

2. 表的关闭

对表操作完毕后,应及时关闭,以保证更新后的内容能写入相应的表中。

1) 菜单方式

选择"窗口"菜单中的"数据工作期"命令,弹出数据工作期窗口,在"数据工作期"窗口中单击"关闭"按钮关闭表。

2) 命令方式

(1) 在"命令"窗口中使用不带文件名的 USE 命令,可关闭当前工作区中打开的表。

(2) CLEAR ALL:关闭所有的表,并选择工作区 1。从内存释放所有内存变量及用户定义的菜单和窗口,但不释放系统变量。

(3) CLOSE ALL:关闭所有打开的数据库与表,并选择工作区 1。关闭表单设计器、查询设计器、报表设计器和项目管理器。

(4) CLOSE DATABASE[ALL]:关闭当前数据库及其中的表,若无打开的数据库,则关闭所有自由表,并选择工作区 1。带有 ALL 则关闭所有打开的数据库及其中的表和所有打开的自由表。

(5) CLOSE TABLES[ALL]:关闭当前数据库中所有的表,但不关闭数据库。若无打开的数据库,则关闭所有自由表。带有 ALL 则关闭所有数据库中的表和所有自由表,但不关闭数据库。

当然,如果关闭了 VFP 系统,则表自然就关闭了。

3.2.2 表的显示

执行打开表的命令时,并不能看到表的内容。查看表的内容需要使用另外的命令。表的内容由表结构和表记录两部分组成,因此表的显示也可以分为两种情况:显示表结构和表记录。

1. 表结构的显示

显示指定表的结构,各字段的名称、类型、宽度和小数位数等内容。

1) 菜单方式

表文件打开后,选择"显示"菜单中的"表设计器"命令。

2) 命令方式

格式: LIST| DISPLAY STRUCTURE[TO PRINTER[PROMPT]|TO FILE <文件名>]

功能: 显示当前表的结构。

除显示各字段的名称、类型、宽度和小数位数外还包括文件更新日期、记录个数、记录长度。LIST 和 DISPLAY 两个命令的作用基本相同,区别仅在于 LIST 是连续显示,当显示的内容超过一屏时,自动向上滚动,直到显示完成为止。DISPLAY 则是分屏显示,显示满一屏时暂停,待用户按任意键后继续显示后面的内容。

命令中各子句的含义如下:

(1) 若选择 TO PRINTER 子句,则一边显示一边打印。若包括 PROMPT 命令,则在打印前显示一个对话框,用于设置打印机,包括打印份数、打印的页码等。

(2) 若选择 TO FILE<文件名>,则在显示的同时将表结构输出到指定的文本文件中。

【例题 3.2】 显示 XS.DBF 表的结构。

```
USE XS
LIST STRU
```

2. 表记录的显示

1) 菜单方式

选择"显示"菜单中的"浏览"命令,即可打开浏览窗口。

浏览窗口显示表记录的格式分为编辑和浏览两种,前者如图 3.7 所示,一个字段占一行,记录按字段竖直排列;后者如图 3.11 所示,一个记录占一行。

打开任一个表后,显示菜单中就会自动增加一个浏览命令。此时上述两种显示格式可通过"显示"菜单来切换。若当前正按编辑格式显示,只要选择"显示"菜单的"浏览"命令,就会换成浏览格式;反之,若当前正按浏览格式显示,只要选择"显示"菜单的"编辑"命令,就会变为编辑格式。

图 3.11　浏览窗口

2) 命令方式

格式: LIST|DISPLAY[[FIELDS]<表达式表>][<范围>][FOR <条件>|WHILE <条件>]

　　　　[TO PRINTER[PROMPT]|TO FILE <文件名>][OFF]

功能: 显示当前表中的记录或指定的表达式的值。

命令中各子句的含义如下:

(1) FIELDS<表达式表>指定要显示的表达式。表达式可直接使用字段名,也可以是含有字段名的表达式,甚至是不含字段名的任何表达式。

如果省略 FIELDS 命令,则显示表中所有字段的值,但不显示备注型和通用型字段的内

表的基本操作

容,除非备注型和通用型字段明确地包括在表达式表中。

（2）若选定 FOR 子句,则显示满足所给条件的所有记录。若选定 WHILE 子句,显示到条件不成立时为止,这时后面即使还有满足条件的记录也不再显示。FOR 子句和 WHILE 子句可以同时使用,同时使用时 WHILE 子句优先。

（3）＜范围＞、FOR＜条件＞、WHILE＜条件＞用于决定对哪些记录进行操作。如果有 FOR 子句,默认的范围为 ALL,有 WHILE 子句,默认的范围为 REST。

如果 FOR 子句或 WHILE 子句以及范围全省略,对于 LIST 默认显示所有记录,对于 DISPLAY 则默认显示当前记录。即 LIST 命令相当于 DISPLAY ALL 命令。此外,DISPLAY 命令是分屏输出,而 LIST 是连续输出。

（4）选用 OFF 时,表示只显示记录内容而不显示记录号,若省略该项则同时显示记录号和记录内容。

【例题 3.3】 就 XS 表,写出进行如下操作的命令。

（1）显示表的全部记录。

（2）显示前 5 条记录。

（3）显示记录号为奇数的记录。

（4）显示临床医学男学生的记录。

（5）显示北京或黑龙江学生的姓名、性别、年龄以及简历。

（6）显示学号最后两位为 01 的学生的记录。

操作 1：

```
USE XS
DISP ALL
```

记录号	学号	姓名	性别	专业	出生日期	入学成绩	代培否	籍贯	照片	简历
1	080101	陈可	男	临床医学	02/10/89	580.0	.F.	北京	gen	memo
2	020204	刘宏刚	男	口腔医学	10/15/90	570.0	.F.	哈尔滨	gen	memo
3	*080102	华青旺	男	临床医学	04/15/88	600.0	.T.	上海	gen	memo
4	080702	任可可	女	汉语言文学	11/18/89	610.5	.F.	北京	gen	memo
5	080601	陈礼怡	女	英语	05/25/88	615.0	.T.	佳木斯	gen	memo
6	080706	李欣	男	汉语言文学	09/02/89	590.0	.F.	上海	gen	memo
7	080503	姜姗姗	男	药学	12/01/88	608.0	.F.	沈阳	gen	memo
8	080801	沈峰	男	会计学	12/26/89	596.0	.F.	哈尔滨	gen	memo
9	080505	尹璐云	女	药学	10/16/88	618.0	.F.	佳木斯	gen	memo
10	080609	胡帅楠	男	英语	01/15/86	602.0	.F.	沈阳	gen	memo

操作 2：

```
USE XS
LIST NEXT 5
```

操作 3：

```
LIST FOR MOD(RECNO(),2) = 1 或
LIST FOR RECNO()/2 <> INT(RECNO()/2) 或
LIST FOR RECNO() % 2 = 1
```

操作 4：

```
LIST FOR 专业 = "临床医学" AND 性别 = "男"
```

操作 5：

```
LIST 姓名,性别,YEAR(DATE())-YEAR(出生日期),简历 FOR 籍贯 = "北京"
```

OR 籍贯 = "黑龙江"

操作 6：

```
DISP ALL  FOR RIGHT(学号,2) = "01"
```

3.2.3 表记录指针的移动

在表中，系统给每个记录提供一个记录号。对打开的表都自动设置一个指针，用以指示当前被操作的记录，即当前记录。表刚打开时，记录指针自动指向第一个记录，以后随着命令的执行，指针指向的记录也随之改变，但也有些命令不影响记录指针的移动。所谓表记录指针的定位，就是根据操作需要来移动表的记录指针。

1. 绝对定位

绝对定位是将记录指针直接定位到指定记录。

格式：**GO[TO]< 数值表达式>|TOP|BOTTOM**

功能：命令中各子句的含义是：

(1) "GO TOP"将记录指针指向表的首记录。

(2) "GO BOTTOM"将记录指针指向表的尾记录。

(3) "GO<数值表达式>"将记录指针指向表的某记录，<数值表达式>指出该记录的记录号。命令中记录号的取值范围是 1 至当前表中的最大记录个数，即函数 RECCOUNT()的值，否则出错。

【例题 3.4】 记录定位。

```
USE XS        && 当前记录为第 1 个记录
?RECNO()      && 显示：1
GO BOTTOM     && 记录指针指向第 10 个记录,当前记录为第 10 个记录
?RECNO()      && 显示：10
GO 4          && 当前记录为第 4 个记录
?RECNO()      && 显示：4
USE
```

2. 相对定位

格式：**SKIP[<数值表达式>]**

功能：从当前记录开始移动记录指针，<数值表达式>表示移位记录的个数。如果<数值表达式>的值为正数，则记录指针往表尾方向移动，若为负数，则往表头方向移动。若省略此项，则记录指针移到下一个记录。如果记录指针指向尾记录而执行 SKIP，则RECNO()返回一个比表记录数大 1 的数，且 EOF()返回.T.。如果记录指针指向首记录后再执行 SKIP−1，则 RECNO()返回 1，且 BOF()返回.T.。利用 BOF()和 EOF()这两个函数可以掌握有关记录指针移动的情况。当 BOF()和 EOF()这两个函数的值已经为.T.时，如仍向各自相同方向再移动记录指针，就会出现相应的已到文件头和已到文件尾的越界提示信息。

【例题 3.5】 记录定位。

```
USE XS
?RECNO(),BOF()     && 显示：1. F.
```

```
SKIP-1              && 记录指针向文件头移位 1 个记录
?BOF(),RECNO()      && 显示：. T. 1(应注意,记录号仍为 1)
SKIP  9             && 记录指针从第 1 个记录开始向文件尾移位 9 个记录
?RECNO(),EOF()      && 显示：10. F.
SKIP
?RECNO(),EOF()      && 显示：11. T.
```

3.2.4 增加记录

1. 插入记录

格式：INSERT [BLANK] [BEFORE]

功能：该命令在当前表的指定位置上插入一个新记录。

若给出 BLANK 选项,则插入一条空白记录；若不给出此项,则进入全屏幕数据记录输入窗口。若给出 BEFORE 选项,则在当前记录之前插入一个新记录,则插入的新记录成为当前记录,而原来的当前记录及其后面记录的记录号均加 1；若不给出该选项,则在当前记录的后面插入一个新记录。

【例题 3.6】 对 XS 表增加 6 号和 7 号记录。

```
USE XS
GO 6
INSERT BEFORE    && 此时新增加的 6 号记录变成当前记录
INSERT           && 在 6 号记录之后插入一条新记录,即第 7 号记录
```

2. 追加记录

1) 追加单条记录

格式：APPEND [EBLANK]

功能：该命令在当前表的末尾追加一个新记录。

若选用 EBLANK 选项,则追加一个空记录到表的末尾。APPEND 命令是在当前表的末尾增加新记录,而 INSERT 命令可以在指定位置上增加新记录。两条命令的屏幕操作方式是相同的。

【例题 3.7】 在 XS 表末记录后增加一个记录。

```
USE XS
APPEND
```

显然,APPEND 命令与下面两条命令等价：

```
GO BOTTOM
INSERT
```

2) 追加成批记录

格式：APPEND FROM <文件名>[FIELDS <字段名表>][FOR <条件>]
　　　　　[[TYPE][DELIMITED[WITH <定界符>]| WITH BLANK | WITH TAB|SDF|XLS]]

功能：该命令将指定文件(源文件)中的数据添加到当前表的尾部。命令中各子句的含义如下：

(1) 源文件的类型可以是表,也可以是系统数据格式、定界格式等文本文件,或 Microsoft

Excel 文件。

不含 TYPE 子句时,源文件的类型是表。

若源文件是 Excel 文件,TYPE 子句中必须取 XLS。

若源文件是文本文件,TYPE 子句中必须取 SDF 或 DELIMITED。

(2) 若给出 FIELDS<字段名表>选项,则数据只添加到在<字段名表>中说明的字段。FOR<条件>或 WHILE<条件>是对源文件记录的限制。

(3) 要注意源文件中的数据与当前表字段类型、顺序和长度要匹配。否则追加没有意义。

(4) 执行该命令时源文件不需要打开。

3.2.5 修改记录

VFP 允许表数据在窗口中显示、查看和修改,并为此提供了 BROWSE、CHANGE、EDIT 等多种命令。本书主要介绍 BROWSE 命令和它的浏览窗口。

1. 浏览窗口的操作

在 Visual FoxPro 的浏览窗口可以显示表中的记录数据,同时还可以在全屏幕编辑方式下对数据进行修改。所谓全屏幕编辑修改是指对显示在屏幕上的记录数据,通过移动光标,对光标处的字段进行修改。

(1) 打开浏览窗口。

① 菜单操作方式:打开要浏览的表,然后选择"显示"菜单中的"浏览"命令。

② 命令方式:打开要浏览的表,在"命令"窗口中输入 BROWSE 命令。

(2) 滚动查看。

当记录或字段较多,窗口内不能全部显示出来时,浏览窗口就会自动出现水平或垂直滚动条。查看数据时,可单击滚动条两端的箭头或拖曳其中的滑块,使表数据在窗口中滚动。也可用 PgUp 或 PgDn 来上下翻页查看。

若要修改记录,还须在打开表时设置独占方式,即在"打开"对话框中选择"独占"复选框。修改时只要单击字段的某位置,就可根据光标指示进行修改。

(3) 一窗两区。

浏览窗口左下角有一黑色小方块,称为窗口分割器。将分割器向右拖动,便可将窗口分为两个分区(见图 3.12)。两个分区显示同一表的数据,显示格式可以相同也可以不同。光标所在的分区称为活动分区,活动分区的数据修改后,另一分区的数据会随之变化。单击某分区就可使它成为活动分区。此外,表菜单的切换分区命令也用于改变活动分区。

设置两个分区后,可通过"表"菜单中的"链接分区"命令使两个区链接或解除链接,该命令前显示对号(√)时表示分区处于链接

图 3.12 具有两个分区的浏览窗口

状态。

分区链接后,在一个分区选定某记录,另一分区中也会显示该记录。若将一个分区设置为记录浏览格式,另一分区设置为编辑格式,则当在一个分区选择记录时,另一分区中就可看到该记录的全貌。解除链接后,记录的选定与另一分区的显示状况无关,两个分区就能显示不同的记录,可用于对比不同记录的数据。

(4) 浏览、修改、追加与删除等多种功能都可在浏览窗口进行,所以当窗口被打开并成为活动窗口时,"显示"菜单中会出现一个"追加方式"命令,同时系统菜单中还增加了一个"表"菜单。若记录显示窗口是非活动的,单击其内部任何一处即变为活动窗口。

① 记录的追加。

记录的追加是将新记录添加在表的末尾。"显示"菜单中的"追加方式"命令与"表"菜单中的"追加新记录"命令都可以实现此操作。两者的不同之处是:前者为连续追加,当添加出来的记录输入数据后,VFP 会自动开辟出另一新记录的位置,而选择"追加新记录"命令后仅添加一个记录,再要添加时需再选择"追加新记录"命令。

② 记录的删除。

删除记录分为加上删除标记(逻辑删除)和从磁盘上删除(物理删除)两种。

在记录浏览窗口,单击记录左侧的矩形域,该矩形域就变黑,这一黑色矩形域就是删除标记;再次单击它,黑色矩形域会变白,这称为恢复记录。"表"菜单中也包含删除记录与恢复记录命令。

表 3.3 所示为追加与删除记录的部分菜单命令。

表 3.3　追加与删除记录的部分菜单命令

菜单名	菜单命令	等效命令	功　能
显示	追加方式		在表末追加新记录,连续追加
表	追加新记录	APPEND	在表末追加一个新记录
	彻底删除	PACK	将具有删除标记的记录从磁盘上删除
	追加记录	APPEND FROM	在表末追加一批记录,来源为其他表、文本文件等之一

若已有多个记录打上删除标记,选定"表"菜单的"彻底删除"命令,就能将所有具有删除标记的记录从磁盘上删除。

2. 全屏幕编辑修改命令

对记录进行全屏幕编辑修改的命令有 BROWSE、EDIT 和 CHANGE,这里重点介绍和上面浏览窗口对应的 BROWSE 命令。

格式：BROWSE[FIELDS <字段名表>][FOR <条件>]

　　　　[FREEZE <字段名>][LAST][NOAPPEND][NODELETE][NOEDIT]

　　　　[PARTITION <分界线列号>][LEDIT][REDIT][LPARTITION]

　　　　[LOCK <字段数>][NOLGRID][NORGRID][NOLINK][NOWAIT]

　　　　[TIMEOUT <等待秒数>][TITLE <窗口标题名>]

功能：该命令打开浏览窗口,浏览或修改当前表的记录数据。命令中各子句的含义如下:

(1) 如果给出 FIELDS 子句,那么所列的字段就按<字段名表>中给出的顺序显示出来;若没有 FIELDS 子句,则所有字段将按照它们在数据表结构中出现的顺序显示。

在<字段名表>中,字段名的一般格式为:

<字段名 1>[:R[:字段显示宽度]][:P = <模式符>][:B = <表达式 1>,<表达式 2>]
[:V = <条件>][:H = <字段标题名>]]

其中:

- :R 表示本字段只能显示不能修改。例如:

USE XS
BROW FIEL 学号: R,姓名

命令执行时,学号字段只能查看不能修改。

- :P 是本字段显示的格式,即@…SAY…GET…命令中的模式符。
- :B 定义本字段数据输入的范围。

例如,下列命令确保学生成绩必须在 0.0～700.0 之间。

BROW FIEL 姓名,入学成绩: B = 0.0,700.0

- :V 设置字段数据校验。当从一个字段移走光标时,如果<条件>成立,则认为输入该字段的数据是正确的,光标移到下一个字段。如果<条件>不成立,则认为输入数据不正确,光标停留在该字段。
- :H 用给出的字段标题名代替字段名。省略此项,则在浏览窗口中的列名就是字段名。

<字段名表>中除直接使用数据表的字段名外,还可以包含能产生计算字段的语句。一般格式为:

<计算字段名> = <表达式>

例如,下面的命令中产生一个名为 ABCD 的计算字段,并显示该计算字段的值:

BROW FIEL ABCD = ALLTRIM(姓名) + "" + ALLTRIM(籍贯)

(2) FOR 子句指定一个条件,只有当<条件>为真的记录才显示在浏览窗口中。FOR子句将记录指针移到第一个记录进行条件检查。

(3) FREEZE 子句使得光标只能在指定段的范围内移动,不能修改。

(4) LAST 把当前浏览窗口的外部特征保存起来,下一次再调用浏览窗口时,就可以避免重新输入有关设置浏览窗口的参数。

(5) NOAPPEND 阻止用户按 Ctrl+Y 键或者选择"表"菜单中的"追加新记录"命令来追加记录。

(6) NODELETE 可防止在浏览窗口给记录加删除标记。省略时,可通过按 Ctrl+T 键或者选择"表"菜单中的"切换删除标记"命令或者单击记录最左端的删除列来给记录加删除标记。

(7) NOEDIT 不能修改字段的内容,但可以增加和删除记录。

(8) PARTITION 子句可把浏览窗口分成左右两个部分,本子句指出窗口分界线所在的列。

(9) LEDIT 指定浏览窗口的左部以编辑方式显示,省略时将以浏览方式显示。

第 3 章

表的基本操作

(10) REDIT 指定浏览窗口的右部以编辑方式显示，省略时将以浏览方式显示。

(11) LPARTITION 指定把光标放在浏览窗口左部的第一个字段上。省略时将把光标放在右部的第一个字段上。

(12) LOCK 子句指定在不滚动屏幕的情况下浏览窗口的左部所能显示的字段数。浏窗口的左部能自动调整大小来显示用户指定的字段数。

(13) NOLGRID 删除浏览窗口左部的字段分隔竖线，省略时浏览窗口中的字段是用竖线来分开的。

(14) NORGRID 删除浏览窗口右部的字段分隔竖线。

(15) NOLINK 分开浏览窗口中的左、右部分。在默认情况下，浏览窗口的左右部分是联结在一起的，当用户滚动一个部分时，另一部分也跟着滚动。

(16) NOWAIT 在浏览窗口打开后，不等待关闭浏览窗口继续执行本命令后的命令。默认时，浏览窗口打开后，将停止执行程序，直到关闭浏览窗口。

(17) TIMEOUT 子句指定在没有任何输入的情况下，浏览窗口等待多少秒自动关闭，继续执行后面的命令。此选项只能在程序中使用。

(18) TITLE 子句指定用给出的标题代替浏览窗口默认的标题。

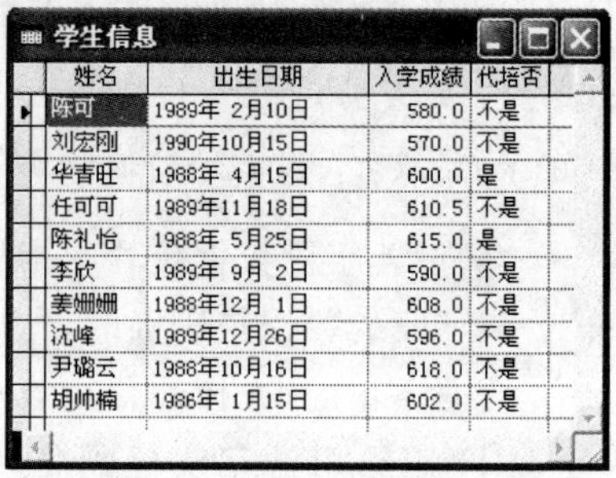

学生信息

姓名	出生日期	入学成绩	代培否
陈可	1989年 2月10日	580.0	不是
刘宏刚	1990年10月15日	570.0	不是
华青旺	1988年 4月15日	600.0	是
任可可	1989年11月18日	610.5	不是
陈礼怡	1988年 5月25日	615.0	是
李欣	1989年 9月 2日	590.0	不是
姜姗姗	1988年12月 1日	608.0	不是
沈峰	1989年12月26日	596.0	不是
尹璐云	1988年10月16日	618.0	不是
胡帅楠	1986年 1月15日	602.0	不是

图 3.13　浏览 XS 表中的记录

【例题 3.8】 按图 3.13 浏览学生表中的记录。

```
USE  XS
BROW FIELDS 姓名,CS = STR(YEAR(出生日期),4,0) + "年" + STR(MONT(出生日期),2,0) + ;"月" + STR
(DAY(出生日期),2,0) + "日":H = "出生日期",入学成绩,;
HYQK = IIF(代培否,"是","不是"):H = "代培否" ;
TITL "学生信息" NOED NOAP NODE
```

3. 成批替换修改

有时对记录数据的修改是有规律的，对这种数据的修改如果仍用 BROWSE 等命令修改会很麻烦，而使用成批替换修改的方法就非常方便。

格式：REPLACE <字段 1> WITH <表达式 1>[ADDITIVE]

[<字段 2> WITH <表达式 2>[ADDITIVE]][, …][<范围>][FOR <条件>][WHILE <条件>]

功能：该命令用一个表达式的值替换当前表中一个字段的值。

命令中各子句的含义如下：

(1) 若不选择＜范围＞和 FOR 子句或 WHILE 子句，则默认为替换当前记录。如果选择子句，则＜范围＞默认为 ALL，选择了 WHILE 子句，则＜范围＞默认为 REST。

(2) ADDITIVE 只能在替换备注型字段时使用。使用 ADDITIVE，备注型字段的内容将附加到备注型字段原来内容的后面，否则用表达式的值改写原备注型字段的内容。

【例题 3.9】 写出对学生表进行如下操作的命令。

(1) 将不是代培学生的入学成绩增加 20 分。

(2) 将 6 号记录的出生日期修改为 1990 年 9 月 7 日。

(3) 将第一条记录的备注型字段增加“三好学生”内容。

操作 1:

```
USE XS
REPLACE 入学成绩 WITH 入学成绩 + 20 FOR 代培否
```

操作 2:

```
GO 6
REPLACE 出生日期  WITH {^1990 - 09 - 07}
```

操作 3:

```
USE XS
REPLACE 备注 WITH  "三好学生"ADDITIVE
```

3.2.6　删除记录

Visual FoxPro 对部分记录的删除分两步进行:首先对想要删除的记录加上"＊"(删除标记),这时被标记的记录并没有真正被删除,需要时仍可以恢复,称为记录的逻辑删除。然后把加了删除标记的记录真正地从表中删除掉,称为物理删除。

1. 记录的逻辑删除

格式:DELETE[<范围>][FOR <条件>][WHILE <条件>]

功能:对当前表在指定<范围>内满足<条件>的记录加上删除标记。若可选项都默认,则只对当前记录加删除标记。

加了删除标记的记录是否参加下面的操作,可以通过 SET DELETED ON|OFF 命令来设置。ON 状态表示不参加下面的操作,OFF 状态表示参加下面的操作。默认状态为OFF 状态。当然也有的操作不受此命令的控制。

【例题 3.10】

```
USE XS
DELELE FOR 性别 = "女"
LIST
```

显示结果如下:

记录号	学号	姓名	性别	专业	出生日期	入学成绩	代培否	籍贯	照片	简历
1	080101	陈可	男	临床医学	02/10/89	580.0	.F.	北京	gen	memo
2	020204	刘宏刚	男	口腔医学	10/15/90	570.0	.F.	哈尔滨	gen	memo
3	080102	华青旺	男	临床医学	04/15/88	600.0	.T.	上海	gen	memo
4	*080702	任可可	女	汉语言文学	11/18/89	610.5	.F.	北京	Gen	memo
5	*080601	陈礼怡	女	英语	05/25/88	615.0	.F.	佳木斯	gen	memo
6	080706	李欣	男	汉语言文学	09/02/89	590.0	.F.	上海	gen	memo
7	080503	姜姗姗	男	药学	12/01/88	608.0	.F.	沈阳	gen	memo
8	080801	沈峰	男	会计学	12/26/89	596.0	.F.	哈尔滨	gen	memo
9	*080505	尹璐云	女	药学	10/16/88	618.0	.F.	佳木斯	gen	memo
10	080609	胡帅楠	男	英语	01/15/86	602.0	.F.	沈阳	gen	memo

```
SET DELETED ON
LIST
```

显示结果如下:

记录号	学号	姓名	性别	专业	出生日期	入学成绩	代培否	籍贯	照片	简历
1	080101	陈可	男	临床医学	02/10/89	580.0	.F.	北京	gen	memo
2	020204	刘宏刚	男	口腔医学	10/15/90	570.0	.F.	哈尔滨	gen	memo
3	080102	华青旺	男	临床医学	04/15/88	600.0	.T.	上海	gen	memo
6	080706	李欣	男	汉语言文学	09/02/89	590.0	.F.	上海	gen	memo
7	080503	姜姗姗	男	药学	12/01/88	608.0	.F.	沈阳	gen	memo
8	080801	沈峰	男	会计学	12/26/89	596.0	.F.	哈尔滨	gen	memo
10	080609	胡帅楠	男	英语	01/15/86	602.0	.F.	沈阳	gen	memo

第 3 章

表的基本操作

2. 记录的恢复

记录的恢复是指去掉删除标记,但已被物理删除的记录是不可恢复的。

格式：RECALL[<范围>][FOR <条件>][WHILE <条件>]

功能：对当前表在指定<范围>内满足<条件>的记录去掉删除标记。若可选项都默认,只恢复当前记录。

【例题 3.11】

```
USE XS
DELETE FOR 入学成绩<= 650 AND 入学成绩>= 600
LIST            && 带有 * 号的记录即为已逻辑删除的记录
GO 4
RECALL          && 去掉 4 号记录的删除标记
LIST            && 第 4 条记录左侧的删除标记 * 号已去掉
```

3. 记录的物理删除

格式：PACK

功能：从物理上删除,也即真正删除带有删除标记的记录。

【例题 3.12】 删除 XS 表中第 5 至第 10 条之间的记录。

```
USE XS
GO 5
DELETE NEXT 6
PACK
LIST
```

4. 记录清除命令

格式：ZAP

功能：物理删除当前表中的所有记录,只留下表结构。

执行 ZAP 相当于执行 DELETE ALL 和 PACK 两条命令。

3.2.7　表的复制

表的复制是指在已经建立的表的基础上,根据需要产生原表的副本以及产生各种新的表或表结构。

1. 复制表的结构

格式：COPY STRUCTURE TO <文件名> [FIELDS <字段名表>]

功能：该命令将当前表的结构复制到指定的表中。仅复制当前表的结构,不复制其记录数据。

命令中各子句的含义如下：

(1) <文件名>是复制后产生的表名,复制后只有结构而无任何记录。

(2) 若给出了 FIELDS<字段名表>选项,则生成的空表文件中只含有<字段名表>中给出的字段,若省略此项,则复制的空表文件的结构和当前表相同。

【例题 3.13】

```
USE XS
COPY STRU TO XJ2 FIELDS 学号,姓名,入学成绩,备注
BROWSE
```

2. 复制表

格式：COPY TO <文件名>[FIELDS]<字段名表>[<范围>][FOR <条件>][WHILE <条件>]

　　　　[[TYPE]SDF｜DELIMITED｜XLS][WITH <定界符>|BLANK]

功能：该命令将当前表中的数据与结构同时复制到指定的表中，即复制了一个新的表。此命令还可以将当前表复制生成一个其他格式的数据文件。命令中各子句的含义如下：

（1）<文件名>表示复制后产生的新的文件名。

（2）若选择了 FIELDS<字段名表>，则将<字段名表>中给出的部分字段的数据复制到指定的文件中，省略此项，则等价于当前表的全部字段。<字段名表>中还可包含有其他工作区表的字段。

（3）<范围>和 FOR<条件>、WHILE<条件>决定了对哪些记录进行复制。省略这些子句时，则复制当前表的所有记录。

（4）复制含有备注型字段的表时，如果指定要复制该备注型字段，则在复制表的同时，复制相应的备注文件。

（5）若选择了 SDF 或 DELIMITED，则将当前表复制成指定的文本文件，默认扩展名为. TXT。其格式由 SDF 和 DELIMITED 决定。

SDF 为标准格式，记录定长，不用分隔符和定界符，每个记录均从头开始存放，均以回车符结束。

DELIMITED 为通用格式，记录不等长，每个记录均以回车符结束。若选用 BLANK，字段值之间用一个空格分隔，否则用一个逗号分隔。若选用<定界符>，字符型数据用指定的<定界符>括起来，否则用双引号括起来。

若选择了 XLS，则得到一个 Excel 文件，该文件只能在 Excel 中打开。

【**例题 3. 14**】　对 XS 表进行复制操作。

（1）将入学成绩大于 600 分的记录复制到 XS2. DBF 中。

（2）分别生成标准格式和通用格式的文本文件 NEW1. TXT 和 NEW2. TXT。

操作 1：

```
USE XS
COPY TO XS2 FOR 入学成绩>600
USE XS2      && 打开并查看新表的记录
LIST
```

操作 2：

```
USE XS
COPY TO NEW1 SDF
TYPE NEW1.TXT      && 查看新文本文件的内容
COPY TO NEW2 DELIMITED
TYPE NEW2.TXT
```

3. 复制任何类型文件

格式：COPY FILE <文件名 1> TO <文件名 2>

功能：从<文件名 1>文件复制得到<文件名 2>文件。命令中各子句的含义如下：

（1）若对表进行复制，该表必须处于关闭状态。

（2）＜文件名 1＞和＜文件名 2＞都可使用通配符"＊"和"?"。

【例题 3.15】

```
USE        && 若 XS.DBF 是打开的,则须关闭它
COPY FILE XS.DBF TO XS3.DBF        && 复制得到 XS3.DBF
COPY FILE XS.FPT TO XS3.FPT        && 复制得到 xj1.FPT
```

VFP 除能复制各类文件外,还提供了文件改名、删除、显示等功能,有关命令见表 3.4。

表 3.4　文件改名、删除、显示命令

命 令 格 式	功　　　能
RENAME＜原文件名＞TO＜新文件名＞	文件改名
ERASE ｜ DELETE FILE＜文件名＞	删除文件
DIR[＜驱动器＞][＜通配符＞][TO PRINT]	显示文件目录
TYPE＜文件名＞[TO PRINT]	显示文本文件的内容

3.2.8　查询定位

查询从本质上讲就是把记录指针移动到所需要的记录上,以便做其他操作。如 LIST、REPLACE 等命令兼有查询并对找到的记录施加某种操作的双重功能,而查询定位命令只把指针移到要找的某一记录上,而对找到的记录再执行何种操作,则由别的命令来实现。

查询定位分顺序查询和索引查询。顺序查询是指按表中记录的物理顺序逐个查询符合条件的记录,并将记录指针定位在符合条件的第一条记录上,如果没有满足条件的记录,则记录指针定位在文件结束位置。索引查询是利用索引文件,按照索引表达式的值找到对应的记录。由于索引查询采用了先进的查询算法,其查询速度非常快。

这里先介绍顺序查询,索引查询在后面介绍表的索引时介绍。

格式：**LOCATE**[＜范围＞]**FOR**＜条件＞｜**WHILE**＜条件＞

功能：搜索满足＜条件＞的第一个记录。若找到,记录指针就指向该记录;若表中无此记录,搜索后 VFP 主屏幕的状态栏中将显示"已到定位范围末尾",表示记录指针指向文件结束处。

如果指定＜范围＞,则按指定＜范围＞查找,省略＜范围＞时默认为 ALL。找到后,记录指针指向该记录,函数 FOUND()值为.T.,否则,记录指针指向＜范围＞的最末一个记录,省略＜范围＞则指向文件尾,函数 FOUND()值为.F.。查到记录后,要继续往下查找满足＜条件＞的记录必须用 CONTINUE 命令。

【例题 3.16】　在 XS 表中查询不是代培男生的姓名、入学成绩和年龄。

```
USE XS
LOCAT FOR !代培否 AND 性别 = "男"
DISP 姓名,入学成绩,YEAR(DATE()) - YEAR(出生日期)
```

显示结果如下：

记录号	姓名	入学成绩	YEAR(DATE())-YEAR(出生日期)
1	陈可	580.0	20

CONTINUE

? RECNO(),姓名,入学成绩,YEAR(DATE()) - YEAR(出生日期)

显示结果如下：

2 刘宏刚 570.0 19

3.3　排序与索引

在一般情况下，表中的记录是按其输入的先后顺序存放的，在对数据记录进行操作时，按照这种顺序进行处理。但有时希望按其他顺序将数据记录重新组织，例如，对 XS 表，希望数据记录按入学成绩由高到低排列、按出生日期的先后顺序排列等。要完成这种操作有两种方法：排序和索引。排序是生成一个新的表，而索引是建立一种对应关系，两者都能达到重新组织数据记录的目的。

3.3.1　排序

排序是根据不同的字段对当前表的记录做出不同的排列，产生一个新的表文件。新表与旧表的内容完全一样，只是它们的记录排列顺序不同而已。

格式：SORT TO <文件名> ON <字段 1>[/A/D/C][,<字段 2>[/A/D/C]…]

　　　　[FIELDS <字段名表>][<范围>][FOR <条件>][WHILE <条件>]

功能：该命令对当前表中的记录按指定的字段排序，并将排序后的记录输出到一个新的表中。命令中各子句的含义如下：

（1）<文件名>是排序后产生的新表文件名，其扩展名默认为.DBF。

（2）由<字段 1>的值决定新表中记录的排列顺序，默认时，按升序排列，不能按备注型或通用型字段排序。

可以按多个字段排序。<字段 1>为首要排序字段，<字段 1>的值相等的记录再按<字段 2>进一步排序，依此类推。

（3）对于在排序中使用的每个字段，可以指定升序或降序的排列顺序。/A 表示升序，/D 表示降序。

默认时，字符型字段中的字母大小写是不同的。如果在字符型字段后加上/C，则忽略大小写。可以把/C 与/A 或/D 选项结合在一起使用，例如，/AC 或/DC。

（4）由 FIELDS 指定新表中包含的字段名。如果省略 FIELDS 子句，当前表中的所有字段都包含在新表中。

（5）各种类型的字段名（备注型和通用型字段除外）都可用作排序关键字。命令执行时，根据各种类型数据的比较原则实现排序。

（6）若省略<范围>、FOR<条件>和 WHILE<条件>等选项，表示对所有记录排序。

【例题 3.17】　对 XS.DBF 分别按以下要求排序。

（1）显示入学成绩最高的 5 名学生的记录。

（2）将代培学生按专业降序排序，当专业相同时则按出生日期升序排序。

操作 1：

USE XS

```
SORT ON 入学成绩/D TO XS4
USE XS4                    && 打开排序后生成的新表文件
LIST NEXT 5
```

显示结果如下：

记录号	学号	姓名	性别	专业	出生日期	入学成绩	代培否	籍贯	照片	简历
1	080505	尹璐云	女	药学	10/16/88	618.0	.F.	佳木斯	gen	memo
2	080601	陈礼怡	女	英语	05/25/88	615.0	.T.	佳木斯	gen	memo
3	080702	任可可	女	汉语言文学	11/18/89	610.5	.F.	北京	gen	memo
4	080503	姜姗姗	男	药学	12/01/88	608.0	.F.	沈阳	gen	memo
5	080609	胡帅楠	男	英语	01/15/86	602.0	.F.	沈阳	gen	memo

操作 2：

```
USE XS
SORT ON 专业/D,出生日期 for 代培否 TO XS5
USE XS5
LIST
```

3.3.2　索引建立

1. 索引的概念

执行排序后,在新文件中形成了新的物理顺序(即其磁盘存储顺序,表现为记录的存放位置与其记录号一致)。当数据记录很多时,排序既费时间,又占用磁盘空间,为此,常用建立索引文件的方法对表的记录重新组织。索引并不是重新排列表记录的物理顺序,而是另外形成一个索引关键表达式值与记录号之间的对照表,这个对照表就是索引文件。索引文件中记录的排列顺序称为逻辑顺序。虽然排序与索引都以增加一个文件为代价,但索引文件只包括关键字和记录号,比被索引的表要小得多。索引文件发生作用后,对表进行操作时将按索引表中记录的逻辑顺序进行操作,而记录的物理顺序只反映了输入记录的原始顺序,对表的操作将不会产生任何影响。并且索引起作用后,增删或修改表的记录时索引文件都会自动更新,故索引比排序应用得更为广泛。

对于用户来说,索引不但可以使数据记录重新组织时节省磁盘空间,而且可以提高表的查询速度。

2. 索引文件的类型

Visual FoxPro 提供了两种不同类型的索引文件：单索引文件和复合索引文件。

(1) 单索引文件。

单索引文件是指一个索引文件中只能保存一个索引,其扩展名为.IDX。采用单索引时,对于每一个索引都要对应一个文件,这势必造成索引文件的增多,特别是在更新索引时,必须打开所有的索引文件,这是不方便的。

单索引文件有普通的和压缩的两种。压缩的索引文件可以使索引文件少占存储空间。

(2) 复合索引文件。

复合索引文件可以存储多个索引,其扩展名为.CDX。复合索引文件中的每个索引用一个索引标志(Index Tag)来表示。一个复合索引文件中可包含的索引的数目亦即索引标志的数目仅受内存空间的限制。复合索引文件一定是压缩的索引文件。

有一类特殊的复合索引文件叫做结构复合索引文件,它的文件名与相应的表文件名相同,扩展名仍为.CDX。结构复合索引文件的特殊性在于无论何时打开表,该索引文件将自动跟着打开。这就意味着当对表的记录进行修改时，全部索引也将自动更新，所以一般情况下，使用结构复合索引更为方便。

复合索引将多个索引集中到一个索引文件，和单索引相比，效率更高，使用更为方便。但单索引并非没有用处。使用单索引文件一方面可以和 FOXBASE＋等早期的数据库产品兼容，另一方面单索引文件可以作为临时性索引使用，因为如果复合索引所含的索引太多，在更新索引时速度就会很慢。

3. 索引的类型

在 Visual FoxPro 中，索引可分为下列 4 种类型：

(1) 主索引。主索引是不允许在指定字段或表达式中出现重复值的索引，这样的索引可以起到主关键字的作用。如果在任何已包含了重复数据的字段上建立主索引，Visual FoxPro 将产生错误信息。每一个表只能建立一个主索引，只有数据库表才能建立主索引。

(2) 候选索引。候选索引也是一个不允许在指定字段和表达式中出现重复值的索引。数据库表和自由表都可以建立候选索引，一个表可以建立多个候选索引。

主索引和候选索引都存储在结构复合索引文件中，不能存储在非结构复合索引文件和单索引文件中，因为主索引和候选索引都必须与表文件同时打开和同时关闭。

(3) 唯一索引。系统只在索引文件中保留第一次出现的索引关键字值。这里讲的唯一索引并不是指索引字段取值的唯一性。索引字段值是可以重复的，但重复的索引字段值只有第一个值出现在索引对照表中。数据库表和自由表都可以建立唯一索引。

(4) 普通索引。这是一个最简单的索引，允许索引关键字值重复出现，适合用来进行表中记录的排序和查询，也适合于一对多永久关联中"多"的一边（子表）的索引。数据库表和自由表都可以建立普通索引。

普通索引和唯一索引可以存储在非结构复合索引文件和单索引文件中。

在 4 种不同类型的索引中，主索引和候选索引具有相同的功能，除具有索引排序的功能外，都还具有关键字的特性，建立主索引或候选索引的字段值可以保证唯一性，它拒绝重复字段值。唯一索引和普通索引与以前版本的索引含义相同，它们只起到索引排序的作用。索引功能分类如表 3.5 所示。

表 3.5 索引功能分类表

索引类型	关键字重复值	说　明	创建修改命令	索引个数
主索引	不允许，输入重复值将禁止存盘	仅适用于数据库表，可用于在永久关系中建立参照完整性	CREATE TABLE ALTER TABLE	仅可 1 个
候选索引		可用作主关键字，可用于在永久关系中建立参照完整性	INDEX CREATE TABLE ALTER TABLE	允许多个
唯一索引	允许，但输出无重复值	为与以前版本兼容而设置	INDEX	
普通索引	允许	可作为一对多永久关系中的"多方"		

4. 建立索引文件

格式：

(1) 单索引文件。

INDEX ON <索引表达式> **TO** <单索引文件名>**[COMPACT] [ADDITIVE]**

[FOR <条件>] [UNIQUE]

（2）结构复合索引。

INDEX ON <索引表达式> **TAG** <索引标志名> [FOR <条件>]
[ASCENDING|DESCENDING] [UNIQUE] [ADDITIVE]

（3）非结构复合索引。

INDEX ON <索引表达式> **TAG** <索引标志名> **OF** <复合索引文件名> [FOR <条件>]
[ASCENDING|DESCENDING] [UNIQUE] [ADDITIVE]

功能：该命令对当前表建立一个索引文件或增加索引标志。

命令中各子句的含义如下：

① <索引表达式>是包含当前表中的字段名的表达式，表达式中的操作数应具有相同的数据类型。

② 若选择 FOR<条件>选项，则只有那些满足条件的记录才出现在索引文件中。

③ 选用 COMPACT，则建立一个压缩的单索引文件。复合索引文件自动采用压缩方式。

④ 复合索引时，系统默认或选用 ASCENDING，按索引表达式的升序建立索引；选择 DESCENDING 按降序建立索引。单索引文件只能按升序索引。

⑤ 选用 UNIQUE，对于索引表达式值相同的记录，只有第一个记录列入索引文件。

⑥ 选用 ADDITIVE，建立本索引文件时，以前打开的索引文件仍保持打开状态。

【例题 3.18】 用建立索引的方法实现上例中的第一个操作。

```
USE XS
INDEX ON - 入学成绩 TO RXCJ
LIST NEXT 5
```

显示结果如下：

记录号	学号	姓名	性别	专业	出生日期	入学成绩	代培否	籍贯	照片	简历
9	080505	尹璐云	女	药学	10/16/88	618.0	.F.	佳木斯	gen	memo
5	080601	陈礼怡	女	英语	05/25/88	615.0	.T.	佳木斯	gen	memo
4	080702	任可可	女	汉语言文学	11/18/89	610.5	.F.	北京	gen	memo
7	080503	姜姗姗	男	药学	12/01/88	608.0	.F.	沈阳	gen	memo
10	080609	胡帅楠	男	英语	01/15/86	602.0	.F.	沈阳	gen	memo

根据表达式"－入学成绩"建立了单索引文件 RXCJ.IDX，该索引文件可以理解为"－入学成绩"的值和所对应的记录号之间的对照表，并且在对照表中根据"－入学成绩"的值按升序排列，显然"－入学成绩"值最小的，即是"入学成绩"值最大的，即入学成绩最高的记录排在索引文件最前面。

此例说明，用建立索引文件的方法，也能达到排序的目的。需再一次强调的是，SORT 是根据字段排序，并产生一个新的表，而 INDEX 是根据表达式索引（单个字段是表达式的特例），并产生一个索引文件，索引文件是表的辅助文件，必须依赖于表而存在。

【例题 3.19】 就 XS 表建立结构复合索引文件，其中包含两个索引：

（1）按出生日期的升序排列，不允许有出生日期相同的记录。

（2）先按性别升序，性别相同再按入学成绩降序排列。

操作1：

```
USE XS
INDEX ON 出生日期 TAG CSRQ UNIQUE
```

操作2：

```
USE XS
INDEX ON 性别 + STR(1000 - 入学成绩) TAG XBRXCJ
```

显示结果如下：

记录号	学号	姓名	性别	专业	出生日期	入学成绩	代培否	籍贯	照片	简历
7	080503	姜姗姗	男	药学	12/01/88	608.0	.F.	沈阳	gen	memo
10	080609	胡帅楠	男	英语	01/15/86	602.0	.F.	沈阳	gen	memo
3	080102	华春旺	男	临床医学	04/15/88	600.0	.T.	上海	gen	memo
8	080801	沈峰	男	会计学	12/26/89	596.0	.F.	哈尔滨	gen	memo
6	080706	李欣	男	汉语言文学	09/02/89	590.0	.F.	上海	gen	memo
1	080101	陈可	男	临床医学	02/10/89	580.0	.F.	北京	gen	memo
2	020204	刘宏刚	男	口腔医学	10/15/90	570.0	.F.	哈尔滨	gen	memo
9	080505	尹璐云	女	药学	10/16/88	618.0	.F.	佳木斯	gen	memo
5	080601	陈礼怡	女	英语	05/25/88	615.0	.T.	佳木斯	gen	memo
4	080702	任可可	女	汉语言文学	11/18/89	610.5	.F.	北京	Gen	memo

用菜单方式也可以在表设计器中建立索引。具体方法是：

（1）打开表设计器对话框，选择"索引"选项卡，如图 3.14 所示。

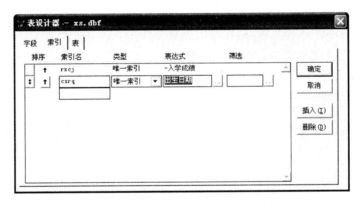

图 3.14 表设计器中的"索引"选项卡

（2）在"索引名"中输入索引标志名，在"类型"的下拉列表框中确定一种索引类型，在"表达式"中输入索引关键字表达式，在"筛选"中输入确定参加索引的记录条件，在"排序"序列下默认的是升序按钮，单击可改变为降序按钮。

（3）确定好各项后，单击"确定"按钮，关闭表设计器，同时索引建立完成。

（4）同样的方法也可以将以前建立的索引调出，利用表设计器上的"插入"或"删除"按钮进行插入或删除。

注意：用表设计器建立的索引都是结构复合索引文件。

3.3.3 索引文件的使用

要利用索引查询，必须同时打开表与索引文件。一个表可以打开多个索引文件，一个复合索引文件中也可能包含多个索引标志，但任何时候只有一个索引文件能起作用，在复合索引文件中也只有一个索引标志能起作用。当前起作用的索引文件称为主控索引文件，当前起作用的索引标志称为主控索引。也就是说，实现索引查询必须满足以下的条件，即：打开表,打开索引文件,确定主控索引文件,对于复合索引文件还须确定主控索引。

1. 打开索引文件

索引文件必须先打开才能使用。结构复合索引文件随相关表的打开而自动打开,但单索引文件和非结构复合索引文件必须由用户自己打开。打开索引文件有两种方法:一种是在打开表的同时打开索引文件;另一种是在打开表后,需要使用索引时,再打开索引文件。

(1) 表和索引文件同时打开。

格式:USE <表文件名> INDEX <索引文件名表>

功能:该命令打开指定的表及<索引文件名表>中的索引文件。

<索引文件名表>可以包含多个索引文件,这些索引文件可以是单索引文件,也可以是非结构复合索引文件。

(2) 打开表后再打开索引文件。

格式:SET INDEX TO[<索引文件名表>][ADDITIVE]

功能:该命令为当前表打开<索引文件名表>中的索引文件。

命令中各子句的含义如下:

① 省略任何选项而直接使用 SET INDEX TO,将关闭当前工作区中除结构复合索引文件之外的全部索引文件。

② 若省略 ADDITIVE 选项,则在使用该命令打开<索引文件名表>中的索引文件时,除结构复合索引文件之外其他已打开的索引文件均会被关闭。

2. 关闭索引文件

格式 1:CLOSE INDEX

格式 2:SET INDEX TO

关闭当前工作区内所有打开的索引文件,但结构复合索引文件不关闭。

注意:表关闭时索引文件就随之关闭(包括结构复合索引文件)。

3. 确定主控索引

一个表可能有多个索引文件被打开,但在一个时刻只有一个索引起控制作用,这就是主控索引文件。对于新建立的索引文件,它是当然的主控索引。打开索引文件时,排在索引文件表中第一位的是主控索引文件,如果主控索引文件是单索引文件,那么它所包含的索引就成为主控索引,如果主控索引文件是复合索引文件,还得进一步确定哪个索引标志是主控索引。有时因为当前主控索引不合适,需要更换主控索引。

格式:SET ORDER TO[<索引文件顺序号>|<单索引文件名>]|[TAG]<索引标志名>[OF<复合索引文件名>]

功能:该命令指定表的主控索引文件或主控索引标志。命令中各子句的含义如下:

(1) <索引文件顺序号>表示已打开的索引文件的序号,用以指定主控索引。单索引文件首先按打开的先后顺序标志序号,结构复合索引文件的索引标志按其生成的顺序计数,最后是非结构复合索引文件的索引标志按其生成的顺序计数。

(2) 最好使用<单索引文件名>指定一个单索引文件为主控索引文件,这样做比用索引文件顺序号更直观。

(3) [TAG]<索引标志名>[OF<复合索引文件名>]用于指定一个已打开的复合索引文件中的一个索引标志为主控索引。

(4) 不带任何短语的 SET ORDER TO 命令可以取消主控索引。

【**例题 3.20**】 例题 3.18 和例题 3.19 已就 XS 表建立了有关单索引文件和结构复合索引文件,现要使用这些索引文件对 XS 表进行浏览操作。

```
USE   XS   INDEX RXCJ      &&RXCJ.IDX 为主控索引文件
BROWSE
SET ORDER TO CSRQ          && 索引标志 CSRQ 为主控索引
BROWSE
SET  ORDER TO              && 取消主控索引,按物理顺序显示
BROWSE
```

使用索引文件后,虽然表中各记录的物理顺序并未改变,但记录指针不再按物理顺序移动,而是按主控索引文件中记录的逻辑顺序移动,于是整个表中的记录是按索引关键表达式值排序。

使用索引文件时,还要特别注意以下几点:

(1) 在使用 GO 命令时,GO<数值表达式>使记录指针指向具体的物理记录号,而与索引无关,而 GO TOP| BOTTOM 将使记录指针指向逻辑首或逻辑尾记录,这时 GO TOP 不再等同于 GO 1。

(2) SKIP 命令按逻辑顺序移动记录指针。

(3) 表被打开后,记录指针位于 TOP 位置,而不一定指向记录号为 1 的记录。

【**例题 3.21**】 当有索引文件时,分析记录指针的移动规律。

```
USE XS
INDEX ON - 入学成绩 TAG RXCJ1
GO TOP
?RECNO(),姓名
```

显示结果如下:

```
 9 尹璐云
GO 1
?RECNO(),姓名
```

显示结果如下:

```
 1 陈可
SKIP
?RECNO(),姓名
```

显示结果如下:

```
 2 刘宏刚
GO BOTTOM
?RECNO(),姓名
```

显示结果如下:

```
 2 刘宏刚
```

4. 删除索引

若用删除文件命令(见表 3.5)来删除索引文件,须遵循先关闭后删除的原则,这与删除表类似。

格式:**DELETE TAG ALL**|<索引标志名表>

功能：删除打开的结构复合索引文件的索引标志。命令用于删除打开的复合索引文件的所有索引标志或指定的索引标志。如果一个复合索引文件的所有索引标志都被删除，则该复合索引文件也就自动被删除了。

【例题 3.22】 删除例题 3.19 建立的结构复合索引文件中的索引标志 CSRQ。

```
USE XS
DELETE TAG CSRQ
```

5. 索引的更新

（1）自动更新。

当表中的数据发生变化时（例如对它进行插入、删除、添加或更新操作之后），所有当时打开的索引文件都会随数据的改变自动改变记录的逻辑顺序，实现索引文件的自动更新。

【例题 3.23】

```
USE  XS
SET ORDER TO TAG RXCJ1      && 指定索引标志 RXCJ1 为主控索引
BROWSE                      && 记录按入学成绩降序排列
```

若在 BROWSE 窗口中将记录号为 1 的记录的入学成绩由 580.0 修改为 605.00，关闭它后再用 BROWSE 命令打开，便可看到该记录由第 9 个位置被调整到第 5 个位置。

（2）重新索引。

若未确定主控索引文件或主控索引，修改表的记录时索引文件就不会自动更新。如果仍要维持记录的逻辑顺序，可用 REINDEX 命令重建索引。

格式：`REINDEX [COMPACT]`

当然也可用 INDEX ON 命令再次建立索引。两者效果相同。

6. 索引查询命令

相对于顺序查询，索引查询速度很快，在 2^{10} 个记录中寻找一个满足给定条件的记录，不超过 10 次比较就能进行完毕，但其算法依赖二分法等方法来实现，要求表的记录是有序的，这就需要事先对表进行索引或排序。例如要求在本书中查找索引查询命令这节的内容，如果用顺序查找的方法，则要从第一页开始，一页一页地查看，直到找到为止；而用索引查询的方法，则是到目录去找这节内容所对应的页码，然后直接翻到那页。很明显后一种查找的速度比前一种快，但需要先建立目录。

SEEK 和 FIND 两条命令均可用来进行索引查询。FIND 是为了与旧版本兼容而保留的，SEEK 的用法更灵活。

格式：`SEEK <表达式>`

`FIND <常量>`

功能：在已确定主控索引的表中按索引关键字搜索满足＜表达式＞值的第一个记录。若找到，记录指针就指向该记录；找不到该记录，则在主屏幕的状态条中显示"没有找到"。

说明：FIND 命令中的常量只能是字符常量和数值常量。

【例题 3.24】 索引查询示例。

```
USE XS
INDEX ON 学号 TAG XH
SEEK "080503"
```

```
DISP
```

显示结果如下：

记录号	学号	姓名	性别	专业	出生日期	入学成绩	代培否	籍贯	照片	简历
7	080503	姜姗姗	男	药学	12/01/88	608.0	.F.	沈阳	gen	memo

```
INDEX ON 性别 TAG XB
SEEK "女"
DISP
```

显示结果如下：

记录号	学号	姓名	性别	专业	出生日期	入学成绩	代培否	籍贯	照片	简历
4	080702	任可可	女	汉语言文学	11/18/89	610.5	.F.	北京	Gen	memo

```
SKIP
DISP
```

显示结果如下：

记录号	学号	姓名	性别	专业	出生日期	入学成绩	代培否	籍贯	照片	简历
5	080601	陈礼怡	女	英语	05/25/88	615.0	.T.	佳木斯	gen	memo

```
INDEX ON 入学成绩 TAG RXCJ
SEEK 580.0
DISP
?RECNO(),FOUND()
```

显示结果如下：

```
1 .T.
```

SEEK 命令只能使记录指针定位于符合条件的第一条记录，可用 SKIP 命令使指针指向下一个符合条件的记录。

3.4 统计与汇总

表的统计与计算是指对表记录进行统计计算以及对表的数值型字段进行求和、求平均值等操作。Visual FoxPro 共提供 5 种命令实现表的统计功能。

3.4.1 统计记录个数

格式：**COUNT**[<范围>][**FOR** <条件>][**WHILE** <条件>][**TO** <内存变量>]

功能：该命令统计当前表中，在指定范围内满足指定条件的记录个数。

命令中各子句的含义如下：

（1）<范围>选择项的默认值为 ALL。使用 TO<内存变量>选项，将统计记录个数的结果存入指定的内存变量中。

（2）若设置了 SET TALK OFF，则不显示统计的结果。若设置了 SET DELETED ON 命令，则做了删除标记的记录不被计数。

（3）不带任何选项的 COUNT 命令与 RECCOUNT()函数作用相同，都可以获得一个表的记录数。但 RECCOUNT()函数忽略 DELETED 设置，它总是把做了删除标记的记录也计入总数中。要想忽略已删除的记录或只计数那些符合某些条件的记录，就必须使用 COUNT 命令。

【例题 3.25】 对 XS 表,分别统计男女生的人数。

```
USE  XS
COUNT FOR 性别 = "女" TO X1
COUNT FOR 性别 = "男" TO X2
? X1,X2
```

3.4.2 纵向求和与求平均值

格式:SUM|AVERAGE[<表达式表>][<范围>][FOR<条件>][WHILE<条件>]

       [TO<内存变量表>| ARRAY<数组>]

功能:该命令在当前表中,求指定表达式之和或平均值。命令中各子句的含义如下:

(1) 两条命令的格式相同,SUM 命令求指定表达式之和,而 AVERAGE 命令求指定表达式的平均值。

(2) <范围>选项的默认值为 ALL。

(3) <表达式表>中的表达式可以包括字段名,也可以不包括字段名,若省略<表达式表>,则对全部数值型字段求和或求平均值。计算结果存放在由<内存变量表>指定的内存变量中或<数组>指定的数组元素中。这里需要注意的是给出的内存变量个数一定要与要进行计算的值的个数一致。

【例题 3.26】 对 XS 表,求全体学生的平均年龄。

```
USE XS
AVER YEAR(DATE()) - YEAR(出生日期) TO X1
?X1
```

3.4.3 统计函数的计算

格式:CALCULATE <表达式表>[<范围>][FOR<条件>][WHILE<条件>]

       [TO<内存变量表>|ARRAY<数组>]

功能:该命令在当前表中,对指定表达式进行统计函数计算。命令中各子句的含义如下:

(1) 若没有选择<范围>、FOR<条件>或 WHILE<条件>选项,则统计计算表的全部记录,否则只统计计算指定范围内满足条件的记录。

(2) <表达式表>中的表达式至少应包含一种统计函数。Visual FoxPro 共提供如下 8 种统计函数:

- AVG(<数值表达式>):求数值表达式的平均值。
- CNT():统计表中指定范围内满足条件的记录个数。
- MAX(<表达式>):求表达式的最大值,表达式可以是数值、日期或字符型。
- MIN(<表达式>):求表达式的最小值,表达式可以是数值、日期或字符型。
- SUM(<数值表达式>):求表达式之和。
- NPV(<数值表达式 1>,<数值表达式 2>[,<数值表达式 3>]):求数值表达式的净现值。
- STD(<数值表达式>):求数值表达式的标准偏差。
- VAR(<数值表达式>):求数值表达式的均方差。

【例题 3.27】 对 XS 表,进行如下操作:

(1) 求入学成绩的均方差。

(2) 求最年轻学生的出生日期。

```
USE XS
CALC VAR(入学成绩) TO X2
CALC MAX(出生日期) TO X3
?x2,x3
```

由此可见,使用 COUNT,SUM 和 AVERAGE 命令时,每个命令只能完成一种功能,而 CALCULATE 命令则具有多种功能,可以代替计数、求和、求平均值等命令,而且还能完成其他功能。

3.4.4 分类汇总

格式:TOTAL ON <关键字表达式> TO <文件名>[FIELDS <数值型字段名表>]
　　　　[<范围>][FOR <条件>][WHILE <条件>]

功能:该命令对当前表的某些数值型字段,按关键字表达式进行分类统计,并把统计结果存放在文件名指定的表中。命令中各子句的含义如下:

(1) FIELDS<数值型字段名表>指出要汇总的字段,如果缺省则对表所有数值型字段汇总。

(2) 范围默认值是 ALL。

(3) 分类汇总是把所有具有相同关键字表达式值的记录合并成一条记录,对数值字段进行求和,对其他字段则取每一类中第一条记录的值。因此,为了进行分类汇总,必须对当前表按关键字表达式进行排序或建立索引文件。由此也可以知道分类汇总后结果表中所具有记录的个数就是按某关键字表达式分类的种类数。

【例题 3.28】 对 XS 表,按专业对入学成绩进行汇总。

```
USE XS
INDEX ON 专业 TAG ZY
TOTAL ON  专业 TO XS5  FIELDS 入学成绩
USE XS5
LIST
```

显示结果如下:

记录号	学号	姓名	性别	专业	出生日期	入学成绩	代培否	籍贯	照片
1	080702	任可可	女	汉语言文学	11/18/89	1200.5	.F.	北京	Gen
2	080801	沈峰	男	会计学	12/26/89	596.0	.F.	哈尔滨	gen
3	020204	刘宏刚	男	口腔医学	10/15/90	570.0	.F.	哈尔滨	gen
4	080101	陈可	男	临床医学	02/10/89	1180.0	.F.	北京	gen
5	080503	姜姗姗	男	药学	12/01/88	1226.0	.F.	沈阳	gen
6	080601	陈礼怡	女	英语	05/25/88	1217.0	.T.	佳木斯	gen

3.5 多表操作

3.5.1 多工作区概念

工作区是用来保存表及其相关信息的一片内存空间。Visual FoxPro 提供了 32 767 个工作区。平时所说的打开表实际上就是将它从磁盘调入到内存的某一个工作区。

有了工作区的概念,就可以同时打开多个表,但在任何一个时刻用户只能选中一个工作区进行操作。当前正在操作的工作区称为当前工作区。

工作区的表示可以有两种方式:工作区号和别名。别名又分为系统别名和用户别名。

1. 工作区号

Visual FoxPro 提供了 32 767 个工作区,系统以 1~32 767 作为各工作区的编号。

在每个工作区中只能打开一个表文件,但可以同时打开与表相关的其他文件,如索引文件、查询文件等。若在一个工作区中打开一个新的表,则该工作区中原来的表将被关闭。反之,一个表只能在一个工作区打开,在其未关闭时若试图在其他工作区打开它,VFP 会显示信息框提示出错信息"文件正在使用"。

2. 别名

前 10 个工作区除使用 1~10 为编号外,还可依次用 A~J 这 10 个字母来表示,即为系统给工作区起的别名。

其实表也有别名,并可用命令"USE<文件名>ALIAS<别名>"来指定。例如命令"USE XS ALIAS XXSS"即指定 XXSS 为 XS.DBF 的别名。若未对表指定别名,则表的主名将被默认为别名,例如命令"USE XS"表示 XS.DBF 的别名也是 XS。为什么表的别名可以代表工作区的别名呢? 因为一个工作区同时只能打开一个表,所以这个表就能代表这个工作区。

3.5.2 工作区的选择和互访

1. 工作区的选择

格式: SELECT <工作区号>|<别名>|0

功能: 该命令选择一个工作区为当前工作区,以便打开一个表或把该工作区中已打开的表作为当前表进行操作。

(1) 用 SELECT 命令选定的工作区称为当前工作区,VFP 默认 1 号工作区为当前工作区。函数 SELECT()能够返回当前工作区的区号。

(2) 工作区的切换不影响各工作区记录指针的位置。每个工作区上打开的表有各自的记录指针。通常,当前表记录指针的变化不会影响别的工作区中表记录指针的变化。

(3) SELECT 0 表示选择当前没有被使用的最小号工作区为当前工作区。用本命令选择新的工作区,不用考虑工作区号已用到了多少,使用比较方便。

(4) 命令"USE<表名> IN <工作区> ALIAS <别名>"也能在指定的工作区打开表,但不改变当前工作区,要改变工作区仍需使用 SELECT 命令。

下面给出本书中所要用到的其他的表。

课程表 KC.DBF,课程名(C,16)

记录号	课程号	课程名	学时	学分
1	101	人体解剖学	80	5
2	102	卫生统计学	68	4
3	206	天然药物化学	68	4
4	208	药剂学	68	4
5	309	应用写作	70	4
6	401	会计学原理	76	4
7	502	口腔内科学	72	4
8	601	计算机文化基础	50	3
9	702	科技英语	50	3

学生成绩表 XSCJ.DBF

记录号	学号	课程号	课程成绩
1	080101	101	80.0
2	080101	102	86.0
3	080204	502	90.0
4	080102	101	78.0
5	080102	102	96.0
6	080702	309	88.0
7	080601	702	85.0
8	080706	309	80.0
9	080503	206	92.0
10	080503	208	90.0
11	080801	401	80.0
12	080505	206	96.0
13	080505	208	87.0
14	080609	702	95.0

2. 工作区的互访

在当前工作区中可以访问其他工作区中的表的数据,但要在非当前表的字段名前加别名和联结符。

格式：别名.字段名　　或　　别名 ->字段名

【例题 3.29】

```
CLOSE ALL
SELE 1
USE XS
GO 3
?学号,姓名
```

显示结果如下：

080102 华青旺

```
SELE 2
USE KC
?课程名
```

显示结果如下：

人体解剖学

```
SELE 0
USE XSCJ
GO 4
DISP 课程号
```

显示结果如下：

记录号	课程号
4	101

```
DISP 课程号,B.课程名,A.学号,A.姓名
```

显示结果如下：

记录号	课程号	B->课程名	A->学号	A->姓名
4	101	人体解剖学	080102	华青旺

3.5.3　表的联结

格式：JOIN WITH <工作区号>|<别名> TO <文件名>[FOR <条件>][FIELDS <字段名表>]

功能：该命令将当前表与指定工作区的表按指定的条件进行联结,联结产生一个新的表。命令中各子句的含义如下：

(1) ＜工作区号＞|＜别名＞指明被联结的表。＜文件名＞指定联结后的新表文件名。

(2) FOR＜条件＞给出了联结的依据。联结时，首先两个工作区的记录指针分别指向联结和被联结表中的第一条记录，然后顺序检索被联结表中的每条记录，看是否满足条件。如果条件满足则在新表中生成一条新记录，当被联结表所有记录扫描完以后，联结表的记录指针即下移一条记录。重复上述过程依次处理，直至联结表中所有记录均处理完毕。

由上述过程可以看出，若联结表的一条记录在被联结表中有 M 条符合条件的记录，便可在新数据文件中生成 M 条记录。若联结表有 N 条记录符合条件，则目的表将有 M×N 条记录。当 M,N 值较大时，表联结过程很花时间。如果＜条件＞很宽，将使很多记录参与联结，并且产生一个庞大的表，因此使用该命令时应避免无实际意义的联结操作。联结中最常用的是等值联结，即联结条件为两个表中公共字段值对应相等。

(3) FIELDS＜字段名表＞指明生成新表中包含有哪些字段，省略该选项时新表中将包含两个表中的所有字段。

【例题 3.30】 对学生表(XS.DBF)、学生成绩表(XSCJ.DBF)和课程表(KC.DBF)，建立一代培学生成绩表，其中包括学号、姓名、课程名和成绩。

```
SELEC 1
USE   XSCJ
SELECT 2
USE   XS
JOIN   WITH   A TO XXHH   FOR 学号 = A.学号 AND 代培否;
FIELDS 学号,姓名,A.课程号,A.成绩
SELECT 1
USE XXHH
SELECT 2
USE KC
JOIN WITH A TO KCH FOR 课程号 = A.课程号;
FIELDS A.学号,A.姓名,课程名,A.成绩
USE KCH
BROWSE
CLOSE ALL
```

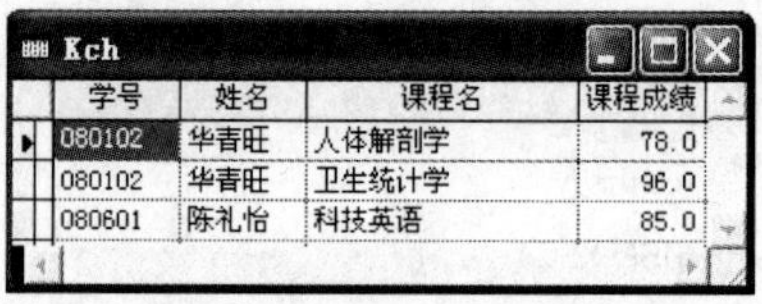

学号	姓名	课程名	课程成绩
080102	华青旺	人体解剖学	78.0
080102	华青旺	卫生统计学	96.0
080601	陈礼怡	科技英语	85.0

图 3.15　输出结果

输出结果如图 3.15 所示。

3.5.4　表的关联

1. 关联的概念

前已指出，每个打开的表都有一个记录指针，用以指示当前记录。但各工作区的记录指针只能控制本工作区中的表记录。所谓关联，就是令不同工作区的记录指针建立一种临时的联动关系，使一个表的记录指针移动时另一个表的记录指针能随之移动。称当前表为主文件，与主文件建立关联的表为子文件。

1) 关联条件

建立关联的两个表，在执行涉及这两个表数据的命令时，父表记录指针的移动，会使子表记录指针自动移到满足关联条件的记录上。

关联条件通常要求比较不同表的两个字段表达式值是否相等，所以除要在关联命令中指明这两个字段表达式外，还必须先为子表的字段表达式建立索引。例如为表 XS.DBF 和

XSCJ. DBF 建立关联,条件是 XS. DBF 的学号与 XSCJ. DBF 的学号两个字段的值相等,还必须先为子表按字段表达式建立索引,建立关联后,子表记录指针即会随父表记录指针的移动而移动。

2) 多一关系

按照通过不同表的两个字段表达式值相等来实现关联的原则,若出现父表有多条记录对应子表中一条记录的情况,便称这种关联为多一关系。如 XSCJ. DBF 为父表,XS. DBF 为子表按学号相同的原则建立关联就是多一关系。

3) 一多关系

按照同样的实现关联的原则,若出现父表的一条记录对应子表中多条记录的情况,这种关联称为一多关系。又如若将 XS. DBF 作为父表进行关联,父表学号字段值中仅有一个"080101",而 XSCJ. DBF 学号字段值有多于一个的"080101",这两个表是按照一多关系来关联的。

VFP 关联不处理"多多关系",若出现"多多关系"则需将其中的一个表进行分解,然后以多一关系或一多关系处理。

2. 建立关联

1) 菜单方式

在数据工作期窗口可以建立关联,一般步骤如下:

① 为子表按关联的关键字建立索引或确定主控索引。

② 打开需建立关联的表(步骤①和步骤②可交换)。

③ 选定父表工作区为当前工作区,并与一个或多个子表建立关联。

④ 说明建立的关联为一多关系。省略本步骤则默认为多一关系。

KC. DBF 与 XSCJ. DBF 联结后生成表 XSKCCJ. DBF,如下:

```
记录号  学号     课程号   课程成绩  课程名
  1    080101   101      80.0    人体解剖学
  2    080101   102      86.0    卫生统计学
  3    080204   502      90.0    口腔内科学
  4    080102   101      78.0    人体解剖学
  5    080102   102      96.0    卫生统计学
  6    080702   309      88.0    应用写作
  7    080601   702      85.0    科技英语
  8    080706   309      80.0    应用写作
  9    080503   206      92.0    天然药物化学
 10    080503   208      90.0    药剂学
 11    080801   401      80.0    会计学原理
 12    080505   206      96.0    天然药物化学
 13    080505   208      87.0    药剂学
 14    080609   702      95.0    科技英语
```

【例题 3.31】 对 XSKCCJ. DBF 表,查询 1989 年出生的学生,要求显示查到的学生的学号、姓名、课程名和课程成绩。

分析:由于查到学生后要显示课程名和课程成绩,可将表 XS. DBF 和 XSKCCJ. DBF 进行关联。关联时将 XS. DBF 的学号字段值与 XSKCCJ. DBF 的学号字段值进行比较。

解一:以 XSKCCJ. DBF 为父表,XS. DBF 为子表建立多一关系。

① 打开表:在窗口菜单中选定数据工作期命令,然后用"打开"按钮分别打开 XS. DBF 和 XSKCCJ. DBF。

② 为子表的学号字段建立索引:在别名列表框中选定 XS 表,单击"属性"按钮,在弹出的"工作区属性"对话框中单击"修改"按钮,接着在弹出的表设计器对话框中单击字段名为学号的行的索引列,并在组合框中选定升序,单击"确定"按钮返回工作区属性窗口,在索引

顺序组合框中选定"XS:学号"作为主控索引,如图 3.16 所示,最后单击"确定"按钮返回数据工作期窗口。

③ 建立关联:在别名列表框中选定表 XSKCCJ,单击"关系"按钮,在别名列表框中选定表 XS,就会打开一个"表达式生成器"对话框,在表达式生成器的字段列表框中双击"学号"字段如图 3.17 所示,单击"确定"按钮,多一关系建立完成。数据工作期显示如图 3.18 所示。

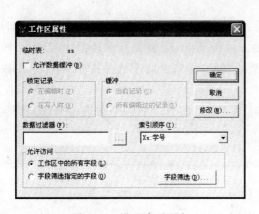

图 3.16　设置索引顺序

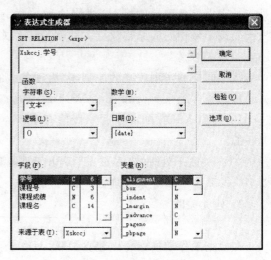

图 3.17　"表达式生成器"对话框

解二:以 XS.DBF 为父表,XSKCCJ.DBF 为子表建立一多关系。

① 在数据工作期窗口打开 XS.DBF 和 XSKCCJ.DBF。

② 为子表 XSKCCJ.DBF 的学号字段建立索引。

③ 以 XS.DBF 为父表建立关联:在别名列表框中选定表 XS,单击"关系"按钮。在别名列表框中选定表 XSKCCJ,在设置索引顺序对话框的列表中选定"XSKCCJ:学号",单击"确定"按钮关闭设置索引顺序对话框,在表达式生成器的字段列表框中双击"学号"字段,最后单击"确定"按钮。

④ 说明一多关系:选定一对多按钮,出现如图 3.19 所示的"创建一对多关系"对话框,在该对话框中将子表从"子表别名"列表框移入"选定别名"列表框中,再单击"确定"按钮。返回数据工作期窗口。

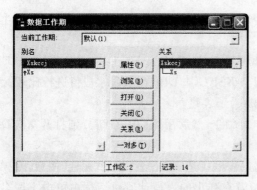

图 3.18　建立多一关系后的数据工作期窗口

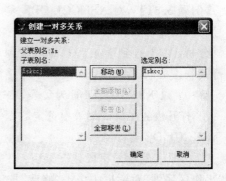

图 3.19　"创建一对多关系"对话框

一多关系建立后的数据工作期窗口在关系列表框中显示形式与图 3.18 有所不同,父表与子表的连线,在子表一端用双线表示。

2) 命令方式

(1) 一对一的关联。

格式:SET RELATION TO[<关联表达式 1>]INTO<工作区号 1>|<别名 1>

　　　　[,<关联表达式 2> INTO <工作区号 2>|<别名 2>…][ADDITIVE]

功能:该命令使当前表与 INTO 子句所指定的工作区上的表按表达式建立关联。命令中各子句的含义如下:

- INTO 子句指定子文件所在的工作区,<关联表达式>用于指定关联条件。

可以使用索引表达式建立关联。首先在子文件中按某表达式建立索引并指定为主控索引,然后使用某关联表达式建立关联,当关联成功后,每当主文件的记录指针移动时,Visual FoxPro 就在子文件中查找索引表达式的值与主文件中关联表达式的值相匹配的记录,若找到了,则记录指针指向找到的第一条记录,如没有找到,则记录指针指向文件尾。注意,索引表达式和关联表达式不一定相同,当然大多数情况下是相同的。

也可以使用数值表达式建立关联。当主文件的记录指针移动时,子文件的记录指针指向和主文件中数值表达式值相等的记录号。

- 若选择 ADDITIVE,则在建立新的关联的同时保持原先的关联,否则会去掉原先的关联。
- 省略所有选项时,SET RELATION TO 命令将取消与当前表的所有关联。

(2) 一对多的关联。

前面介绍了一对一的关联,这种关联只允许访问子文件满足关联条件的第一条记录。如果子文件有多条记录和主文件的某条记录相匹配,并需要访问子文件的多条匹配记录时,就需要建立一对多的关联。

格式:SET SKIP TO[<别名 1>[,<别名 2>…]]

功能:该命令使当前表和它的子表建立一对多的关联。命令中各子句的含义如下:

- 别名指定子文件所在的工作区。如果省略所有选项,则取消主文件建立的所有的一对多关联。
- 一个主文件可以和多个子文件分别建立一对多的关联。因为建立一对多关联的表达式仍是建立一对一关联的表达式,所以建立一对多的关联应分两步完成:先使用命令 SET RELATION 建立一对一的关联(使用索引方式建立关联),再使用命令 SET SKIP TO 建立一对多的关联。

【**例题 3.32**】 用命令方式完成例题 3.31 中解二的操作。

```
SELE 1
USE XS
SELE 2
USE XSKCCJ
INDEX ON  学号 TAG XH
SELE 1
SET RELATION TO  学号 INTO B
SET SKIP TO B
LIST
```

显示结果如下：

```
记录号  学号    姓名   B->课程名      B->课程成绩
   1   080101 陈可   人体解剖学           80.0
   1   080101 陈可   卫生统计学           86.0
   2   080204 刘宏刚  口腔内科学           90.0
   3   080102 华青旺  人体解剖学           78.0
   3   080102 华青旺  卫生统计学           96.0
   4   080702 任可可  应用写作            88.0
   5   080601 陈礼怡  科技英语            85.0
   6   080706 李欣   应用写作            80.0
   7   080503 姜姗姗  天然药物化学          92.0
   7   080503 姜姗姗  药剂学             90.0
   8   080801 沈峰   会计学原理           80.0
   9   080505 尹璐云  天然药物化学          96.0
   9   080505 尹璐云  药剂学             87.0
  10   080609 胡帅翰  科技英语            95.0
```

本 章 小 结

建立表文件前应先建立表结构，再向表输入记录数据。所以第 3.1 节"表的建立"，是后面 4 节表操作的基础。

在对表操作之前，必须先打开表，表操作结束后，要及时关闭表，以保证数据不被破坏和丢失。表的显示包括表结构和记录的显示。表文件的编辑修改包括表结构的修改和记录的修改。修改记录是通过指针定位实现的，修改记录有编辑修改和成批替换修改两种形式。记录的删除有逻辑删除和物理删除两种形式，逻辑删除的记录可以恢复。表文件的复制有表结构复制和数据文件的复制。

索引文件包括单索引文件和复合索引文件。使用索引文件之前必须打开索引文件，使用后要及时关闭索引文件。表的查询包括顺序查询和索引查询，索引是本章重点也是难点。

表的统计与汇总包括表记录的统计、数值字段求和、数值字段求平均值、统计运算和表文件的分类汇总。

最后讲了工作区的标志、工作区的选择和工作区的互访，表文件的联结和表文件的关联。其中表的关联是难点。

习 题

1. 问答题

1.1 在 Visual FoxPro 中表的存在形态有哪两种？

1.2 一个表有 3 个备注型字段，该表有多少个备注文件？

1.3 在设计 XS 表时，可否将学生"性别"字段定义为逻辑型字段？这和定义为字符型字段有何区别？若定义为数值型呢？

1.4 DISPLAY 和 LIST 命令有何异同？

1.5 一个表用 ZAP 命令删除后，该表还存在吗？该命令与 DELETE 和 PACK 有何异同？

1.6 排序与索引有何区别？索引有哪几种？如何建立索引文件？

1.7 在不同工作区之间切换用什么命令？如何访问别的工作区中的表？

1.8 就 XS.DBF 表，写出实现下列操作的命令：

(1) 显示第 5 号记录；

(2) 显示第 5 号至第 10 号之间的记录姓名、性别、入学成绩；

(3) 连续列出 1989 年以后出生的学生的姓名与出生日期；

(4) 显示入学成绩在 570～600 分之间的学生记录；

(5) 在第 5 条和第 6 条记录之间增加一个新记录；

(6) 修改最后一个记录；

(7) 将非代培学生入学成绩提高 20 分；

(8) 将 XS. DBF 表原样复制为 XS1. DBF，并物理删除 XS1. DBF 中记录号为偶数的记录；

(9) 显示入学成绩前 5 名的记录；

(10) 统计 1988 年出生的学生的人数，并把它存入变量 RS 中；

(11) 分别求男、女学生的平均年龄；

(12) 查找并显示出第一位代培学生；

(13) 按性别升序，性别相同的按姓名升序生成排序文件 XS2. DBF；

(14) 查询年龄最小和最大的学生；

(15) 按性别对入学成绩进行汇总；

(16) 建立一个结构复合索引文件，其中包括两个索引：记录以学号降序排列；记录先按性别升序，性别相同的按姓名升序排列；

(17) 分别用索引和顺序查询的方法查询性别为女的记录。

2. 选择题

2.1 CONTINUE 命令必须与下列命令配对的是_____。

A) FIND   B) SEEK   C) LOCATE   D) INDEX

2.2 在 VFP 中，使用 COPY FILE 和 COPY 命令进行复制时，以下叙述中错误的是_____。

A) 使用 COPY 命令时必须打开表文件

B) 使用 COPY FILE 命令时必须先关闭表文件

C) COPY 命令不能复制备注文件

D) COPY FILE 命令可以同时复制备注文件

2.3 关于 COUNT 命令，下面说法不正确的是_____。

A) 可以统计当前表文件中的记录个数

B) 命令格式中的范围选项缺省时隐含为 ALL，而不是当前记录

C) COUNT 有给字段变量而非内存变量赋值的功能

D) COUNT 命令只统计符合条件的记录的数目

2.4 在下列命令中，不改变表文件记录指针的命令是_____。

A) LIST   B) RECALL   C) SUM   D) REPLACE ALL

2.5 设当前表文件中姓名字段的类型为字符型，要把内存变量 NAME 字符串的内容输入到当前记录的姓名字段，应当使用命令_____。

A) 姓名＝NAME

B) REPLACE 姓名 WITH NAME

C) REPLACE 姓名 WITH ＆NAME

D) REPLACE ALL 姓名 WITH NAME

第4章　关系数据库标准语言 SQL

SQL 是 Structured Query Language 的英文缩写,即结构化查询语言。按照美国国家标准协会(ANSI)的规定,SQL 被作为关系数据库的标准语言。SQL 语句可以用来执行各种各样的操作。它已经是关系数据库国际工业标准,是否支持 SQL 语言已经成为衡量数据库管理系统的一项标准。SQL 语言具有数据定义、数据查询、数据操纵和数据控制功能,其中数据查询是最主要的组成部分。本章主要介绍 SQL 语言的基本概念和特点,以及 Visual FoxPro 中 SQL 的语法、功能与应用。

4.1　SQL 语言概述

SQL 语言由 Boyceh 和 Chamberlin 在 1974 年提出,在 1979 年 IBM 公司的 San Jose Research Laboratory 研制成功典型的关系数据库管理系统 System R 上首次得到运用。20 世纪 80 年代初,ANSI 开始着手制定 SQL 标准,最早的 ANSI 标准于 1986 年完成,叫做 SQL86。SQL 标准的出台使 SQL 作为标准关系数据库语言的地位得到了加强。SQL 标准几经修改和完善,每个新版本都较前面的版本有重大改进。

目前流行的关系数据库管理系统,如 Oracle、Sybase、SQL Server、Visual FoxPro 等都采用了 SQL 语言标准,而且很多数据库都对 SQL 语句进行了再开发和扩展。

SQL 语言具有如下主要特点:

(1) SQL 是一种一体化的语言。SQL 绝不仅仅是一个查询工具,它集数据定义、数据查询、数据操纵和数据控制功能于一体,可以独立完成数据库的全部操作。尽管设计 SQL 的最初目的是查询,但数据查询只是其最重要的功能。

(2) SQL 语言是一种高度非过程化的语言。它只需要描述清楚用户要"做什么",SQL 语言就可以将要求交给系统,由系统自动完成全部工作。

(3) SQL 语言功能丰富,简洁易学,使用方式灵活。虽然 SQL 语言功能很强,但它只有为数不多的几条命令,在表 4.1 中给出了分类的命令动词。另外,SQL 的语法也非常简单,很接近自然(英语)语言,因此容易学习和掌握。

表 4.1　SQL 命令动词

SQL 功能	命令动词	SQL 功能	命令动词
数据定义	CREATE、DROP、ALTER	数据操纵	INSERT、UPDATE、DELETE
数据查询	SELECT	数据控制	GRANT、REVOKE

（4）SQL 语言可以直接以命令方式交互使用，也可以嵌入到程序设计语言中以程序方式使用。目前很多数据库应用开发工具都将 SQL 语言直接融入到自身的语言之中，使用起来更方便，Visual FoxPro 就是如此。这些使用方式为用户提供了更多的方便。此外，尽管 SQL 的使用方式不同，但 SQL 语言的语法基本是一致的。

Visual FoxPro 在 SQL 方面支持数据定义、数据查询和数据操纵功能，由于 Visual FoxPro 自身在安全控制方面的缺陷，所以它没有提供数据控制功能。SQL 虽然在各种数据库产品中得到了广泛的支持，但迄今为止，它只是一种建议标准，各种数据库产品中所实现的 SQL 在语法、功能等方面均略有差异。

4.2 数 据 定 义

标准的 SQL 的数据定义功能非常广泛，包括数据库的定义、表的定义、视图的定义、存储过程的定义、规则的定义和索引的定义等。

有关数据定义的 SQL 命令主要是建立（CREATE）、修改（ALTER）和删除（DROP）。每一组命令针对不同的数据库对象分别有不同命令，如对表的定义主要是对表的结构进行相关的定义功能，包括建立、修改表的结构，建立索引，建立表之间关系等操作。

4.2.1　表的定义

1. 建立表结构

使用 CREATE TABLE 命令可以建立表的结构。

格式：

```
CREATE TABLE|DBF <表名 1> [NAME <长表名>][FREE]
(<字段名 1> <类型>(<宽度>[,<小数位数>]))[NULL|NOT NULL]
[CHECK <条件表达式 1>[ERROR<出错提示信息>]]
[DEFAULT <表达式 1>][PRIMARY KEY|UNIQUE]REFERENCES <表名 2>[TAG <标志 1>]
[<字段名 2>…]
[,FOREIGN KEY <表达式 2> TAG <标志 2> REFERENCES <表名 3>]
|FROM ARRAY <数组名>
```

功能：建立表的结构。包括定义字段、索引、有效性规则、默认值，与已建立的表建立联系等功能。

命令中主要参数说明如下：

（1）TABLE|DBF：是等价的，前者是标准 SQL 的关键词，后者是 Visual FoxPro 的关键词。

（2）<表名 1>：是要建立的表的名称。

（3）[FREE]：若当前已经打开一个数据库，使用参数"FREE"说明该新表作为一个自由表不加入当前数据库。如不使用该参数，所建立的新表会自动加入该数据库。如果没有打开的数据库，该参数是无意义的。

（4）<字段名 1>、<字段名 2>…：所要建立的新表中的字段名。各字段名之间的语法成分都是对一个字段的属性说明，包括：

• <类型>——说明字段类型，字段类型见表 4.2。

- <宽度>[,<小数位数>]——字段宽度及小数位数,见表 4.2,对于字段宽度是默认值的字段类型不用设置宽度。

表 4.2　数据类型说明

字段类型	字段宽度	小数位数	说　　明
C	n	—	字符型（Character）,宽度为 n
D	8（默认）	—	日期型（Date）
T	8（默认）	—	日期时间型（Date Time）
N	n	d	数值型（Numeric）,宽度为 n,小数位数为 d
F	n	d	浮点型（Float）,宽度为 n,小数位数为 d
I	4（默认）	—	整型（Integer）
B	8（默认）	d	双精度型（Double）
Y	8（默认）	—	货币型（Currency）
L	1（默认）	—	逻辑型（Logical）
M	4（默认）	—	备注型（Memo）
G	4（默认）	—	通用型（General）

- [NULL|NOT NULL]——指明该字段是否允许"空值",默认值为 NULL,即允许"空"值。
- CHECK <条件表达式>——用来检测字段的值是否有效,是一个逻辑表达式。
- [ERROR<出错提示信息>]——当 CHECK 后的条件表达式的值为假时,即完整性检查有错误时提示的信息。应当注意,出错显示的信息是一串字符。当为一个表的某个字段建立了实行完整性检测的条件表达式后,在对该数据表输入数据时,系统会自动检测所输入的字段值是否使条件表达式为假,当有一个数据使其为假时,系统自动显示出错提示信息。
- DEFAULT <表达式>——为一个字段指定的默认值,默认值的类型与字段的类型应当一致。
- [PRIMARY KEY]——指定该字段为主关键字,只有数据库表才能建立,且该字段不允许出现重复值,这是对字段值的唯一性约束。
- [UNIQUE]——指定该字段为一个候选关键字。数据库表和自由表都可以建立,且该字段不允许出现重复值,这是对字段值的唯一性约束。
- REFERENCES <表名>——把新建表和指定的表建立关系,指定的表作为新建表的永久性父表,而新建表作为子表。
- TAG <标志>——父表中的索引,用来与新建表建立关系,若缺省该参数,则默认父表的主索引字段作为关联字段。
- FOREIGN KEY <表达式>——为新建表中指定的表达式（可以是字段或函数表达式）建立普通索引,用来与指定表建立关系。

(5) FROM ARRAY <数组名>——用指定数组的值建立表,数组的元素依次是字段名、类型等,建议不使用此方法。

【例题 4.1】　利用 SQL 命令建立学生管理数据库,其中包含 3 个表:学生表 xs、学生成绩表 xscj 和课程表 kc,并建立它们之间的联系。

操作步骤如下：

（1）用 CREATE 命令建立数据库。

CREATE DATABASE 学生管理

（2）用 CREATE 命令建立学生表 xs。

CREATE TABLE xs (学号 c(6) PRIMARY KEY,姓名 C(6),;
入学成绩 N(5,1) CHECK(入学成绩>0) ERROR "成绩应该大于 0!")

该命令在当前新建的学生管理数据库中建立了学生表 xs,其中用"PRIMARY KEY"说明学号是主关键字(主索引);"CHECK(入学成绩＞0)"说明了有效性规则,即规定了在输入数据时要求的范围;"ERROR "成绩应该大于 0!""说明了当输入值不满足条件时,给出的提示信息。打开数据库设计器或执行命令 MODIFY DATABASE 后,可以在数据库设计器中看到 xs 表。

（3）建立课程表 kc。

CREATE TABLE kc(课程号 C(3) PRIMARY KEY,课程名 C(16),学分 N(1))

（4）建立学生成绩表 xscj,并与 xs 表和 kc 表建立联系。

CREATE TABLE xscj(学号 C(6),课程号 C(3),;
成绩 I CHECK(成绩>= 0 AND 成绩<= 100) DEFAULT 60,;
FOREIGN KEY 学号 TAG 学号 REFERENCES xs,;
FOREIGN KEY 课程号 TAG 课程号 REFERENCES kc)

该命令中用"DEFAULT 60"为成绩字段定义了默认值;"FOREIGN KEY 学号 TAG 学号 REFERENCES xs"说明了学生表 xs(父表)与学生成绩表 xscj(子表)之间建立了联系。用"FOREIGN KEY 学号"为 xscj 表的学号字段建立一个普通索引,同时说明该字段是联结字段,通过"TAG 学号 REFERENCES xs"引用了 xs 表的主索引标志"学号"。用同样方式还建立了课程表 kc(父表)与学生成绩表 xscj(子表)之间的联系。

打开数据库设计器或执行命令 MODIFY DATABASE 后,可以在数据库设计器中看到如图 4.1 所示的界面。

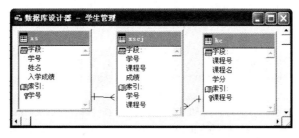

图 4.1　利用 SQL 命令建立数据库

注意：

- 用 SQL CREATE 命令新建的表自动在最小可用工作区中以独占方式打开,并可以通过别名引用。
- NAME、CHECK、DEFAULT、FOREIGN KEY、PRIMARY KEY 和 REFERENCES 等多个选项在建立自由表时是不能使用的。

2. 删除表

格式：DROP TABLE <表名>

功能：删除数据表文件。

该命令既可以删除数据库表又可以删除自由表。若要删除数据库表，要保证该表对应的数据库是当前数据库，该命令直接从磁盘上彻底删除该表；如果没在当前数据库下删除该数据库表，则会出现错误提示。因为尽管从磁盘上删除了.DBF 文件，但记录在数据库.DBC 文件的信息却没有被删除，所以在删除数据库表时要注意，应使该表所在的数据库是当前打开的数据库。若要删除自由表，要将当前打开的数据库关闭，否则会出现错误提示。

举例：

DROP TABLE xs   && 删除表 xs

3. 修改表结构

修改表结构的 SQL 命令有 3 种格式，下面分别介绍。

格式 1：

ALTER TABLE <表名 1>
ADD|ALTER [COLUMN] <字段名> <字段类型>[(<宽度>[,<小数位数>])]
[NULL │ NOT NULL][CHECK <逻辑表达式>[ERROR <出错提示信息>]]
[DEFAULT <表达式>][PRIMARY KEY│UNIQUE]
[REFERENCES <表名 2>[TAG <标志名>]]

功能：添加新的字段或修改已有的字段，如修改字段的类型、宽度、有效性规则、错误信息、默认值，定义主关键字和联系等。

它的句法与 CREATE TABLE 的语法基本相对应，命令中主要参数说明如下：

(1) ADD：向指定的表中添加新字段。

(2) ALTER：修改已有的字段的类型、宽度、小数位数、有效性规则、默认值等。

【例题 4.2】 为课程表 kc 增加学时字段，类型为整数型，条件为学时应该大于等于 16。

ALTER TABLE kc ADD 学时 I CHECK(学时>16) ERROR "学时应该大于等于 16"

【例题 4.3】 修改学时字段的条件为学时应该在 16 和 72 之间。

ALTER TABLE kc;
ALTER 学时 I CHECK (学时>= 16) AND (学时<= 72);
ERROR "学时应该在 16 和 72 之间"

格式 2：

ALTER TABLE <表名>
ALTER [COLUMN] <字段名> [NULL|NOT NULL]
[SET DEFAULT <表达式>][SET CHECK <逻辑表达式>[ERROR <出错提示信息>]]
[DROP DEFAULT][DROP CHECK]

功能：定义、修改和删除有效性规则和默认值等。

命令中主要参数说明如下：

(1) SET：定义和修改有效性规则，默认值。

(2) DROP：删除有效性规则，默认值。

如例题 4.3 修改学时字段的条件为学时应该在 16 和 72 之间的命令可以写为：

```
ALTER TABLE kc;
ALTER 学时 SET CHECK(学时>= 16) AND (学时<= 72);
ERROR "学时应该在 16 和 72 之间"
```

注意：例题用格式 1 和格式 2 来完成时的差别。

【例题 4.4】　删除课程表 kc 中的学时字段的有效性规则。

```
ALTER TABLE kc ALTER 学时 DROP CHECK
```

格式 3：

```
ALTER TABLE <表名> [DROP [COLUMN] <字段名>]
[SET CHECK <逻辑表达式> [ERROR <出错提示信息>]]
[DROP CHECK]
[ADD PRIMARY KEY <表达式> TAG <索引标志> [FOR <逻辑表达式>]]
[DROP PRIMARY KEY]
[ADD UNIQUE <表达式> [TAG <索引标志> [FOR <逻辑表达式>]]]
[DROP UNIQUE TAG <索引标志>]
[ADD FOREIGN KEY <表达式> TAG <索引标志> [FOR <逻辑表达式>]]
[REFERENCES <表名 2>[TAG <索引标志>]]
[DROP FOREIGN KEY TAG <索引标志>[SAVE]]
[RENAME COLUMN <原字段名> TO <新字段名>]
```

功能：删除指定字段(DROP [COLUMN])、修改字段名(RENAME COLUMN)、修改指定表的完整性规则，包括主索引、外关键字、候选索引及表的合法值限定的添加与删除。

格式 3 是对以上两种格式的补充。

【例题 4.5】　对课程表 kc 进行如下操作。

(1) 删除课程表中的学时字段。

```
ALTER TABLE kc DROP COLUMN 学时
```

(2) 为课程表中课程名建立候选索引，索引名为 kc_i。

```
ALTER TABLE kc ADD UNIQUE 课程名 tag kc_i
```

(3) 删除候选索引 kc_i。

```
ALTER TABLE kc DROP UNIQUE kc_i
```

(4) 课程名字段重命名为课程名称。

```
ALTER TABLE kc RENAME COLUMN 课程名 TO 课程名称
```

注意：字段重命名不能省略 COLUMN。

4.2.2　视图的定义

VFP 中视图是一个定制的虚拟表，可以是本地的、远程的或带参数的。视图可引用一个或多个表，或者引用其他视图。由于视图是从表中派生出来的，所以不存在修改结构的问题。有关视图的功能和命令将在第 5 章详细介绍。

1. 建立视图

格式：**CREATE VIEW** [<视图文件名> **AS** < **SELETE** 查询语句>]

功能：建立视图。

其中，<SELETE 查询语句>可以是任意的 SELECT 查询语句，它说明和限制了视图中的数据；视图中所包含的字段同 SELECT 查询语句中列出的选项是相同的。

SELECT 查询语句将在 4.3 节中详细介绍。

(1) 从单个表中派生的视图。

例如学生表 xs 中由学号和姓名生成视图 sx_v1 的命令是：

CREATE VIEW sx_v1 AS SELECT 学号,姓名 FROM xs

例如建立视图，包含学号、姓名、年龄的命令是：

CREATE VIEW xs_v2 AS SELECT 姓名,YEAR(DATE())-YEAR(出生日期) AS 年龄 FROM xs

其中"YEAR(DATE())－YEAR(出生日期) AS 年龄"表示用"年龄"作为表达式"YEAR(DATE())－YEAR(出生日期)"的虚拟字段，即重新定义了视图的字段名。

(2) 从多个表中派生的视图。

例如建立视图 sc_v 可以提供姓名、课程号和成绩的信息的命令是：

CREATE VIEW sc_v AS SELECT 姓名,课程号,成绩 FROM xs,xscj WHERE xs.学号 = xscj.学号

视图中的字段来自于表 xs 和 xscj。

2. 删除视图

格式：**DROP VIEW** <视图名>

功能：删除视图。

4.3　数　据　查　询

SQL 语言的核心是数据查询，它的命令是 SELECT，具有强大的单表或多表查询功能。

格式：

```
SELECT [ALL|DISTINCT]
[<别名>.]<选项>[AS <显示列名>][,[<别名>.]<选项>[AS <显示列名>]…]
FROM [<数据库名>!]<表名>[[AS]<本地别名>]
[[INNER | LEFT [OUTER] | RIGHT [OUTER]|FULL [OUTER] JOIN <数据库名>!]
<表名>[[AS]<本地别名>][ON <联结条件>…]]
[[INTO ARRAY <数组变量名>|CURSOR <临时表文件>|DBF <表文件>|TABLE <表文件>]|
[TO FILE <文本文件>[ADDITIVE]]|[TO PRINTER|TO SCREEN]]
[PREFERENCE <参照名>][NOCONSOLE][PLAIN][NOWAIT]
[WHERE <联结条件 1>[AND <联结条件 2>…]
[AND|OR <过滤条件 1>[AND|OR <过滤条件 2>…]]]
[GROUP BY <分组列名 1>[,<分组列名 2>…]][HAVING <过滤条件>]
[UNION[ALL]<SELECT 命令>]
```

[ORDER BY <排序选项 1 >[ASC|DESC][,<排序选项 2 >[ASC|DESC]…]]
[TOP <数值表达式> [PERCENT]]

SELECT 命令的子句很多,看起来似乎非常复杂,实际上只要理解了这条命令各项的含义,就能很容易掌握,可以从数据库中查询出各种数据。该命令选项极其丰富,使用灵活,但查询条件和嵌套查询的使用方式相对比较复杂。本节将使用大量的例题详细地介绍这条命令的功能和用法。

4.3.1 基本查询

在 SELECT 语句的格式中,SELECT 和 FROM 是必备的。最简单的查询是无条件的查询,只由 SELECT 和 FROM 组成。

格式：SELECT [ALL|DISTINCT]
　　　　<选项>[AS <显示列名>][,<选项>[AS <显示列名>…]]FROM <表名>

功能：显示指定表中的<选项>。

命令中主要参数说明如下:

(1) ALL：表示输出所有记录,包括重复记录。

(2) DISTINCT：表示输出无重复结果的记录。

(3) <选项>：可以是字段名、表达式或函数,相当于关系运算中的投影运算。如果要输出全部字段,选项用"＊"表示。

(4) [AS<显示列名>]：是在输出结果中给<选项>指定显示列名。

(5) <表名>：指定要查询的表。

1. 简单查询

【例题 4.6】 对学生表 xs 进行如下操作:

(1) 列出全部学生名单。

```
OPEN DATABASE 学生管理
SELECT ＊ FROM xs
```

命令中的"＊"表示输出所有字段,"FROM xs"表示数据来源是学生表 xs,所有记录内容以浏览方式显示。

(2) 列出学生名单,去掉重复值。

```
SELECT DISTINCT 姓名 AS 学生名单 FROM xs
```

命令中的"DISTINCT 姓名"表示去掉姓名的重复值,"AS 学生名单"表示姓名字段用"学生名单"来替换显示,而表 xs 中的姓名字段不被修改。得到的查询结果如图 4.2 所示。

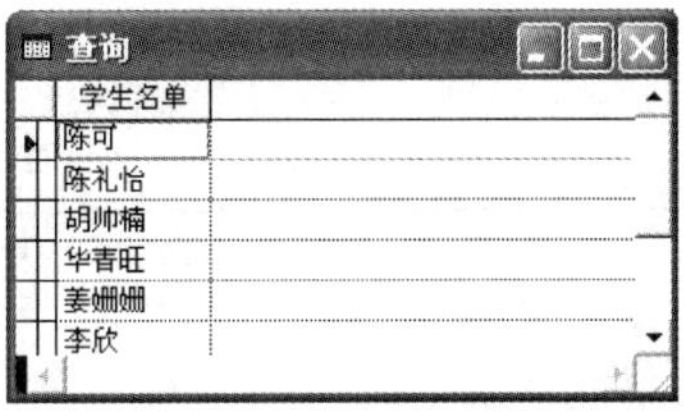

图 4.2　查询结果

2. 计算查询

SELECT 命令中的选项,可以是字段名,也可以是表达式,还可以是一些函数,可以对某一列的字段做一个计算,SELECT 命令可操纵的函数很多,常用函数如表 4.3 所示。

表 4.3　常用函数

函　数	功　能
AVG（＜字段名＞）	求一列中的平均值
COUNT（＊）或 COUNT（＜字段名＞）	统计记录个数
MIN（＜字段名＞）	求一列中的最小值
MAX（＜字段名＞）	求一列中的最大值
SUM（＜字段名＞）	求一列中数据的和

【例题 4.7】　对学生表 xs 进行如下操作：

（1）显示所有学生的学号、姓名和入学成绩，并将入学成绩四舍五入。

SELECT 学号,姓名,ROUND(入学成绩,0) AS 入学成绩 FROM xs

命令中"ROUND(入学成绩,0)"的结果不影响数据库表中的数据，只是在查询结果中显示函数计算出的值。

（2）求出所有学生的入学成绩平均分和学生人数。

SELECT AVG(入学成绩) AS 入学成绩平均分,COUNT(＊) AS 学生人数 FROM xs

命令中的"COUNT(＊)"表示统计记录的个数，也可以用"COUNT(学号)"来表示。

4.3.2　条件查询

格式：WHERE ＜条件表达式＞

功能：指定记录满足的条件。

其中＜条件表达式＞是指查询的结果应满足的条件，是一个逻辑表达式，用来限定被选择的记录，相当于关系运算中的选择运算。

表达式中可用的比较符有＝（等于），＜＞、! ＝、♯（不等于），＝＝（精确等于），＞（大于），＞＝（大于等于），＜（小于），＜＝（小于等于）。

【例题 4.8】　列出佳木斯学生入学成绩的平均分。

SELECT 籍贯,AVG(入学成绩) AS 入学成绩平均分 FROM xs WHERE 籍贯 = "佳木斯"

命令中用 WHERE 进行了记录的选择，选择的条件是籍贯字段的值为"佳木斯"。

WHERE 后的条件表达式还可以使用条件运算符，包括用于单表查询、多表查询和嵌套查询的运算符。表 4.4 列出了可用于单表查询的条件表达式中特殊运算符使用的方法和说明。

表 4.4　WHERE 子句中的条件运算符

条件运算符及格式	说　明
＜字段＞ IS［NOT］NULL	利用空值查询
＜字段＞ BETWEEN ＜范围始值＞ AND ＜范围终值＞	字段的内容在指定范围内
＜字段＞ IN ＜结果集合＞	字段的内容是结果集合的内容
＜字段＞ LIKE ＜字符表达式＞	字符型数据进行字符串比较

下面用例题来说明它们的使用方法。

【例题 4.9】　对学生管理数据库中的表进行如下操作：

（1）列出所有成绩为空值的学生的学号和课程号。

SELECT 学号,课程号 FROM xscj WHERE 课程成绩 IS NULL

命令中"课程成绩 IS NULL"表示测试课程成绩字段值是否为空值,结果为真的即是满足条件的记录。

（2）列出入学成绩在500～600分之间的学生名单。

SELECT 学号,姓名,入学成绩 FROM xs WHERE 入学成绩 BETWEEN 500 AND 600

命令中"入学成绩 BETWEEN 500 AND 600"表示的含义是入学成绩大于等于500并且小于等于600,该命令的功能等同于如下命令:

SELECT 学号,姓名,入学成绩 FROM xs WHERE 入学成绩>= 500 AND 入学成绩<= 600

（3）列出佳木斯和哈尔滨的学生名单。

SELECT 姓名 AS学生名单,籍贯 FROM xs WHERE 籍贯 IN ("佳木斯","哈尔滨")

命令中"籍贯 IN（"佳木斯","哈尔滨"）"表示的含义是籍贯是"佳木斯"或"哈尔滨"中的一个值,IN 相当于属于运算。该命令的功能等同于如下命令:

SELECT 姓名 AS学生名单,籍贯 FROM xs WHERE 籍贯 = "佳木斯" OR 籍贯 = "哈尔滨"

（4）列出姓李的学生的信息。

SELECT * FROM xs WHERE 姓名 LIKE "李%"

命令中"姓名 LIKE "李%""表示字符型数据进行字符串比较,用"_"表示一个字符,"%"表示任意个字符。例如姓名中带有"新"字的可表示为"姓名 LIKE "%新%"";产品编号第二个字符为"C"的可表示为"产品编号 LIKE "_C%""。该命令的功能等同于如下命令:

```
SELECT * FROM xs WHERE 姓名 = "李"        && 非精确比较
SELECT * FROM xs WHERE LEFT(姓名,2) = "李"
SELECT * FROM xs WHERE SUBSTR(姓名,1,2) = "李"
```

4.3.3　嵌套查询

当 WHERE 后的条件表达式的条件值比较复杂时,如需要用一个子查询的结果作为条件值时,就需要用到嵌套查询。

嵌套查询是指在一个 SELECT 命令的 WHERE 子句中出现另一个 SELECT 命令。把仅嵌入一层子查询的 SELECT 命令称为单层嵌套查询,把多于一层嵌套的查询称为多层嵌套查询。VFP 只支持单层嵌套查询。

1. 返回单值的子查询

是指子查询的结果只有一个值。

【**例题 4.10**】　找出和李欣性别相同的学生的姓名。

SELECT 姓名 FROM xs WHERE 性别 = (SELECT 性别 FROM xs WHERE 姓名 = "李欣")

子查询先找到李欣的性别是"男",然后把子查询的结果"男"作为外查询的条件值,即查找性别是"男"的姓名。

【例题 4.11】 列出选修"人体解剖学"的所有学生的学号和该门课程成绩。

```
SELECT 学号,课程成绩 FROM xscj WHERE 课程号 = ;
(SELECT 课程号 FROM kc WHERE 课程名 = "人体解剖学")
```

子查询首先在课程表 kc 中找出"人体解剖学"的课程号"101",然后把子查询的结果"101"作为外查询的条件值,即在 xscj 表中找出课程号等于"101"的记录,列出这些记录的学号和课程成绩。

2. 返回一组值的子查询

是指子查询的结果有一组值,是一个值的集合。

前面已经列出了可用于单表查询的条件表达式中特殊运算符使用的方法和说明。当子查询返回值是一个集合时,WHERE 后的条件表达式使用可用于嵌套查询的条件运算符,表 4.5 列出了可用于嵌套查询的条件表达式中特殊运算符使用的方法和说明。

表 4.5 特殊运算符使用的方法和说明

条件运算符及格式	说　明
<字段> <比较符> ANY(<子查询>)	满足子查询中任意一个值的记录
<字段> <比较符> SOME(<子查询>)	满足子查询中的某一个值
<字段> <比较符> ALL(<子查询>)	满足子查询中所有值的记录
<字段> IN (<子查询>)	字段的内容是(属于)子查询中的内容
[NOT] EXISTS(<子查询>)	测试子查询中查询结果是否为空,即是否存在元素组。若为空,则返回值为假

【例题 4.12】 对学生管理数据库进行如下操作:

(1) 列出选修"702"课的学生中成绩比选修"102"课的最低成绩高的学生的学号和成绩。

```
SELECT 学号,课程成绩 FROM xscj WHERE 课程号 = "702" AND 课程成绩 > ANY;
(SELECT 课程成绩 FROM xscj WHERE 课程号 = "102")
```

命令中"课程成绩 > ANY(子查询)"表示课程成绩大于子查询中的任意一个值,即大于子查询中的最小值即可。

子查询首先在 xscj 表中找出选修"102"课的所有学生的成绩,得到集合{86.0,96.0},然后在选修"702"课的学生中选出其成绩高于选修"102"课的任何一个学生的成绩的那些学生,即只要大于 86.0 分即可,选修"702"课的学生成绩为{85.0,95.0},查询结果为 95.0。该命令的功能等同于以下两个命令:

```
SELECT 学号,课程成绩 FROM xscj WHERE 课程号 = "702" AND 课程成绩 >;
(SELECT MIN(课程成绩) FROM xscj WHERE 课程号 = "102")
SELECT 学号,课程成绩 FROM xscj WHERE 课程号 = "702" AND 课程成绩 > SOME;
(SELECT 课程成绩 FROM xscj WHERE 课程号 = "102")
```

SOME 的使用方法与 ANY 基本相同,这里不再赘述。

(2) 列出选修"102"课的学生中成绩比选修"702"课的最高成绩还要高的学生的学号和成绩。

```
SELECT 学号,课程成绩 FROM xscj WHERE 课程号 = "102" AND 课程成绩 > ALL;
(SELECT 课程成绩 FROM xscj WHERE 课程号 = "702")
```

命令中"课程成绩＞ALL（子查询）"表示课程成绩大于子查询的所有值，即大于子查询中的最大值即可。

子查询首先在 xscj 表中找出选修"702"课的所有学生的成绩，得到集合{85.0,95.0}，然后在选修"102"课的学生中选出其成绩高于选修"702"课的任何一个学生的成绩的那些学生，即必须大于 95.0 分的，得到结果为 96.0。该命令的功能等同于：

SELECT 学号,课程成绩 FROM xscj WHERE 课程号 = "102" AND 课程成绩 >;
(SELECT MAX(课程成绩) FROM xscj WHERE 课程号 = "702")

（3）列出选修"人体解剖学"或"卫生统计学"的所有学生的学号和相应的成绩。

SELECT 学号,课程成绩 FROM xscj WHERE 课程号 IN;
(SELECT 课程号 FROM kc WHERE 课程名 = "人体解剖学" OR 课程名 = "卫生统计学")

该语句中"课程号 IN（子查询）"表示课程号等于子查询中任何一个值，是属于的意思，等价于"＝ANY"。在前面我们已经介绍过 IN 的使用方法，只不过是前面介绍的 IN 后面是结果集合，在这里是由子查询得到的集合。

子查询首先在课程表 kc 中找出"人体解剖学"和"卫生统计学"的课程号，得到集合{"101","102"}，然后再在 xscj 表中找出课程号∈{"101","102"}的记录，列出这些记录的学号和课程成绩。该命令的功能等同于以下命令：

SELECT 学号,课程成绩 FROM xscj WHERE 课程号 = ANY;
(SELECT 课程号 FROM kc WHERE 课程名 = "人体解剖学" OR 课程名 = "卫生统计学")

若用"＝"替换"IN"，则出现如图 4.3 所示的提示信息。

错误的原因是"＝"后面只能是一个值，而不能是一个集合。

（4）列出没有被学生选修的那些课程的信息。

分析题意可知，本题是要求课程表 kc 中的"课程号"在学生成绩表 xscj 中不存在的那些记录。

SELECT * FROM kc WHERE NOT EXISTS;
(SELECT * FROM xscj WHERE 课程号 = kc.课程号)

"［NOT］EXISTS"用来测试子查询中查询结果是否为空，即是否存在元素组。它本身并没有任何运算或比较。该命令的功能等同于以下命令：

SELE * FROM kc WHERE 课程号 NOT IN (SELE 课程号 FROM xscj)

查询结果如图 4.4 所示。

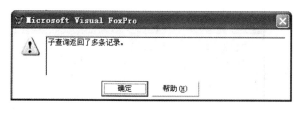

图 4.3　提示信息

图 4.4　查询结果

注意：内层查询引用了外层查询的表 kc，使用［NOT］EXISTS（＜子查询＞）才有意义，是属于内外层相互嵌套查询。

4.3.4 联结查询

联结查询是基于多个表的查询，SELECT-SQL 命令支持多表查询，能够在一次查询中检索几个工作区中的表数据。在实现多表查询时，通常通过公共字段将表两两地"联结"起来，使它们能像一个表那样接受检索，但必须处理表和表之间的联结关系。

1. 等值联结

等值联结是按对应字段的共同值将一个表中的记录与另一个表中的记录相联结，即在 WHERE 后以公共字段值相等作为联结条件。

【例题 4.13】 列出所有学生的成绩单，要求给出学号、姓名、课程号、课程名和课程成绩。

```
SELECT a.学号,姓名,b.课程号,课程名,课程成绩;
FROM xs a,xscj b,kc c;
WHERE a.学号 = b.学号 AND b.课程号 = c.课程号
```

由于学号，课程号字段名在两个表中出现，在使用时应在其字段名前加上表名以示区别，如 xs.学号；而对于字段名是唯一的，如只有 xs 表中有姓名字段，可以不加前缀。在多表操作中，经常需要使用表名作为公共字段的前缀，有时这样显得很麻烦，SQL 可以为表名定义别名。

格式：<表名> [AS]<别名>

功能：为指定的表名定义别名。

该命令中省略了 AS，定义 xs 的别名是 a，xscj 的别名是 b，kc 的别名是 c，xs 表中的学号则可以表示为 a.学号。WHERE 后的条件使 xs 和 xscj 按照学号建立联系，xscj 和 kc 按照课程号建立联系。命令执行结果如图 4.5 所示。

【例题 4.14】 列出代培生的选课情况，要求列出学号、姓名、课程号、课程名、学分和课程分数。

```
SELECT a.学号,姓名,b.课程号,课程名,学分,课程成绩 as 课程分数;
FROM xs a,xscj b,kc c;
WHERE a.学号 = b.学号 AND b.课程号 = c.课程号 AND 代培否
```

命令执行结果如图 4.6 所示。

图 4.5　例题 4.13 的查询结果　　　　　图 4.6　例题 4.14 的查询结果

2. 自联结

把一个表看作两个表，将同一关系与其自身进行联结称为自联结。也就是在同一个表上建立联结叫自联结，在关系的自联结中别名是必须使用的。

【例题 4.15】 列出同时选修了课程号为“101”和“102”的学生的相关信息。

```
SELECT * FROM xscj a,xscj b;
WHERE a.学号 = b.学号 AND a.课程号 = "101"AND b.课程号 = "102"
```

命令中给表 xscj 定义了两个别名，即把 xscj 表看作为 a、b 两张独立的表，通过学号字段进行联结，筛选条件是 a 表的课程号为“101”，并且 b 表的课程号为“102”的记录。命令执行结果如图 4.7 所示。

3. 非等值联结

【例题 4.16】 列出选修“102”课的学生中，课程成绩大于学号为“080101”的学生该门课成绩的那些学号、课程名及其成绩。

```
SELECT a.学号,课程名,a.课程成绩 FROM xscj a,xscj b,kc c;
WHERE a.课程成绩>b.课程成绩 AND a.课程号 = b.课程号 AND b.课程号 = c.课程号;
AND b.课程号 = "102"AND b.学号 = "080101"
```

命令中将 xscj 表看作为 a、b 两张独立的表，在 b 表中选出学号为“080101”同学的“102”课的成绩，a 表中选出选修“102”课学生的成绩，“a. 成绩＞b. 成绩”反映的是不等值联结。命令执行结果如图 4.8 所示。

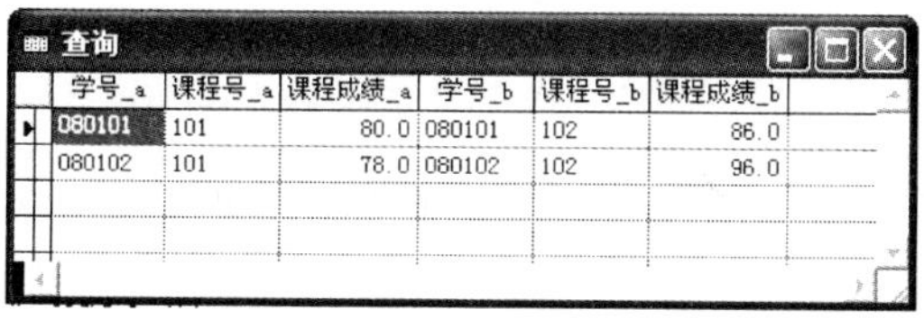

学号_a	课程号_a	课程成绩_a	学号_b	课程号_b	课程成绩_b
080101	101	80.0	080101	102	86.0
080102	101	78.0	080102	102	96.0

图 4.7　例题 4.15 的查询结果

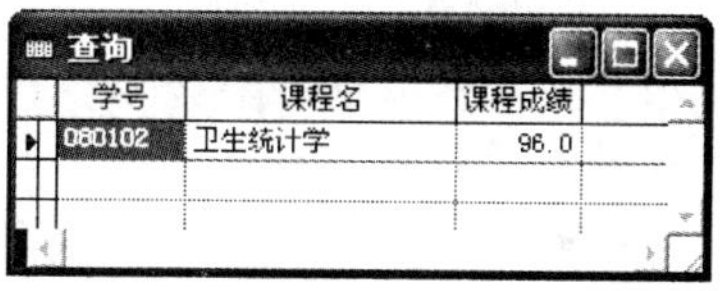

学号	课程名	课程成绩
080102	卫生统计学	96.0

图 4.8　例题 4.16 的查询结果

4.3.5　超联结查询

SELECT-SQL 命令中 JOIN 命令可用于实现超联结。分为内部联结和外部联结，而外部联结又分为左外联结、右外联结和全外联结。

超联结查询不同于联结查询，联结查询是只有满足联结条件的记录才能出现在查询结果中，相当于内部联结；超联结查询中的外部查询首先保证一个表中满足条件的记录都在查询结果中，然后将满足条件的记录与另一个表中的记录进行联结，在查询结果中不满足条件的另一个表的属性值为空值。

格式：

```
FROM 表名 1 [INNER|LEFT [OUTER]|RIGHT [OUTER]|FULL [OUTER]] JOIN 表名 2
[[INNER|LEFT|RIGHT|FULL] JOIN 表名 3… ]
ON <联结条件 1> [ON <联结条件 2> [ … ]]
```

功能：根据联结条件为指定的表之间建立联结。

命令中主要参数说明如下：

（1）INNER JOIN：等价于 JOIN，表示设置内部联结，也叫普通联结。

（2）LEFT JOIN：设置左外联结。

（3）RIGHT JOIN：设置右外联结。

（4）FULL JOIN：设置全外联结。

（5）ON ＜联结条件 1＞［ON ＜联结条件 2＞［…］］：联结条件的设定。当联结多个表时要注意 JOIN 后表的顺序和 ON 后联结表的顺序。

1. 内部联结（Inner Join）

内部联结是指包括符合条件的每个表中的记录。也就是说，所有满足联结条件的记录都包含在查询结果中。前边提到的联结查询例题都是内部联结。

如例题 4.14 列出代培生的选课情况，要求列出学号、姓名、课程号、课程名、学分和课程分数的命令可以写为：

```
SELECT a.学号,姓名,b.课程号,课程名,学分,课程成绩 AS 课程分数;
FROM xs a JOIN xscj b JOIN kc c;
ON b.课程号 = c.课程号 ON a.学号 = b.学号 WHERE 代培否
```

所得到的结果完全相同。另外，命令也可以写为：

```
SELECT a.学号,姓名,b.课程号,课程名,学分,课程成绩 AS 课程分数;
FROM xs a INNER JOIN xscj b INNER JOIN kc c;
ON b.课程号 = c.课程号 ON a.学号 = b.学号 WHERE 代培否
```

注意：ON 后的相应联结条件的顺序正好与 JOIN 后表的顺序相反。

2. 外部联结（Outer Join）

（1）左外联结（Left Outer Join）。

左外联结也称左联结。执行过程是左表的第一条记录与右表的所有记录依次比较，若有满足联结条件的，则产生一个真实值记录；若都不满足联结条件，则产生一个含有 NULL 值的记录。然后左表的下一记录与右表的所有记录依次比较字段值，重复上述过程，直到左表所有记录都比较完为止。

由此可见联结结果的记录个数与左表的记录个数相同。

（2）右外联结（Right Outer Join）。

右外联结也称右联结。执行过程是右表第一条记录与左表的所有记录依次比较，若有满足联结条件的，则产生一个真实值记录；若都不满足联结条件，则产生一个含有 NULL 值的记录。然后右表的下一记录与左表的所有记录依次比较字段值，重复上述过程，直到右表所有记录都比较完为止。

由此可见联结结果的记录个数与右表的记录个数相同。

（3）全外联结（Full Join）。

全外联结也称完全联结。执行过程是先按右联结比较字段值，再按左联结比较字段值，重复记录不记入查询结果中。

4.3.6　查询结果处理

前面介绍的查询语句得到的查询结果是默认以浏览方式显示的，记录以自然顺序排列。若想让查询结果排序，汇总或输出到一个指定的文件，则需要使用下面的子句。

1. 排序输出查询结果

如果希望 SELECT 的查询结果有序输出,需要使用排序子句。

格式:ORDER BY <排序选项 1> [ASC|DESC][,<排序选项 2>[ASC|DESC]…]

功能:对查询结果进行排序输出。

命令中主要参数说明如下:

(1)<排序选项>:可以是字段名,也可以是数字。字段名必须是主 SELECT 子句的选项,是 FROM <表>中的字段。数字是 SELECT 后选项的列序号,第 1 列为 1,依此类推。

(2)ASC:指定的排序项按升序排列,是默认值。

(3)DESC:指定的排序项按降序排列。

【例题 4.17】 显示学生的姓名、课程号、选修课程及成绩,并按课程号升序排列,课程号相同的按课程成绩降序排列。

```
SELECT 姓名,b.课程号,课程名 as 选修课程,课程成绩 as 成绩;
FROM xs a,xscj b,kc c;
WHERE a.学号 = b.学号 AND b.课程号 = c.课程号 ORDER BY b.课程号,成绩 DESC
```

在 ORDER BY 短语中,可以使用字段名,也可以使用列别名,例如该题中使用了列别名"成绩",使用字段名"课程成绩"也是正确的,另外,还可以使用列所在的位置数来表示,如下列命令也是正确的。

```
SELECT 姓名,b.课程号,课程名 as 选修课程,课程成绩 as 成绩;
FROM xs a,xscj b,kc c;
WHERE a.学号 = b.学号 AND b.课程号 = c.课程号 ORDER BY 2,4 DESC
```

查询结果如图 4.9 所示。

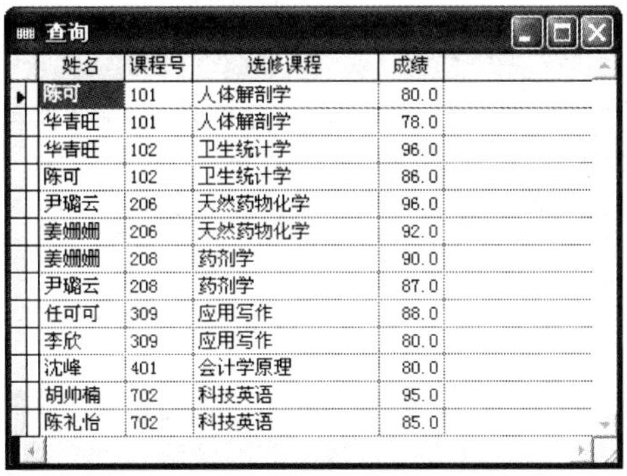

注意:在 SQL SELECT 语句的 ORDER BY 短语中如果指定了多个字段,按从左至右依次排序。

2. 显示查询结果前几项

若想要显示成绩最高的前几条记录、成绩最差的前几条记录,或显示成绩最高的前百分之几的记录则需要使用下面的子句。

格式:TOP <数值表达式> [PERCENT]

功能:前<数值表达式>条记录或前百分之<数值表达式>条记录。

图 4.9 例题 4.17 的查询结果

【例题 4.18】 显示入学成绩最高的前 3 名学生的信息。

```
SELECT * TOP 3 FROM XS ORDER BY 入学成绩 DESC
```

该命令先对入学成绩进行降序排列,然后显示最前面的 3 条记录。查询结果如图 4.10 所示。

3. 重定向输出查询结果

查询结果可以重定输出方向,例如输出到临时表、文本文件、打印等。

图 4.10 例题 4.18 的查询结果

格式：

[**INTO ARRAY** <数组名>|**CURSOR** <临时表>|**DBF** <表文件>|**TABLE** <表文件>]|
　　[**TO FILE** <文件名>[**ADDITIVE**]]|[**TO PRINTER**|**TO SCREEN**]

功能：查询结果重定向输出。

命令中主要参数说明如下：

（1）INTO ARRAY <数组名>：将查询结果存到指定数组名的内存变量数组中。

（2）CURSOR <临时表>：将输出结果存到一个临时表，临时表不可以更新，是只读的，一旦关闭就被删除。

（3）DBF|TABLE <表文件>：将结果存到一个表.dbf 文件中，如果该表已经打开，则系统自动关闭它。如果事先执行了 SET SAFETY OFF，则重新打开它不提示。如果没有指定后缀，则默认为.dbf。在 SELECT 命令执行完后，该表为打开状态。

（4）TO FILE <文件名>[ADDITIVE]：将结果输出到指定文本文件，加 ADDITIVE 表示添加到原文件末尾，不加表示覆盖原文件。

（5）TO PRINTER：将结果送打印机输出。

（6）TO SCREEN：将结果输出到屏幕。

例如将例题 4.17 的查询结果排序后保存到文本文件 t1.txt 中。

```
SELECT 姓名,b.课程号,课程名 as 选修课程,课程成绩 as 成绩;
FROM xs a,xscj b,kc c ;
WHERE a.学号 = b.学号 AND b.课程号 = c.课程号 ORDER BY b.课程号,成绩 DESC;
TO FILE t1
```

打开文本文件 t1.txt 可以看到如图 4.11 所示的内容。

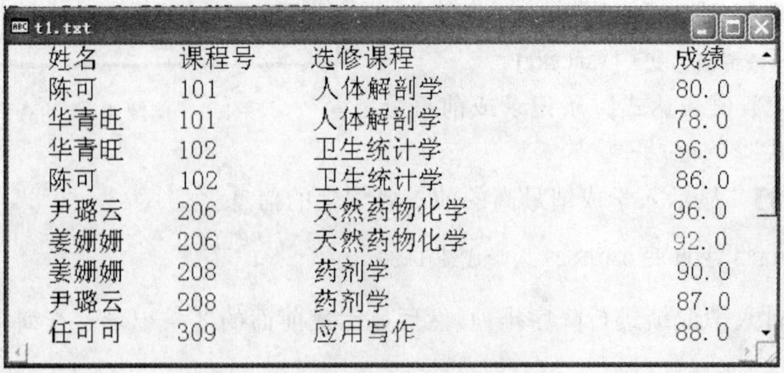

姓名	课程号	选修课程	成绩
陈可	101	人体解剖学	80.0
华青旺	101	人体解剖学	78.0
华青旺	102	卫生统计学	96.0
陈可	102	卫生统计学	86.0
尹璐云	206	天然药物化学	96.0
姜姗姗	206	天然药物化学	92.0
姜姗姗	208	药剂学	90.0
尹璐云	208	药剂学	87.0
任可可	309	应用写作	88.0

图 4.11 文本文件 t1.txt 内容

【例题 4.19】 查询与 1988 年出生的学生相关的所有信息,并按学号升序排列,将查询结果存入 xs1 表中。

```
SELECT * FROM xs a JOIN xscj b JOIN kc c;
ON b.课程号 = c.课程号 ON a.学号 = b.学号;
WHERE YEAR(出生日期) = 1988 ORDER BY a.学号 INTO TABLE xs1
```

执行 SELECT * FROM xs1 后,可以看到如图 4.12 所示的查询结果。

学号_a	姓名	性别	专业	出生日期	入学成绩	代培否	籍贯	照片	简历	学号_b	课程号_a	课程成绩	课程号
080102	华青旺	男	临床医学	04/15/88	600.0	T	上海	gen	memo	080102	101	78.0	101
080102	华青旺	男	临床医学	04/15/88	600.0	T	上海	gen	memo	080102	102	96.0	102
080503	姜姗姗	男	药学	12/01/88	608.0	F	沈阳	gen	memo	080503	206	92.0	206
080503	姜姗姗	男	药学	12/01/88	608.0	F	沈阳	gen	memo	080503	208	90.0	208
080505	尹璐云	女	药学	10/16/88	618.0	F	佳木斯	gen	memo	080505	208	87.0	208
080505	尹璐云	女	药学	10/16/88	618.0	F	佳木斯	gen	memo	080505	206	96.0	206
080601	陈礼怡	女	英语	05/25/88	615.0	T	佳木斯	gen	memo	080601	702	85.0	702

图 4.12 例题 4.19 的查询结果

注意:TO 和 INTO 同时出现时 TO 短语将被忽略。

4. 合并查询结果

SQL 支持集合并运算,可以将两个查询结果进行集合并操作,即可以将两个 SELECT 语句的查询结果通过并运算合并成一个查询结果。

格式:UNION [ALL] < SELECT 命令>

功能:将 SELECT 语句的查询结果合并成一个查询结果。

其中 ALL 表示结果全部合并。若没有 ALL,重复的记录将被自动去掉。

【例题 4.20】 列出选修"309"或"206"课程的所有学生的姓名和课程号、成绩。

```
SELECT 姓名,课程号,课程成绩 AS 成绩 FROM xs a,xscj b;
WHERE a.学号 = b.学号 AND 课程号 = "309";
UNION;
SELECT 姓名,课程号,课程成绩 AS 成绩 FROM xs a JOIN xscj b;
ON a.学号 = b.学号 WHERE 课程号 = "206"
```

该命令的功能等同于下面两条命令:

```
SELECT 姓名,课程号,课程成绩 AS 成绩 FROM xs a,xscj b;
WHERE a.学号 = b.学号 AND 课程号 IN ("309","206")
SELECT 姓名,课程号,课程成绩 AS 成绩 FROM xs a,xscj b;
WHERE a.学号 = b.学号 AND (课程号 = "309" OR 课程号 = "206")
```

查询结果如图 4.13 所示。

注意:

- 不能合并子查询的结果。
- 两个查询结果必须具有相同的字段个数,并且对应字段的值要出自同一个值域,即相同的数据类型和取值范围。
- 仅最后一个 SELECT 命令中可以用 ORDER BY 子句,且排序选项必须用数字说明。

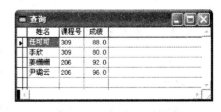

姓名	课程号	成绩
任可可	309	88.0
李欣	309	80.0
姜姗姗	206	92.0
尹璐云	206	96.0

图 4.13 例题 4.20 的查询结果

5. 分组统计查询结果

可以按某一个选项进行分组查询，一般都与 SELECT 命令可操纵的函数联合使用，以达到统计的目的。

格式：**GROUP BY** <分组选项 1>[,<分组选项 2>…][**HAVING** <筛选条件表达式>]

功能：按分组选项进行分组，并筛选出满足条件的组。

其中＜分组选项＞可以是字段名、SQL 函数表达式，也可以是列序号。HAVING 子句只能与 GROUP BY 子句连用，用来指定每一分组内应满足的条件。

【例题 4.21】 对学生管理数据库进行如下操作：

(1) 分别统计各专业的人数。

```
SELECT 专业,COUNT(性别) as 人数 FROM xs GROUP BY 专业
```

(2) 分别统计代培和非代培的男生的入学成绩平均值。

```
SELECT 代培否,AVG(入学成绩) 平均值 FROM xs GROUP BY 1 WHERE 性别 = "男"
```

该命令中“AVG(入学成绩) 平均值”省略了“AS”。“GROUP BY 1”子句中数字“1”表示 SELECT 后的第一列选项，即“代培否”。

(3) 列出平均成绩大于 85 的男学生的姓名、性别、选课数和平均分。

```
SELECT 姓名,性别,COUNT(课程号) 选课数,AVG(课程成绩) 平均分;
FROM xs,xscj
GROUP BY xs.学号 HAVING 平均分>85;
WHERE xs.学号 = xscj.学号 and 性别 = "男"
```

该命令中的 HAVING 子句后是列别名“平均分”，使用函数表达式“AVG(课程成绩)”也是正确的。命令执行的过程是：先按照 WHERE 条件选出男学生的记录，再按照 GROUP BY 对学号进行分组，然后用 HAVING 筛选平均分大于 85 的组，查询结果如图 4.14 所示。

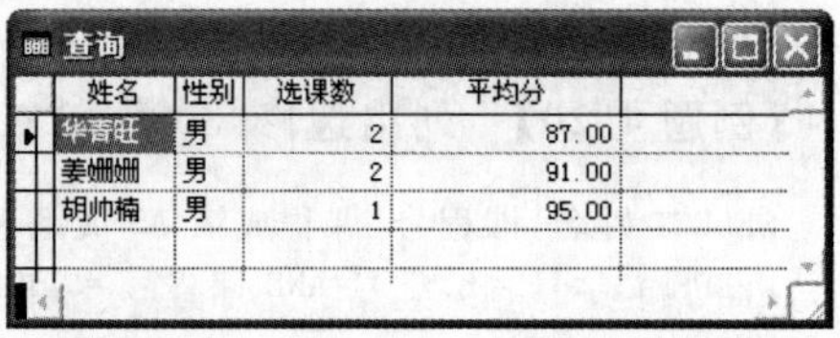

姓名	性别	选课数	平均分
华青旺	男	2	87.00
姜姗姗	男	2	91.00
胡帅楠	男	1	95.00

图 4.14　例题 4.21 的查询结果

由此可见，查询语句中若同时有 WHERE、GROUP BY、HAVING，则执行的过程是：先用 WHERE 在表中选出满足条件的记录，再用 GROUP BY 把这些记录分组，然后用 HAVING 选出满足条件的组。

4.4 数据操作

数据操作又叫数据操纵，是对表中数据的有关操作，主要包括插入、更新和删除。

4.4.1 插入记录

SQL 插入命令有两种格式。

格式 1：

```
INSERT INTO <表名>[(字段名 1[,<字段名 2>[,… ]])]
VALUES(<表达式 1>[,<表达式 2>[,… ]])
```

功能：在指定的表文件的末尾插入一条新记录，其值为 VALUES 后面表达式的值。

若插入的新记录包括表中的全部字段的数据，则<表名>后面的字段名可以缺省，但注意插入数据的格式及顺序必须与表的结构完全一致；若插入的新记录包括表中的部分字段的数据，则需要列出插入数据的字段名，而且相应表达式的数据位置应与之依次对应。

【例题 4.22】 向学生成绩表 xscj 中添加一条新记录。

```
INSERT INTO xscj VALUES("080601","401",88)
```

【例题 4.23】 向学生表 xs 中添加一条新记录。

```
INSERT INTO xs (学号,姓名) VALUES("080605","王明")
```

该命令添加的记录不包括全部字段的值，所以要列出对应的字段名，且添加字段的值要与对应字段的类型相一致。

格式 2：**INSERT INTO <表名> FROM ARRAY <数组名>│FROM MEMVAR**

功能：在指定的表文件末尾添加一条新记录，字段值来自于数组或对应的同名内存变量。命令中主要参数说明如下：

(1) FROM ARRAY <数组名>：从指定数组中插入记录。

(2) FROM MEMVAR：根据同名的内存变量插入记录，若内存变量不存在，则相应字段为默认值或空。

【例题 4.24】 利用数组向学生成绩表 xscj 添加新记录。

```
DECLARE M(3)
M(1) = "080605"
M(2) = "401"
M(3) = 91
INSERT INTO xscj FROM ARRAY M
```

该命令执行后，在 xscj 表中添加一条新记录，新记录的值是指定的数组 M 中各元素的数据。Visual FoxPro 要求数组中各元素与表中各字段顺序依次对应。如果数组中元素的数据类型与其对应的字段类型不一致，则新记录对应的字段为空值；如果表中字段个数大于数组元素的个数，则多出的字段为空值。该例题用内存变量来做的命令如下：

```
学号 = "080605"
课程号 = "401"
课程成绩 = 91
INSERT INTO xscj FROM MEMVAR
```

4.4.2 更新记录

格式：

```
UPDATE <表名>
SET <字段名 1>=<表达式 1>[,<字段名 2>=<表达式 2>…][WHERE<逻辑表达式>]
```

功能：指定的表中把满足条件的记录用<表达式>更新<字段名>的值。也可以对用 SELECT 语句选择出的记录进行数据更新。

【例题 4.25】 将学生表 xs 中代培的学生入学成绩加 2 分。

UPDATE xs SET 入学成绩 = 入学成绩 + 2 WHERE 代培否

【例题 4.26】 所有代培学生的各科成绩加 5 分。

UPDATE xscj SET 课程成绩 = 课程成绩 + 5 WHERE 学号 IN;
(SELECT 学号 FROM xs WHERE 代培否)

注意：UPDATE 一次只能在单一的表中更新记录。

4.4.3 删除记录

格式：DELETE FROM <表名> [WHERE <条件表达式>]

功能：从指定的表中把满足条件的记录逻辑删除。

【例题 4.27】 将学生成绩表 xscj 所有选修了"401"课程的记录逻辑删除。

DELETE FROM xscj WHERE 课程号 = "401"

执行该命令后，可以看到学生成绩表 xscj 所有选修了"401"课程的记录被逻辑删除了，即均打上了"*"号标记，这些逻辑删除的记录还可以用 RECALL 命令取消删除，恢复记录。若要真正地删除记录，还需要使用物理删除命令 PACK。

另外，在逻辑删除记录时，若在当前工作区中没有表被打开，该命令执行后将在当前工作区打开该命令指定的表；若当前工作区打开的是其他表，则该命令执行后将在一个新的工作区中打开，逻辑删除完成后，仍保持原工作区为当前工作区。若指定的表在非当前工作区中打开，逻辑删除完成后，指定的表仍在原工作区中打开，且仍保持原工作区为当前工作区。

本 章 小 结

结构化查询语言 SQL 是关系数据库标准语言，Visual FoxPro 在 SQL 方面支持数据定义、数据查询和数据操纵功能。本章介绍了 SQL 语言的基本概念和特点，SQL 语言的数据定义、数据查询、数据操纵功能的语法格式、使用方法及其应用。尤其对于 SQL 语言的核心功能——数据查询做了详细的介绍。

SQL 已经在各种数据库产品中得到了广泛的支持，把 SQL 语言嵌入到程序设计语言中以程序方式使用，能够增强 Visual FoxPro 的功能，因此掌握 SQL 是十分必要的。

习 题

1. 填空题

1.1 SQL 语言具有_____、数据查询、_____、_____功能，其中数据查询是最主要的组成部分。

1.2 将"学生"表中的"姓名"字段定义为候选索引，索引名是 xs，正确的 SQL 语句是：_____ TABLE xs ADD UNIQUE _____ TAG xs。

1.3 将"产品"表的"名称"字段名修改为"产品名称"：ALTER TABLE 产品 RENAME _____名称_____产品名称。

1.4 在 Visual FoxPro 中,使用 SQL 的 CREATE TABLE 语句建立数据库表时,使用 _____子句说明有效性规则(域完整性规则或字段取值范围)。

1.5 列出所有成绩为空值的学生的学号和课程号的命令是:

SELECT 学号,课程号 FROM xscj WHERE 课程成绩_____.

1.6 列出佳木斯和哈尔滨的学生名单的命令是:

SELECT 姓名,籍贯 FROM xs WHERE 籍贯_____ ("佳木斯","哈尔滨").

1.7 与 SELECT DISTINCT 编号 FROM 仓库 WHERE 库存量>ALL;
(SELECT 库存量 FROM 仓库 WHERE SUBSTR(仓库号,1,1)="1")
等价的 SQL 语句是:

SELECT DISTINCT 编号 FROM 仓库 WHERE 库存量>;
(SELECT _____FROM 仓库 WHERE SUBSTR(仓库号,1,1) = "1").

1.8 列出没有被学生选修的那些课程的信息的命令为:

SELECT * FROM kc WHERE _____;
(SELECT * FROM xscj WHERE 课程号 = kc.课程号).

1.9 与命令

SELECT a.学号,姓名,b.课程号,课程名,学分,课程成绩 as 课程分数;
FROM xs a,xscj b,kc c;
WHERE a.学号 = b.学号 AND b.课程号 = c.课程号 AND 代培否

等价的命令是:

SELECT a.学号,姓名,b.课程号,课程名,学分,课程成绩 as 课程分数;
FROM xs a JOIN xscj b JOIN kc c;
ON _____ ON _____ _____代培否.

1.10 学生表中由学号和姓名生成视图 sx_v1 的命令是:

CREATE _____ sx_v1 _____ SELECT 学号,姓名 FROM xs.

2. 选择题

2.1 在 SQL 的 SELECT 查询结果中,消除重复记录的方法是_____。
A) 通过指定主关键字   B) 通过指定唯一索引
C) 使用 DISTINCT 子句   D) 使用 HAVING 子句

2.2 SQL 语句中修改表结构的命令是_____。
A) ALTER TABLE   B) MODIFY TABLE
C) ALTER STRUCTURE   D) MODIFY STRUCTURE

2.3 为成绩表增加一个字段"得分"的 SQL 语句是_____。
A) ALTER TABLE 成绩 ADD 得分 F(6,2)
B) ALTER DBF 成绩 ADD 得分 F 6,2
C) CHANGE TABLE 成绩 ADD 得分 F(6,2)
D) CHANGE TABLE 成绩 INSERT 得分 F 6,2

2.4 在 Visual FoxPro 中,如果要将学生表 S(学号,姓名,性别,年龄)中"年龄"属性删除,正确的 SQL 命令是_____。

A) ALTER TABLE S DROP COLUMN 年龄

B) DELETE 年龄 FROM S

C) ALTER TABLE S DELETE COLUMN 年龄

D) ALTER TABLE S DELETE 年龄

2.5 在 Visual FoxPro 中,删除数据库表 S 的 SQL 命令是_____。

A) DROP TABLE S   B) DELETE TABLE S

C) DELETE TABLE S. DBF   D) ERASE TABLE S

2.6 "图书"表中有字符型字段"图书号",要求用 SQL DELETE 命令将图书号以字母 A 开头的图书记录全部打上删除标记,正确的命令是_____。

A) DELETE FROM 图书 FOR 图书号 LIKE "A％"

B) DELETE FROM 图书 WHILE 图书号 LIKE "A％"

C) DELETE FROM 图书 WHERE 图书号＝"A＊"

D) DELETE FROM 图书 WHERE 图书号 LIKE "A％"

2.7 从订单表中删除客户号为"1001"的订单记录,正确的 SQL 语句是_____。

A) DROP FROM 订单 WHERE 客户号＝"1001"

B) DROP FROM 订单 FOR 客户号＝"1001"

C) DELETE FROM 订单 WHERE 客户号＝"1001"

D) DELETE FROM 订单 FOR 客户号＝"1001"

2.8 使用 SQL 语句向学生表 S(SNO,SN,AGE,SEX)中添加一条新记录,字段学号(SNO)、姓名(SN)、性别(SEX)、年龄(AGE)的值分别为 0901、王芳、女、20,正确的命令是_____。

A) APPEND INTO S (SNO,SN,SEX,AGE) VALUES ("0901","王芳","女",20)

B) APPEND S VALUES ("0901","王芳",20,"女")

C) INSERT INTO S (SNO,SN,SEX,AGE) VALUES ("0901","王芳","女",20)

D) INSERT S VALUES ("0901","王芳",20,"女")

2.9 SQL 的 SELECT 语句中,"HAVING＜条件表达式＞"用来筛选满足条件的_____。

A) 列   B) 行   C) 关系   D) 分组

2.10 将订单号为"0001"的订单金额改为 1000 元,正确的 SQL 语句是_____。

A) UPDATE 订单 SET 金额＝1000 WHERE 订单号＝"0001"

B) UPDATE 订单 SET 金额 WITH 1000 WHERE 订单号＝"0001"

C) UPDATE FROM 订单 SET 金额＝1000 WHERE 订单号＝"0001"

D) UPDATE FROM 订单 SET 金额 WITH 1000 WHERE 订单号＝"0001"

2.11 下列关于 SQL 中 HAVING 子句的描述错误的是_____。

A) HAVING 子句必须与 GROUP BY 子句同时使用

B) HAVING 子句与 GROUP BY 子句无关

C) 使用 WHERE 子句的同时可以使用 HAVING 子句

D) 使用 HAVING 子句的作用是限定分组的条件

2.12 在 SQL SELECT 语句的 ORDER BY 短语中如果指定了多个字段,则_____。

A) 无法进行排序 　　　　　　　　B) 只按第一个字段排序

C) 按从左至右优先依次排序 　　　D) 按字段排序优先级依次排序

2.13 显示 2005 年 1 月 1 日后签订的订单,显示订单的订单号、客户名以及签订日期。正确的 SQL 语句是_____。

 A) SELECT 订单号,客户名,签订日期 FROM 订单 JOIN 客户;

  ON 订单.客户号＝客户.客户号 WHERE 签订日期＞{ˆ2005-1-1}

 B) SELECT 订单号,客户名,签订日期 FROM 订单 JOIN 客户;

  WHERE 订单.客户号＝客户.客户号 AND 签订日期＞{ˆ2005-1-1}

 C) SELECT 订单号,客户名,签订日期 FROM 订单,客户;

  WHERE 订单.客户号＝客户.客户号 AND 签订日期＜{ˆ2005-1-1}

 D) SELECT 订单号,客户名,签订日期 FROM 订单,客户;

  ON 订单.客户号＝客户.客户号 AND 签订日期＜{ˆ2005-1-1}

2.14 设有学生选课表 SC(学号,课程号,成绩),用 SQL 检索同时选修课程号为"C1"和"C5"的学生的学号的正确命令是_____。

 A) SELECT 学号 RORM SC WHERE 课程号＝"C1" AND 课程号＝"C5"

 B) SELECT 学号 RORM SC WHERE 课程号＝"C1" AND 课程号＝;

  (SELECT 课程号 FROM SC WHERE 课程号＝"C5")

 C) SELECT 学号 RORM SC WHERE 课程号＝[C1] AND 学号＝;

  (SELECT 学号 FROM SC WHERE 课程号＝[C5])

 D) SELECT 学号 RORM SC WHERE 课程号＝[C1] AND 学号 IN;

  (SELECT 学号 FROM SC WHERE 课程号＝[C5])

2.15 在 SQL SELECT 语句中将查询结果存储到临时表应该使用的短语是_____。

A) TO CURSOR 　　B) INTO CURSOR 　C) INTO DBF 　　　D) TO DBF

2.16 查询金额最大的 10% 订单的信息。正确的 SQL 语句是_____。

A) SELECT * TOP 10 PERCENT FROM 订单

B) SELECT TOP 10% * FROM 订单 ORDER BY 金额

C) SELECT * TOP 10 PERCENT FROM 订单 ORDER BY 金额

D) SELECT TOP 10 PERCENT * FROM 订单 ORDER BY 金额 DESC

2.17 假设同一名称的产品有不同的型号和产地,则计算每种产品平均单价的 SQL 语句是_____。

 A) SELECT 产品名称,AVG(单价) FROM 产品 GROUP BY 单价

 B) SELECT 产品名称,AVG(单价) FROM 产品 ORDER BY 单价

 C) SELECT 产品名称,AVG(单价) FROM 产品 ORDER BY 产品名称

 D) SELECT 产品名称,AVG(单价) FROM 产品 GROUP BY 产品名称

2.18 有以下 SQL 语句:

SELECT 订单号,签订日期,金额 FROM 订单,职员;
WHERE 订单.职员号＝职员.职员号 AND 姓名＝"刘明"

与如上语句功能相同的 SQL 语句是_____。

A) SELECT 订单号,签订日期,金额 FROM 订单 WHERE EXISTS;

(SELECT ＊ FROM 职员 WHERE 姓名＝"刘明")

B) SELECT 订单号,签订日期,金额 FROM 订单 WHERE EXISTS;

(SELECT ＊ FROM 职员 WHERE 职员号＝订单. 职员号 AND 姓名＝"刘明")

C) SELECT 订单号,签订日期,金额 FROM 订单 WHERE IN;

(SELECT 职员号 FROM 职员 WHERE 姓名＝"刘明")

D) SELECT 订单号,签订日期,金额 FROM 订单 WHERE IN;

(SELECT 职员号 FROM 职员 WHERE 职员号＝订单. 职员号 AND 姓名＝"刘明")

2.19　设有学生表 S(学号,姓名,性别,年龄)、课程表 C(课程号,课程名,学分)和学生选课表 SC(学号,课程号,成绩),检索学号、姓名和学生所选课程名和成绩,正确的 SQL 命令是_____。

A) SELECT 学号,姓名,课程名,成绩 FROM S,SC,C;

WHERE S.学号＝SC.学号 AND SC.学号＝C.学号

B) SELECT 学号,姓名,课程名,成绩,FROM S,SC,C;

ON SC.课程号＝C.课程号 ON S.学号＝SC.学号

C) SELECT S.学号,姓名,课程名,成绩;

FROM S JOIN SC JOIN C ON S.学号＝SC.学号 ON SC.课程号＝C.课程号

D) SELECT S.学号,姓名,课程名,成绩

FROM S JOIN SC JOIN C ON SC.课程号＝C.课程号 ON S.学号＝SC.学号

2.20　设有 s(学号,姓名,性别)和 sc(学号,课程号,成绩)两个表,如下 SQL 语句检索选修的每门课程的成绩都高于或等于 80 分的学生的学号、姓名和性别,正确的命令是_____。

A) SELECT 学号,姓名,性别 FROM s WHERE EXISTS;

(SELECT ＊ FROM SC WHERE 成绩＞＝80)

B) SELECT 学号,姓名,性别 FROM S WHERE NOT EXISTS;

(SELECT ＊ FROM SC WHERE 成绩＜80)

C) SELECT 学号,姓名,性别 FROM S WHERE EXISTS;

(SELECT ＊ FROM SC JOIN S ON SC.学号＝S.学号 WHERE 成绩＞＝80)

D) SELECT 学号,姓名,性别 FROM S WHERE NOT EXISTS;

(SELECT ＊ FROM SC WHERE SC.学号＝S.学号 AND 成绩＜80)

第5章 查询与视图

数据查询是数据处理中最常用的操作之一。在 Visual FoxPro 中可通过设计相应的查询或视图来实现从一个或多个表中提取所需要的数据。本章讲的查询是利用查询设计器生成的扩展名为.qpr 的查询文件,其内容的主体是 SQL SELECT 语句。视图兼有表和查询的特点,是在数据库表的基础上建立的一个虚拟表,它不能独立存在而被保存在数据库中。查询与视图设计可以采用相应的设计器,也可以采用 SQL 语言。本章介绍如何利用相应的设计器来设计查询与视图。

5.1 查 询 设 计

查询是从指定的表或视图中提取满足条件的记录,然后定向输出查询结果,查询结果输出类型有浏览器、报表、表、标签等,它是一个文本文件,主体是 SQL SELECT 语句,另外还有和输出定向有关的语句。VFP 的查询设计器可帮助用户快速检索数据,查找满足条件的记录,按需要排序和分组记录,并基于查询结果创建报表、视图和图形等。基于单表创建的查询为单表查询,否则为多表查询。查询文件可以.QPR 为扩展名保存在磁盘中,供用户在需要时调用。

5.1.1 查 询 设 计 器

1. 启动查询设计器

启动查询设计器,建立查询的方法很多。

(1)选择"文件"菜单下的"新建"命令,或单击"常用"工具栏上的"新建"按钮,打开"新建"对话框,然后选择"查询"并单击"新建文件"按钮打开查询设计器建立查询。

(2)可以在项目管理器的"数据"选项卡下选中"查询",然后单击"新建"按钮(如图 5.1 所示),启动查询设计器建立视图。

(3)用 CREATE QUERY 命令打开查询设计器建立查询。

(4)利用 SQL SELECT 命令,直接编辑.qpr 文件建立查询。

2. 查询设计器界面

不管使用哪种方法打开查询设计器建立查询,都首先进入"添加表或视图"对话框(如图 5.2 所示),从中选择用于建立查询的表或视图,这时单击要选择的表或视图,然后单击"添加"按钮。如果单击"其他"按钮还可以选择自由表。当选择完表或视图后,单击"关闭"按钮正式进入如图 5.3 所示的查询设计器窗口。

注意:当一个查询是基于多个表时,这些表之间必须是有联系的。查询设计器会自动

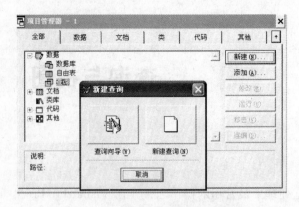

图 5.1　在项目管理器中建立查询

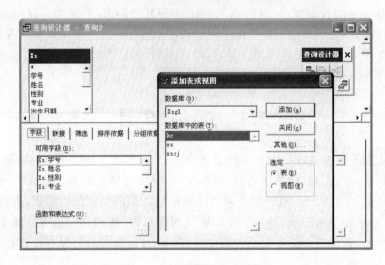

图 5.2　在查询设计器中添加表

根据联系提取联结条件,否则在打开图 5.3 所示的查询设计器之前还会打开一个指定联结条件的对话框,由用户来设计联结条件,如图 5.4 所示。

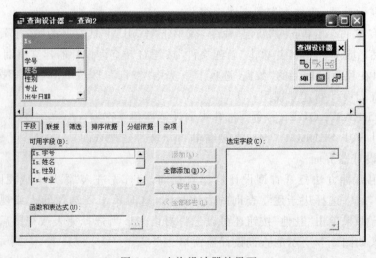

图 5.3　查询设计器的界面

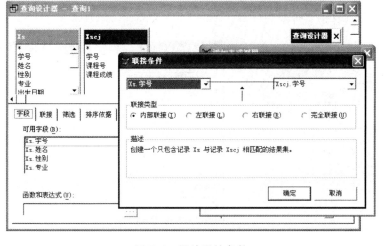

图 5.4　设计联结条件

查询设计器中有 6 个选项卡,其功能和 SQL SELECT 命令的各子句是相对应的。其各选项的含义如下:

1)"字段"选项卡

"字段"选项卡用来指定查询结果中的字段。如图 5.5 所示,用户可通过双击"可用字段"中的字段(或直接双击表窗口中的字段),把它们送入"选定字段"中,也可用"添加"按钮或用鼠标拖动字段到"选定字段"框中。后者的顺序决定了查询输出的顺序。用户可向上或向下拖动字段名左端的移动框改变字段的输出顺序。

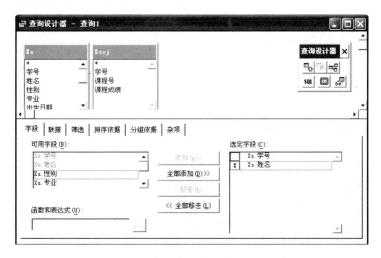

图 5.5　查询设计器中的"字段"选项卡

除了表中的字段,用户也可从列表中选择一个函数或直接在"函数和表达式"框中输入一个表达式或用表达式生成器生成一个表达式,再单击"添加"按钮把它添加到"选定字段"框中。例如,在 xscj 表中,没有平均成绩字段,如果需要用到平均成绩,就可用"函数和表达式"框生成平均成绩这个虚字段。在"函数和表达式"框中输入"AVG(Xscj.课程成绩)as平均成绩"或单击"函数和表达式"框右侧的按钮,打开表达式生成器,利用生成器生成如上

表达式,即可形成平均成绩这个虚字段,如图 5.6 所示。然后单击"添加"按钮将其添加到
"选定字段"框中,如图 5.7 所示。

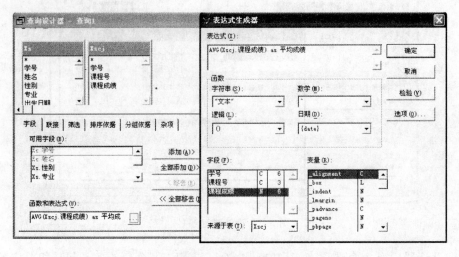

图 5.6　生成虚字段

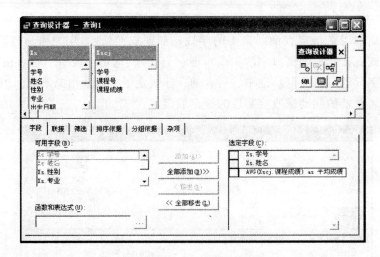

图 5.7　添加虚字段

2)"筛选"选项卡

"筛选"选项卡用来指定选择记录的条件,相当于 SQL 语句中的 Where ＜条件＞子句。

"筛选"选项卡中各项的作用如下:

- 字段名:指定设置条件的字段。
- 实例:指定具体的条件。
- 大小写:选中该按钮,在查询字符串数据时忽略大小写。
- 否:逻辑取反操作,排除与该条件相匹配的记录。
- 条件:指定比较类型,选项有"相等(＝)"、"相似(Like)"、"完全相等(＝＝)"、"大于
  (＞)"、"小于(＜)"、"大于等于(＞＝)"、"小于等于(＜＝)"、"空(NULL)"、"介于
  (Between)"、"包含(In)"等。

其中：

- "＝＝"是指字符完全匹配。
- "In"是指定字段必须与实例中逗号分隔的几个样本中的一个相匹配。
- "NULL"是指定字段值为空。
- "Between"是指定字段的取值范围。
- 逻辑：在多个条件之间添加 AND 或 OR 逻辑连接。
- "插入"按钮：在所选定条件之上插入一个空条件。
- "移去"按钮：从查询中删除选定的条件。

注意：在 VFP 中通用型或备注型字段不能作为选定条件。

3）"排序依据"选项卡

用来指定字段、函数或其他表达式为排序关键字，指定查询输出记录的顺序，分为升序和降序两种，需要注意的是，选择完关键字和顺序之后，一定要单击"添加"按钮，添加到"排序条件"中去，如图 5.8 所示。

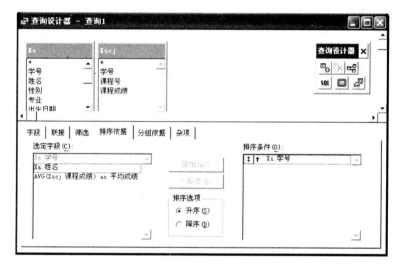

图 5.8　排序界面

4）"分组依据"选项卡

把有相同字段值的记录合并为一组，压缩成一条记录，可利用函数完成基于一组记录的计算输出，常用的如计算平均值 AVG()、求和 SUM()等。如要设分组后的条件（相当于 SQL 语句中的 Having <条件> 子句），可单击"满足条件"按钮，进行相应设置。

5）"杂项"选项卡

"无重复记录"复选框：可使查询输出排除重复记录。

"全部"复选框：选中查询输出中符合条件的全部记录，否则可设置输出前若干条记录。

6）"联结"选项卡

如果查询中有多个表，可添加表之间的联结或修改已有的联结，以控制查询的结果。联结的类型共有以下 4 种：

- 内部联结（Inner Join）：只有两个表的字段都满足联结条件时，才将此记录选入查询结果。例如，可将 xs 表和 xscj 表中学号相同的记录检索出来。这是最常用的联结方式。

- 左联结(Left Outer Join)：联结条件左边表中的记录都包含在查询结果中,右边表中的记录只有满足条件时,才选入查询结果中。
- 右联结(Right Outer Join)：与左联结相反。
- 完全联结(Full Join)：两个表中的记录无论是否满足条件,都选入查询结果中。

5.1.2 建立查询

1. 建立简单查询

【例题 5.1】 利用 xs 表建立查询 cjcx,只列出"临床"专业学生的学号、姓名、专业和入学成绩字段,并按入学成绩降序排序。

操作步骤如下：

(1) 打开查询设计器。操作过程为：选择"文件"→"新建"→"查询"→"新建文件"命令,或按 5.1.1 节中所述其他 3 种方法操作。

(2) 添加表。选中"xs"表,单击"添加"按钮,然后单击"关闭"按钮。

(3) 选择字段。在字段选项卡中,双击"可用字段"列表框中的"xs.学号"、"xs.姓名"、"xs.专业"、"xs.入学成绩",把它们送入"选定字段"列表框中。

(4) 设置筛选条件。在视图设计器的"筛选"选项卡中,将字段名选为"xs.专业",条件为"＝",实例设为"临床"。

(5) 排序条件。在"排序依据"选项卡中,单击"选定字段"框中的"入学成绩"字段,"排序选项"框中选择"降序",再单击"添加"按钮,使其添加到"排序条件"框中。

图 5.9 查询运行结果

(6) 运行查询。操作过程为：选择"查询"菜单中的"运行查询"命令,或单击工具栏中"!"按钮。浏览窗口中的输出如图 5.9 所示。

(7) 保存查询。单击查询设计器中的"关闭"按钮或选择"文件"菜单中的"保存"命令,在"保存"对话框中输入"cjcx"后单击"确定"按钮。

注意：选择"查询"菜单中的"查看 SQL"命令或单击"查询"工具栏中的"SQL"按钮将看到如下的 SQL 语句：

```
SELECT Xs.学号,Xs.姓名,Xs.专业,Xs.入学成绩;
  FROM xsgl!xs;
  WHERE Xs.专业 = "临床";
  ORDER BY Xs.入学成绩 DESC
```

2. 建立分组查询

【例题 5.2】 建立查询 cjcx,显示选修科目大于等于 2 科的每个学生的学号、姓名和其所选全部课程的平均成绩,并按学号升序排序。

操作步骤如下：

(1) 打开查询设计器。操作过程为：选择"文件"→"新建"→"查询"→"新建文件"命令,或按 5.1.1 节中所述其他 3 种方法操作。

（2）添加表设置联结。选中"xs"表，单击"添加"按钮，再选中"xscj"表并单击"添加"按钮，选择默认的"内部连接"，单击"确定"按钮，然后单击"关闭"按钮（如果以前两个表之间已经建立联系，则可以不用设置联结）。

（3）选择字段。在"字段"选项卡中，双击"可用字段"列表框中的"xs.学号"、"xs.姓名"，把它们送入"选定字段"列表框中。在 xscj 表中没有平均成绩字段，前面讲过，可用"函数和表达式"框生成平均成绩这个虚字段。然后单击"添加"按钮将其添加到"选定字段"框中，如图 5.6 和图 5.7 所示。

（4）排序条件。在"排序依据"选项卡中，双击"选定字段"框中的"学号"字段，使其添加到"排序条件"框中（默认升序），如图 5.10 所示。

图 5.10　设置按学号升序排序

（5）分组依据。在"分组依据"选项卡中，双击"选定字段"框中的"学号"字段，使其添加到"分组字段"框中，再单击"满足条件"按钮，进行相应设置，"字段名"中选择"表达式"，输入COUNT（＊），然后单击"确定"按钮；条件中输入"＞＝"；实例中输入 2（界面如图 5.11 所示），然后单击"确定"按钮。

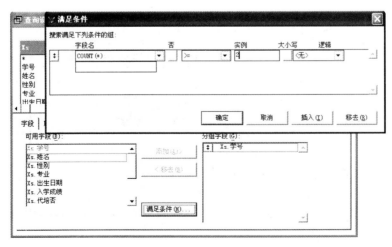

图 5.11　设置分组条件

（6）运行查询。操作过程为：选择"查询"菜单中的"运行查询"命令，或单击工具栏中"!"按钮。浏览窗口中的输出如图 5.12 所示。

（7）保存查询。单击查询设计器的"关闭"按钮或选择"文件"菜单中的"保存"命令，在"保存"对话框中输入"fzcx"后单击"确定"按钮。

图 5.12　例题 5.2 运行结果

注意：选择"查询"菜单中的"查看 SQL"命令或单击"查询"工具栏中的"SQL"按钮将看到如下的 SQL 语句：

```
SELECT Xs.学号,Xs.姓名,AVG(Xscj.课程成绩) as 平均成绩;
FROM xsgl!xs INNER JOIN xsgl!xscj ;
ON Xs.学号 = Xscj.学号 ;
GROUP BY Xs.学号 ;
HAVING COUNT( * ) >= 2 ;
ORDER BY Xs.学号
```

3. 创建多表查询

VFP 提供了多表查询功能，以查询多个表中的相关信息。在建立多表查询时，首先要将所有有关的表或视图追加到查询中，并在关键字上建立联结，再确定显示字段、筛选条件、排序要求等。

【例题 5.3】　建立查询 dbcx，显示选修了"药剂学"课程的学生的学号、姓名、课程名和课程成绩，并按课程成绩降序排序，成绩相同的按学号升序排序。

操作步骤如下：

（1）打开查询设计器。操作过程：选择"文件"→"新建"→"查询"→"新建文件"命令，或按 5.1.1 节中所述其他 3 种方法操作。

（2）添加表设置联结。因为此例题涉及 3 个表的数据，所以要建立 3 个表之间的联系，首先在图 5.13 中，选中"xs"表，单击"添加"按钮，再选中"xscj"表，单击"添加"按钮，选择默认的"内部联结"后单击"确定"按钮，再选中"kc"表，单击"添加"按钮，选择默认的"内部联结"后单击"确定"按钮，再单击"关闭"按钮（如果以前各个表之间已经建立联系，则可以不用设置联结）。

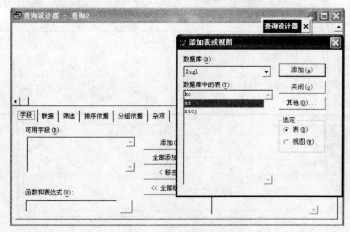

图 5.13　添加表

（3）选择字段。在"字段"选项卡中，分别双击"可用字段"框中的"xs.学号"、"xs.姓名"、"kc.课程名"、"xscj.课程成绩"，把它们送入"选定字段"框中。

（4）设置筛选条件。在查询设计器的"筛选"选项卡上，将字段名选为"kc.课程名"，条件为"＝"，实例设为"药剂学"，结果如图 5.14 所示。

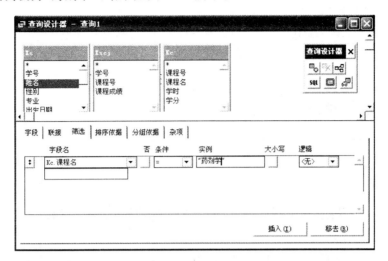

图 5.14 筛选条件的设置

（5）排序条件。在"排序依据"选项卡中，双击"选定字段"框中的"课程成绩"字段，再双击"学号"字段，将它们添加到"排序条件"框中，再单击排序条件中的"课程成绩"字段，选择"排序选项"框的"降序"，如图 5.15 所示。

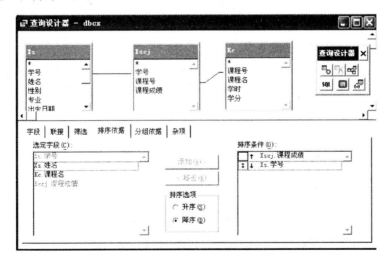

图 5.15 排序依据的设置

（6）运行查询。操作过程为：选择"查询"菜单中的"运行查询"命令，或单击工具栏中"！"按钮。

（7）保存查询。单击查询设计器的"关闭"按钮或选择"文件"菜单中的"保存命令"，在"保存"对话框中输入"dbcx"后单击"确定"按钮。

查询与视图

注意：选择"查询"菜单中的"查看 SQL"命令或单击"查询"工具栏中的"SQL"按钮将看到如下的 SQL 语句：

```
SELECT Xs.学号,Xs.姓名,Kc.课程名,Xscj.课程成绩;
FROM xsgl!xs INNER JOIN xsgl!xscj;
   INNER JOIN xsgl!kc ;
   ON Xscj.课程号 = Kc.课程号 ;
   ON Xs.学号 = Xscj.学号;
WHERE Kc.课程名 = "药剂学";
ORDER BY Xscj.课程成绩 DESC,Xs.学号
```

5.1.3 输出查询结果及运行查询

1. 输出查询结果

以上运行的各种查询结果都显示在"浏览"窗口中，这是查询输出的默认方式。VFP 提供了 7 种查询输出去向，如图 5.16 所示。

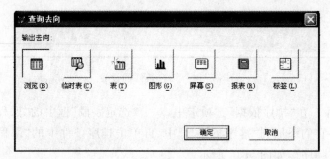

图 5.16　查询去向

输出查询结果的具体方法如下：

（1）在"查询"菜单中的"查询去向"命令子菜单中选择 7 种查询中的一种。

（2）单击查询设计器工具栏的"查询去向"按钮 选择 7 种查询中的一种。

下面分别介绍如下：

（1）输出到浏览窗口（默认）。

如果用户只需浏览查询结果，可用此方式。浏览窗口中的查询表是一个临时表，关闭浏览窗口后，该临时表自动删除。

（2）输出到临时表。

将查询结果放入一个指定的只读临时表（该表不能修改），此时临时表只是打开显示（不显示其中的记录），用户需要通过浏览表等方式去查看它的内容。一旦临时表关闭，系统自动将其删除。

（3）输出到表。

将查询结果放入一个指定的自由表，该表中的记录可修改、增加、删除和浏览等，关闭窗口后它仍然存在。

（4）输出到图形。

如选择将查询结果输出到图形，运行查询时，系统自动进入"图形向导"，用户可在图形

向导中定义布局。

（5）输出到屏幕。

当选择"输出到屏幕"时，"输出去向"对话框下增加了"次级输出"选项，可将查询结果同时输出到打印机或某个文本文件。

（6）输出到报表。

通过对话框中的"打开报表"按钮，可将查询输出到某个已建好的报表文件中。

（7）输出到标签。

通过对话框中的"打开标签"按钮，可将查询输出到某个已建好的标签文件中。

2. 查看 SQL 语句

系统会根据"查询设计器"中用户的设置，自动生成相应的 SQL 语句。用户可通过工具栏的"SQL"按钮或使用"查询"菜单中的"查看 SQL"命令，查看生成的 SQL 语句。系统生成的是标准 SQL 语句，所以这也是用户学习 SQL_SELECT 语句的一种好方法。

3. 运行查询

有以下 3 种方法可以运行查询：

（1）利用"查询"菜单中的"运行查询"命令。

（2）或直接单击"运行"按钮 ! 。

以上两种方法，系统执行由"查询设计器"自动生成的 SQL_SELECT 语句，并将查询结果送到"查询去向"所指定的目的地。

（3）用 DO 命令运行查询。例如，要运行例题 5.3 生成的查询文件 dbcx.qpr，可以输入命令：

```
DO dbcx.qpr
```

注意：一定不要省略扩展名.qpr。

5.2　视图的概念

在 Visual FoxPro 中，视图是一个基于查询产生的虚拟表，可以是本地的、远程的或带参数的。视图可以引用一个或多个表，或者引用其他视图。视图是可以更新的，可以引用远程表。视图和查询有许多类似之处，创建视图与创建查询的步骤也非常相似。视图兼有表和查询的特点，可以用来从一个或多个相关联的表中提取有用信息，而且视图还可以更新数据源表。

视图与查询相类似的地方是，可以用来从一个或多个相关联的表中提取有用信息；与表相类似的地方是，可以用来更新其中的信息，并将更新结果永久保存在磁盘上。可以用视图使数据暂时从数据库中分离成为自由数据，以便在主系统之外收集和修改数据。

使用视图可以从表中提取一组记录，改变这些记录的值，并把更新结果送回到基本表中；可以从本地表、其他视图、存储在服务器上的表或远程数据源中创建视图，所以 Visual FoxPro 的视图又分为本地视图（从当前数据库的表或者其他视图中选取信息表建立的视图）和远程视图（使用当前数据库之外的数据源中的表选取数据建立的视图）。例如，可以从 SQL Server 或其他 ODBC 数据源中创建视图，通过选择"发送更新"选项，在更新或更改视图中的一组记录时，由 Visual FoxPro 将这些更新发送到基本表中。

视图是操作表的一种手段，通过视图可以查询表，通过视图可以更新表。视图是基于表定义的而又超越在表之上，可以使应用更灵活。视图是数据库中的一个特有功能，只有包含视图的数据库打开时，才能使用视图。

5.3 视 图 设 计

视图从应用的角度来讲类似于表，它具有表的属性。打开、关闭视图，设置字段的显示格式、有效性规则、修改结构以及删除等都与对表的操作相同。但视图作为数据库的一种对象，有其专门的设计工具和命令。本节主要讨论本地视图。

建立视图与建立查询的方法非常类似，主要是通过指定数据源、选择所需字段、设置筛选条件等工作来完成。视图可以用来从一个或多个相关联的表中提取有用信息，而且视图还可以更新数据源表。

5.3.1 视 图 设 计 器

用户可以利用视图设计器来创建视图，也可以利用视图向导创建视图，还可以通过命令创建视图。下面主要以创建本地视图文件为例对视图设计器的使用方法加以介绍。

1. 启动视图设计器

启动视图设计器的方法如下：

(1) 选择"文件"菜单中的"新建"命令，打开"新建"对话框。选中"视图"单选按钮（如图 5.17 所示），再单击"新建文件"按钮。打开视图设计器的同时，还将打开"添加表或视图"对话框，将所需的表添加到视图设计器中，再单击"关闭"按钮。

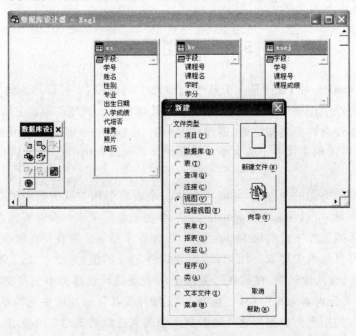

图 5.17 新建视图

（2）使用命令也可以启动视图设计器，此时可在命令窗口输入命令：CREATE VIEW。

（3）可以在项目管理器的"数据"选项卡中将要建立视图的数据库分支展开，并选择"本地视图"或"远程视图"，然后单击"新建"按钮（如图 5.18 所示），启动视图设计器建立视图。

图 5.18　利用项目管理器新建视图

需要注意的是，与查询是一个独立的程序文件不同，视图不能单独存在，它只能是数据库的一部分。在建立视图之前，首先要打开需要使用的数据库文件。

2. 视图设计器

视图设计器的窗口界面和查询设计器基本相同，不同之处为视图设计器下半部分的选项卡有 7 个，其中 6 个的功能和用法与查询设计器完全相同，如图 5.19 所示。

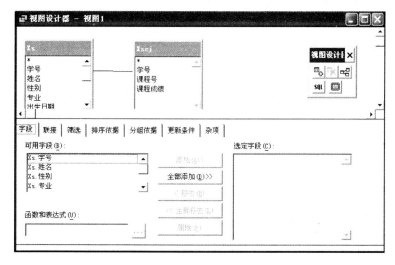

图 5.19　视图设计器

这里介绍一下它不同于查询设计器的"更新条件"选项卡的功能和使用方法。选择"更新条件"选项卡（如图 5.20 所示）。该选项卡用于设定更新数据的条件，其各选项的含义如下：

（1）表：列表框中列出了添加到当前视图设计器中所有的表，从其下拉列表中可以指定视图文件中允许更新的表。

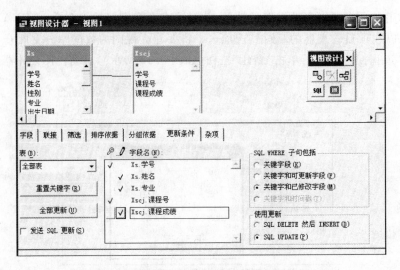

图 5.20　视图设计器的"更新条件"选项卡

如选择"全部表"选项,那么在"字段名"列表框中将显示出在"字段"选项卡中选取的全部字段。如只选择其中的一个表,那么在"字段名"列表框中将只显示该表中被选择的字段。

(2) 字段名:该列表框中列出了可以更新的字段。

- 标志钥匙符号为指定字段是否为关键字段,字段前若带对号(√)标志,则该字段为关键字段。
- 标志铅笔符号为指定的字段是否可以更新,字段前若带对号(√)标志,则该字段内容可以更新。

(3) 发送 SQL 更新:用于指定是否将视图中的更新结果传回源表中。

(4) SQL WHERE 子句:用于指定当更新数据传回源数据表时,检测更改冲突的条件,其各选项意义如表 5.1 所示。

表 5.1　SQL WHERE 子句选项含义

选　　项	含　　义
关键字段	只有源数据表中关键字段被修改时检测冲突
关键字和可更新字段	只要源数据表关键字段和更新字段被修改时检测冲突
关键字和已修改字段	当源数据表中的关键字段和已修改过的字段被修改时检测冲突
关键字和时间戳	应用于远程视图

(5) 使用更新:用于指定后台服务器更新的方法。

- "SQL DELETE 然后 INSERT"选项的含义为在修改源数据表时,先将要修改的记录删除,然后再根据视图中的修改结果插入一新记录。
- "SQL UPDATE"选项为根据视图中的修改结果直接修改源数据表中的记录。

5.3.2　建立视图

建立视图的方法很多,可以利用上面提到的视图设计器建立视图,也可以用命令建立视图,但不论选择何种方法,建立视图的基础是 SQL SELECTE 语句,所以只有真正理解了

SQL SELECTE 才能建立好视图。除了以上提到的 3 种方法,还可以直接利用 SQL 命令 CREATE VIEW …AS…建立视图(详见 5.2.3 节)。

下面举例说明如何建立各种视图。

1. 单表视图

xs 表存放了学生的基本信息,如果只关心学号、姓名、专业和入学成绩字段,就可以创建一个简单的单表视图来完成。

【例题 5.4】 利用 xs 表建立视图 rxcj,只列出入学成绩 600 分以上(包括 600 分)学生的学号、姓名、专业和入学成绩字段。

操作步骤如下:

(1) 打开 xscj 数据库,用以上提到的 3 种打开视图设计器的方法中任何一种打开视图设计器,将学生表添加到视图设计器窗口。

(2) 在视图设计器的"字段"选项卡中,将可用字段"Xs.学号"、"Xs.姓名"、"Xs.专业"和"Xs.入学成绩"添加到"选定字段"框中,结果如图 5.21 所示。

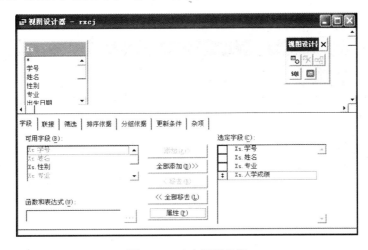

图 5.21　选定视图字段

(3) 单击"属性"按钮,打开如图 5.22 所示的"视图字段属性"对话框。上述选择的字段是表中的字段,这些字段被放置到视图中还可以设置相关属性。视图字段属性除了数据类型、宽度和小数位数不能被修改之外,可以进行字段有效性、显示格式等设置。如果不需要设置视图字段属性可以省略这一步。

(4) 其他功能设计。视图实际上是一条 SELECT 命令,所以相关 SELECT 命令的各种子句都可以进行设计(本题选择"筛选"选项卡进行设置,如图 5.23 所示)。

(5) 存储视图。选择"文件"菜单中的"另存为"命令,出现"保存"对话框,在对话框中输入视图名称 rxcj 后,单击"确定"按钮。

(6) 从"查询"菜单中选择"运行查询"命令,查看视图结果,完成后关闭视图设计器窗口。

完成这些操作后,单击"视图设计器"工具栏中的"SQL"按钮,可看到视图的内容如下:

```
SELECT Xs.学号,Xs.姓名,Xs.专业,Xs.入学成绩;
FROM 学生管理!xs;
WHERE Xs.入学成绩 >= 600
```

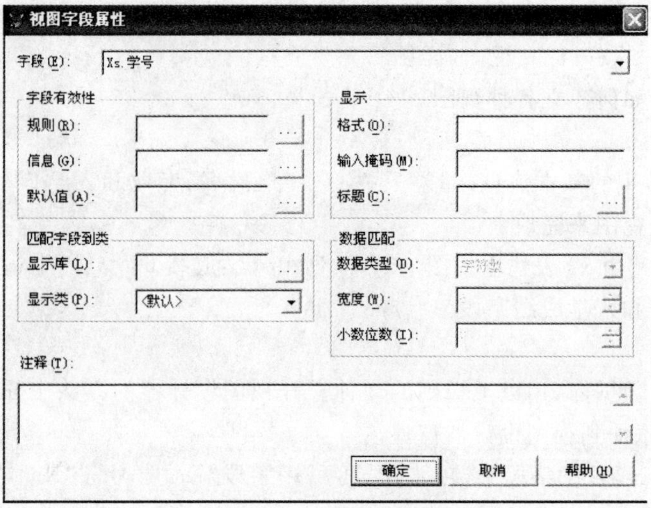

144

图 5.22　选择视图字段属性

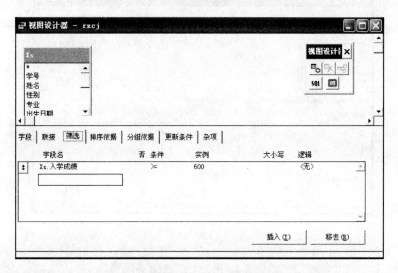

图 5.23　视图设计器的"筛选"选项卡

由此可见,视图实际上是一条 SQL 命令。

【例题 5.5】　利用 xs 表建立视图 cjpx,列出不是代培的学生的学号、姓名、性别、专业、入学成绩和代培否字段,并按专业分组,按入学成绩降序排序。

(1)打开 xscj 数据库,用以上提到的 3 种方法中任何一种打开视图设计器,将选中 xs 表,单击"添加"按钮,将其添加到视图设计器窗口,操作界面如图 5.24 所示。

(2)在视图设计器的"字段"选项卡中,将可用字段"Xs.学号"、"Xs.姓名"、"Xs.性别"、"Xs.专业"、"Xs.入学成绩"和"Xs.代培否"字段添加到"选定字段"框中,结果如图 5.25 所示。

(3)在视图设计器的"筛选"选项卡上,将字段名选为"Xs.代培否",条件为"=",实例设为".f.",结果如图 5.26 所示。

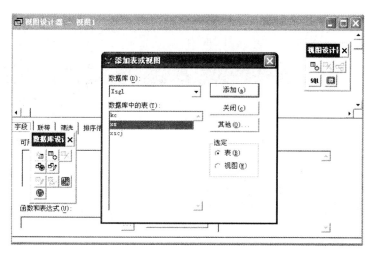

图 5.24　在视图中添加表

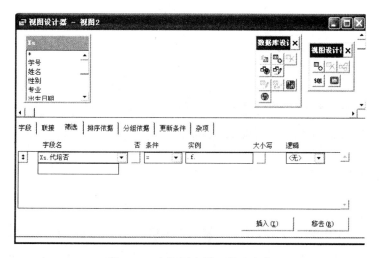

图 5.25　在视图中选择字段

图 5.26　在视图中设置筛选条件

（4）在视图设计器的"排序依据"选项卡中,将字段名选为"Xs.入学成绩","排序选项"框中选择"降序",然后添加到"排序条件"框中,结果如图 5.27 所示。

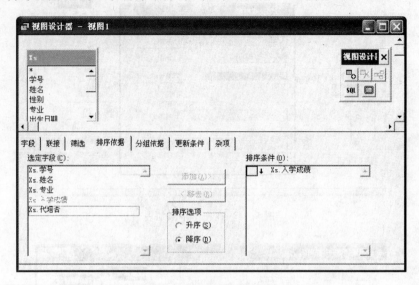

图 5.27　在视图中设置排序

（5）在视图设计器的"分组依据"选项卡中,将专业添加到分组字段中,结果如图 5.28 所示。

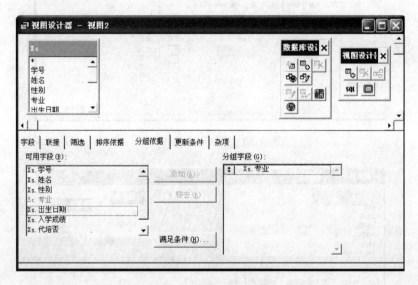

图 5.28　在视图中设置分组

（6）选择"文件"菜单中的"保存"命令,在打开的对话框中输入视图名称"cjpx"并单击"确定"按钮,界面如图 5.29 所示。

2. 多表视图

学生管理数据库中的 xscj 表,对于一般用户来讲,是无法使用的,因为学号和课程号都是采用代码方式,如果希望在操作过程中看到学号时,就知道学生姓名,看到课程号时,就知

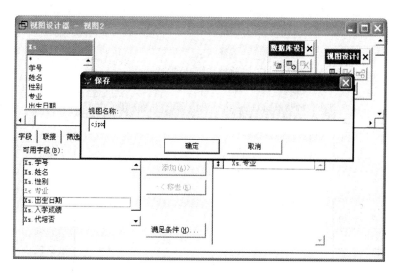

图 5.29　保存视图界面

道所选课程名称和成绩,就有必要通过 3 个表的联系,建立一个视图来显示学生姓名、选修的课程名及成绩。

【例题 5.6】　对学生管理数据库建立视图 xsxk,显示学生学号、姓名、选修的课程号、课程名及成绩,并要求按学号升序排列。

这里的姓名、课程名及成绩分别存在于 xs,kc,xscj 三个表中,所以要建立一个以这 3 个数据表为源表的视图。

操作步骤如下:

(1)打开学生管理数据库,新建视图,打开视图设计器,并依次将 Xs 表、Xscj 表和 Kc 表添加到视图设计器窗口中,添加时各表之间建立联结,如图 5.30(a)和图 5.30(b)所示。

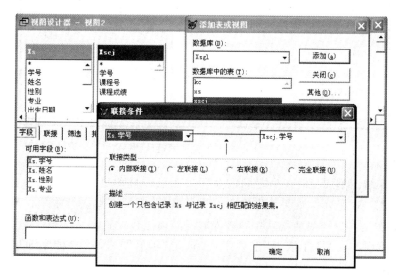

(a) Xs表与Xscj表建立联接

图 5.30　建立联结

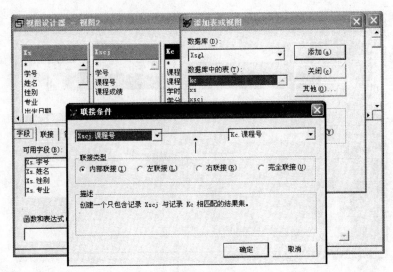

(b) Xscj表与Kc表建立联接

图 5.30(续)

(2) 选择字段。在"字段"选项卡中,设定输出字段为"Xs.学号"、"Xs.姓名"、"Xscj.课程号"、"Kc.课程名"、"Xscj.课程成绩",如图5.31所示。

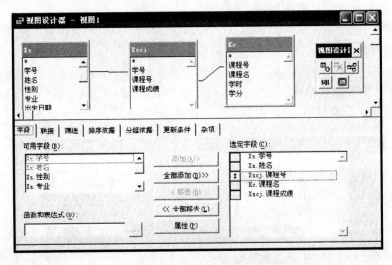

图 5.31 多表视图设计

(3) 设计联结。添加表时3个之间的关联关系已经自动建立,所以关系表达式将自动被带进来,如图5.32所示。如果数据中没有设置联结,需要在此进行手工设置联结关系表达式。操作方法是,选择"联结"选项卡,进入"条件"框进行设置。

(4) 设计索引。在"排序依据"选项卡中,选定"学号"字段,在"排序选项"中选择"升序",再添加到排序条件中,如图5.33所示。

(5) 更新设计。本例中有3个表,不希望更新学生表和课程表(使用这两个表的目的是帮助显示学生成绩),需要更新的只有选课表。在此选择"更新条件"选项卡,在"表"下拉列

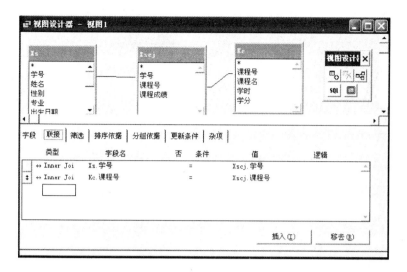

图 5.32 设置联结

表中选择"全部表",在"字段名"列表框中设置"关键字"字段和"更新字段",如图 5.34 所示。在"SQL WHERE 子句包括"区域中选中"关键字和可更新字段"单选按钮,在"使用更新"区域中选中"SQL UPDATE"单选按钮。

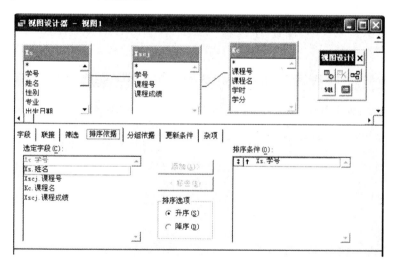

图 5.33 设置排序依据

（6）保存该视图,然后运行该视图,在显示学号和课程号的同时,显示相应的学生姓名和课程名称。

3. 设置视图参数

在利用视图进行信息查询时可以设置参数,让用户在使用时输入参数值,进行交互式查询。

【例题 5.7】 对 xsgl 数据库建立视图 cjd,在运行时输入某课程名,即列出选修这门课程的所有学生学号、姓名、课程名和成绩。

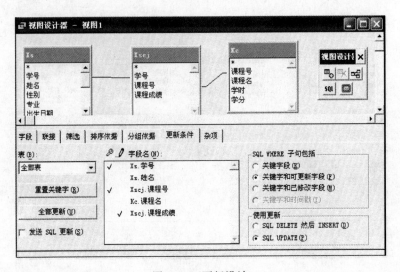

图 5.34 更新设计

操作步骤如下：

(1) 打开视图设计器，依次将 Xs，Xscj 和 Kc 添加到视图设计器窗口中。

(2) 选择输出字段。在"字段"选项卡中，设定输出字段为"Xs.学号"、"Xs.姓名"、"Kc.课程名"、"Xscj.成绩"。

(3) 在"筛选"选项卡中，设置"字段名"为"Kc.课程名"，"条件"为"＝"，"实例"为"? 课程名"，如图 5.35 所示。

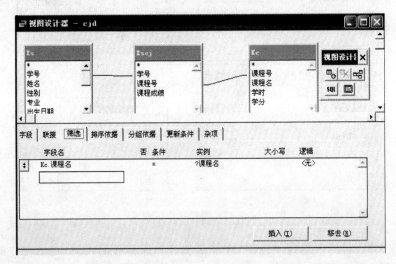

图 5.35 视图参数中"筛选"选项卡的设置

注意：? 与其后面的"课程名"之间不能有空格。

(4) 保存视图，然后运行该视图，此时系统显示"视图参数"对话框，要求给出参数值，输入参数后出现查询结果。

注意：字符型数据输入时应加上定界符，如图 5.36 所示。

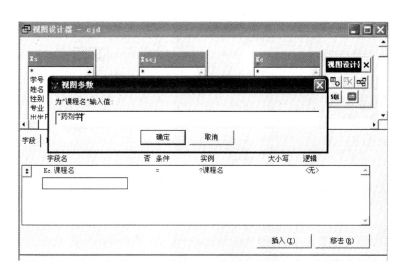

图 5.36　运行 cjd 视图的输入界面

4. 使用视图更新数据

更新数据是视图的重要特点，也是与查询最大的区别。使用"更新条件"选项卡可把用户对视图中数据所做的修改，包括更新、删除及插入等结果返回到数据源中。

【例题 5.8】　请利用 Xs 学生表建立一个视图 xgda，输入某位同学的学号，使其显示这位学生的基本信息，并可修改专业、代培否、籍贯字段的信息。本例将学号为"080801"的学生专业改为"日语"，将籍贯改为"佳木斯"。

操作步骤如下：

（1）打开视图设计器，将"Xs 表"加入到视图设计器中。

（2）选择字段。在"字段"选项卡中，将"可用字段"列表框中的全部字段添加到"选定字段"列表框中，作为视图中要显示的字段。

（3）设置筛选条件。选择"筛选"选项卡，在"字段名"输入框中单击，从显示的下拉列表中选取"学号"字段，从"条件"下拉列表中选择"＝"运算符，在"实例"输入框中单击，显示输入提示符后输入"? 学号"。

（4）设置更新条件。选择"更新条件"选项卡，进行如下操作：

① 设定学号为关键字段。方法是在"字段名"列表框下，分别在学号字段前"钥匙"符号下单击，将其设置为选中状态。

② 设定可修改的字段。因为只能修改专业、代培否、籍贯字段的值，因此，在其他字段前"铅笔"符号下单击，将字段前面的√取消，只将专业、代培否、籍贯设置为可修改字段。

③ 选中"发送 SQL 更新"复选框，把视图的修改结果返回到源数据表中。选中"使用更新"设置的"SQL UPDATE"单选按钮，即利用 SQL 的修改记录功能，直接修改此记录。

"更新条件"选项卡设置如图 5.37 所示。

（5）保存视图。选择"文件"菜单中的"保存"命令，或单击常用工具栏上的"保存"按钮，保存视图，命名为 xgda。

（6）修改数据。打开数据库，双击所建立的视图，或右击所建立的视图，在弹出的快捷菜单中选择"浏览"命令。在查询参数输入窗口中输入"080801"，并在随后的浏览窗口中将

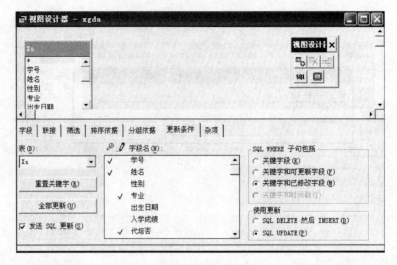

图 5.37 "更新条件"选项卡设置

学号为"080801"的学生专业改为"日语",将籍贯改为"佳木斯"。单击"关闭"按钮,关闭浏览窗口。

(7) 观察 Xs 学生表。打开学生表的浏览窗口,浏览表中数据。发现表中的数据已经随着视图的更改而自动修改了,如图 5.38 所示。

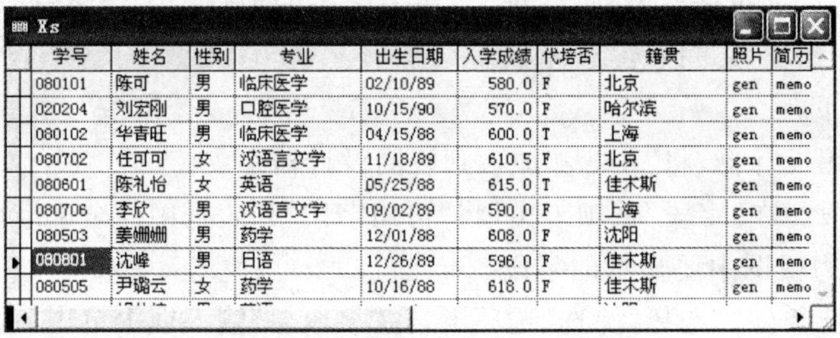

学号	姓名	性别	专业	出生日期	入学成绩	代培否	籍贯	照片	简历
080101	陈可	男	临床医学	02/10/89	580.0	F	北京	gen	memo
020204	刘宏刚	男	口腔医学	10/15/90	570.0	T	哈尔滨	gen	memo
080102	华青旺	男	临床医学	04/15/88	600.0	F	上海	gen	memo
080702	任可可	女	汉语言文学	11/18/89	610.5	F	北京	gen	memo
080601	陈礼怡	女	英语	05/25/88	615.0	T	佳木斯	gen	memo
080706	李欣	男	汉语言文学	09/02/89	590.0	F	上海	gen	memo
080503	姜姗姗	男	药学	12/01/88	608.0	F	沈阳	gen	memo
080801	沈峰	男	日语	12/26/89	596.0	F	佳木斯	gen	memo
080505	尹璐云	女	药学	10/16/88	618.0	F	佳木斯	gen	memo

图 5.38 利用视图更新表中数据

5.3.3 视图的 SQL 语句

视图既可以通过"视图设计器"来创建和修改,也可以利用命令方式来操作。

1. 创建视图命令

格式:

```
CREATE VIEW [<视图名>] [REMOTE]
[CONNECTION <联结名> [SHARE] | CONNECTION <ODBC 数据源>]
[AS <SQL SELECT 命令>]
```

功能:创建视图。

【例题 5.9】 利用 Xs 表建立视图 rxcj,只列出籍贯是"佳木斯"的学生的学号、姓名、专业和入学成绩字段。

对应的命令是:

Open database 学生管理　　&& 先打开相应的数据库
Create view rxcj as ;
SELECT Xs.学号,Xs.姓名,Xs.专业,Xs.入学成绩 ;
FROM 学生管理!xs ;
WHERE Xs.籍贯 = "佳木斯"

【例题 5.10】　定义一个视图 pjf，显示每个学生的学号、姓名、所选修课程的平均分。
对应的命令是：

Open database 学生管理　　&& 先打开相应的数据库
Create view rxcj as ;
SELECT Xscj.学号,Xs.姓名,AVG(Xscj.课程成绩) as 平均分 ;
FROM xsgl!xs INNER JOIN xsgl!xscj ;
ON Xs.学号 = Xscj.学号 ;
GROUP BY Xscj.学号

2. 视图的删除

格式：DELETE VIEW <视图名> 或 DROP VIEW <视图名>

例如要删除视图 pjf，可以用以下命令：

delete view pjf

或

drop view pjf

功能：删除视图。

3. 视图的重命名

格式：RENAME VIEW <原视图名> TO <目标视图名>

例如：

rename view xgcj to xxcj　　&& 将视图 xgcj 改名为 xxcj

功能：修改视图的名称。

4. 修改视图

格式：MODIFY VIEW <视图名> [REMOTE]

该命令打开视图设计器修改视图。

功能：修改视图。

注意：视图不能用 MODIFY STRUCTURE 命令修改。

5.4　使用视图

视图建立之后，不但可以用它来显示和更新数据，而且还可以通过调整它的属性来提高
性能。视图的使用类似于表，可以通过以下几种方式使用视图：

（1）使用 USE 命令打开或关闭视图（必须首先打开数据库）。

（2）在"浏览"窗口中显示或修改视图中的记录。

（3）使用 SQL 语句操作视图。

（4）在文本框、表格控件、表单或报表中使用视图作为数据源。

一个视图在使用的时候，将作为临时表在自己的工作区中打开。如果此视图基于本地表（本地视图），则在另一个工作区中同时打开基本表。视图的基本表是由定义视图的 SQL SELECT 语句访问的。

在项目管理器中使用视图的方式是：先选择一个数据库，接着再选择视图名，然后单击"浏览"按钮，则在"浏览"窗口中显示视图，并可对视图进行操作。

对视图的更新是否反映在了基本表里，则取决于在建立视图时是否在"更新条件"选项卡中选中了"发送 SQL 更新"复选框。

总的来说，视图一经建立就基本可以像基本表一样使用，适用于基本表的命令基本都可以用于视图，比如在视图上也可以建立索引（当然是临时的，视图一关闭，索引自动删除），多工作区时也可以建立联系等。但视图不可以用 MODIFY STRUCTURE 命令修改结构。因为视图毕竟不是独立存在的基本表，它是由基本表派生出来的，可以修改视图的定义。

5.5　远程视图与连接

为了建立远程视图，必须首先建立连接远程数据库的"连接"，"连接"是 Visual FoxPro 数据库中的一种对象。

从 Visual FoxPro 内部可定义数据源和连接。

数据源一般是 ODBC（开放数据库互联，一种连接数据库的通用标准）数据源，为了定义 ODBC 数据源必须首先要安装 ODBC 驱动程序。利用 ODBC 驱动程序可以定义远程数据库的数据源，也可以定义本地数据源的数据源。

而连接是 Visual FoxPro 数据库中的一种对象，它是根据数据源创建并保存在数据库中的一个命名连接，以便在创建远程视图时按其名称进行引用，而且还可以通过设置命名连接的属性来优化 Visual FoxPro 与远程数据源的通信。当激活远程视图时，视图连接将成为通向远程数据源的管道。

可以用如下方法建立连接：

（1）可以用 CREATE CONNECTION 命令打开"连接设计器"，或完全用命令方式建立连接（命令格式较复杂，一般不使用）。

（2）可以选择"文件"菜单中的"新建"命令打开"新建"对话框，然后选择"连接"并单击"新建文件"打开连接设计器建立连接。

（3）可以在项目管理器的"数据"选项卡中将要建立连接的数据库分支展开，并选择"连接"，然后单击"新建"按钮打开连接设计器建立视图。

连接设计器的界面如图 5.39 所示。一般只需要选择"数据源"就可以了，并且可以单击"验证连接"按钮验证一下是否能够成功地连接到远程数据库。如果连接成功则可以单击工具栏上的"保存"按钮将该连接保存，以备建立和使用远程视图时使用（假设保存为"连接 1"）。

注意：这里选择的数据源是用 ODBC 数据源管理器建立的 ODBC 数据源，一般可以在 Windows 的控制面板中打开 ODBC 数据源管理器建立数据源。在图 5.39 所示的界面中单击"新建数据源"按钮也可以打开 ODBC 数据源管理器。

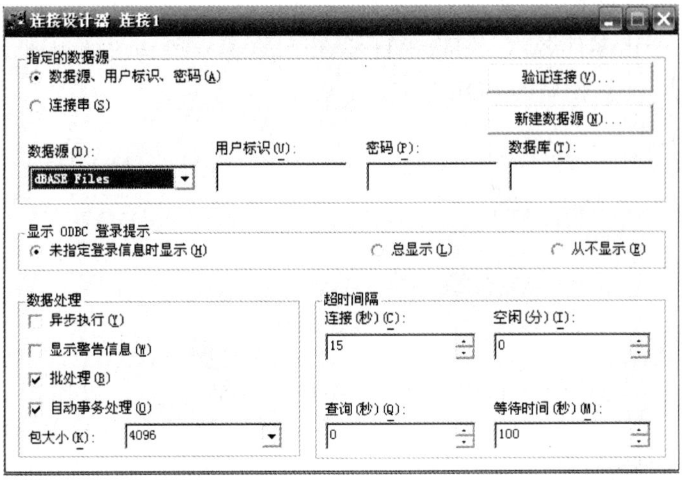

图 5.39　连接设计器

　　连接建立好后就可以建立远程视图了。建立远程视图和建立本地视图的方法基本一样,建立远程视图和建立本地视图在打开视图设计器时略有区别。建立本地视图时,由于是本地的表建立视图,所以直接进入图 5.3 所示的界面;而建立远程视图时,一般是要根据网络上其他计算机或其他数据库中的表建立视图,所以需要首先选择"连接"或"数据源",然后再进入图 5.3 所示的界面。

本 章 小 结

　　本章将介绍查询设计器的界面,查询设计器的使用以及视图的概念、建立和使用。在 Visual FoxPro 中查询设计器可帮助用户快速检索数据,查找满足条件的记录,按需要排序和分组记录,并基于查询结果创建报表、视图和图形等。通过查询设计器可以建立基于单表创建的查询,还可以建立基于多个表的多表查询。查询文件可以.QPR 为扩展名保存在磁盘中,供用户在需要时调用。

　　在 Visual FoxPro 中,视图是一个基于查询产生的虚拟表,可以是本地的、远程的或带参数的。视图可以引用一个或多个表,或者引用其他视图。视图是可以更新的,可以引用远程表。视图兼有"表"和"查询"的特点。视图是操作表的一种手段,通过视图可以查询表,通过视图可以更新表。视图是基于表定义的而又超越在表之上,可以使应用更灵活。最后简单介绍了远程视图与连接。

习　　题

1. 填空题

本题使用如下 3 个表:

零件.DBF:零件号 C(2),零件名称 C(10),单价 N(10),规格 C(8)

使用零件.DBF:项目号 C(2),零件号 C(2),数量 I

项目.DBF：项目号 C(2)，项目名称 C(20)，项目负责人 C(10)，电话 C(20)

1.1　建立一个由零件名称、数量、项目号、项目名称字段构成的视图，视图中只包含项目号为"s2"的数据，应该使用的 SQL 语句是：

```
CREATE VIEW item_view _____;
SELECT 零件.零件名称,使用零件.数量,使用零件.项目号,项目.项目名称;
FROM 零件 INNER JOIN 使用零件;
INNER JOIN _____;
ON 使用零件.项目号 = 项目.项目号;
ON _____
WHERE 项目.项目号 = 's2'
```

1.2　在 Visual FoxPro 中视图可以分为本地视图和_____视图。

1.3　在 Visual FoxPro 中为了通过视图修改基本表中的数据，需要在视图设计器的_____选项卡中设置有关属性。

1.4　通过 Visual FoxPro 的视图，不仅可以查询数据库表，还可以_____数据库表。

1.5　建立远程视图必须首先建立与远程数据库的_____。

1.6　在 Visual FoxPro 的查询设计器中_____选项卡对应的 SQL 短语是 WHERE。

1.7　在 Visual FoxPro 的查询设计器中_____选项卡对应的 SQL 短语是 ORDER BY。

1.8　在 Visual FoxPro 的查询设计器中_____选项卡对应的 SQL 短语是 GROUP BY。

1.9　利用零件表，建立一个名为 ge 的视图，视图中只包含单价大于等于 100 元的零件的信息，应该使用的 SQL 语句是_____。

2. 选择题

2.1　以下关于视图的描述中，正确的是_____。

A) 视图结构可以使用 MODIFY STRUCTURE 命令来修改

B) 视图不能同数据库表进行连接操作

C) 视图不能进行更新操作

D) 视图是从一个或多个数据库表中导出的虚拟表

2.2　下列关于视图的说法中，不正确的是_____。

A) 在 Visual FoxPro 中，视图是一个定制的虚拟表

B) 视图可以是本地的、远程的，但不可以带参数

C) 视图可以引用一个或多个表

D) 视图可以引用其他视图

2.3　下列关于视图的操作中，错误的是_____。

A) 在数据库中使用 USE 命令打开或关闭视图

B) 在"浏览器"窗口中可以显示或修改视图中的数据

C) 视图不能作为文本框、表格等控件的数据源

D) 可以使用 SQL 语句操作视图

2.4　为视图重命名的命令是_____。

A) MODIFY VIEW　　　　　　　　B) CREATE VIEW

C) DELETE VIEW　　　　　　　　D) RENAME VIEW

2.5　建立一个视图 salary，该视图包括了系号和(该系的)平均工资两个字段，正确的

SQL 语句是_____。

    A) CREATE VIEW salary AS 系号,SVG(工资)AS 平均工资;

       FROM 教师 GROUP BY 系号

    B) CREATE VIEW salary AS SELECT 系号,AVG(工资)AS 平均工资;

       FROM 教师 GROUP BY 系名

    C) CREATE VIEW salary SELECT 系号,AVG(工资)AS 平均工资;

       FROM 教师 GROUP BY 系号

    D) CREATE VIEW salary AS SELECT 系号,AVG(工资)AS 平均工资;

       FROM 教师 GROUP BY 系号

2.6 删除视图 salary 的命令是_____。

A) DROP salary VIEW   B) DROP VIEW salary

C) DELETE salary VIEW   D) DELETE salary

2.7 在 Visual FoxPro 中,关于查询和视图的正确描述是_____。

A) 查询是一个预先定义好的 SQL SELECT 语句文件

B) 视图是一个预先定义好的 SQL SELECT 语句文件

C) 查询和视图是同一种文件,只是名称不同

D) 查询和视图都是一个存储数据的表

2.8 在 Visual FoxPro 中,以下关于视图的描述中错误的是_____。

A) 通过视图可以对表进行查询   B) 通过视图可以对表进行更新

C) 视图是一个虚表   D) 视图就是一种查询

2.9 以下关于视图的描述正确的是_____。

A) 视图保存在项目文件中   B) 视图保存在数据库文件中

C) 视图保存在表文件中   D) 视图保存在视图文件中

2.10 在 Visual FoxPro 中以下叙述正确的是_____。

A) 利用视图可以修改数据   B) 利用查询可以修改数据

C) 查询和视图具有相同的作用   D) 视图可以定义输出去向

2.11 根据"歌手"表建立视图 myview,视图中包括了"歌手号"左边第一位是"1"的所有记录,正确的 SQL 语句是_____。

    A) CREATE VIEW myview AS SELECT ＊ FROM 歌手;

       WHERE LEFT(歌手号,1)="1"

    B) CREATE VIEW myview AS SELECT ＊ FROM 歌手;

       WHERE LIKE("1"歌手号)

    C) CREATE VIEW myview SELECT ＊ FROM 歌手;

       WHERE LEFT(歌手号,1)="1"

    D) CREATE VIEW myview SELECT ＊ FROM 歌手;

       WHERE LIKE("1"歌手号)

2.12 在视图设计器中有,而在查询设计器中没有的选项卡是_____。

A) 排序依据   B) 更新条件   C) 分组依据   D) 杂项

2.13 下列关于查询的叙述,正确的是_____。

A）不能使用自由表建立查询

B）只能使用自由表建立查询

C）只能使用数据库表建立查询

D）可以使用数据库表和自由表建立查询

2.14 运行名为 JJ.QPR 查询文件,正确的命令是_____。

A）DO   B）DO query JJ

C）DO JJ   D）DO JJ.QPR

2.15 下列关于创建查询的叙述,错误的是_____。

A）创建查询可以选择"新建查询"对话框中的"查询向导"按钮

B）创建查询可以选择"新建"对话框中的"查询"单选按钮和"查询向导"按钮

C）创建查询可以选择"新建查询"对话框中的"新建查询"按钮

D）创建查询可以选择"新建"对话框中的"查询"单选按钮和"新建文件"按钮

2.16 下列关于查询向导的叙述,正确的是_____。

A）查询向导只能为一个表建立查询

B）查询向导只能为多个表建立查询

C）查询向导只能为一个或多个表建立查询

D）查询向导可以为一个或多个表建立查询

2.17 查询设计器中的选项卡有_____。

A）字段、联结、筛选、排序依据、分组依据、条件

B）字段、联结、条件、排序依据、分组依据、杂项

C）字段、联结、筛选、排序依据、分组依据、杂项

D）条件、联结、筛选、排序依据、分组依据、杂项

2.18 多表查询必须设定的选项卡为_____。

A）字段   B）筛选   C）更新条件   D）联结

2.19 下列关于查询的说法中,不正确的是_____。

A）查询是预先定义好的一个 SQL SELECT 语句

B）查询是 Visual FoxPro 支持的一种数据库对象

C）通过查询设计器,可完成任何查询

D）查询是从指定的表或视图中提取满足条件的记录,可将结果定向输出

2.20 在查询设计器中,选中"杂项"选项卡中的"无重复记录"复选框,等效于执行 SQL SELECT 语句中的_____。

A）WHERE   B）JOIN ON   C）ORDER BY   D）DISTINCT

2.21 在查询设计器环境中,"查询"菜单下的"查询去向"命令指定了查询结果的输出去向,输出去向不包括_____。

A）临时表   B）表   C）文本文件   D）屏幕

2.22 在查询设计器环境中,"查询"菜单下的"查询去向"命令指定了查询结果的输出去向,默认的输出去向是_____。

A）浏览   B）表   C）文本文件   D）屏幕

第6章 结构化程序设计

通过使用菜单或在命令窗口中输入命令来执行 Visual FoxPro 的命令是常用的两种操作方式。除此之外，还可以把有关的操作命令组织在一起，存放到一个文件中，当发出调用该文件的命令后，系统就会自动地依次执行该文件中的命令，直至全部命令执行完毕，这就是 Visual FoxPro 的程序操作方式，它是实际应用中主要的工作方式。本章介绍 Visual FoxPro 6.0 程序设计的常用命令，构成程序的各种控制结构和常用的程序设计方法。

6.1 程序设计基础

Visual FoxPro 程序文件又称命令文件，它是由 Visual FoxPro 的各种命令按照一定的顺序和规则组织起来，以文件的形式存储在磁盘中，执行时再调入内存，程序文件的扩展名为.prg。程序设计反映了利用计算机解决实际问题的全过程，过程包含多方面的内容，而编写程序只是其中的一个方面。使用计算机解决实际问题，通常是先要对问题进行了分析并建立数学模型，然后考虑数据的组织方式和算法，并用某一种程序设计语言编写程序，最后调试程序，使之运行后能产生预期的结果，这个过程称为程序设计。

6.1.1 结构化程序设计方法

结构化程序设计(structured programming)方法是普遍使用的一种程序设计方法，自20 世纪 60 年代由荷兰学者 E. W. Dijkstra 提出后，在实践中不断发展和完善，成为软件开发的重要方法，在程序设计方法中已占有十分重要的位置。使用这种方法设计的程序结构清晰，易于阅读和理解，便于设计和维护。

结构化程序设计采用自顶向下、逐步求精和模块化的程序设计方法。

自顶向下是指程序设计时，应先考虑总体，后考虑细节；先考虑全局目标，后考虑局部目标，即把一个复杂问题分解成若干个相互独立的子问题，然后每个子问题再做进一步的分解，直到每个问题都容易解决为止。

逐步求精是指程序设计的过程是一个渐进的过程，先把复杂问题用程序模块来描述，再把每个模块按功能逐步分解细化为一系列的具体步骤，以致能用某种程序设计语言的基本控制语句来实现。

所谓模块化是把大程序按照功能分为较小的程序。一般情况，一个程序由一个主控模块和多个子模块组成。主控模块用来完成公用操作及功能选择，而子模块用来完成某项特定的功能。子模块是相对主模块而言的。作为某一个子模块，它也可以控制更下一层的子模块。一个复杂的问题可以分解成若干个简单的子问题来解决。

结构化程序设计方法是程序设计的先进方法和工具。采用结构化程序设计方法编写程序，可使程序结构良好、易读、易理解、易维护。这种设计方法符合人们解决复杂问题遵循的普遍规律，可以显著提高程序设计的质量和效率。

6.1.2 程序文件的建立与执行

程序文件也称命令文件，它是由命令组成的 ASCII 文本文件，所以可以用任何编辑文本的字处理软件来建立和修改。在 Visual FoxPro 中建立和修改程序文件最简便的方法是使用 Visual FoxPro 自身提供的程序编辑器。要使用 Visual FoxPro 文本编辑器，可以用项目管理器和菜单，也可以在命令窗口中输入相应的语句。

1. 程序文件的建立和修改

在 Visual FoxPro 中，使用菜单方式建立和修改程序的步骤如下：

（1）选择"文件"菜单中的"新建"命令，弹出"新建"对话框。

（2）在"新建"对话框的"文件类型"中选择"程序"，然后单击"新建文件"按钮，这时将打开 Visual FoxPro 的文本编辑窗口，用户可以在此窗口建立和编辑程序。

（3）程序输入完后，可从"文件"菜单中选择"另存为"命令保存文件，系统默认程序文件的扩展名为.prg。

（4）若修改已存在的程序文件时，可以选择"文件"菜单的"打开"命令或者单击工具栏上的"打开"按钮，从屏幕显示的"打开"对话框中选择要修改的文件，此时出现文本编辑窗口，在此窗口中修改程序。

使用命令方式建立和修改程序方法如下：

在 Visual FoxPro 6.0 命令窗口中直接输入命令来建立和修改程序，方法如下：

格式：`MODIFY COMMAND[<程序文件名>|?]`
`MODIFY FILE [<程序文件名>|?]`

功能：打开文本编辑窗口，建立或修改程序文件。

说明：

（1）<程序文件名>是用户要建立或打开的文件名。如果省略文件名时，编辑窗口会打开名为"程序1"的文件。当关闭编辑窗口时出现对话框，要求输入文件名。若使用 MODIFY COMMAND ?，则显示"打开"对话框。在此框中，用户可以选择一个已存在的文件，也可以输入要建立的新文件名。

（2）程序文件名默认的扩展名为.PRG，如果没有给文件指定扩展名，则 MODIFY COMMAND 命令默认为 prg，而 MODIFY FILE 却默认为空，所以使用 MODIFY FILE 命令建立程序文件时文件名必须带扩展名 prg。所以在一般情况下，最好使用 MODIFY COMMAND 命令来建立程序文件。

（3）关闭编辑窗口的主要方法有：按 Ctrl＋W 键，可将文件立即存盘并退出编辑窗口；按 Ctrl＋Q 键或 Esc 键则中止程序的编辑，并退出编辑窗口。另外还可用"文件"菜单的"保存"、"另存为"、"还原"命令来关闭编辑窗口。

（4）文本编辑窗口也可以编辑由 ASCII 字符组成的非 prg 文件。prg 文件是程序，可以运行，一般的文本文件则可读而不可运行。

在 Visual FoxPro 6.0 中，也可以利用项目管理器来建立和修改程序文件，步骤如下：

（1）打开项目管理器窗口。

（2）选择"代码"选项卡，选择"程序"项，单击"新建"按钮。

（3）在出现的文本编辑窗口中输入程序的各条命令，输入完毕后的存盘方法同命令方式。

（4）修改程序文件的方法：在项目管理器窗口中，选择"代码"选项卡，在"程序"中选择想要编辑的程序文件，单击"修改"按钮。

【例题 6.1】 使用命令方式建立一个程序文件，文件名为 eg1.prg，程序的功能是计算 10!。

在命令窗口输入：MODIFY COMMAND EG1

打开文本编辑窗口，在文本编辑窗口中输入如图 6.1 所示的程序内容。

程序输入完毕以后可以按 Ctrl＋W 键存盘退出。

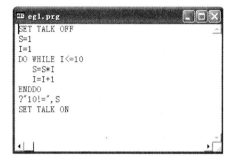

```
SET TALK OFF
S=1
I=1
DO WHILE I<=10
   S=S*I
   I=I+1
ENDDO
?"10!=", S
SET TALK ON
```

图 6.1 建立和修改程序文件窗口

2. 程序的运行

所谓执行或运行程序，就是依次执行程序中的各条命令。运行程序文件，是程序文件建立的最终目的。在 Visual FoxPro 6.0 系统中运行程序，可采用命令方式、过程调用方式和菜单执行方式，其中过程调用方式我们将在后续的章节中加以详细的讲解。

格式：DO <程序文件名>

功能：执行由<程序文件名>表示的程序。

菜单方式执行程序的方法是：在 Visual FoxPro 6.0 系统主菜单下，选择"程序"菜单中的"运行"命令，然后在"运行"对话框中输入被执行的程序文件名即可。

【例题 6.2】 运行 EG1.PRG 程序。

在命令窗口中输入如下命令：DO EG1 即可运行 EG1 程序。

顺便指出，Visual FoxPro 6.0 程序可能通过编译获得目标程序，目标程序是紧凑的非文本文件，运行速度快，并可起对源程序加密的作用。实际上，Visual FoxPro 6.0 只运行目标程序。对于新建或已被修改的 Visual FoxPro 6.0 程序，选择 DO 命令时，系统会自动对它编译并产生与主文件名相同的目标程序。例如执行命令 DO EG1 时，将先对 EG1 编译产生目标程序 EG1.FXP，然后运行 EG1.FXP。

3. 程序书写规则

程序中的每条命令都按回车键结尾，一行只能写一条命令。若命令需要分行书写，应在一行终了时输入续行符"；"，然后按回车键。

为了提高程序的可读性，在程序中可插入注释。Visual FoxPro 6.0 提供了" ＊ "、"＆＆"和"NOTE"来对程序进行注释。" ＊ "及"NOTE"只能放在一行的前面才有效，而"＆＆"可放在注释行的前面或后面。

【例题 6.3】 命令注释语句的用法。

```
＊ 本程序用于输入表的记录
NOTE 这是一个数据录入程序
SET DATE USA          ＆＆该语句的功能是设置日期格式为 MM－DD－YY
```

6.1.3 程序设计中的常用命令

在程序文件中,常常要用到一些在交互方式中不需要甚至不能执行的专用命令。下面我们就介绍一些常用的命令。

1. 常用状态设置命令

(1) 设置会话状态命令。

格式：SET TALK ON|OFF

功能：在会话状态开通时(即 SET TALK ON),Visual FoxPro 6.0 在执行命令或程序时会向用户提供大量的反馈信息,这样会减慢程序的运行速度,而且还会与程序本身的输出结果相互夹杂,引起混淆。所以程序调试时,一般将该命令置为 ON 状态,而在程序执行时则将该命令置为 OFF 状态。

(2) 设置屏幕状态命令。

格式：SET CONSOLE ON|OFF

功能：在系统默认状态下,用户从键盘输入的内容都在屏幕上显示。如果有时要求输入的内容保密而不被显示,这只需使用命令 SET CONSOLE OFF。保密内容输入完成后,即可恢复屏幕显示,即使用命令 SET CONSOLE ON。

(3) 设置默认驱动器和目录命令。

格式：SET DEFAULT TO [盘符：][路径]

功能：用于输入和输出操作时的默认驱动器和默认目录。

(4) 设置打印状态命令。

格式：SET PRINT OFF|ON

功能：系统默认是 SET PRINT OFF 状态,此时命令的执行结果输出到屏幕,不输出到打印机。若将该命令设置成 SET PRINT ON 状态,置打印机为接通状态,则命令或程序的执行结果在屏幕显示的同时在打印机上也被输出来。

2. 简单输出语句

格式：? / ??<表达式 1>[,<表达式 2>]…

功能：计算并显示表达式的值。

说明：

(1) <表达式>：是要计算输出的表达式,可以是常量、函数、内存变量或字段变量,也可以是由它们构成的复合表达式。

(2) 当要计算输出多个表达式时,必须用逗号分隔。

(3) ? 命令在下一行输出结果；而?? 命令在当前行输出结果。

【例题 6.4】 下面是? 和?? 语句的用法。

```
?"我的姓名是: "
? "王晓宁"
```

这两条命令的执行结果是:

```
我的姓名是:
王晓宁
??"我的姓名是: "
```

?? "王晓宁"

这两条命令的执行结果是：我的姓名是：王晓宁

3. 格式化输出命令

格式：@<行号,列号> **SAY** <表达式> [PICTURE <字符表达式>]

功能：在当前窗口或打印机上，从指定的行、列位置开始按指定格式输出数据。

说明：

(1) <行号,列号>：输出数据显示的起始的行坐标和列坐标，行坐标的范围是 $0\sim24$，列坐标的范围是 $0\sim79$。

(2) SAY <表达式>：是要显示输出的表达式，它可以是常量、函数、除了屏幕型以外的内存变量或字段变量，也可以是合法的表达式。

(3) PICTURE<字符表达式>：其中<字符表达式>是控制码，用于控制输出数据指定位的格式，控制码的功能见表 6.1。

表 6.1　控制码的功能

控　制　码	功　　　能
X	允许任何字符
Y	只允许逻辑型数据，只使用 Y 或 N
!	只允许字符型数据，将数据的小写字母转换成大写字母
$	只允许数值型数据，在数据的前或后显示 $ 字符
*	只允许数值型数据，在数据的前面显示 * 字符
.	只允许数值型数据，指定小数点位置
,	只允许数值型数据，用逗号分隔小数点左边的数字
L	只允许逻辑型数据，允许使用 Y，N，T 和 F

【例题 6.5】 格式化输出语句的用法。

```
@10,10 SAY "********************"
@12,10 SAY "学生成绩管理程序"
@14,10 SAY "********************"
N = 123.45
@16,10 SAY N PICTURE"999.99"
结果：123.45
@16,10 SAY N PICTURE "99.99"
结果：**.45
@16,10 SAY N PICTURE "$999.99"
结果：$123.45
```

4. 交互式输入命令

格式 1：**INPUT** [<字符表达式>] **TO** [<内存变量>]

格式 2：**ACCEPT** [<字符表达式>] **TO** [<内存变量>]

格式 3：**WAIT** [<字符表达式>] **TO** [<内存变量>][**WINDOW**[**NOWAIT**]][**TIMEOUT** <数值表达式>]

说明：

(1) INPUT 命令能接受从键盘输入的任意类型（字符型、数值型、逻辑型、日期型）的表达式，系统把计算出来的结果赋给指定的内存变量。

注意：输入数据时，除数值型以外的均需要用相应的定界符。

（2）ACCEPT 命令只能接受字符型数据，对用户从键盘输入的内容，系统自动加上定界符后再赋给指定的内存变量，用户在输入信息时不需要使用定界符。

（3）＜字符表达式＞中可以有变量，执行时在屏幕上显示其结果值。一般使用得最多的是一段提示信息，以便引导用户从键盘上输入有关信息。

（4）TO ＜内存变量＞的功能是将输入的数据存入内存变量中。

（5）格式 3 用于暂停程序的运行，等待用户从键盘上输入信息，只要用户键入任意一键，便可以继续执行中断程序，输入时不需要按回车键。WINDOW［NOWAIT］：将提示信息以系统信息窗口的形式显示在屏幕的右上角，否则显示在当前窗口的当前行上，NOWAIT 将使提示信息始终显示在屏幕上，使用此选项，系统将不等用户按键，立即往下执行。TIMEOUT＜数值表达式＞：用于指定 WAIT 命令等待时间，如在＜数值表达式＞规定的时间内无任何键盘或鼠标操作，系统将不再等待，继续执行后面的程序，此选项必须位于最后。

WAIT 只需用户按一个键，而不像 INPUT 和 ACCEPT 命令需要用回车键确认输入结束，因此，WAIT 命令的执行速度快，常用于等待用户对某个问题的确认。

【例题 6.6】 下面是交互式输入命令使用方法。

```
INPUT "请输入你的会员姓名: " TO NAME
```

执行情况如下：

```
请输入你的会员姓名: "王红"
INPUT "请输入你的年龄: " TO AGE
```

执行情况如下：

```
请输入你的年龄: 16
INPUT "请输入你的生日: " TO CSRQ
```

执行情况如下：

```
请输入你的生日: {^1985 - 06 - 03}
ACCEPT "请输入你的工作单位: " TO ADD
```

执行情况如下：

```
请输入你的工作单位: 北京大学
ACCEPT "请输入你的电话号码: " TO NUM
```

执行情况如下：

```
请输入你的电话号码: 010 - 8888888
WAIT "请选择功能代码(1 - 5): " TO AA
请选择功能代码(1 - 5): 1
```

若使用命令：

```
WAIT "请输入功能代码(1 - 5): " TO AA WINDOW TIMEOUT 5
```

则在屏幕的右上角显示"请输入功能代码(1-5)："，系统等待用户输入的时间为 5 秒钟，若用户在 5 秒钟之内未输入，则系统自动返回到命令窗口。

注意：带有下划线的内容是用户通过键盘输入的，除 WAIT 命令外其他的命令在输入数据之后需要按回车键。

5. 格式化输入命令

格式：@<行号,列号> **SAY** <表达式 1> **GET** <变量> [**PICTURE** <字符表达式>]

    READ

功能：本命令在<行号,列号>处输出<表达式 1>的内容，接着反相显示变量的初始值，等待用户修改或输入新内容，并将其保存在该变量中。

说明：

（1）GET<变量>：可以是字段变量、内存变量和数组元素。若是内存变量则应先赋初值，若是字段变量则应先将所在的表打开。数据类型可以是数值型、字符型、日期型、逻辑型及备注型。

（2）编辑修改语句 READ 必须与@…GET 语句一起使用才有意义，当程序遇到 READ 时，自动地将光标移至屏幕中。这时，如果输入新值，则可将该变量中原来的数据代替；如果按回车键，则原数据保持不变。

（3）若同时编辑多个 GET 对象，可在连续多个 GET 命令语句后使用一个 READ 命令语句，便可以启动多个编辑区域进行编辑。

【例题 6.7】 下面的程序能实现对学生表 XS.DBF 进行录入记录操作。

```
USE XS
APPEND BLANK
@5,10 SAY "学号：" GET 学号
@5,40 SAY "姓名：" GET 姓名
@6,10 SAY "出生日期：" GET 出生日期
@6,40 SAY "入学成绩：" GET 入学成绩
@7,10 SAY "籍贯：" GET 籍贯
@7,40 SAY "代培否：" GET 代培否
READ
```

6. 程序终止命令

格式 1：CANCEL

功能：终止程序的运行，同时清除已定义的内存变量，并返回到命令窗口。

格式 2：QUIT

功能：终止程序的运行并退出 Visual FoxPro 6.0 系统返回到操作系统。

格式 3：RETURN

功能：结束程序的运行。如果该程序被另一个程序调用，则返回到调用程序，否则返回到命令窗口。

6.2 程序的控制结构

Visual FoxPro 6.0 系统的应用程序设计，与其他高级语言相似也有 3 种基本控制结构，即顺序结构、分支结构和循环结构。顺序结构按命令的书写顺序依次执行；分支结构能根据指定条件的当前值在两条或多条程序路径中选择一条执行；而循环结构则由指定条件

的当前值来控制循环体中的语句序列是否要重复执行。下面我们将分别介绍这 3 种控制结构。

6.2.1 顺序结构

顺序结构是一种线性结构,它是最基本的程序控制结构。顺序结构的程序在运行时是按照命令或语句的书写顺序逐条依次执行的。下面就是一个顺序结构的例子。

【例题 6.8】 将 XSCJ.DBF 表中的所有课程成绩大于 85 分的记录建一个新表,表名为 XSCJ1.DBF,在新表中按课程号建立索引,并追加一条空记录。

```
SET TALK OFF
USE XSCJ
COPY TO XSCJ1 FOR 课程成绩>85
USE XSCJ1
INDEX ON 课程号 TAG KCH
APPEND BLANK
USE
SET TALK ON
```

6.2.2 分支结构

在实际问题中,经常需要根据约定的条件进行逻辑判断,然后根据具体情况做出相应的处理。解决此类问题必须利用分支结构程序。计算机最重要的特点之一就是具有逻辑判断能力,分支结构的程序能够根据条件是否成立来执行不同的操作,这些不同的方向就构成了分支结构。Visual FoxPro 6.0 系统有简单分支、选择分支和多分支 3 种结构。

1. 简单分支语句(IF-ENDIF)

格式: IF <条件表达式>
        <语句序列>
    ENDIF

功能: 首先计算<条件表达式>的值,若其值为真(.T.)时,则执行<语句序列>;否则执行 ENDIF 后面的语句。简单分支结构的执行过程如图 6.2 所示。

【例题 6.9】 在表 XS.DBF 中,查询是否有李欣,如果有则显示出该记录的学号、姓名、专业字段的内容。现用简单分支结构编写程序如下:

```
SET TALK OFF
USE XS
LOCATE FOR 姓名 = "李欣"
IF FOUND( )      && 判断是否找到记录
  ?学号,姓名,专业
ENDIF
SET TALK ON
```

注意: 进行数据查找时,若查找成功,FOUND()函数返回.T.,否则返回.F.。

2. 选择分支语句(IF-ELSE-ENDIF)

格式: IF   <条件表达式>
        <语句序列 1>
    ELSE

　　　　　<语句序列 2>
　　　ENDIF

　　功能：根据<条件表达式>的值选择执行两个语句序列中的一个。若<条件表达式>值为真，执行<语句序列 1>，然后再执行 ENDIF 后面的语句；若其值为假，则执行<语句序列 2>，然后再执行 ENDIF 后面的语句。

　　分支结构的执行过程如图 6.3 所示。

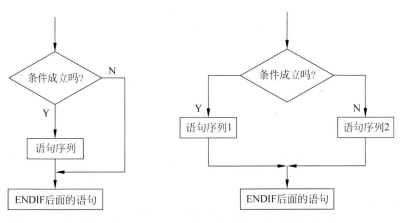

图 6.2　简单分支结构　　　　　图 6.3　选择分支结构

【**例题 6.10**】　从键盘输入任意一个数，判断该数是偶数还是奇数，并显示判断结果。
程序如下：

```
SET TALK OFF
CLEAR      && 清除屏幕的显示
INPUT "请输入任意一个数：" TO X      && 从键盘输入一个数值,赋给变量 X
IF MOD(X,2) = 0      && 判断 X 能否被 2 整除
    ?STR(X) + "是偶数"
ELSE
    ?STR(X) + "是奇数"
ENDIF
SET TALK ON
```

【**例题 6.11**】　编一个程序，能按照籍贯查找、统计和显示表的内容。
程序如下：

```
SET TALK OFF
USE XS
ACCEPT "请输入查询的籍贯：" TO JG
LOCATE FOR 籍贯 = JG      && 根据用户输入内容进行查找
IF NOT EOF()      && 判断是否找到记录
    COUNT TO M FOR 籍贯 = JG      && 统计相应籍贯的记录有几个
    ?"籍贯是" + JG + "的记录共有：" + STR(M,1) + "条"
ELSE
    ?"没有找到"
ENDIF
USE
SET TALK ON
```

结构化程序设计

注意：在进行表查询时，除了用 FOUND() 函数来判断查找是否成功，也可以用 EOF() 函数。当找到相应的记录时，EOF() 函数返回 .F.，否则返回 .T.。

3. 多分支选择结构语句（DO CASE-ENDCASE）

格式：
```
DO CASE
        CASE <条件表达式 1>
            <语句序列 1>
        CASE <条件表达式 2>
            <语句序列 2>
              ⋮
        CASE <条件表达式 n>
            <语句序列 n>
        [OTHERWISE
            <语句序列 n+1>]
ENDCASE
```

功能：系统执行 DO CASE 语句时，将逐个判断条件表达式是否为真，若某个逻辑表达式值为真，就执行其后面的语句序列，语句序列执行完毕后，跳到 ENDCASE 后面的语句。

如果所有的 CASE 后面的条件表达式都为假时，则执行 OTHERWISE 后面的语句序列；如果没有 OTHERWISE 语句，则直接转去执行 ENDCASE 后面的语句。

多分支选择结构语句的执行过程如图 6.4 所示。

说明：

（1）DO CASE、CASE、OTHERWISE、ENDCASE 语句必须各占一行。每一个 DO CASE 都必须有一个 ENDCASE 与之对应。

（2）为使程序清晰易读，对分支、循环等结构最好把程序写成锯齿状。

（3）CASE 后面的条件可以是关系表达式、逻辑表达式或其他逻辑量。

（4）DO CASE 与第一个 CASE 之间不要写任何语句，因为它们之间的语句永远都不会被执行。

（5）OTHERWISE 语句是可选项，程序设计时根据具体情况确定是否加此项。

（6）在嵌套的分支结构程序设计中，要注意 IF-ENDIF 语句的个数及它所在的位置。系统默认 ENDIF 与最近的 IF 配对，外层的 IF-ENDIF 一定包含内层的 IF-ENDIF，外层和内层不能交叉。

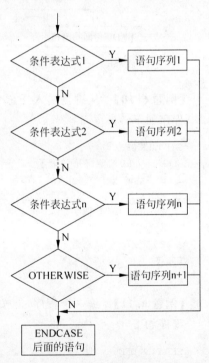

图 6.4　多分支结构流程图

【**例题 6.12**】　在学生成绩表 XSCJ.DBF 中查找任意一名学生，根据其成绩判断并显示该生的学习情况。当分数段为 90～100、80～89、70～79、60～69、0～59 时，分别用优秀、良好、中等、及格和不及格来表示。

程序如下：

```
SET TALK OFF
CLEAR
USE XSCJ
ACCEPT "输入学生的学号: " TO XH
LOCATE FOR 学号 = XH
IF NOT EOF()        && 判断查找是否成功
   DO CASE
      CASE 成绩<= 100 AND 成绩>= 90      && 判断分数是否为 90～100 之间
         ? "成绩优秀"     && 输出成绩情况
      CASE 成绩<= 89 AND 成绩>= 80
         ? "成绩良好"
      CASE 成绩<= 79 AND 成绩>= 60
         ? "成绩中等"
      CASE 成绩<= 69 AND 成绩>= 60
         ? "成绩及格"
      CASE 成绩<= 59
         ? "成绩不及格"
      OTHERWISE      && 若所有的条件都不成立,则执行它的下一条语句
         ? "成绩错误"
   ENDCASE
ELSE
      ? "输入学号错误,查无此人!"
ENDIF
SET TALK ON
```

【例题 6.13】 根据输入 X 的值,计算并显示 Y 的值。

$$y = \begin{cases} 2x & x < 0 \\ x^2 & x < 2 \\ 1-x & 2 \leqslant x \leqslant 5 \\ x(x+5) & x \geqslant 6 \end{cases}$$

程序如下:

```
SET TALK OFF
INPUT "X = " TO X
DO CASE
   CASE X < 0
      Y = 2 * X
   CASE X < 2
      Y = X^2
   CASE X >= 2 AND X <= 5
      Y = 1 - X
   OTHERWISE
      Y = X * (X + 5)
ENDCASE
? "Y = ",Y
SET TALK ON
```

6.2.3 循环结构

前面我们学习了顺序结构和分支结构,并列举了一些简单而典型易懂的例题。然而在

结构化程序设计

处理实际问题的过程中,有时需要重复执行某些相同的步骤,即对一段程序进行重复操作。实现重复操作的程序被称为循环结构程序。在实际信息处理中,需用循环结构程序的比重在 70% 以上。

Visual FoxPro 6.0 提供了 3 种循环结构:即条件循环(DO WHILE…ENDDO)、计数循环(FOR…ENDFOR)和对数据库的循环(SCAN…ENDSCAN),下面分别加以讨论。

1. 条件循环(DO WHILE…ENDDO)

格式: DO WHILE <条件表达式>
    <语句序列 1>
  [LOOP]
    <语句序列 2>
  [EXIT]
    <语句序列 3>
  ENDDO

循环语句中<条件表达式>称为循环条件,<语句序列>称为循环体。

功能: 循环语句执行时,若<条件表达式>的值为真时,则反复执行 DO WHILE 与 ENDDO 之间的语句,直到<条件表达式>的值为假时,结束循环,然后执行 ENDDO 后面的语句。

LOOP 语句的功能是直接转到 DO WHILE 语句,而不执行 LOOP 和 ENDDO 之间的语句序列。LOOP 只能在循环结构中使用,又称循环短路语句。

EXIT 的功能是直接跳转到循环体之外,执行 ENDDO 后面的语句。

EXIT 也只能用在循环结构中,又称为无条件结束循环语句。循环语句的执行过程如图 6.5 所示。

条件循环语句的执行过程如下:

(1) 程序执行到循环起始语句 DO WHILE 时,计算<条件表达式>的值。

(2) 若<条件表达式>的值为"假"时,则结束循环,然后执行 ENDDO 后面的语句。

(3) 若<条件表达式>的值为"真"时,则执行 DO WHILE 后面的循环体。

(4) 当遇到 LOOP 或 ENDDO 时,返回到 DO WHILE 语句,重复步骤(1)到(3)。

(5) 当遇到 EXIT 时,则结束循环,转到 ENDDO 后面的语句去执行。

说明:

(1) DO WHILE 和 ENDDO 必须各占一行,且它们必须成对出现。为了避免出现交叉及为了程序阅读的方便,在书写循环体中的语句时,一般采用向右缩进的方式书写。

(2) 为使程序能最终跳出循环体,在程序循环过程中必须要有修改循环条件的语句,否则程序将永远跳

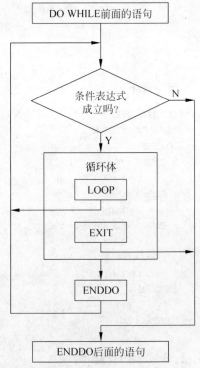

图 6.5　循环结构流程图

不出循环,造成死循环。在程序设计中要避免出现死循环。

（3）EXIT 短语用于控制程序从循环体内跳出,转去执行 ENDDO 后的下一条命令。程序设计时可把 EXIT 放在循环体的任何地方,因此,EXIT 被称为无条件结束循环命令,只能用于循环结构。

（4）LOOP 短语控制程序直接返回到 DO WHILE 语句,而不执行 LOOP 和 ENDDO 之间的命令,因此,LOOP 称为无条件循环命令,只能用于循环结构。

【例题 6.14】 查找并统计药学专业学生的人数。

```
SET TALK OFF
USE XS
STORE 0 TO S
LOCATE FOR 专业 = "药学"
DO WHILE NOT EOF( )
    S = S + 1
    CONTINUE
ENDDO
?"药学专业共有学生: " + STR(S,3) + "名"
USE
SET TALK ON
```

【例题 6.15】 求 1～100 之间全部奇数和。

```
SET TALK OFF
STORE 0 TO I,S
DO WHILE .T.
  I = I + 1
  DO CASE
    CASE MOD( I,2) = 0
        LOOP
    CASE I >= 100
        EXIT
    OTHERWISE
        S = S + I
  ENDCASE
ENDDO
?"0 - 100 之间的奇数之和为:",S
SET TALK ON
```

【例题 6.16】 将"2008 中国奥运"显示为"奥运中国 2008"。

```
SET TALK OFF
T = "2008 中国奥运"
I = 9
DO WHILE I >= 1
  ??SUBSTR(T,I,4)
  I = I - 4
ENDDO
SET TALK ON
RETURN
```

结构化程序设计

【例题 6.17】 对 XS. DBF, 按入学成绩降序显示前 10 名和按升序显示后 10 名学生的入学成绩。

```
SET TALK OFF
USE XS
INDEX ON 入学成绩 TAG RXCJ DESC
N = 1
CLEAR
@10,10 SAY "前十名学生成绩:"
DO WHILE N <= 10 AND NOT EOF()
   ?STR(N,5),姓名,入学成绩
   N = N + 1
   SKIP
ENDDO
WAIT""
CLEAR
@10,10 SAY "后十名学生成绩:"
N = 1
GO BOTTOM
DO WHILE N <= 10 AND NOT BOF()
   ?STR(N,5),姓名,入学成绩
   N = N + 1
   SKIP - 1
ENDDO
USE
SET TALK ON
```

2. 计数循环(FOR-ENDFOR)

格式: FOR <内存变量>=<数值表达式 1 > TO <数值表达式 2 > [STEP <数值表达式 3 >]

         <语句序列>

         [EXIT]

         [LOOP]

      ENDFOR|NEXT

其中格式中的<内存变量>称为循环变量,<数值表达式 1>、<数值表达式 2>、<数值表达式 3>分别称为循环控制变量的初值、终值和步长。

功能: 执行 FOR 循环时,系统将循环初值赋给指定的循环控制变量,若循环控制变量的值大于终值,则跳过 FOR 与 ENDFOR 之间的语句序列,退出循环,执行 ENDFOR 后面的语句;若循环控制变量的值小于或等于终值,则执行 FOR 下面的语句序列,即执行循环体语句,执行到 ENDFOR 时,控制变量按步长递增或递减,控制返回到 FOR 语句。

说明:

(1) FOR、ENDFOR|NEXT 必须各占一行,且它们必须成对出现。

(2) 循环变量可以是一个内存变量或数组元素。如果在 FOR…ENDFOR 之间改变循环变量的值,将影响循环执行的次数。

(3) 如果省略 STEP 子句,则默认步长值是 1。

(4) 退出循环后,循环变量的值等于最后一次循环时的值加上步长值。

注意: 计数循环语句与条件循环语句一样,在循环中也可以使用 LOOP、EXIT 这两个子句,使用的方法和功能与条件循环语句的使用方法一样。

【例题 6.18】 打印斐波纳契数列的前 30 项。该数列的前两项是 0 和 1,以后每项均为其前两项之和,即依次为 0,1,1,2,3,5,8,13…。

程序如下:

```
SET TALK OFF
CLEAR
A = 0
B = 1
?A, B
FOR I = 1 TO 14
    A = A + B
    B = A + B
    ??A, B
ENDFOR
```

【例题 6.19】 所谓水仙花数是一个三位数,其各位数字的立方和等于该数本身(如 $153 = 1^3 + 5^3 + 3^3$)。编程显示所有的水仙花数。

```
SET TALK OFF
FOR M = 100 TO 999
    A = INT(M/100)
    B = INT(MOD(M,100)/10)
    C = M % 10
    IF M = A^3 + B^3 + C^3
        ?M
    ENDIF
ENDFOR
SET TALK ON
```

【例题 6.20】 将字符串"全国计算机等级考试"按逆序显示"试考级等机算计国全"。

```
SET TALK OFF
A = "全国计算机等级考试"
FOR N = 1 TO LEN(A) − 1 STEP 2
    ??SUBSTR(A, LEN(A) − N, 2)
ENDFOR
SET TALK ON
```

3. 数据库循环(SCAN-ENDSCAN)

格式: SCAN [<范围>][FOR <条件表达式>|WHILE <条件表达式>]

　　　　<语句序列>

　　ENDSCAN

功能: 该语句执行时,在指定范围中,对当前表文件依次寻找满足 FOR 条件或 WHILE 条件的记录,并对找到的记录执行<语句序列>。这是 Visual FoxPro 6.0 系统专门用于数据处理的循环命令,在这种循环中,也可以使用 LOOP 和 EXIT 语句,使用方法在此不再赘述。

说明:

(1) SCAN、ENDSCAN 必须各占一行,且它们必须成对出现。

(2) SCAN 语句能自动将记录指针移向下一个符合指定条件的记录,并执行同样的命

结构化程序设计

令序列。

【例题 6.21】 对表文件 XS.DBF,统计并显示代培学生的男女生人数。

程序如下:

```
SET TALK OFF
CLEAR
USE XS
STORE 0 TO X,Y
SCAN FOR 代培否
    IF 性别 = "男"
       X = X + 1
    ELSE
       Y = Y + 1
    ENDIF
ENDSCAN
?"代培的男生人数是:" + STR(X,2)
?"代培的女生人数是:" + STR(Y,2)
USE
SET TALK ON
```

4. 循环嵌套

以上介绍的 3 种循环结构的例子都是单重循环,有时根据解决问题的需要,用到两重或多重循环结构,即在一个循环中又包含另一个循环,这种结构称为循环嵌套。在多重循环结构程序设计过程中,要注意以下几点:

(1) 循环开始语句和结束语句必须成对出现。

(2) 循环结构只能嵌套,不能交叉,即内层循环必须完全包含在外层循环之内。

【例题 6.22】 用计数循环编制"九九乘法表"。

```
SET TALK OFF
FOR B = 1 TO 9
   FOR A = 1 TO 9
     ?B," × ",A," = ",B * A
   ENDFOR
ENDFOR
```

【例题 6.23】 输出如下图形,第一个" * "的输出坐标为(1,30)。

```
SET TALK OFF
CLEAR                           *
I = 1                          ***
Q = " * "                     *****
DO WHILE I <= 5              *******
   J = 1                    *********
   DO WHILE J <= 2 * I - 1
      @ I,30 - I + J SAY Q
      J = J + 1
   ENDDO
   I = I + 1
ENDDO
SET TALK ON
```

【例题 6.24】 下面程序显示 3～100 之间的所有素数。

```
SET TALK OFF
FOR M = 3 TO 100
I = 2
    DO WHILE I <= M − 1
        IF M/I = INT(M/I)
            EXIT
        ELSE
            I = I + 1
            LOOP
        ENDIF
    ENDDO
    IF I = M
        ?M,"是素数"
    ENDIF
    M = M + 1
ENDFOR
SET TALK ON
```

6.3 程序的模块化

我们在用 Visual FoxPro 6.0 开发应用程序时，一般都是采用模块化程序设计。即程序设计按其功能划分成很多模块，一个模块实现一个功能，这样不仅编程方便，而且调试、维护都很方便，以后也容易扩充。模块是可以命名的一个程序段，可指主程序、子程序和自定义函数。本节讨论子程序、过程文件、结构化程序设计等概念。

6.3.1 子程序及子程序调用

1. 什么叫子程序

下面我们先看一个程序：S＝2!＋4!＋6!

程序如下：

```
SET TALK OFF
CLEAR
S = 0
FOR I = 2 TO 6 STEP 2
    P = 1
    FOR J = 1 TO I
        P = P * J
    ENDFOR
    S = S + P
ENDFOR
?"2! + 4! + 6! = ", S
```

上面这个程序中，我们看出内循环是求任意一个数的阶乘，而外层循环是做 3 个阶乘的累加。在程序设计中，经常需要多次进行某种运算，就必须多次重复书写这一运算功能的程序段，这样不仅烦琐，而且容易出错。在 Visual FoxPro 6.0 中，子程序是指具有某种特定功能的独立的程序段。子程序建立、调试完后,可以在程序的多个地方被调用,完成对不同数据的处理。

2. 子程序的建立和调用

(1) 子程序的建立。

子程序和其他 Visual FoxPro 6.0 程序的建立、修改、存盘方法是一样的,即用 MODIFY COMMAND 命令,其扩展名也是.PRG。子程序和其他程序的唯一区别是在子程序的末尾必须加上返回命令 RETURN。

(2) 子程序的调用。

格式: DO <子程序名> [WITH <参数名表>]

功能: 在运行程序文件过程中,当遇到子程序的调用语句时,便暂时终止该程序文件的执行,转去运行被调用的子程序,当子程序执行完毕后,再返回程序终止处继续向下执行。被调用的程序称为子程序,而调用子程序的程序称为主程序。

命令中的[WITH <参数名表>]用于主程序向子程序传递参数,参数可以是变量、常量或函数等。可把参数放在圆括号内,各参数之间用逗号分隔。

(3) 子程序返回。

格式: RETURN [TO MASTER/TO <程序名>|<表达式>]

功能: 该命令中止一个程序、过程或用户定义函数的执行,返回到上一级调用程序、最高级调用程序、另外一个程序或者命令窗口。

说明:

(1) 若程序是被另一个程序调用的,遇到 RETURN 时,则自动返回到上级调用程序。如果是在最高一级主程序中,遇到 RETURN 时,则返回到命令窗口。

(2) 若使用[TO MASTER]语句,则直接返回到最高级调用程序,即在命令窗口下,调用的第一个主程序。

(3) 若使用[TO <程序名>]语句,则返回到某层调用程序,该程序由<程序名>指定。

(4) 在程序最后,如果没有 RETURN 命令,则程序运行完后,将自动默认执行一个 RETURN 命令,但过程文件除外。

(5) RETURN <表达式>表示将表达式的值返回调用程序,用于自定义函数。

【例题 6.25】 用子程序调用方式,求 2!+4!+6!。

```
* 主程序 EG25.PRG
SET TALK OFF
CLEAR
N = 2
S = 0
DO WHILE N<6
    K = 1
    DO EG25SUB
    S = S + K
    N = N + 2
ENDDO
? "2! + 4! + 6! = " + STR(S)
```

```
SET TALK ON
 *  子程序 EG25SUB.PRG
I = 1
DO WHILE I <= N
   K = K * I
   I = I + 1
ENDDO
RETURN
```

分别用 MODIFY COMMAND EG25 和 MODIFY COMMAND EG25SUB 将主程序和子程序建立起来,然后在命令窗口执行主程序 EG25.PRG 即可。

3. 带参调用

上面例题 6.25 中在调用子程序时,主程序并没有向子程序传递参数,这种调用我们称为无参调用。有时我们在调用子程序时,经常要向子程序传递参数,这种调用称为带参调用。如果是带参调用,除在主程序中使用 DO 命令,子程序中也要设置相应的参数接收语句即 PARAMETERS 语句,该语句的一般格式为:

格式: PARAMETERS <参数表>

功能: 指定内存变量以接收 DO 命令发送的参数值,返回主程序时把内存变量值回送给主程序中相应的内存变量。

说明:

(1) PARAMETERS 必须放在子程序的第一条语句。

(2) 子程序中的参数称为形参,主程序中的参数称为实参,实参和形参的个数和类型必须一致。形参的数目不能少于实参的数目,否则系统会产生运行时错误。如果形参的数目多于实参的数目,那么多余的形参取初值逻辑假(.F.)。

(3) 实参可以是常量、变量,也可以是一般形式的表达式。如果实参是常量或一般形式的表达式,系统会自动计算出实参的值,并把它们赋给相应的形参变量。这种参数传递方式称为按值传递。如果实参是变量,那么传递的将不是变量的值,而是变量的地址。这时形参和实参实际上是同一个变量(尽管它们的名字可能不同),在模块程序中对形参变量值的改变,同样是对实参量值的改变。这种情形称为按地址传递。

【**例题 6.26**】 主程序 EG26.PRG 和子程序 EG26SUB.PRG 的内容如下,分析运行主程序 EG26.PRG 时的程序显示结果。

```
 * 主程序 EG26.PRG
SET TALK OFF
X = 20
Y = 15
DO EG26SUB WITH X, Y
?X, Y
 * 子程序 EG26SUB.PRG
PARAMETERS A, B
A = A * B
B = A/B
RETURN
```

程序中实参是变量 X 和 Y 而不是常量,故程序运行时是按引用传递的。运行主程序

EG26. PRG 时,程序将实参 X 和 Y 的值分别传递给形参 A 和形参 B。在子程序中分别计算 A 和 B 的值,当子程序执行结束时返回到主程序,此时又将 A 和 B 的地址传递给主程序中的 X 和 Y 变量,故主程序显示结果是 300　20.0000。

【**例题 6.27**】　主程序 EG27. PRG 和子程序 EG27SUB. PRG 的内容如下,分析运行主程序 EG27. PRG 时的程序显示结果。

```
* 主程序 EG27.PRG
CLEAR
X1 = 10
X2 = 100
DO EG27SUB WITH 1,10
?X1,X2
RETURN
* 子程序 EG27.PRG
PARAMETERS M,N
S = 0
FOR I = M TO N
   S = S + M
ENDFOR
?M,N
RETURN
```

主程序中实参 1 和 10 是常量,故程序运行时用的是按值传递。运行主程序 EG27.PRG 时,程序将实参 1 和 10 的值分别传递给形参 M 和 N。子程序是一个计数循环,子程序运行结束后,M 和 N 的值分别是 1 和 10。子程序运行结束后返回到主程序,此时形参变量 M 和 N 的地址并没有传递给主程序,故主程序 X1 和 X2 的值是 10　100。

因此运行主程序 EG27.PRG 时程序的显示结果是:

```
1     10
10    100
```

4. 子程序的嵌套

在子程序的调用中也可以采用嵌套结构,即主程序调用某个子程序,这个子程序又可调用第二个子程序,接着第二个子程序又可调用第三个子程序……,这种调用就称为子程序的嵌套结构,如图 6.6 所示。

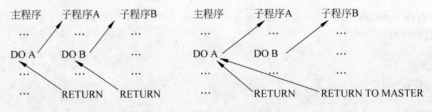

图 6.6　子程序嵌套示意图

5. 过程文件

一个应用程序往往调用多个子程序,这些子程序和其他程序一样以文件的形式存储在磁盘上。每次运行程序时,都要从磁盘上查找子程序,而子程序越多,访问磁盘的次数也越多,必然会影响程序的运行效率。为克服这个缺点,可以把多个子程序合并成一个文件,而各个子程序相对独立,这个文件称为过程文件。过程文件是命令文件的一种。它与一般命令文件的区别在于:一般的命令文件,一个文件就是一个程序,而过程文件中则含有多个程序。过程文件中的这些程序就称为过程,每个过程的第一个语句都必须是 PROCEDURE <过程名>,最后一条语句是 RETURN。

(1) 过程文件的建立

过程文件使用命令 MODIFY COMMAND <过程文件名>来建立。

格式:

```
PROCEDURE <过程文件名 1>
    <命令序列 1>
RETURN
PROCEDURE <过程文件名 2>
    <命令序列 2>
RETURN
        ⋮
PROCEDURE <过程文件名 n>
    <命令序列 n>
RETURN
```

(2) 过程文件的打开、调用与关闭

格式:

```
SET PROCEDURE TO [过程文件名 1][,过程文件名 2 …] [ADDITIVE]
        <命令序列>
DO <过程名 1>
    <命令序列 1>
        ⋮
DO <过程名 n>
    <命令序列 n>
CLOSE PROCEDURE
```

功能:

(1) SET PROCEDURE TO 命令的功能是打开过程文件,在调用过程文件中的过程之前,必须先将过程文件打开。在任意时刻只能有一个被打开的过程文件,如果要同时打开两个以上的过程文件,可以在过程文件名之间用逗号分开。过程文件被打开后,它所包括的过程便可被其他程序调用。调用时与子程序一样,仍使用 DO 命令。

(2) 打开过程文件命令在主程序中使用,一般应放在程序的前部,循环的外面,至少应放在调用过程文件中的过程命令之前。

(3) 也可把打开过程文件的主程序与过程合在一起,组成一个磁盘文件,但主程序必须在文件中的开始位置,这样才能在主程序中直接调用过程。

(4) 过程文件使用完后,要及时关闭,以释放它们所占用的内存空间。关闭过程文件的命令:

```
SET PROCEDURE TO
CLOSE PROCEDURE
```

【例题 6.28】 有一个主程序 EG28. PRG 和 3 个过程：P1,P2,P3,把 3 个过程放到一个过程文件 PROC. PRG 中,然后运行主程序,观察运行结果。

```
* 主程序 EG28.PRG
SET TALK OFF
SET PROCEDURE TO PROC
A = 0
DO P1
DO P2
DO P3
?"A = ", A
CLOSE PROCEDURE
CANCEL
* 过程文件 PROC.PRG
PROCEDURE P1
  A = A + 1
RETURN
PROCEDURE P2
  A = A * A
RETURN
PROCEDURE P3
  DO P1
  A = A * A + 1
RETURN
```

在上述程序中,主程序分别调用了过程文件中的 3 个过程,即 P1,P2,P3。而在过程 P3 中又调用了过程 P1,最后运行主程序 EG28. PRG 的结果：A＝5。

6.3.2　自定义函数

前面已经介绍和使用了 Visual FoxPro 6.0 为用户提供的内部标准函数,但是并不能完全符合每个用户的需要。对一些常用的算法,可以编写成一个通用程序即用户可以根据自己的需要编写成函数,这种函数称为自定义函数。

1. 自定义函数的结构

格式：　**FUNCTION** <函数名>
　　　　　PARAMETERS <参数表>
　　　　　　　　<语句序列>
　　　　　RETURN [<表达式>]
　　　　　ENDFUNCTION

功能：

(1) FUNCTION 语句用来指出函数名,若不写 FUNCTION <函数名>选项,则表明该自定义函数是一个独立的程序文件。若写上该选项,则表示该自定义函数不能作为一个独立的程序文件,而只能放在某程序中。

(2) PARAMETERS 语句用来说明调用此函数时,要将哪些参数传递给这个函数,如不需传递参数,本句可省略。如果包含此参数,则 PARAMETERS 必须写在第一行。

(3) 自定义函数除了可以作为一个函数被其他程序调用外,还可用 DO <文件名>形式来执行,在这种情况下,它不是作为函数,而是作为程序或过程来运行,它的 RETURN 语句中的"表达式"相应的不起作用。

（4）＜语句序列＞组成为函数体，用于进行各种处理。

（5）RETURN 语句用于返回函数值，其中的＜表达式＞的值就是函数值。若省略该语句，则返回的函数值为.T.。

2. 自定义函数的调用

格式：<函数名> <自变量表>

其中，自变量可以是任何合法的表达式，自变量的个数必须与自定义函数中 PARAMETERS 语句里的变量个数相等，自变量的数据类型也应符合自定义函数的要求。

【例题 6.29】 下面的例子说明自定义函数的定义、调用及参数的传递。

```
SET TALK OFF
CLEAR
INPUT "请输入 I = " TO I
? "I! = ",TT(I)
RETURN
FUNCTION TT        && 函数名称为 TT
PARAMETER FI       && 主程序中的 I 传递给 FI
P = 1
FOR J = 1 TO FI
   P = P * J
ENDFOR
RETURN P       && 函数的返回值给 TT(I)
```

在这个程序中，TT(I)是函数调用，并将主程序中的 I 的值传递给函数 TT 的 FI 变量。自定义函数计算完后，它的返回值 P 传递给 TT(I)，这个函数产生了一个函数值。运行这个程序，当输入 5 时，它的执行结果为 120。

6.3.3　内存变量的作用域

一个大的应用系统通常由许多子程序组成的，这些子程序中必须会用到许多内存变量。某子程序中的变量是否能在其他程序中也可以使用呢？答案是不一定，因为变量有一定的作用域。

若以变量的作用域来分类变量，则内存变量可分为全局变量、局部变量和本地变量 3 种。

1. 全局变量

如果一个变量的适用范围是整个程序，即可以被 Visual FoxPro 6.0 环境中的所有程序访问或修改，则是全局变量。全局变量就像在一个程序中定义的变量一样，可以任意改变和引用，当程序执行完后，其值仍然保存。若欲清除这种变量，必须用 RELEASE 命令。全局变量可以用下面的命令来定义。

格式：PUBLIC <内存变量名表>|ALL|ALL LIKE <通配符>| ALL EXCEPT <通配符>

功能：将 PUBLIC 语句后的变量设置为全局变量。

说明：

（1）程序中的全局变量在使用前必须先用 PUBLIC 命令定义，然后才能使用。用 PUBLIC 命令定义的全局变量的初值为.F.。下层模块中建立的内存变量要供上层模块使用，或某

结构化程序设计

模块中建立的内存变量要供并列模块使用,必须将这种变量说明成全局变量。

(2)<内存变量名表>中可以包含普通变量,也可以包含数组变量。

(3) Visual FoxPro 6.0 默认命令窗口中定义的变量都是全局变量,但这样定义的变量不能在程序方式下使用。

(4)使用 ALL 选项时,定义所有内存变量均为全局变量;使用 ALL LIKE <通配符>时,定义所有变量名与<通配符>匹配的内存变量;使用 ALL EXCEPT <通配符>时,定义所有变量名不与通配符匹配的内存变量为全局变量。通配符中允许用? 和 * 。

(5)当进入下一级子程序时,已在上级由 PUBLIC 说明过和与之同名的内存变量可以用 PRIVATE 命令暂时隐藏起来,作为本级程序的局部变量使用。待本级子程序结束返回上一级程序后,便释放它们,恢复它们全局变量的特性和内容。

(6)程序终止执行时全局变量不会自动清除,而只能用命令来清除,即使用 RELEASE 或 CLEAR ALL 命令。

【例题 6.30】 分析下列程序的执行情况。

```
* 主程序 MAIN.PRG
R = 100
DO SUB
?P
RETURN
* 子程序 SUB.PRG
P = 2 * 3.14 * R
RETURN
```

由于变量 P 在属于子程序 SUB 的局部变量,退出子程序后自动被清除,所以在主程序中输出 P 的值时出现“变量 P 未定义”的错误。解决的办法有两个:一是通过 PUBLIC 命令定义 P 为全局变量(在主程序和子程序中定义均可),这样返回主程序后,P 的值仍然保存,因而运行主程序时输出结果是:628.00;二是在主程序 DO SUB 命令之前给 P 赋一个任意值(注意:这里的 P 无实际意义),但可以将 P 变成主程序中的局部变量,因而虽然子程序结束了,但主程序并没有结束,变量 P 的值可以输出,输出结果是:628.00。

2. 局部变量

局部变量只能在定义它的模块及其下层模块中有效,而在定义它的模块运行结束时自动清除。也就是说,在某一级程序中定义的局部变量,不能进入其上级程序使用,但可以到其下级程序中使用,而当在下级程序中改变了该变量的值时,在返回本级程序时被改变的值仍然保存,本级程序可以继续使用改变后的变量值。

局部变量允许与上层模块的变量同名,但此时为分清两者是不同的变量,需要采用暂时隐藏上级模块同名变量的办法。下述命令声明的局部变量就能起这样的作用。

格式: `PRIVATE [<内存变量名表>][ALL[LIKE|EXCEPT <通配符>]]`

功能: 定义局部变量并隐藏上级模块中的同名变量,直到定义它的程序执行结束后,才恢复使用先前隐藏的变量。

说明:

(1)在一个过程中,把一个全局变量改变定义成局部变量是允许的,反之则不行。

(2)一旦定义局部变量的过程结束,其中的局部变量即消失。

（3）PRIVATE 的作用除了定义局部变量之外，另一个重要的任务是保护已有的同名变量，将它们隐藏起来不至于遭到破坏，直到所属的程序执行结束后，再恢复先前被隐藏起来的同名变量，以供继续使用。

【例题 6.31】　全局变量和局部变量的使用示例，分析运行程序 EG31. PRG 的程序结果。

```
* 主程序 EG31.PRG
SET TALK OFF
SET PROCEDURE TO SUB
PUBLIC C,D
C = 16
D = 5
E = 2
F = 1
DO A1
? C,D
? E,F
SET TALK OFF
CLOSE PROCEDURE
RETURN
* 过程文件 SUB.PRG
PROCEDURE A1
PRIVATE D
C = SQRT(C)
D = C + 3
? C,D
E = E * D
F = 2 * F - 1
? E,F
RETURN
```

运行主程序 EG31. PRG 的结果是：

```
4.00      7.00
14.00     1
4.00      5
14.00     1
```

【例题 6.32】　全局变量和局部变量的使用示例，分析运行程序 EG32. PRG 的程序结果。

```
* 主程序 EG32.PRG
SET TALK OFF
STORE "ABC" TO M1,M2
DO EG32SUB
?M1 + M2
RETURN
* 子程序 EG32SUB.PRG
PRIVATE M1
M1 = M2 + " *** "
?M1 + M2
RETURN
```

结构化程序设计

运行主程序 EG32. PRG 的结果是：

ABC＊＊＊ABC
ABCABC

综上所述，内存变量可隐蔽的特点使得在开发大型应用程序时，在不同层次的程序中可以使用同名内存变量而不致发生混乱。当多个程序员共同开发一个大型程序时，这种使用同名内存变量的情况是经常发生的。这时，就可以利用 PRIVATE 命令，把本程序用到的某些变量定义成局部变量，如果其中有与上级程序同名的变量，则自动隐蔽起来，然后再对子程序中的内存变量进行数据操作，当程序返回到上级程序时，原来定义的变量内容保持不变。

3. 本地变量

本地变量只能在建立它的模块中使用，而且不能在高层或下层模块中使用，该模块运行结束时本地变量就自动释放。本地变量的使用如下：

格式：LOCAL <内存变量名表>

功能：将<内存变量名表>指定的变量设置为本地变量，并将这些变量的初值均赋以.F.。

说明：LOCAL 与 LOCATE 前 4 个字母相同，故不可以使用缩写方式。

6.4　程　序　调　试

程序设计是一项创造性的劳动，编好的程序难免有错，必须反复地检查改正，直至达到预定设计要求方能投入使用。程序调试的目的就是检查并纠正程序中的错误，以保证程序的可靠运行。Visual FoxPro 6.0 提供了功能强大的调试器工具——调试器，可以帮助用户进行程序调试工作。调试通常分三步进行：检查程序是否存在错误，确定出错的位置，纠正错误。

6.4.1　程序调试概述

程序调试的任务是确定程序出错的位置，然后加以改正，一直到满足预定的设计要求为止。它与软件测试不同，软件测试是尽可能多地发现软件中的错误，先要发现软件的错误，然后借助于一定的调试工具去执行找出软件错误的具体位置。软件测试贯穿整个软件生命期，调试主要在开发阶段。

程序的错误有两类：语法错误和逻辑错误。语法错误相对容易发现和修改，当程序运行遇到这类错误时，Visual FoxPro 6.0 会自动中断程序的执行，并弹出编辑窗口，显示出命令行，给出出错信息，这时设计者可以方便地修改错误。逻辑错误就不那么容易发现了，这类错误系统是无法确定的，只有由用户自己来查错。这时往往需要跟踪程序的执行，在动态执行过程中监视并找出程序中的错误。

1. 程序调试的基本步骤

从错误的外部表现形式入手，研究有关部分的程序，确定程序中出错位置，找出错误的内存原因。确定错误位置占据了软件调试绝大部分的工作量。

2. 修改设计和代码

排错是软件开发过程中一项艰苦的工作,这也决定了调试工作是一个具有很强技术性和技巧性的工作。软件工程人员在分析测试结果的时候会发现,软件运行失效或出现问题,往往只是潜在错误的外部表现,而外部表现与内在原因之间常常没有明显的联系。如果要找出真正的原因,排除潜在的错误,不是一件易事。因此可以说,调试是通过现象,找出原因的一个思维分析的过程。

3. 程序调试的原则

在软件调试方面,许多原则实际上是心理学方面的问题。因为调试活动由对程序中错误的定性、定位的排错两部分组成,因此调试原则从以下两方面考虑。

(1) 确定错误的性质和位置时的注意事项。

- 分析思考与错误征兆有关的信息。
- 避开死胡同。如果程序调试人员在调试中陷入困境,最好暂时把问题抛开,留到后面适当时间再去考虑,或者向其他人讲解问题,去寻求新的解决思路。
- 只把设计工具当作辅助手段来使用。利用设计工具,可以帮助思考,但不能代替思考。因为调试工具给人提供的是无规律的调试方法。
- 避免用试探法,最多只能把它当作最后手段。这是一种碰运气的盲目的动作,它的成功几率很小,而且还常把新的错误带到问题中来。

(2) 修改错误的原则。

- 在出现错误的地方,很可能还有别的错误。经验表明,错误有群集现象,当在某一程序段发现有错误时,在该程序段中还存在另外的错误的概率也很高。因此,在修改一个错误时,还要观察和检查相关的代码,看是否还有别的错误。
- 修改错误的一个常见失误是只修改了这个错误的征兆或这个错误的表现,而没有修改错误本身。如果提出的修改不能解释与这个错误有关的全部现象,那就表明了只修改了错误的一部分。
- 注意修正一个错误的同时有可能会引入新的错误。人们不仅需要注意不正确的修改,而还要注意看起来是正确的修改可能会带来的副作用,即引进新的错误。因此在修改了错误之后,必须进行回测试。
- 修改错误的过程将迫使人们暂时回到程序设计阶段。修改错误也是程序设计的一种形式。一般说来,在程序设计阶段所使用的任何方法都可以应用到错误修正的过程中来。
- 修改源代码程序,不要改变目标代码。

4. 程序中常见错误

(1) 系统执行命令时都要进行语法检查,不符合语法规定就会提示出错信息,例如命令字拼写错、命令格式写错、使用了未定义的变量、数据类型不匹配、操作的文件不存在等。

(2) 超出系统允许范围的错误。例如文件太大、嵌套层数超过允许范围(Visual FoxPro 6.0 允许 128 层嵌套循环)等。

(3) 逻辑错误。逻辑错误指程序设计的差错,例如计算或处理逻辑有错。

5. 查错技术

查错技术可分两类,一类是静态检查,例如阅读程序,从而找出程序中的错误;另一类是

动态检查,即通过执行程序来考察执行结果是否与设计要求相符。动态检查又有以下方法:

(1) 设置断点:若程序执行到某语句处能自动暂停运行,该处称为断点。在调试程序时用户常用插入暂停语句的办法来设置断点,例如要看程序某处变量 X 的值,只要在该处插入下面两个语句:

```
?X
WAIT
```

程序运行后,调试者根据变量 X 显示的值来判断引起错误的语句在断点前还是在断点后。当然也可使用 DISPLAY MEMORY、DISPLAY 等命令来得到更多的运行信息以帮助寻找错误原因和位置。

(2) 单步执行:即一次执行一条命令。

(3) 跟踪:在程序执行过程中跟踪某些信息的变化,有的系统还能显示执行过的语句的行号。

(4) 设置错误陷阱:在程序执行过程中设置错误陷阱,可以捕捉可能发生的错误码,这时若发生错误,就会中断程序运行并转去执行预选编制的处理程序,处理完后再返回中断处继续执行原程序。

6.4.2 调试器窗口

Visual FoxPro 6.0 提供了一个称为"调试器"的程序调试工具,用户可通过调试设置、执行程序和修改程序来完成程序调试。调试设置包括为程序设置断点,设置监视表达式,设置要显示的变量、数组等;执行程序有多种方式,用于观察各种设置的动态执行结果;如果发现错误,允许当场切入程序修改方式。用户可利用调试器窗口的菜单、快捷菜单或工具栏的按钮来进行操作。

1. 调试器窗口的打开

(1) 选择 Visual FoxPro 6.0"工具"菜单中的"调试器"命令。

(2) 在命令窗口中输入 DEBUG 命令。

2. 调试器窗口的组成

在调试器窗口中可打开 5 个子窗口。调试器窗口打开后,只要在该窗口的窗口菜单中选择跟踪、监视、局部、调用堆栈或输出命令,就可以打开相应子窗口。

(1) 跟踪窗口。

在调试器窗口中选择"文件"菜单的"打开"命令就可以打开一个程序,被选出的程序将显示在跟踪窗口中。

跟踪窗口左端的竖条可显示某些符号,常见的符号及其意义如下所示:

⇨　正要执行的代码行;

•　断点。

在跟踪窗口中可为程序设置断点。双击某代码行行首,竖条中便显示出一个圆点,表示该语句被设置为断点。双击圆点则能取消断点。

(2) 监视窗口。

监视窗口用于设置监视表达式,并能显示监视表达式及其当前值。

要设置的表达式可在监视文本框中输入,按回车键后表达式便添入文本框下方的列表框中,该列表框将显示当前监视表达式的名字、值与数据类型。也可将 Visual FoxPro 6.0 任一窗口中的文本拖至监视窗口来创建监视表达式;双击监视表达式就可对它进行编辑。

(3) 局部窗口。

该窗口用于显示程序、过程或方法程序中的所有变量、数组、对象以及对象成员。位置文本框显示用于局部窗口的程序或过程的名字,该文本框下的列表框用于显示变量的名称、值与数据类型。

用鼠标右击局部窗口,然后在弹出的快捷菜单中选择"公共"、"局部"、"常用"或"对象"等命令,可以控制在列表框内显示的变量种类。

(4) 调用堆栈窗口。

调用堆栈窗口可以显示正在执行的过程、程序和方法程序。若一个程序是另一个程序调用的,则两个程序的名字均显示在调用堆栈窗口中。

模块程序名称的左侧往往会显示一些符号,常见的符号及其意义如下:

- 调用顺序序号:序号小的模块程序处于上层,是调用程序。序号大的模块程序处于下层,是被调用程序,序号最大的模块程序也就是当前正在执行的模块程序。
- 当前行指示器:指向当前行所在的模块程序。

从快捷菜单中选择"原位置"和"当前过程"命令可以控制上述两个符号是否显示。

(5) 调试输出窗口。

该窗口用于显示活动程序、过程或方法程序代码的输出。

可以在模块程序中设置一些 DEBUGOUT 命令,其格式是:

DEBUGOUT <表达式>

当模块程序调试执行到此命令时,会计算出表达式的值,并将计算结果送入调试输出窗口。为了区别 DEBUG 命令,命令动词 DEBUGOUT 至少要写出 6 个字母。若要把调试输出窗口中的内容保存到一个文本文件里,可以选择调试器窗口"文件"菜单中的"另存输出"命令,或选择快捷菜单中的"另存为"命令。要清除该窗口中的内容,可选择快捷菜单中的"清除"命令。

3. 调试器窗口的调试菜单

"调试"菜单包含用于程序执行、修改与终止命令。现将其中常用的菜单命令解释如下:

(1) 执行:开始执行在跟踪窗口中打开的程序。

(2) 继续执行:从当前代码行开始执行跟踪窗口中的程序,遇到断点就暂停执行。

(3) 单步:逐行执行代码。如果下一行代码调用了函数、方法程序或者过程,那么该函数、方法程序或过程在后台执行。

(4) 单步跟踪:逐行执行代码。

(5) 运行到光标处:执行从当前行指示器到光标所在行之间的代码。

该菜单中有一个"定位修改"命令可用于打开文本编辑窗口。在程序执行暂停时,选定调试菜单的定位修改命令后会出现一个取消程序信息框,单击其中的"是"按钮就切换到文本编辑窗口,便可修改程序。

结构化程序设计

6.4.3 设置断点

在调试器窗口可以设置以下 4 种断点：

- 类型 1：在定位处中断。可以指定一代码行，当程序调试执行到该行代码时就中断程序运行。
- 类型 2：如果表达式值为真则在定位处中断。指定一代码行以及一个表达式，当程序调试执行到该行代码时如果表达式的值为真，就中断程序运行。
- 类型 3：当表达式值为真时中断。可以指定一个表达式，在程序调试执行过程中，当该表达式值改变时，就中断程序运行。
- 类型 4：当表达式值改变时中断。指定一个表达式，在程序调试执行过程中，当该表达式值改变时，就中断程序运行。

不同类型断点的设置方法大致相同，但也有一些区别，如下：

1. 设置类型 1 断点

在跟踪窗口中找到要设置断点的那行代码，然后双击该行代码左端的灰色区域，或先将光标定位在该行代码中，然后按 F9 键。设置断点后，该代码行左端的灰色区域会显示一个实心圆点。用同样的方法可以取消已经设置的断点。

也可以在"断点"对话框中设置该类断点，其方法与设置类型 2 断点的方法类似。

2. 设置类型 2 断点

在调试器窗口中。选择"工具"菜单上的"断点"命令，打开"断点"对话框，如图 6.7 所示，从"类型"下拉列表中选择相应的断点续传类型。在"定位"框中输入适当的断点位置，例如"LRMK,3"表示在模块程序 LRMK 的第 3 行处设置断点。在"文件"框中指定模块程序所在的文件。文件可以是程序文件、过程文件、表单文件等。在"表达式"框中输入相应的表达式。单击"添加"按钮，将该断点添加到"断点"列表框里，单击"确定"按钮。

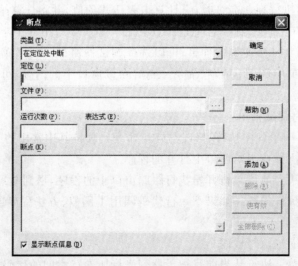

图 6.7 "断点"对话框

3. 设置类型 3 断点

在调试器窗口中，选择"工具"菜单中的"断点"命令，打开"断点"对话框。从"类型"下拉列表中选择相应的断点类型,在"表达式"框中输入相应的表达式,单击"添加"按钮,将该点添加到"断点"列表框里。

4. 设置类型 4 断点

如果所需的表达式已经作为监视表达式在监视窗口中指定,那么可在监视窗口的列表框中找到该表达式,然后双击表达式左端的灰色区域。这样就设置一个基于该表达式的类型 4 断点,灰色区域上会有一个实心圆点。

如果所需要的表达式没有作为监视表达式在监视窗口中指定,那么可以采用与设置类型 3 断点相似的方法设置该类断点。

6.4.4 结构化程序设计

数据库应用系统多采用结构化程序设计的原则与方法。下面介绍结构化程序设计常用的 3 种方法:自顶向下进行设计、模块化和层次化。

1. 自顶向下

自顶向下的结构化程序设计从整体开始,逐层分解,越到下层功能越具体,使复杂的问题简单化,既能避免全局性的差错,又能提高软件开发的效率。

2. 模块化

模块化就是将系统分解为若干功能相关而又相对独立的模块。模块可分为控制模块和功能模块。设计模块化时需注意模块大小要适中,模块过大不容易控制复杂性;模块过小又会增加模块间的联系。此外模块间的接口要简单,接口复杂易于造成系统出错。还应该尽可能做到每个模块只有一个入口和一个出口。

3. 层次化

层次化指系统按层次结构的布局,即以树状结构来组织系统的全部模块。

典型的数据库应用系统通常含有输入、修改、查询、打印等功能模块,常常用菜单来管理这些模块,这种管理模块称为控制模块,而这些子模块称为功能模块。

【**例题 6.33**】 试编写一个应用程序,能对 XS.DBF 表进行数据维护、查询和打印等操作。

```
* MAIN.PRG
SET TALK OFF
CLEAR
USE XS
DO WHILE .T.
   CLEAR
   BB = 1
   @10,17 SAY "学生学籍管理系统"
   @12,18 PROMPT "1.添       加"      &&@ …PROMPT 语句是光带式菜单,用作本程序的控制菜单
   @13,18 PROMPT "2.删       除"
   @14,18 PROMPT "3.修       改"
   @15,18 PROMPT "4.退       出"
   MENU TO BB      && 选择功能模块
   DO CASE
      CASE BB = 4      && 若选择第 4 个菜单项则退出本程序
           WAIT "系统将退出!" WINDOW TIMEOUT 5
```

```
                EXIT
          CASE BB = 1
                DO LR       && 调用数据录入程序 lr.prg
          CASE BB = 2
                DO SC       && 调用数据删除程序 sc.prg
          CASE BB = 3
                DO XG       && 调用数据修改程序 xg.prg
       ENDCASE
    ENDDO
    CLEAR ALL
    CLEAR
    @20,10 SAY "再见!"
    SET TALK ON
    RETURN
 * lr.prg 录入记录模块
    APPEND
    RETURN
 * xg.prg 修改数据模块
    BROWSE
    RETURN
 * sc.prg 删除数据模块
    INPUT "输入要删除的记录号: " TO N
     DELETE RECORD N
    PACK
     RETURN
```

本 章 小 结

本章较为详细地介绍了 Visual FoxPro 6.0 中程序设计中常用的基本命令、结构化程序设计方式及 3 种程序控制结构：顺序结构、分支结构和循环结构的用法，最后介绍了模块化程序设计中的过程及过程调用方法、内存变量作用域等内容。读者应用熟练掌握这些程序结构的设计方法。

习　　题

1. 选择题

1.1　INPUT、ACCEPT、WAIT 三条命令中，可以接受字符的命令是_____。

A）只有 ACCEPT　　　　　　　　B）ACCEPT 和 WAIT

C）只有 WAIT　　　　　　　　　D）三者均可

1.2　Visual FoxPro 6.0 中的 DO CASE …ENDCASE 语句属于_____。

A）顺序结构　　　B）循环结构　　　C）分支结构　　　D）模块结构

1.3　在 Visual FoxPro 6.0 中，用于建立过程文件 PROG1 的命令是_____。

A）CREATE PROG1　　　　　　　B）MODIFY COMMAND PROG1

C）MODIFY PROG1　　　　　　　D）EDIT PROG1

1.4　在某个程序模块中用 PRIVATE 语句定义的内存变量_____。

A）可以在该程序的所有模块中使用

B）只能在定义该变量的模块中使用

C）只能在定义该变量的模块及其下属模块中使用

D）只能在定义该变量的模块及其下属模块中，与相关数据表一起使用

1.5　在 Visual FoxPro 6.0 程序中使用的内存变量可以分为两大类，它们是_____。

A）字符变量和数组变量　　　　　B）简单变量和数组变量

C）全局变量和局部变量　　　　　D）一般变量和下标变量

1.6　在 Visual FoxPro 6.0 中，命令文件的扩展名是_____。

A）TXT　　　　　B）PRG　　　　　C）DBF　　　　　D）FMT

1.7　在永真条件 DO WHILE . T. 的循环中，为退出循环可以使用_____。

A）LOOP　　　　　B）EXIT　　　　　C）CLOSE　　　　　D）BREAK

1.8　表文件 SSS. DBF 中有 20 条记录，顺序执行如下命令序列：

```
USE SSS
SET DELE ON
DELETE NEXT 5
INDEX ON 职工号 TO ZGH
```

ZGH. IDX 中被索引的记录个数为：_____。

A）5　　　　　B）15　　　　　C）20　　　　　D）10

1.9　在 Visual FoxPro 6.0 中，结构化程序设计的 3 种基本结构是_____。

A）循环结构、分支结构和链表结构

B）顺序结构、循环结构和分支结构

C）顺序结构、分支结构和子程序结构

D）循环结构、分支结构和自定义结构

1.10　设学生数据表当前记录中"英语"字段的值是 88，执行下面程序段之后的屏幕输出是_____。

```
DO CASE
   CASE 英语<60
       ?"英语成绩是："+"不及格"
   CASE 英语>= 60
       ?"英语成绩是："+"及格"
   CASE 英语>= 70
       ?"英语成绩是："+"中"
   CASE 英语>= 80
       ?"英语成绩是："+"良"
   CASE 英语>= 90
       ?"英语成绩是："+"优"
ENDCASE
```

A）英语成绩是：不及格　　　　　B）英语成绩是：及格

C）英语成绩是：良　　　　　　　D）英语成绩是：优

1.11　在程序中用 PUBLIC 语句定义的内存变量具有的特性是_____。

A) 可以在所有过程中使用

B) 只能在定义该变量的过程中使用

C) 只能在定义该变量的过程及本过程所嵌套过程中使用

D) 只能在当前过程中使用

1.12 在命令文件中调用另一个命令文件,应该使用命令_____。

A) CALL<命令文件名>　　　　　B) LOAD <命令文件名>

C) PROCEDURE<命令文件名>　　D) DO <命令文件名>

1.13 一个过程文件最多可以包含 128 个过程,每个过程的第一条语句是_____。

A) PARAMETER　　　　　　　　B) PROCEDURE <过程名>

C) <过程名>　　　　　　　　　D) DO <过程名>

1.14 执行下列语句后,显示结果为_____。

```
N = 50
M = 200
K = "M + N"
 ?1 + &K
```

A) 1+M+N　　　B) 251　　　　　C) 1+K　　　　　D) 出错

1.15 用于声明所有内存变量是局部变量的命令是_____。

A) PRIVATE ALL　　　　　　　　B) PUBLIC ALL

C) ALL=0　　　　　　　　　　　D) STORE 0 TO ALL

1.16 以下不属于循环结构的语句是_____。

A) SCAN…ENDSCAN　　　　　　B) IF…ENDIF

C) FOR…ENDFOR　　　　　　　D) DO WHILE…ENDDO

1.17 在 DO WHILE…ENDDO 循环结构中,LOOP 命令的作用是_____。

A) 退出过程,返回程序开始处

B) 终止程序执行

C) 转移到 DO WHILE 语句行,开始下一个判断循环

D) 终止循环,将控制转移到本循环结构 ENDDO 后面的第一条语句继续执行

1.18 在数据表应用系统中为数据安全使用口令程序,要使输入的口令不在屏幕上显示,在口令输入命令的前后应该分别使用命令_____。

A) SET CONSOLE ON 和 SET CONSOLE OFF

B) SET CONSOLE OFF 和 SET CONSOLE ON

C) SET CONFIRM OFF 和 SET CONFIRM ON

D) SET DELETED OFF 和 SET DELETED ON

1.19 如果要中止一个正在运行的 Visual FoxPro 6.0 程序并返回命令窗口,应当按_____键。

A) F1　　　　　　　　　　　　B) Ctrl+Alt+Del

C) Esc　　　　　　　　　　　　D) Ctrl+Break

1.20 在非嵌套程序结构中,可以使用 LOOP 和 EXIT 语句的基本程序结构是_____。

A) TEXT…ENDTEXT　　　　　　B) DO CASE…ENDCASE

C) IF···ENDIF   D) DO WHILE···ENDDO

2. 写出程序的执行结果

2.1 SET TALK OFF
     X = 1
     DO WHILE X <= 80
         ?X
         X = 3 * X
     ENDDO
     SET TALK ON

2.2 A = "ABCDEFGHIJ"
     P = 1
     DO WHILE P < 10
         ?SUBSTR(A, 10 - P, 1)
         P = P + 3
     ENDDO
     SET TALK ON

2.3 SET TALK OFF
     X = .T.
     S = 0
     DO WHILE X
         S = S + 1
         IF S/5 = INT(S/5)
             ?S
         ELSE
             LOOP
         ENDIF
         IF S > 15
             X = .F.
         ENDIF
     ENDDO
     SET TALK ON

2.4 SET TALK OFF
     CLEA
     USE XS
     GO BOTTOM
     M = RECNO( )
     N = 3
     DO WHILE N < M NOT EOF( )
         N = N + 3
         GO N
         DISPLAY 姓名, 性别, 专业 OFF
     ENDDO
     USE
     SET TALK ON

2.5 SET TALK OFF
     CLEAR
     STORE 1 TO X
     STORE 20 TO Y
     DO WHILE X <= Y

结构化程序设计

```
        IF INT (X/2)< > X/2
            X = 1 + X^2
            Y = Y + 1
        ELSE
            X = X + 1
        ENDIF
    ENDDO
    ?X, Y
    SET TALK ON
```

2.6
```
    SET TALK OFF
    CLEA
    FOR I = 10 TO 20
        FOR J = 2 TO I
            IF INT(I/J) = I/J
                EXIT
            ENDIF
        ENDFOR
        IF J = I
            ?I,"是素数"
        ENDIF
    ENDFOR
```

2.7
```
    SET TALK OFF
    N = 345
    DO WHILE N> 0
        A = N % 10
        ??STR(INT(A),2)
        N = N − A
        N = N/10
    ENDDO
    SET TALK ON
```

2.8
```
    SET TALK OFF
    USE XS
    STORE 0 TO S
    LOCATE FOR 专业 = "英语"
    DO WHILE NOT EOF( )
        S = S + 1
        CONTINUE
    ENDDO
    ?"英语专业的学生共有:" + STR(S,3) + "名"
    USE
    SET TALK ON
```

2.9
```
    SET TALK OFF                      * SUB.PRG
    CLEA ALL                          PRIVATE C
    PUBLIC A                          A = A + 1
    A = 1                             PUBLIC B
    C = 5                             B = 2
    DO SUB                            C = 3
    ?"主程序中的 A,B,C 的值:",A,B,C    ? "子程序中的 A,B,C 的值:",A,B,C
    RETURN                            RETURN
```

```
2.10   SET TALK OFF
       X = 10
       Y = - 3
       FOR N = 29 + X TO X STEP Y
       ENDFOR
       ?N

2.11   主程序: Z.PRG
       SET TALK OFF
       STORE 2 TO X1, X2, X3
       X1 = X1 + 1
       DO Z1
       ?X1 + X2 + X3
       RETURN
       子程序: Z1.PRG
       X2 = X2 + 1
       DO Z2
       X1 = X1 + 1
       RETURN
       子程序: Z2.PRG
       X3 = X3 + 1
       RETURN TO MASTER

2.12   SET TALK OFF
       A1 = "走进新时代"
       B = " **** "
       C = "_"
       A2 = B
       FOR N = 1 TO LEN(A1) STEP 2
           A2 = A2 + SUBS(A1, N, 2)
           IF N = LEN(A1) - 1
               A2 = A2 + B
           ELSE
               A2 = A2 + C
           ENDIF
       ENDFOR
       ?A2
       SET TALK ON

2.13   SET TALK OFF
       USE XS
       DO WHILE .NOT. EOF( )
           DO CASE
               CASE   代培否 = .T.
                   A = 入学成绩 + 10
               CASE YEAR(出生日期)>= 1988
                   A = 入学成绩 + 20
               OTHERWISE
                   A = 入学成绩 + 5
           ENDCASE
           REPLACE   入学成绩 WITH A
           SKIP
       ENDDO
```

```
        LIST 姓名,入学成绩 FOR 代培否 AND YEAR(出生日期)>= 1988
        USE
        SET TALK ON
2.14    SET TALK OFF
        CLEAR
        M = "北京首都医科大学"
        N = ""
        DO WHILE LEN(M)>= 2
          N = N + SUBSTR(M,1,2) + " "
          M = SUBSTR(M,3)
        ENDDO
        ?N
2.15    SET TALK OFF
        STORE 0 TO N,S
        DO WHILE .T.
            N = N + 1
            S = S + N
            IF N > 10
                EXIT
                ENDIF
            ENDDO
        ?"S = " + STR(S,2)
        SET TALK ON
```

3. 程序填空题

3.1   本题通过输入表文件名、关键字、索引文件名,可以为该表文件建立独立索引文件。

```
SET TALK OFF
ACCEPT "输入表文件名: " TO DBFNAME
USE _____
WAIT "要建立单独索引文件吗?(Y/N)" TO Y
DO WHILE UPPER(Y) = "Y"
    ACCEPT "输入索引关键字: " TO KEY
    ACCEPT "输入索引文件名: " TO INDNAME
    INDEX ON _____ TO _____
    WAIT "还要建其他字段的索引吗?(Y/N)" TO Y
ENDDO
USE
SET TALK ON
```

3.2   本程序功能是求 $1+2+3+\cdots+100$ 的累加和。

```
SET TALK OFF
CLEAR
S = 0
FOR I = 1 TO 100
  S = _____
ENDFOR
?"1 + 2 + 3 + ⋯ + 100 = ", _____
RETURN
```

3.3 本程序的功能是添加记录。

```
SET TALK OFF
CLEAR
USE XSCJ
YN = "Y"
DO WHILE _____

    _____
    @5,20 SAY "学 号："GET 学号
    @6,20 SAY "课程号："GET 课程号
    @7,20 SAY "课程成绩："GET 课程成绩
    READ
    @11,20 SAY "继续输入记录吗(Y/N)?"GET YN

    _____

ENDDO
USE
SET TALK ON
```

3.4 下列程序的功能是竖向显示"一二三四"，横向显示"四三二一"。

```
SET TALK OFF
STORE "一二三四" TO STR
CLEAR
N = 1
DO WHILE N < 8
   ?SUBSTR(STR,_____)
   N = _____

ENDDO
?
DO WHILE N > 3
    N = N - 2
    ?? _____

ENDDO
RETURN
```

3.5 以下程序通过键盘输入 4 个数字，找出其中最小的数。

```
SET TALK OFF
I = 3
INPUT "请输入第一个数字" TO X
M = X
DO WHILE _____
    INPUT "请输入数字" TO X
    IF _____
        M = X
    ENDIF

    _____

ENDDO
? "最小的数是" + _____
SET TALK ON
```

3.6 本题求 2!＋4!＋6!。

```
SET TALK OFF              * SUB.PRG
CLEAR                     I = 1
N = 2                     DO WHILE I <= _____
S = 0                        K = K * I
DO WHILE N < 7               I = I + 1
    K = 1                 ENDDO
    DO SUB               RETURN
    S = S + K
    N = _____
ENDDO
? "2! + 4! + 6! = " + STR(S,3)
SET TALK ON
```

4. 编程题

4.1　任意输入 3 个字符串,要求统计出有几个字符串中含有字母 A。

4.2　计算 1!+2!+3!+…+10!编程序。

4.3　从键盘输入任意一串字符,判断是否回文(如:MADAM,98 789)。

4.4　在学生表中,分别统计非代培且籍贯是哈尔滨的学生人数。

4.5　编程求 $P=1×(1×2)×(1×2×3)×…×(1×2×…×N)$,N 由键盘输入。

4.6　输出 10~50 之间所有能被 7 整除的数及它们的和。

4.7　利用循环程序输出图形:

```
       1
      222
     33333
    4444444
```

第7章　表单设计基础

"表单"译自英文 Form 一词,表单是 VFP 最常见的界面,前面几章介绍的对话框、向导、设计器等窗口都是表单的不同表现形式。用户可以在表单或应用程序中添加各种控件,以提高人机交互能力,使用户能直观方便地输入或查看数据,完成信息管理工作。本章介绍 VFP 提供的两种表单设计工具:表单向导和表单设计器。

7.1　表 单 向 导

在 VFP 中,向导以更简便的方式引导用户从操作中产生程序,避免书写代码。用户可以使用"表单向导"工具来帮助建立表单。使用"表单向导"时,用户并不需要对表单有什么了解,只要逐步回答"表单向导"所提出的一系列问题,"表单向导"就会基于用户的回答为用户自动建立起一个表单。

表单向导能产生两种表单,即表单向导和一对多表单向导两种。

启动"表单向导"对话框可用下列方法之一:

(1) 选择"文件"菜单中的"新建"命令,在"新建"对话框中选中"表单"选项,单击"向导"按钮。

(2) 在"工具"菜单的"向导"子菜单中选择"表单"命令。

(3) 从"项目管理器"中选择"文档"选项卡并选择"表单"项,再单击"新建"按钮。

【例题 7.1】　使用表单向导创建一个能维护 XS.DBF 的表单。

操作步骤如下:

(1) 打开表单向导对话框:选择"文件"菜单中的"新建"命令,在"新建"对话框中,选择"表单"选项,单击"向导"按钮,弹出"向导选取"对话框,选择"表单向导",单击"确定"按钮,进入"表单向导"窗口。

(2) 字段选取:单击"数据库和表"的"浏览"按钮,在出现的打开对话框中选择 XS.DBF 表,将"可用字段"列表框中的所有字段全部移到"选定字段"列表框中。然后单击"下一步"按钮,进入"步骤 2-选择表单样式"窗口。

(3) 表单样式选取:选中"标准式",单击"下一步"按钮,进入"步骤 3-排序次序"窗口。

(4) 排序次序:在这里最多可选择 3 个字段或选择一个索引标志来排序记录,可以选择为升序或降序。单击"下一步"按钮,进入"步骤 4-完成"窗口。

(5) 完成设置:在"步骤 4-完成"的窗口中输入表单标题"学籍维护",单击"完成"按钮,在"另存为"对话框中输入表单文件名 XJWH.SCX,然后单击"保存"按钮,则创建的表单就被保存在表单文件中了。

（6）执行表单：选择"程序"菜单中的"运行"命令，在出现的窗口中，选择文件类型为表单，在运行对话框中选择表单文件"XJWH. SCX"，单击"运行"按钮，就会显示该表单的运行结果。

【**例题 7.2**】 创建涉及 XS. DBF 和 XSCJ. DBF 两个表的数据维护表单。

（1）打开表单向导对话框：选择"文件"菜单中的"新建"命令，在"新建"对话框中，选择"表单"选项，单击"向导"按钮，弹出"向导选取"对话框，选择"一对多表单向导"，单击"确定"按钮，进入"一对多表单向导"窗口。

（2）选择父表 XS . DBF，将"姓名"和"学号"两个字段移到选定字段列表框中，单击"下一步"按钮，进入"从子表中选定字段"对话框。

（3）从子表中选择字段，在出现的对话框中将所有字段都移到选定字段列表框中，单击"下一步"按钮，进入"建立表之间的关系"对话框。

（4）图中显示的两个表之间的关联正好符合要求，故只需单击"下一步"按钮。

（5）在随后出现的对话框中选择"表单样式"，在这里选择"边框式"，单击"下一步"按钮，进入"排序记录"步骤，在本例中可以省略排序的选项操作，直接单击"下一步"按钮。在"完成"步骤中输入表单标题"学生成绩表"，单击"完成"按钮。在"另存为"对话框中输入表单文件名为"XSCJ. SCX"，然后单击"保存"按钮。

（6）运行表单。

从该例运行结果可以看出，在一对多表单中，父表提供分类数据，子表数据则显示在表格中，用按钮翻页时子表的内容将随父表的变化而变化。

7.2 表单设计器

创建表单除使用表单向导以外，还可以用"表单设计器"。在"表单设计器"中可以新建表单，而且在设计时就能看见其中各对象显示在用户面前的外观。通过使用"表单设计器"，用户可以设计出更加灵活、更加专业化的用户数据入口。本节介绍"表单设计器"的基本用法。

7.2.1 表单设计器的基本操作

1. 表单设计的基本步骤

表单设计的基本步骤是：打开表单设计器→对象操作与编码→保存表单→运行表单。

（1）表单设计器的打开。

若要创建一个新的表单可以使用下列方法之一：

方法一：从"文件"菜单中选择"新建"命令，然后选中"表单"项并单击"新建文件"按钮。

方法二：从"项目管理器"中选择"文档"选项卡，然后选择"表单"项，单击"新建"按钮，在弹出的"新建表单"对话框中选择"新建表单"选项。

方法三：在命令窗口中使用 CREAT FORM 命令。表单设计器的窗口如图 7.1 所示。在表单设计器窗口中有 4 个工具栏：表单设计器、表单控件、布局和调色板。

（2）"表单设计器"窗口的组成及功能。

在"表单设计器"窗口中的 Form1 窗口即表单对象，称为表单窗口。多数设计工作将在表单窗口中进行，包括往窗口中添加对象，并对各种对象进行操作与编码。

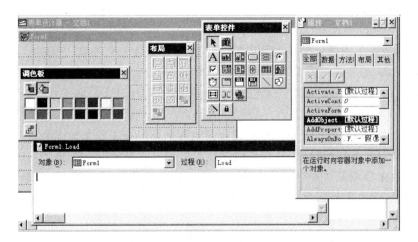

图 7.1 "表单设计器"窗口

- 属性窗口：用于修改表单中对象属性的窗口，在属性窗口中包含了 5 个选项卡。在"全部"选项卡中包含了对象的所有属性、事件和方法。在"数据"选项卡中主要包含了与对象有关的数据属性。在"方法程序"选项卡中包含了对象的所有方法。在"布局"选项卡中包含了与对象有关的布局属性。在"其他"选项卡中列出类信息和用户自定义属性等。
- 代码编辑窗口：该窗口位于图 7.1 中最下面的位置，通过该窗口可为对象写入各种事件代码和方法程序代码的代码编辑。
- 工具栏：包含"表单设计"工具的各种工具栏，其中"表单控件"工具栏用于在表单上创建控件；"布局"工具栏用于对齐、放置控件及调整控件大小；"表单设计器"工具栏中包括设置 Tab 键次序、数据环境、属性窗口、代码窗口、表单控件工具栏、调色板工具栏、布局工具栏、表单生成器和自动格式等按钮。

（3）保存表单。

表单设计完毕后，要进行存盘操作，存盘方法有如下几种：

- 按 Ctrl＋W 键。
- 单击"表单设计"窗口的关闭按钮，或选择"文件"菜单的"关闭"命令。

表单文件的内容将保存在表单文件(扩展名为.SCX)和表单备注文件(扩展名为.SCT)中。表单文件不同于表单对象，它是一个程序，可包含表单集对象、表单对象及各种控件的定义。

（4）执行表单。

- DO FORM＜表单文件名＞运行表单。
- 当表单设计器窗口尚未关闭时，可右击表单窗口中的空白处，在快捷菜单中选中"执行表单"命令来运行表单。
- 执行"表单"菜单中的"执行表单"命令。
- 执行"程序"菜单中的"运行"命令，然后选择文件类型为"表单"的表单文件。
- 单击工具栏上的"！"(运行)按钮。

2. 数据环境设计器

(1) 数据环境的概念。

每一表单或表单集都包括一个数据环境。数据环境是一个对象，它包含与表单相互作用的表或视图，以及表单所要求的表之间的关系。当打开或运行表单时，其中的表或视图即自动打开；而在关闭或释放表单时，表或视图也能随之关闭。

(2) 数据环境设计器的作用。

数据环境设计器可用来可视化地创建或修改数据环境。主要完成以下 3 方面的功能：

* 在表单打开或运行时，将数据环境设计器中的表或视图文件打开。
* 使用数据环境设计器中的各字段对控件属性窗口的 ControlSource（控制源）属性进行填充，使表中数据绑定到控件对象上。
* 在表单关闭或释放时，关闭数据环境设计器中的表或视图文件。

用户可以使用下列方法中的一种来打开"数据环境设计器"窗口。

* 选择"显示"菜单中的"数据环境"命令。
* 在"表单设计器"工具栏中单击"数据环境"按钮。
* 在"表单设计器"窗口的空白处单击鼠标右键，在弹出的快捷菜单中选择"数据环境"命令。

(3) 数据环境设计器的快捷菜单与数据环境菜单。

* 添加命令：该命令供用户将表或视图添加到数据环境设计器窗口中。表添加后，若两个表原已存在永久关系，则在两表之间会自动显示表示关系的连线。
* 移去命令：该命令用来在数据环境设计器窗口中移去一个选中的表或视图，与 Del 键效果相同。
* 浏览命令：选定该命令将在浏览窗口中显示选中的表或视图，以便检查或编辑表或视图的内容。

7.2.2 在表单上设置控件

表单中的控件是指放在一个表单上用以显示数据、执行操作或使表单更易阅读的一种图形对象，如文本框、矩形或命令按钮等。用户可使用"表单控件"工具栏中的各种控件按钮逐个地创建控件，并可对已创建的控件进行移动、删除、改变大小等操作。

1. 表单控件工具栏

"表单控件"工具栏共有 25 个按钮，如图 7.2 所示。其中呈凹陷状态的按钮表示按下后的状态，再按此按钮它就会恢复常态而呈凸出状。

2. 创建控件

在表单中创建控件的操作相当简单。首先打开表单设计器，单击"表单控件"工具栏中某一控件按钮，然后单击表单窗口内某处，该处就会产生

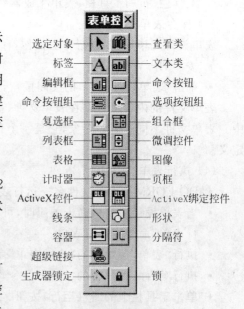

图 7.2 表单控件工具栏中的按钮

一个控件。

3. 调整控件的位置

表单窗口中的所有操作都是针对当前控件的,用户可以对选定的控件进行移动、改变大小、删除和对齐等操作。

(1) 选定单个控件:单击要选定的控件,则该控件即被选定。

(2) 选定多个控件:按下 Shift 键,逐个单击要选定的控件。

(3) 取消选定:单击已选定控件的外部某处。

(4) 移动控件:先选定要移动的控件,用鼠标将它们拖到合适的位置。

(5) 改变控件大小:选定控件后,拖动它的某个控制点即可使控件放大或缩小。

(6) 删除对象:选定对象,按 Del 键。

(7) 复制、剪贴对象:选定对象,利用“编辑”菜单中有关剪贴板的命令来复制、移动或删除对象。

(8) 控件布局:选定要进行布局的所有控件,选择“布局”工具栏的任一种布局方式。

4. 设置 Tab 键次序

当表单运行时,用户可以按 Tab 键选择表单中的控件,使焦点在控件间移动。控件的 Tab 次序决定了选择控件的次序。Visual FoxPro 提供了两种方式来设置 Tab 键次序:交互方式和列表方式。可以通过下列方法选择自己要使用的设置方式。

(1) 选择“工具”菜单中的“选项”命令,打开“选项”对话框。

(2) 选择“表单”选项卡。

(3) 在“Tab 键次序”下拉列表框中选择“交互”或“按列表”。

在交互方式下,设置 Tab 键次序的步骤如下:

(1) 选择“显示”菜单中的“Tab 键次序”命令或单击“表单设计器”工具栏上的“设置 Tab 键次序”按钮,进入 Tab 键次序设置状态。此时,控件左上方出现深色小方块,称为 Tab 键次序盒,里面显示该控件的 Tab 键次序号码。

(2) 单击某个控件的 Tab 键次序盒,该控件将成为 Tab 键次序中的第一个控件。

(3) 按希望的顺序依次单击其他控件的 Tab 键次序盒。

(4) 单击表单空白处,确认设置,退出设置状态;按 Esc 键,放弃设置,退出设置状态。

在列表方式下,设置 Tab 键次序的步骤如下:

(1) 选择“显示”菜单中的“Tab 键次序”命令或单击“表单设计器”工具栏上的“设置 Tab 键次序”按钮,打开“Tab 键次序”对话框,列表框中按 Tab 键次序显示各控件。

(2) 通过拖动控件左侧的移动按钮移动控件,改变控件的 Tab 键次序。

(3) 单击“按行”按钮,将按各控件在表单上的位置从上到下、从左到右自动设置各控件的 Tab 键次序;单击“按列”按钮,将按各控件在表单上的位置从左到右、从上到下自动设置各控件的 Tab 键次序。

7.3　面向对象的程序设计方法

传统的结构化语言都是按面向过程的思路来进行程序设计的,它的优点在于时间顺序性强,但同时它还具有数据和代码分离的缺点,并且结构化程序显得不够直观。VFP 不仅支持传统的过程式语言,还支持面向对象的编程技术。面向对象编程(Object Oriented Programming,OOP)是程序设计与构造的新思路。程序设计人员在进行面向对象的程序设计时,不再是单纯地从代码的第一行一直编到最后一行,而是考虑如何创建对象,利用对象来简化程序设计,并提供代码的可重用性。

7.3.1 基本概念

1. 对象

在面向对象程序设计中,现实世界的事物均可抽象为对象,对象(Object)是反映客观事物属性及行为特征的描述。例如 VFP 中的一个窗口、一个按钮、一个菜单、一个文本编辑框等,都可视为对象。每个对象都具有描述其特征的属性,及附属于它的行为。对象的外观由它的各种属性来描绘,对象的行为由它的事件和方法程序来表达。在 VFP 中,对象可区分为控件和容器两种。

(1)控件:是表单上显示数据和执行操作的基本对象。

(2)容器:是可以容纳其他对象的对象。

2. 属性

属性(Property)是用来描述对象特征的,它标志了对象的物理性质,是描述对象的数据集合。

表单设计器窗口打开后,只要选择"显示"菜单的"属性"命令,就会显示一个属性窗口,如图 7.3 所示。该窗口能显示当前对象的属性、事件和方法程序,并允许用户更改属性,定义事件代码,修改方法程序的功能。下面介绍属性窗口的组成及相应的功能。

(1)对象组合框。

对象组合框包含当前表单、表单集及全部控件的列表,用户可在列表中选择表单或控件,这和在表单窗口选定对象的效果是一致的。

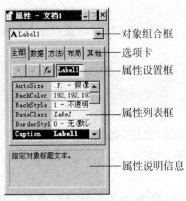

图 7.3 对象属性窗口

(2)选项卡。

属性窗口中共包括 5 个选项卡,即全部、数据、方法程序、布局和其他。

全部:列出全部属性、事件和方法程序。

数据:列出显示或操纵数据的属性。

方法程序:列出方法程序与事件。这两者都是对象的程序,它们的区别在于,带 Event 后缀的选项是事件,否则就是方法程序。

布局:列出位置、大小等表示布局的属性。

其他:列出类信息和用户自定义属性等。

(3)属性设置框。

属性设置框可能是文本框或组合框,用于更改属性值。在属性列表中选定某属性后,若属性设置框显示为文本框,即可向框中输入属性值。若属性设置框显示为组合框,表示该属性可由系统来提供可选值,用户只需在组合框中选定一个值,或在属性列表中双击属性名,即可切换到所要的值。属性设置框左侧有 3 个按钮,下面说明它们的功能:

- 确认按钮（√）：单击此按钮可确认对属性的更改，这与按回车键作用相同。
- 取消按钮（×）：当属性设置文本框中已输入属性值，但尚未确认时，用此按钮可取消刚才的输入值，并恢复以前的值。
- 函数按钮（f_x）：用于打开表达式生成器，输入的表达式的值将作为属性值。

（4）属性列表框。

属性列表框的每一行包含两列，分别显示属性的名字与它的当前值。选定某属性后即可更改属性值。更改过的属性仍可恢复默认值，只要选定该属性后，在快捷菜单中选择"重置为默认值"命令即可。注意，以斜体字显示的选项表示只读，用户不能修改；用户修改过的选项将以黑体显示。

（5）属性说明信息。

在属性列表中选定某属性、事件或方法程序后，属性窗口的底部即简要地显示它的意义；若要了解进一步的信息，可在此时按 F1 键显示帮助信息。

3．事件

事件（Event）是指每个对象可能用以识别和响应的某些行为和动作。它是一种预先定义好的特定的行为或动作，包括用户事件和系统事件。一个对象可以有多个事件，但每个事件都是预先规定的。一个事件对应于一个程序，称为事件过程。

（1）按表单生命周期事件发生的次序介绍表单以及控件常用的一些事件。

- Load 事件：这个事件发生在装载阶段，将表单装入内存。只有表单具有 LOAD 事件，其他对象没有。
- Init 事件：这个事件发生在对象生成阶段。表单中包含的 Init 事件的触发的顺序与各个对象被添加到表单中的次序相同。交互式操作阶段有如下事件：
  - GotFocus 事件：当对象获得焦点时引发。
  - Click 事件：用鼠标单击对象时引发。
  - Dblclick 事件：用鼠标双击对象时引发。
  - Interactivechange 事件：当通过鼠标或键盘交互式改变一个控件的值时引发。
- Destroy 事件：发生在对象释放阶段。
- Unload 事件：将表单从内存中卸载时发生。

（2）为事件编写代码。

编写代码一般要在代码编辑窗口中进行，打开某对象代码编辑窗口的方法如下：

- 双击对象。
- 选定该对象的快捷菜单中的代码命令。
- 选定显示菜单的代码命令。

代码编辑窗口组成：该窗口包含两个组合框和一个列表框。对象组合框用来重新确定对象，过程组合框用来确定所要的事件或方法程序，代码则在列表框中输入。

4．方法

方法（Method）是指对象所固有完成某种任务的功能，可由我们在需要的时候调用。"方法"与"事件"有相似之处，都是为了完成某个任务，但同一个事件可完成不同任务，取决于所编的代码是怎样的。而方法则是固定的，任何时候调用都是完成同一个任务，所以其中的代码也不需要我们编了，系统已为我们编好（我们也看不见），只需在必要的时候调用即

可。例如,Cls 方法程序:

格式: `Object.Cls`

功能:清除表单中的图形和文本。格式中的前缀 Object 表明方法程序的所有者,Cls 是方法程序名,相当于过程名。

下面是表单及控件常用的一些方法。

(1) 表单的显示、隐藏及关闭方法。

- Show:显示表单。该方法将表单的 Visible 属性设置为.T.,并使表单成为活动对象。
- Hide:隐藏表单。该方法将表单的 Visible 属性设置为.F.。
- Release:将表单从内存中释放(清除)。

(2) 表单或控件的刷新方法。

Refresh:重新绘制表单或控件,并刷新它的所有值。当表单被刷新时,表单上的所有控件也都被刷新。当页框被刷新时,只有活动页被刷新。

(3) 控件的焦点设置方法。

SetFocus:让控件获得焦点,使其成为活动对象。如果一个控件的 Enabled 属性值或 Visible 属性值为.F.,将不能获得焦点。

5. 添加新的属性和方法

可以根据需要向表单添加任意数量的新属性和新方法,并像引用表单的其他属性和方法那样引用它们。

(1) 创建新属性。

向表单添加新属性的步骤如下:

- 选择"表单"菜单中的"新建属性"命令,打开"新建属性"对话框。
- 在"名称"框中输入属性名称。新建的属性同样会在"属性"窗口的列表框中显示出来。
- 有选择地在"说明"框中输入新建属性的说明信息。这些信息将显示在"属性"窗口的底部。

(2) 创建新方法。

向表单添加新方法的步骤如下:

- 选择"表单"菜单中的"新建方法程序"命令,打开"新建方法程序"对话框。
- 在"名称"框中输入方法名。
- 有选择地在"说明"框中输入新建方法的说明信息。

新建的方法同样会在"属性"窗口的列表框中显示出来,可以双击它,打开代码编辑窗口,然后输入或修改方法的代码。

要删去用户添加的属性或方法,可以选择"表单"菜单的"编辑属性"子菜单中的"方法程序"命令,打开对话框。然后在列表框中选择不需要的属性或方法并单击"移去"按钮。

【例题 7.3】 为表单 form1 新建一个名为 mymethod 的方法,方法代码为:

```
wait "mymethod"  window.
```

操作步骤如下:

(1) 新建表单 form1,在"表单设计器"中,选择"表单"菜单中的"新建方法程序"命令,接着显示"新建方法程序"对话框并在名称处输入"mymethod",先单击"添加"按钮,再单击"关闭"按钮。

(2)在表单的属性窗口中,选择"方法程序"选项卡,找到"mymethod"用户自定义过程处并双击鼠标。

(3)在 Form1.mymethod 编辑窗口中,输入"wait "mymethod" window"。

(4)关闭编辑窗口。

6. 类

类(Class)是具有相同特征的对象的集合,类是对象外观和行为的模板,对象是类的一个实例。类定义了对象所有的属性、事件和方法,从而决定了对象的属性和行为。VFP 提供了 29 个基类,用户可以从中创造对象。

(1)基类。

为了实现一些常用功能,系统提供了一些类,称为基类。当我们新建或修改一个表单时,会打开"表单设计器",该工具栏会自动打开,该工具栏上的每一个按钮对应一个系统基类,我们单击该工具栏上的某个按钮,在表单上画出一个控件,实际上就是依据该基类创建了一个对象。

(2)基类的分类。

Visual FoxPro 的基类可分为容器类和控件类两大类。相应地,可分别生成容器(对象)和控件(对象)。

控件是一个可以以图形化的方式显示出来并能与用户进行交互的对象,例如一个命令按钮、一个文本框等。控件通常被放置在一个容器里。容器可以被认为是一种特殊的控件,它能包容其他的控件或容器。

(3)类的特性。

类具有继承性、封装性和多态性等特性。继承性是指通过继承关系利用已有的类构造新类;封装性是指类的内部信息对用户是隐蔽的;多态性是指用同一个名称可以调用不同的方法。

7.3.2 对象引用

在面向对象的程序设计中常常需要引用对象,包括引用对象的属性、事件与调用方法程序。

1. 对象引用规则

(1)用以下引用关键字开头。

```
THISFORMSET          && 表示当前表单集
THISFORM             && 表示当前表单
THIS                 && 表示当前对象
```

(2)引用格式:引用关键字后跟一个圆点,再写出被引用对象或者对象的属性、方法程序等。

举例：

```
THIS.Name              && 表示本对象的 Name 属性
THISFORM.Circle        && 表示本表单的 Circle 方法程序，在表单中画一个圆或椭圆
```

（3）允许多级引用，但要逐级引用。

举例：

```
THISFORM.Lable1.Caption    && 本表单的 Lable1 标签的 Caption 属性
THIS.Command1.FontName     && 本对象的 Command1 命令按钮的 FontName 属性
THIS.Command2 .Click       && 本对象的 Command2 命令按钮的 Click 事件
```

2. 设置对象的属性

设置对象属性可以使用下列方法之一：

（1）可以取系统的默认值。

（2）也可在属性窗口中进行输入或更改。

（3）通过编写事件代码来更改。

本 章 小 结

表单设计基于面向对象技术和事件模型，本章首先对这方面内容做了初步介绍，然后比较详细地介绍了表单设计器环境、表单的设计方法及其典型应用。

习 题

选择题

1.1　在 Visual FoxPro 中调用表单 MF1 的正确命令是_____。

A) DO　MF1　　　　　　　　　　B) DO FROM MF1

C) DO FORM MF1　　　　　　　　D) RUN　MF1

1.2　在 Visual FoxPro 中，释放表单时会引发的事件是_____。

A) UNLOAD 事件　　　　　　　　B) INIT 事件

C) LOAD 事件　　　　　　　　　D) RELEASE 事件

1.3　如果运行一个表单，以下事件首先被触发的是_____。

A) LOAD　　　　B) ERROR　　　　C) INIT　　　　D) CLICK

1.4　假设表单 MYFORM 隐藏着，让该表单在屏幕上显示的命令是_____。

A) MYFORM. LIST　　　　　　　　B) MYFORM. DISPLAY

C) MYFORM. SHOW　　　　　　　D) MYFORM. SHOWFORM

1.5　下面关于数据环境和数据环境中两个表之间关联的陈述中，正确的是_____。

A) 数据环境是对象、关系不是对象

B) 数据环境不是对象、关系是对象

C) 数据环境是对象，关系是数据环境中的对象

D) 数据环境和关系都不是对象

1.6　假定表单中包含一个命令按钮,那么在运行表单时,下面有关事件引发次序的陈述中,正确的是_____。

A) 先命令按钮的 INIT 事件,然后表单的 INIT 事件,最后表单的 LOAD 事件

B) 先表单的 INIT 事件,然后命令按钮的 INIT 事件,最后表单的 LOAD 事件

C) 先表单的 LOAD 事件,然后表单的 INIT 事件,最后命令按钮的 INIT 事件

D) 先表单的 LOAD 事件,然后命令按钮的 INIT 事件,最后表单的 INIT 事件

1.7　下面关于表单控件的基本操作的陈述中,不正确的是_____。

A) 要在"表单控件"工具栏中显示某个类库文件中自定义类,可以单击工具栏中的"查看类"按钮,然后在弹出的菜单中选择"添加"命令

B) 要在表单中复制某个控件,可以按住 Ctrl 键并拖放该控件

C) 要使表单中所有被选控件具有相同的大小,可单击"布局"工具栏中的"相同大小"按钮

D) 要将某个控件的 Tab 序号设置为1,可在进入 Tab 键次序交互式设置状态后,双击控件的 Tab 键次序盒

1.8　下面关于属性、方法和事件的叙述中,错误的是_____。

A) 属性用于描述对象的状态、方法用于表示对象的行为

B) 基于同一个类产生的两个对象可以分别设置自己的属性值

C) 事件代码也可以像方法一样被显式调用

D) 在新建一个表单时,可以添加新的属性、方法和事件

1.9　下面关于类、对象、属性和方法的叙述中,错误的是_____。

A) 类是对一类相似对象的描述,这些对象具有相同种类的属性和方法

B) 属性用于描述对象的状态,方法用于表示对象的行为

C) 基于同一类产生的两个对象可以分别设置自己的属性值

D) 通过执行不同对象的同名方法,其结果必然是相同的

表单设计基础

第8章　　表单控件设计

控件可分为基本型控件和容器型控件。基本型控件是指不能包含其他控件的控件,如标签、命令按钮、文本框、列表框等;容器类控件是指可包含其他控件的控件,如选项组、表格等。

下面将分别介绍常用的基本型控件和容器型控件的使用和设计。

8.1　基本型控件

8.1.1　标签

标签控件(Label)用以显示文本,被显示的文本在 Caption 属性中指定,称为标题文本,其主要属性见表 8.1。标签的标题文本不能在屏幕上直接编辑修改,但可以在代码中通过重新设置 Caption 属性间接修改。标签标题文本最多可包含的字符数目是 256。

表 8.1　标签控件的主要属性

属　　性	说　　明
Alignment	设置对象的对齐方式。0(默认)为左对齐;1 为右对齐;2 为居中
AutoSize	设置对象是否自动调节大小。取值.T. 或.F.(默认)
BackColor	设置对象的背景颜色
BackStyle	设置对象的背景是否透明。0 为透明;1(默认)为非透明
Caption	设置对象的标题
FontBold	设置对象的文字是否以粗体显示。取值为.T. 或.F.(默认)
FontItalic	设置对象的文字是否以斜体显示。取值为.T. 或.F.(默认)
FontName	设置对象的显示字体
FontSize	设置对象显示字体的大小
ForeColor	设置对象显示的前景颜色
Name	设置对象的名称
WordWrap	设置(默认)对象文本是否自动回绕。取值为.T.(此时忽略 AutoSize 设置)或.F.

【例题 8.1】　创建如图 8.1 所示的表单,要求设置表单的标题为"标签实例",并在表单上添加标签控件,设置标签控件的标题为"欢迎使用本系统"。

操作步骤如下:

（1）新建表单：选择"文件"菜单中的"新建"命令，在"新建"对话框中选择"表单"，并单击"新建文件"按钮，即进入了表单设计器。将表单的 Caption 属性设置为"标签实例"，AutoCenter 属性设置为.T.（使表单运行时出现在屏幕的中央）。

（2）添加标签：在"表单控件"工具栏中选择"标签"控件，在属性窗口中将它的 Caption 属性设置为"欢迎使用本系统"，将 FontSize 属性值设置为 20，双击 ForeColor 属性，屏幕上出现"颜色"对话框，选择蓝色。

图 8.1　标签控件实例

（3）保存并运行表单：选择文件菜单中的"保存"命令，在出现的"另存为"对话框中选择一个路径，并输入保存的文件名。选择表单菜单中的执行表单命令可运行表单。

8.1.2　文本框

文本框（TextBox）是一种常用控件，可用于输入数据或编辑内存变量、数组元素和非备注型字段内的数据，其主要属性见表 8.2。所有标准的 Visual FoxPro 编辑功能，如剪切、复制和粘贴，在文本框内都可使用。文本框一般包含一行数据。文本框可以编辑任何类型的数据，如字符型、数值型、逻辑型、日期型或日期时间型等。

表 8.2　文本框控件的主要属性

属　　性	说　　明
ControlSource	设置与对象绑定的数据源
InputMask	设置每个字符输入时必须遵守的规则
PasswordChar	设置输入文本时替代显示的字符，一般用于设计密码框，如将该属性的值设置为符号 * ，则无论用户在文本框中输入什么内容，均以 * 显示
Value	设置文本框对象的初始值与类型

InputMask 属性值是一个字符串。该字符串通常由一些所谓的模式符组成，每个模式符规定了相应位置上数据的输入和显示行为。各种模式符的功能如表 8.3 所示。

表 8.3　模式符及其功能

模式符	功　　能
X	允许输入任何字符
9	允许输入数字和正负号
♯	允许输入数字、空格和正负号
$	在固定位置上显示当前货币符号（由 SET CURRENCY 命令指定）
$　$	在数值前面相邻的位置上显示当前货币符号（浮动货币符）
*	在数值左边显示星号 *
.	指定小数点的位置
,	分隔小数左边的数字串

【例题 8.2】　设置表单控件名为 calculator，设置表单内文本控件 Text1 的输入掩码使其具有如下功能：仅允许输入数字、正负号和空格，宽度为 10（直接使用相关掩码字符设

置）。设置表单内文本控件 Text2 为只读控件，保存表单。

操作步骤如下：

（1）新建表单：选择"文件"菜单中"新建"命令，在"新建"对话框中选择"表单"，并单击"新建文件"按钮，即进入了表单设计器。在表单的 Name 处输入"calculator"。

（2）选中 Text1 控件，在"属性"的 InputMask 处输入"＃＃＃＃＃＃＃＃＃＃"。

（3）选中 Text2 控件，在"属性"的 ReadOnly 处选择". T. "。

（4）保存并运行表单：选择"文件"菜单中的"保存"命令，在出现的"另存为"对话框中选择一个路径，并输入保存的文件名。选择表单菜单中的执行表单命令可运行表单。

【例题 8.3】 在表单中创建如图 8.2 所示的"密码框"。要求表单上有一个文本框，当表单运行时，在文本框中输入的内容均以星号显示。

操作步骤如下：

（1）新建表单：选择"文件"菜单中"新建"命令，在"新建"对话框中选择"表单"，并单击"新建文件"按钮，即进入了表单设计器。

（2）添加标签控件：在"表单控件"工具栏中选择"标签"控件，在属性窗口中将它的 Caption 属性设置为"请输入内容"。并添加一个文本框控件。

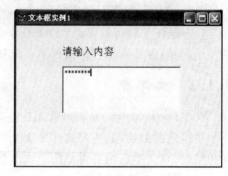

图 8.2 文本框控件实例

（3）添加文本框：用鼠标在"表单控件"工具栏中选择"文本框"控件，在属性窗口中将它的 PasswordChar 属性设置为" ＊ "。

（4）保存并运行表单：选择"文件"菜单中的"保存"命令，并输入保存的文件名。选择"表单"菜单中的"执行表单"命令可运行表单。

8.1.3 编辑框

编辑框（EditBox）是一种结合数据编辑的控件对象，主要用来编辑长字段或备注型字段文本，允许自动换行。缺省的控件对象右侧有垂直滚动条，当编辑内容超过区域高度后，滚动条变亮，变为可用状态，用户可以使用方向键、PageUp（或 PageDown）键以及鼠标拖动来显示或编辑某个字段的值。它允许用户添加或编辑多种类型的数据，其主要属性见表 8.4。

表 8.4 编辑框控件的主要属性

属　　性	说　　明
ControlSource	设置与对象绑定的数据源
ReadOnly	设置编辑框中的数据能否被编辑，取值为. T. 或. F.（默认）
ScrollBars	设置是否具有垂直滚动条
SelLength	设置或读取编辑框中被选定文本的长度
SelStart	设置编辑框中被选定文本的起始位置
SelText	设置或读取编辑框中被选定的文本的内容

编辑框与文本框的主要差别如下：

（1）编辑框只能用于输入或编辑文本数据，即字符型数据；而文本框则适用于数值型等 4 种类型的数据。

（2）文本框只能供用户输入一段数据；而编辑框则能输入多段文本，即回车符不能终止编辑框的输入。

编辑框生成器是为编辑框设置属性的便利工具。由于编辑框生成器与文本框生成器大同小异，不再赘述。

8.1.4 列表框与组合框

1. 列表框

列表框（ListBox）提供一组条目，用户可以从中选择一个或多个条目，其主要属性见表 8.5，表 8.6 所示的是 RowSourceType 属性的设置值。一般情况下，列表框显示其中的若干条目，用户可以通过滚动条浏览其他条目。

表 8.5 列表框控件的主要属性

属　　性	说　　明
ControlSource	用于设置与组合框关联的字段的名称或用于存取其内容的某个内存变量
MultiSelect	设置用户能否从列表中一次选择多个项
RowSourceType	设置列表框对象项目数据的来源方式
RowSource	设置列表框对象项目的数据来源
Selected	指定列表框的某个条目是否处于选定状态
Value	指定控件的当前值

表 8.6 RowSourceType 属性的设置值

属　性　值	说　　明
0	无（默认值）。在程序运行时，通过 AddItem 方法添加到列表框条目，通过 RemoveItem 方法移去列表框条目
1	值。通过 RowSource 属性手工指定具体的列表框条目
2	别名。将表中的字段值作为列表框的条目
3	SQL 查询。将 SQL SELECT 语句的执行结果作为列表框条目的数据源
4	查询（.qpr）。将 qpr 文件执行产生的结果作为列表框条目的数据源
5	数组。将数组中的内容作为列表框条目的来源
6	字段。将表中的一个或几个字段作为列表框条目的数据源

2. 组合框

组合框（ComboBox）与列表框类似，也是用于提供一组条目供用户从中选择。上面介绍的有关列表框的属性对组合框同样适用（除 MultiSelect 外），并且具有相似的含义和用法。组合框和列表框的主要区别在于：

（1）对于组合框来说，通常只有一个条目是可见的。用户可以单击组合框右端的下拉箭头按钮打开条目列表，以便从中选择。所以相比列表框，组合框能够节省表单里的显示空间。

（2）组合框不提供多重选择的功能，没有 MultiSelect 属性。

（3）组合框有两种形式：下拉组合框和下拉列表框。通过设置 Style 属性可选择想要

表单控件设计

的形式,如表 8.7 所示。

表 8.7　Style 属性的设置值与组合框的类型

属 性 值	说 明
0	下拉组合框。用户既可以从列表中选择,也可以在编辑区内输入。在编辑区输入的内容可以从 Text 属性中获得
2	下拉列表框。用户只能从列表中选择

【例题 8.4】　新建表单,向其中添加一个组合框(Combo1),并将其设置为下拉列表框,通过 RowSource 和 RowSourceType 属性手工指定组合框 Combo1 的显示条目为"上海"、"北京"(不要使用命令指定这两个属性),显示情况如图 8.3 所示。

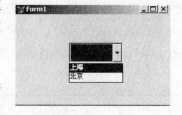

图 8.3　组合框控件实例

操作步骤如下:

(1) 创建表单:选择"文件"菜单中的"新建"命令,在"新建"对话框中选择"表单",并单击"新建文件"按钮,即进入了表单设计器。

(2) 添加组合框控件:在"表单设计器"中,添加一个组合框(Combo1),在其属性窗口的 Style 处选择"2-下拉列表框"。

(3) 设置组合框的属性:在 Combo1 属性窗口的 RowSource 处输入"上海,北京",在 RowSourceType 处选择"1-值"。

(4) 保存并运行表单:选择"文件"菜单中的"保存"命令,并输入保存的文件名。选择"表单"菜单中的"执行表单"命令可运行表单。

8.1.5　命令按钮

命令按钮(CommandButton)是最常使用的控件之一,其主要属性见表 8.8。创建命令按钮通常分两步:第一步是创建命令按钮;第二步是定义命令按钮的功能。定义命令按钮的功能是通过触发事件来实现的。

表 8.8　命令按钮控件的主要属性

属性及事件	说 明
Caption	设置在按钮对象上显示的文字
Click Event	设置当鼠标左键单击命令按钮时所触发的事件程序

【例题 8.5】　设计名为 mystu 的表单文件,表单的标题为"临床医学学生课程情况",表单中有两个命令按钮"查询"和"退出",如图 8.4 所示。运行表单时,单击"查询"命令按钮时,在浏览窗口中显示输出所有专业为"临床医学"的学生的课程情况,单击"退出"按钮关闭表单。

操作步骤如下:

(1) 新建表单:选择"文件"菜单中"新建"命令,在"新建"对话框中选择"表单",并单击"新建文件"按钮,即

图 8.4　命令按钮控件实例

进入了表单设计器。

（2）设置表单的标题属性：在"表单设计器"的属性窗口的 Caption 处输入"临床医学学生课程情况"。

（3）添加按钮并设置按钮属性：在"表单设计器"中添加两个命令按钮，在第 1 个命令按钮的属性窗口的 Caption 处输入"查询"，在第 2 个命令按钮的属性窗口的 Caption 处输入"退出"。

（4）编写按钮单击事件：双击"查询"按钮，在 Command1.Click 编辑窗口中编写相应的程序。

```
SELECT DISTINCT Xs.专业,Kc.课程名;
FROM  xs INNER JOIN xscj;
INNER JOIN kc ;
ON  Xscj.课程号 = Kc.课程号 ;
ON  Xs.学号 = Xscj.学号;
WHERE Xs.专业 = "临床医学"
```

（5）保存文件。

8.1.6　复选框

1. 复选框的值

一个复选框（CheckBox）用于标记一个两值状态，如真（.T.）或假（.F.）。当处于选中状态时，复选框内显示一个对钩（√）；否则，复选框内为空白。实际应用时通常设置多个复选框，用户可从中选定多项来实现多选。

2. 复选框属性

复选框常用属性见表 8.9。

表 8.9　复选框的主要属性

属　　性	说　　明
Caption	设置文字类型标题
ControlSource	设置复选框对象结合的表字段或内存变量
Value	设置复选框对象的初始值与类型

【例题 8.6】　建立一个表单，表单文件名和表单控件名均为 myform，表单标题为"数据浏览和维护"，表单样例如图 8.5 所示。其他功能要求如下：

（1）用标签控件显示提示信息"是否将 XS 表存盘"。

（2）用复选框（Check1）控件确定是否需要将 XS 表存盘，若"存盘"复选框被选中，则用 SQL 语句将 XS 表的内容存入表 temp 中，否则用 SQL 语句显示该表的内容。

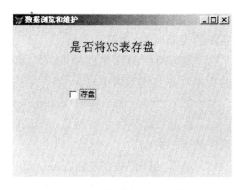

图 8.5　复选框控件实例

操作步骤如下：

（1）选择"文件"菜单中的"新建"命令，在打开的对话框中选择"表单"，并单击"新建文件"按钮。

（2）在"表单设计器"中，在其属性窗口的 Name 处输入"myform"，在 Caption 处输入"数据浏览和维护"。

（3）建立"标签"控件，在其属性窗口的 Caption 处输入"是否将 XS 表存盘"。

（4）建立"复选框"，并在其属性窗口的 Caption 处输入"存盘"。

（5）双击"存盘"复选框，在 Check1.Click 编辑窗口中输入命令组，接着关闭编辑窗口。

```
IF THISFORM.CHECK1.VALUE = 1
  SELECT  *  FROM XS INTO TABLE TEMP
ELSE
  SELECT *  FROM XS
ENDIF
```

8.1.7 计时器

计时器控件的特点

计时器（Timer）控件能周期性地按时间间隔自动执行它的 Timer 事件代码，在应用程序中用来处理可能反复发生的动作。由于在运行时用户不必看到计时器，故 VFP 令其隐藏起来，变成不可见的控件。

计时器工作的三要素如下：

（1）Timer 事件代码：表示执行的动作。

（2）Interval 属性：表示 Timer 事件的触发时间间隔，单位为毫秒。

时间间隔的长短要根据 Timer 事件动作需要达到的精度来确定。不要设置得太小，因为计时器事件越频繁，处理器就需要用越多的时间响应计时器事件，从而会降低整个程序的性能。也不应设置得太大。考虑到潜在的内部误差，推荐将间隔设置为所需精度的一半。例如时钟以秒变化，时间间隔可设置为 500（毫秒）。

（3）Enabled 属性：该属性默认为.T.。当属性为.T.时计时器被启动，且在表单加载时就生效。也可在其他事件中将该属性设置为.T.来启动计时器。当属性为.F.时计时器的运行将被 VFP 挂起，等候属性改为.T.时才继续运行。

【例题 8.7】 表单名和表单文件名均为 timer，表单标题为"时钟"，表单运行时自动显示系统的当前时间，如图 8.6 所示。

（1）表示时间的标签控件 label1（要求在表单中居中，标签文本对齐方式为居中）。

（2）单击"暂停"命令按钮（command1）时，时钟停止。

（3）单击"继续"命令按钮（command2）时，时钟继续显示系统的当前时间。

图 8.6　时钟控件实例

（4）单击"退出"命令按钮（command3）时，关闭表单。

提示： 使用计时器控件，将该控件的 interval 属性设置为 500，即每 500 毫秒触发一次计时器控件的 timer 事件（显示一次系统时间）；将计时器控件的 interval 属性设置为 0 将停止触发 timer 事件；在设计表单时将 timer 控件的 interval 属性设置为 500。

操作步骤如下：

（1）选择"文件"菜单中的"新建"命令，在打开的对话框中选择"表单"，并单击"新建文件"按钮。

（2）在"表单设计器"的属性窗口的 Caption 处输入"时钟"，在 Name 处输入"timer"。

（3）添加一个标签，将其属性窗口的 Caption 处置空，在 Alignment 处选择"2-中央"。

（4）添加 3 个命令按钮，在第 1 个命令按钮属性窗口的 Caption 处输入"暂停"，在第 2 个命令按钮属性窗口的 Caption 处输入"继续"，在第 3 个命令按钮属性窗口的 Caption 处输入"退出"。

（5）添加一个计时器控件，在属性窗口的 Interval 处输入"500"。双击计时器控件，在 Timer1.Timer 编辑窗口中输入"thisform.label1.caption＝time()"。

（6）双击"暂停"按钮，在 Command1.Click 中输入命令"thisform.timer1.interval＝0"，接着关闭编辑窗口。

（7）双击"继续"按钮，在 Command1.Click 中输入命令"thisform.timer1.interval＝500"，接着关闭编辑窗口。

（8）双击"退出"命令按钮，在 Command2.Click 编辑窗口中输入"Release Thisform"，并关闭编辑窗口。

8.2 容器类控件

8.2.1 命令组

命令按钮组（CommandGroup）控件是表单上的一种容器，它可包含若干个命令按钮，并能统一管理这些命令按钮。命令按钮组与组内的各命令按钮都有自己的属性、事件和方法程序，因而既可单独操作各命令按钮，也可对组控件进行操作。

与其他控件一样，命令按钮组也使用"表单控件"工具栏来创建，创建时默认组内包含两个命令按钮。

要为命令按钮组设置常用属性，使用生成器较为方便。只要在命令按钮组的快捷菜单中选择"生成器"命令，就可打开"命令组生成器"对话框。

1. 两个选项卡

（1）按钮选项卡（见图 8.7）。

- 微调控件：指定命令按钮组中的按钮数，对应于命令按钮组的 ButtonCount 属性。

- 表格：包含标题和图形两个列。

标题列用于指定各按钮的标题，标题可在表格的单元格中编辑。该选项对应于命令按钮的 Caption 属性。

命令按钮可以具有标题或图像，或两者都

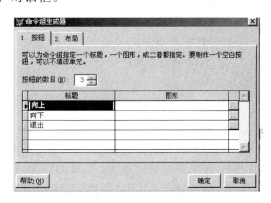

图 8.7 "命令组生成器"的"按钮"选项卡

有。若某按钮上要显示图形,可在图形列的单元格中输入路径及图形文件名,或单击"对话"按钮打开"图片"对话框来选择图形文件。该选项对应于命令按钮的 Picture 属性。

可喜的是,命令按钮会自动调整大小,以容纳新的标题和图片;组容器也会自动调整大小。

(2) 布局选项卡。

- 按钮布局选项按钮组:指定命令按钮组内的按钮按竖直方向或水平方向排列。
- 按钮间隔微调控件:指定按钮之间的间隔。

上述两项将影响命令按钮组的 Height 和 Width 属性。

- 边框样式选项按钮组:指定命令按钮组有单线边框或无边框。

2. 命令按钮组及其命令按钮的操作

(1) Click 事件的判别。

由于命令按钮组中包含了若干命令按钮,VFP 响应用户单击时必须区分出操作的是组控件还是命令按钮;如果感知了操作的是命令按钮,则还须在 Click 事件代码中判别哪个命令按钮被单击,以便执行相应的动作。

- 若命令按钮组及其所含的各命令按钮分别设置了 Click 事件代码,VFP 将根据用户单击的位置来触发组控件或命令按钮:若单击组内空白处,组控件的 Click 事件就被触发;而单击组内某命令按钮,则该命令按钮的 Click 事件被触发。
- 单击某命令按钮时,组控件的 Value 属性就会获得一个数值或字符串:当 Value 属性为 1(默认值)时,将获得命令按钮的顺序号,它是一个数值;而当 Value 属性设置为空时,将获得命令按钮的 Caption 值,它是字符串。于是在命令按钮组的 Click 事件代码中便可判别出单击的是哪个命令按钮,并决定执行的动作。处理格式如下:

```
DO  CASE
    CASE   THIS.Value = 1      && 若单击第 1 个命令按钮返回.T.
           * 执行动作 1
    CASE   THIS.Value = 2      && 若单击第 2 个命令按钮返回.T.
           * 执行动作 2
    CASE   THIS.Value = 3      && 若单击第 3 个命令按钮返回.T.
           * 执行动作 3
ENDCASE
```

若组控件 Value 属性返回值是字符串,则上述语句中的数字分别用 Caption 值来替代,例如 THIS.Value=1 改为 THIS.Value="Command1"。

(2) 容器中对象的引用。

例如,引用命令按钮组中的命令按钮:THISFORM. Commandgroup1. Command1 或 THIS. Command1。

(3) 容器及其对象的编辑。

- 容器本身的编辑:设计时若在表单上选定容器,就可编辑该容器的属性、事件代码与方法程序,但不能编辑容器中的对象。
- 容器中对象的编辑:要编辑容器中的对象,须先激活容器。激活的方法是选定容器的快捷菜单中的"编辑"命令,容器被激活的标志是其四周显示一个斜线边框。容器激活后,用户便可选定其中的对象进行编辑。例如要编辑命令按钮组中的某命令按钮,只要右击命令按钮组并选定快捷菜单中的"编辑"命令,便可在命令按钮组边界内拖动此命令按钮,或改变它的大小。

编辑完成后,只要单击容器边界外的任何位置,就可以使容器退出激活状态。

还有一个方法能够激活容器并直接选择其中的对象,即在属性窗口的对象组合框列表中选择容器中的对象。

8.2.2 选项组

选项按钮组(OptionGroup)是一个可包含若干选项按钮的容器。选项按钮不能独立存在,通常一个选项按钮组含有多个选项按钮,当用户选定其中的一个时,其他选项按钮都会变成未选定状态,即用户只能从中选定一项。

1. 选项按钮的外观

与复选框类似,选项按钮外观也可分标准样式和按钮两类,不同的是:

(1)选项按钮的标准样式是圆圈,被选定后圆圈中会出现一个点。

(2)在选项按钮组的各个选项按钮中总有一个默认被选定。

(3)由于选项按钮组是容器,若要设置选项按钮的外观,须先激活选项按钮组。

2. 选项按钮组属性

选项按钮组的主要属性见表 8.10。

表 8.10 选项按钮组的主要属性

属性及事件	说　明
ButtonCount	设置组中按钮的数目
Click Event	当在按钮上单击鼠标左键时所触发的事件,一般通过程序判定用户按下哪个选项按钮,并执行对应的代码
ControlSource	设置选项按钮组结合的表字段或内存变量
Value	指明选择了哪个选项

3. 选项按钮组生成器

选项按钮组生成器包括按钮、布局和值 3 个选项卡。

前两个选项卡与命令按钮组的情形类似,可对按钮个数、按钮垂直排列或水平排列等进行设置。指定按钮个数对应于 ButtonCount 属性,选项按钮组创建时默认包含 2 个按钮。

值选项卡用于设置选项按钮组与字段绑定。对于数值型字段,当某按钮选定时在当前记录的该字段中将写入选项按钮序号;对于字符型字段,当某按钮选定时,该按钮的标题就被保存在当前记录的该字段中。组控件与字段绑定对应于 ControlSource 属性。将选项按钮被选定的信息存储到表中的功能,可以应用于单选题的计算机阅卷。

【例题 8.8】 建立如图 8.8 所示表单,表单完成一个计算器的功能。表单文件名和表单控件名均为 calculator,表单标题为"计算器"。

表单运行时,分别在操作数 1(Label1)和操作数 2(Label2)下的文本框(分别为 Text1 和 Text2)中输入数字

图 8.8 选项按钮组控件实例

表单控件设计

（不接受其他字符输入），通过选项组（Optiongroup1，4 个按钮可任意排列）选择计算方法（Option1 为"＋"，Option2 为"－"，Option3 为"＊"，Option4 为"/"），然后单击命令按钮"计算"（Command1），就会在"计算结果"（Label3）下的文本框 Text3 中显示计算结果，要求使用 DO CASE 语句判断选择的计算分类，在 CASE 表达式中直接引用选项组的相关属性。

注意：所涉及的数字和字母均为半角字符。

表单另有一命令按钮（Command2），按钮标题为"关闭"，表单运行时单击此按钮关闭并释放表单。

操作步骤如下：

（1）选择"文件"菜单中的"新建"命令，在打开的对话框中选择"表单"，并单击"新建文件"按钮。

（2）在"表单设计器"的属性窗口的 Name 处输入"calculator"，在 Caption 处输入"计算器"。

（3）依次建立 3 个标签：Label1、Label2 和 Label3，并分别修改其标题 Caption 的值，依次为"操作数 1"、"操作数 2"和"计算结果"。

（4）依次建立 3 个文本框：Text1、Text2 和 Text3，再将 Text3 的 Enable 属性设置为".F."。

（5）添加一个"选项按钮组"，在其属性窗口的 ButtonCount 处输入"4"，调整这 4 个按钮的排列位置以及各个 Caption 的值。

（6）添加两个命令按钮，在第 1 个命令按钮 Command1 的属性窗口的 Caption 处输入"计算"，在第 2 个命令按钮 Command2 的属性窗口的 Caption 处输入"关闭"。

（7）双击"计算"按钮，在 Command1.Click 编辑窗口中输入下列程序：

```
do  case
    case thisForm.optiongroup1.value = 1
thisForm.Text3.Value = val(thisForm.Text1.Value) + val(thisForm.Text2.Value)
    case thisForm.optiongroup1.value = 2
thisForm.Text3.Value = val(thisForm.Text1.Value) − val(thisForm.Text2.Value)
    case thisForm.optiongroup1.value = 3
thisForm.Text3.Value = val(thisForm.Text1.Value) ＊ val(thisForm.Text2.Value)
    case thisForm.optiongroup1.value = 4
thisForm.Text3.Value = val(thisForm.Text1.Value)/val(thisForm.Text2.Value)
endcase
```

（8）双击"关闭"命令按钮，在 Command2.Click 编辑窗口中输入"ThisForm.Release"，接着关闭编辑窗口。

8.2.3　表格

VFP 提供了一个功能非常强大的表格控件（Grid），可以用于显示并维护数据表，表格（Grid）控件也是容器（Container）的一种，其最重要的一点是：表格中的每个表头、列、表格单元都是对象，拥有自己的属性、事件和方法。这使得在程序中控制表格中的各层对象成为可能。

1. 在表单窗口创建表格控件

通常用下述两种方法来创建表格控件。

（1）从数据环境创建。

例如创建 XS 表表格。打开表单窗口后，先在数据环境中添加 XS 表，然后用鼠标将数据环境中 XS 表窗口的标题栏拖到表单窗口后释放，表单窗口中即会产生一个类似于 Browse 窗口的表格，其中填入了 XS 表的字段与记录。表格的 Name 属性默认为 GrdXS。

（2）利用表格生成器创建。

先使用"表单控件"工具栏的表格按钮在表单窗口创建表格，然后从表格控件的快捷菜单中选择"生成器"命令，就会出现"表格生成器"对话框。用户便可在该对话框中设置表格属性，从而得到符合要求的表格。这样创建的第 1 个表格，其 Name 属性默认为 Grid1。

2. 属性选择

（1）表格属性。

ColumnCount：表示表格中的列数。默认值为－1，此时表格中将列出表的所有字段。

RecordSourceType：指定数据源类型，通常取 0（表）或 4（SQL 说明）。取 4 时，将 SQL
SELECT 语句的执行结果作为表格的数据源。取值为 0 时，如果数据环境中已存在一个表，就不需设置 RecordSource 数据源。

（2）列属性。

ControlSource：指定某表的字段（例如 XS. 姓名）为数据源。

CurrentControl：为列指定活动控件，默认为 Text1。

【例题 8.9】 设计一个表单，表单的标题名为"学生课程成绩信息浏览"，在表单的左上方有一个标签（Label1），标签上的文字为"学号"；在标签的右边紧接着放置一个组合框控件（Combo1），将组合框控件的 Style 属性置为"下拉列表框"，RowSourceType 属性设置为"字段"（用来选择 XS 表中的课程号）；在组合框的右边紧接着放置一个"确定"命令按钮（Command2）；在标签的下方放置一个表格控件（Grid1），将 RecordSourceType 属性设置为"4-SQL 说明"；在表单的右下方放置一个"退出"命令按钮（Command1）表单界面如图 8.9 所示。其他功能要求如下：

图 8.9　表格控件实例

（1）为表单建立数据环境，向数据环境添加 XSCJ 表和 XS 表。

（2）程序运行时，在组合框中选择某个学生的学号，单击"确定"按钮后在表格中显示该学生所学的课程名及课程成绩。

（3）单击"退出"按钮时，关闭表单。

操作步骤如下：

（1）选择"文件"菜单中的"新建"命令，在打开的对话框中选择"表单"，并单击"新建文件"按钮。

（2）在"表单设计器"的属性窗口的 Caption 处输入"学生课程成绩信息浏览"，在 Name 处输入"form"。

（3）添加一个标签 Label1，在其属性窗口的 Caption 处输入"学号"。

（4）在"表单设计器"中，单击鼠标右键，在弹出的快捷菜单中选择"数据环境"命令，在数据环境设计器中,在"打开"对话框中,选择表"xs.dbf",接着在"添加表或视图"对话框中,双击表"xscj",再单击"关闭"按钮,关闭"添加表或视图"对话框。

(5)添加一个组合框控件Combo1,在Style处选择"2-下拉列表框",在RowSourceType处选择"6-字段",在RowSource处选择"xs.学号"。

(6)添加一个表格控件Grid1,在其属性窗口的RecordSourceType处选择"4-SQL说明"。

(7)添加两个命令按钮,在第1个命令按钮的属性窗口的Caption处输入"退出",在第2个命令按钮的属性窗口的Caption处输入"确定"。

(8)双击"Command1"命令按钮,在Command1.Click编辑窗口中输入"Release Thisform",接着关闭编辑窗口。

(9)双击"Command2"命令按钮,在Command2.Click编辑窗口中输入下述语句,接着关闭编辑窗口。

```
thisform.grid1.recordsource = "select * from  xscj where  学号 = xs.学号   INTO CURSOR lsb"
```

8.2.4　页框

页框(PageFrame)是包含页面的容器,用户可在页框中定义多个页面,以生成带选项卡的对话框。含有多页的页框可起到扩展表单面积的作用。

创建页框

页框控件可通过"表单控件"工具栏中的页框按钮来创建。在一个表单中允许创建多个页框,而且在页框外和页面中都允许创建控件。

要强调指出,若要向页面添加控件,须先将页框作为容器激活,然后选定此页面。若未激活页框,添加的控件看起来在页面中,但实际上创建在表单中,只要将页框拖动一下,就会看到该控件在表单中的位置不变。

页框最常用的属性是PageCount,它指定页框中包含的页面数,默认为2。

页面最常用的属性是Caption,它是页面的标题,即选项卡的标题。要编辑页面,须先将页框作为容器激活。

【例题 8.10】 建立一个表单,表单标题为"学生管理",如图8.10所示。表单其他功能如下:

(1)表单中含有一个页框控件(PageFrame1)和一个"退出"命令按钮(Command1),单击"退出"命令按钮关闭并释放表单。

(2)页框控件(PageFrame1)中含有3个页面,每个页面都通过一个表格控件显示有关信息。第1个页面Page1上的标题为"学生",显示表xs中的内容;第2个页面Page2上的标题为"课程",显示表kc中的内容;第3个页面Page3上的标题为"学生平均成绩",该表格中显示每个学生的姓名及其所学课程的平均成绩。

图 8.10　页框控件实例

操作步骤如下：

（1）选择"文件"菜单中的"新建"命令，在打开的对话框中选择"表单"，并单击"新建文件"按钮。

（2）在"表单设计器"中，在其属性窗口的 Caption 处输入"学生管理"。

（3）在"表单设计器"中，单击鼠标右键，在弹出的快捷菜单中选择"数据环境"命令，在数据环境设计器中，在"打开"对话框中，选择表"xs. dbf"，接着在"添加表或视图"的对话框中，双击表"kc"，再在"添加表或视图"对话框中，双击表"xscj"，再单击"关闭"按钮，关闭"添加表或视图"对话框。

（4）添加一个页框 Pageframe1，在其属性窗口的 PageCount 处输入"3"。在页框空白处单击鼠标右键，在弹出的快捷菜单中选择"编辑"命令，使页框处于编辑状态（对象周围布满水蓝色斜纹），选中 Page1，在其属性窗口的 Caption 处输入"学生"，选中 Page2，在其属性窗口的 Caption 处输入"课程"，选中 Page3，在其属性窗口的 Caption 处输入"学生平均成绩"。

（5）添加一个命令按钮，在其属性窗口的 Caption 处输入"退出"，双击"Command1"命令按钮，在 Command1. Click 编辑窗口中输入"Release Thisform"，接着关闭编辑窗口。

（6）选中"学生"页，打开"数据环境"，按住"xs"表的标题栏不放，拖至"学生"页左上角处松开鼠标；选中"课程"页，打开"数据环境"，按住"kc"表的标题栏不放，拖至"课程"页左上角处松开鼠标；选中"学生平均成绩"页，添加一个表格控件 Grid1，在 Grid1 的属性窗口的 RecordSourceType 处选择"4-SQL 说明"，在 RecordSource 处输入"SELECT Xs. 姓名, avg（Xscj. 课程成绩） as 平均成绩, Xscj. 学号 FROM xs INNER JOIN xscj ON Xs. 学号 = Xscj. 学号 GROUP BY Xscj. 学号 ORDER BY 2 DESC INTO CURSOR aaa"。

8.3　自　定　义　类

可以通过调用类设计器可视化地创建类。用类设计器创建、定义的类保存在类库文件中，便于管理和维护。类库以文件形式存放，其默认扩展名是. vcx。

使用类设计器创建类

1. 调用类设计器

可以采用下面任何一种方法调用类设计器，创建自己需要的类：

方法 1：在"项目管理器"对话框中，选择"类"选项卡，然后单击"新建"按钮。

方法 2：从"文件"菜单中选择"新建"命令，打开"新建"对话框，然后选中"类"单选按钮，并单击"新建文件"按钮。

方法 3：在命令窗口中输入"CREATE　CLASS"。

不管采用哪种方法，系统首先打开"新建类"对话框。在对话框中，用户需要指明新类的名称、新类派生于哪个类（即新类的父类）以及保存新类的类库。

一个类的父类可以是 Visual FoxPro 提供的某个基类，也可以是某个用户自定义类。如果新类的父类是某个基类，可以直接从下拉列表中选择指定；如果新类的父类是一个用户自定义类，则可先单击"派生于"框右侧的对话框按钮，调出"打开"对话框，然后再从中指定类库及类库中要作为新类父类的类。

如果在"存储于"框中指定的类库原先不存在,系统将自动建立该类库。如果指定的类库已经存在,那么新建类将被添加到该类库中。

指定了新类的名称、父类及类库后,单击"确定"按钮,就可以打开"类设计器"窗口,进入类设计器环境。如果在 CREATE CLASS 命令中已经指定了这些内容,那么将跳过"新建类"对话框,直接进入类设计器环境。

2. 添加属性

要为所创建的类定义新的属性,可按如下步骤操作:

(1) 选择"类"菜单中的"新建属性"命令,打开"新建属性"对话框。

(2) 在"名称"框中输入属性的名称。

(3) 为属性指定可视性,如保护。

(4) 指明属性是否为 Access 属性和是否为 Assign 属性(一个属性可以既是 Access 的又是 Assign 的)。

(5) 单击"添加"按钮。

如果还有其他的属性需要添加,可以从第(2)步开始继续定义。可以为所定义的类添加任意数目的属性。当所有的属性都定义完后,单击"关闭"按钮关闭对话框。

对新添加的属性,系统为它设置的默认值是.F.。用户可按下列方法重新设置一个属性的默认值:在"属性"对话框中找到并单击这个属性,然后在设置框后输入所希望的值。

属性的可视性有 3 种:"公共"、"保护"和"隐藏",它们的含义如下:

- 公共:一个"公共"属性能够在应用程序的任何地方(比如一个过程或某个类的代码中)被访问(即基于类创建的对象,在该属性上的取值能被查询和修改)。
- 保护:一个"保护"属性只能被类定义中的方法和子类定义中的方法所访问。
- 隐藏:一个"隐藏"属性只能被类定义中的方法所访问,即使是子类中定义的方法也不能访问它。

3. 添加方法

要为所创建的类添加新的方法,可按如下步骤操作:

(1) 选择"类"菜单中的"新建方法程序"命令,打开"新建方法程序"对话框。

(2) 在"名称"框中输入方法的名称。

(3) 为方法指定可视性,如公共。方法可视性的设置及含义与属性基本相同,比如,一个公共方法可以在应用程序的任何地方被调用。为了体现对象的封装性,在创建类时,一般可以将其属性设置为"保护",而将其一部分方法设置为"公共"。这些公共方法就是这类对象与其他对象之间相互作用的接口。

(4) 单击"添加"按钮。

用户可以为所定义的类添加任意数目的方法。当所有的方法都定义完后,单击"关闭"按钮关闭对话框。

以上步骤只是为类声明了一些方法,但这些方法的代码还没有定义。要指定一个方法的具体代码,可先在"属性"窗口中找到并双击这个方法,打开代码窗口,然后在代码窗口的编辑区内输入该方法的代码。

如果方法代码要访问类中的属性,应该在属性名前加上前缀 This,This 与属性名之间用圆点分隔。关键字 This 表示当前对象,即现在调用该方法的对象。

在类定义中，方法代码除了可以访问类中的属性外，也可以访问类中的其他方法。另外，正在定义的属性也能访问已经定义的其他属性。但不管哪种情况，被访问的属性名和方法名之前都要加上关键字 This。

4. 修改类定义

对已经存在的类，也能够调用类设计器去修改它的定义。

方法 1：在"项目管理器"对话框的"类"选项卡中，选定需要修改的类（假定类在项目中），然后单击"修改"按钮。

方法 2：从"文件"菜单中选择"打开"命令，接着在"打开"对话框中找到并双击类所在的类库文件，然后在对话框中再次单击类库文件并在"类名"框中选择需要修改的"类"，最后单击"打开"命令按钮。

方法 3：在命令窗口中输入命令"MODIFY CLASS＜类名＞ OF ＜类库名＞"。

注意：对类所做的任何修改都会自动反映到它的所有子类上。

【例题 8.11】 扩展 Visual FoxPro 基类 TextBox，创建一个名为 MyTextBox 的新类。新类保存在名为 myclasslib 的类库中，该类库文件存放于 D 盘的根目录下。在新类中将 Height 属性的默认值设置为 25；将 Width 属性的默认值设置为 120。另外，为新类添加一个属性 myValue。

操作步骤如下：

（1）在命令窗口中输入"CREATE CLASS"，打开"新建类"对话框。然后在对话框中指定新类的名称、父类以及类库，如图 8.11 所示。

（2）单击"确定"按钮，打开"类设计器"窗口，进入类设计器环境。在属性窗口中，将新建类的 Height 属性的默认值设置为 25，Width 属性的默认值设置为 120。

（3）选择"类"菜单中的"新建属性"命令，打开"新建属性"对话框。然后在对话框中设置属性 myValue 的有关内容，如图 8.12 所示。

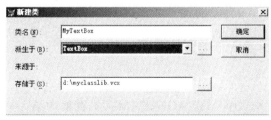
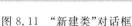

图 8.11 "新建类"对话框

图 8.12 "新建属性"对话框

（4）单击"添加"按钮添加属性，然后单击"关闭"按钮关闭对话框。

（5）最后，单击"类设计器"窗口右上角的"关闭"按钮，退出类设计器环境。

本 章 小 结

本章较为具体地介绍了一些常用控件的使用，包括标签、文本框、编辑框、列表框、组合框、命令按钮、复选框、计时器、命令组、选项组、表格、页框等。最后介绍了自定义类的设计和应用，这对加深理解面向对象技术、提高表单设计和应用水平是有帮助的。

习 题

1. 填空题

1.1 按钮控件的标题应该由_____属性指定。

1.2 在 Visual FoxPro 中,如果要改变表单上表格对象中当前显示的列数,应设置表格的_____属性值。

1.3 页框控件的页面数由_____属性指定,该属性的默认值为_____。

2. 选择题

2.1 假设某个表单中有一个命令按钮 CLOSE,为了实现当用户单击此按钮时能够关闭该表单的功能,应在该按钮的 CLICK 事件中写入语句_____。

A) THISFORM. CLOSE   B) THISFORM. ERASE

C) THISFORM. RELEASE   D) THISFORM. RETURN

2.2 以下所列各项属于命令按钮事件的是_____。

A) PARENT   B) THIS

C) THISFORM   D) CLICK

2.3 表格控件的数据源可以是_____。

A) 视图   B) 表   C) SQL SELECT 语句   D) 以上三种都可以

2.4 假设表单上有一选项组:⊙男 ○ 女,其中第一个选项按钮"男"被选中。请问该选项组的 VALUE 属性值为_____。

A) T   B) "男"   C) 1   D) "男"或1

2.5 表单里有一个页框,页框包含两个页面 PAGE1 和 PAGE2。假设 PAGE2 没有设置 CLICK 事件代码,而 PAGE1 以及页框和表单都设置了 CLICK 事件代码。那么当表单运行时,如果用户单击 PAGE2,系统将_____。

A) 执行表单的 CLICK 事件代码

B) 执行页框的 CLICK 事件代码

C) 执行页面 PAGE1 的 CLICK 事件代码

D) 不会有反应

2.6 表单名为 MYFORM 的表单中有一个页框 MYPAGEFRAME,将页框的第 3 页(PAGE3)的标题设置为"修改",可以使用代码_____。

A) MYFORM. PAGE3. MYPAGEFRAME. CAPTION＝"修改"

B) MYFORM. MYPAGEFRAME. CAPTION. PAGE3＝"修改"

C) THISFORM. MYPAGEFRAME. PAGE3. CAPTION＝"修改"

D) THISFORM. MYPAGEFRAME. CAPTION. PAGE3＝"修改"

2.7 在表单中为表格控件指定数据源的属性是_____。

A) DATASOURCE   B) RECORDSOURCE

C) DATAFROM   D) RECORDFROM

2.8 设置表单标题的属性是_____。

A) TITLE   B) TEXT   C) BIAOTI   D) CAPTION

3. 上机题

3.1 有一表单文件，其中包含"高度"标签、TEXT1 文本框，以及"确定"命令按钮，如图 8.13 所示。

图 8.13 上机题第 1 题示意图

请在表单设计器环境下完成如下操作：

（1）将标签、文本框和命令按钮 3 个控件设置为顶边对齐。

（2）将"确定"按钮设置为默认按钮，即通过按 Enter 键就可以选择该按钮。

（3）将表单的标题设置为"表单操作"，将表单的名称设置为 Myform。

（4）设置"确定"按钮的 CLICK 事件代码，使得表单运行时，单击该按钮可以将表单的高度设置成在文本框中指定的值。

3.2 现有"国家"表文件，结构如下：

国家(国家名称(C,20)，国家代码 (C,3))

建立一个文件名和控件名均为 myform 的表单，表单构造如图 8.14 所示。表单中包括一个列表框（List1）、一个选项组（Optiongroup1）和一个"退出"命令按钮（Command1），这 3 个控件名使用系统默认的名字。相关控件属性设置要求：表单的标题为"奖牌查询"，列表框的数据源使用 SQL 语句根据"国家"表显示国家名称，选项组中有 3 个按钮，标题分别为金牌（Option1）、银牌（Option2）和铜牌（Option3）。

图 8.14 上机题第 2 题示意图

表单控件设计

第9章　菜单设计与应用

一个较大的应用系统一般都是由若干个子系统组成,而这些子系统又由多个不同功能的模块构成,每个功能模块可以完成一定具体工作。Visual FoxPro 6.0 中菜单作为人机交互的重要界面之一,在具体应用中有举足轻重的作用,它用来组织和调用各种不同功能的程序模块,用户通过调用这些功能模块完成各种操作。因此,菜单设计的好坏会直接影响一个应用系统的使用效率。本章主要介绍 Visual FoxPro 的菜单设计方法。

9.1　VFP 6.0 菜单概述

Visual FoxPro 中常用的是两种菜单:下拉式菜单和快捷菜单。应用程序大多以下拉式菜单形式列出它的所有功能,供用户选择。而快捷菜单基本是从属于某个用户界面对象,列出了相关的一些操作。

9.1.1　菜单系统

在 Windows 环境下,常见的菜单有两种:下拉式菜单和快捷菜单。

1. 下拉式菜单

大多数菜单都是由一个主菜单的条形菜单栏和一组称作子菜单的弹出式菜单组成。条形菜单一般位于应用程序窗口的上方,是启动应用程序后始终都可以看到的菜单名列表栏。菜单栏中的每个菜单名代表一个主菜单选项,每个主菜单项都可以直接对应一条命令或一个过程。通常,每个主菜单项对应一个下拉式菜单作为它的子菜单,子菜单包含了一组相关的菜单项,从而形成一种级联的菜单结构。在子菜单中,对功能上密切相关的菜单项可以设置分隔线划分菜单项的组别。

图 9.1 所示的"我的电脑"系统菜单,主菜单中列出了"我的电脑"常用的几大功能类别,如"文件"、"编辑"、"查看"和"收藏"等。单击主菜单项,如"编辑"菜单,可将它展开,显示其子菜单。

2. 快捷菜单

当鼠标指针指向某个对象界面单击鼠标右键,通常会弹出一个快捷菜单,列出对当前对象的各种可用命令,避免了在主菜单中一一查找的麻烦。快捷菜单一般只有一个弹出式菜单。菜单组中的每个菜单项可直接对应于一条命令,也可对应于一个级联子菜单。

每个菜单项都可以有选择地设置一个访问键或快捷键。访问键通常是一个字符,出现在菜单项名称后的括号内并带有下划线,当菜单激活时,可以按下访问键快速选择相应的菜

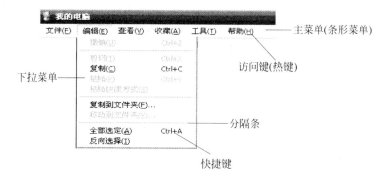

图 9.1　"我的电脑"系统菜单

单项。快捷键一般是 Ctrl 键和另一个字符组成的组合键,不论菜单是否被激活,都可以通过快捷键选择相应的菜单项。

9.1.2　创建菜单系统的过程

在创建菜单系统之前,首先要对菜单系统进行规划和设计。规划和设计菜单系统主要是确定需要哪些菜单项、出现在界面的何处以及哪几个菜单项要有子菜单等。还要考虑以下几个原则:

(1) 按照用户所要执行的任务组织系统,而不要按照应用程序的层次组织系统。

应使用户通过查看菜单和菜单项,就能对应用程序的组织方法有一个感性的认识。因此必须理解用户思考问题和完成任务的方法,这样才能设计出好的菜单系统。

(2) 给每一个菜单项定义一个有意义的菜单标题。

(3) 按照估计菜单使用频率、逻辑顺序或字母顺序组织菜单项。

如果不能预计菜单的使用频率,也无法确定逻辑顺序,可以按字母顺序组织菜单项。当菜单中包含较多的菜单项时,按字母顺序特别有效。菜单项太多需要用户花一定时间才能浏览一遍,按字母顺序便于查看菜单项。

(4) 在菜单项的逻辑组之间设置分隔线,将功能相关的菜单项显示在一个菜单组。

(5) 将菜单项的数目限制在一个屏幕之内。若菜单项的数目超过一个屏幕,应为其中的一些菜单项建立一个子菜单。

(6) 为菜单和菜单项设置访问键(热键)或快捷键,用户可以通过键盘方便、快捷地进行菜单操作。

不管应用程序的规模多大,准备使用的菜单多么复杂,创建菜单系统都需要经过下面的步骤:

(1) 规划菜单系统。确定需要哪些菜单、出现在界面的位置,以及哪几个菜单要有子菜单等。

(2) 创建菜单及子菜单。使用"菜单设计器"定义菜单的标题、菜单项、子菜单。

(3) 按实际要求为菜单系统指定任务,即指定菜单所要执行的任务。如执行一条命令或一个程序。另外,如果需要,还可以包含初始化代码和清除代码。

(4) 预览菜单。在预览状态下,Visual FoxPro 系统菜单栏将显示用户所设置的菜单内容,以便更好地调整各菜单项及子菜单。

(5) 生成菜单程序。利用"菜单设计器"创建的菜单只是一个菜单定义文件(.mnx),该文件本身是一个表,存储菜单系统的各项定义,并不能运行。通过菜单生成程序,可将菜单定义文件编译成可执行的菜单程序文件(.mpr),以便在应用程序中使用。

(6) 运行菜单程序。对于编译生成的菜单程序文件,可以在命令窗口或程序代码中用 DO 命令运行。

9.1.3 系统菜单的控制

Visual FoxPro 系统菜单的形式、功能、内部名称等在第 1 章已经讲过,这里不再重述。下面主要讲述如何在用户设计的菜单中访问系统菜单。

通过 SET SYSMENU 命令可以允许或禁止在程序执行时访问系统菜单,也可以重新设置系统菜单。

格式:

SET SYSMENU ON|OFF|AUTOMATIC
|TO[<弹出式菜单名表>]|TO[<条形菜单项名表>]
|TO[DEFAULT]|SAVE|NOSAVE

功能:

(1) ON 允许程序执行时访问系统菜单,OFF 禁止程序执行时访问系统菜单,AUTOMATIC 可使系统菜单显示出来,可以访问系统菜单。

(2) TO 子句用于重新设置系统菜单。"TO[<弹出式菜单项名表>]"以菜单项内部名字列出可用的弹出式菜单。例如,命令 SET SYSMENU TO _MSM_FILE,_MSM_EDIT 将使系统菜单只保留"文件"和"编辑"两个子菜单。"TO[<条形菜单项名表>]"以条形菜单项内部名字列出可用的子菜单。例如,上面的系统菜单设置命令可以写成命令 SET SYSMENU TO _MSM_FILE,_MSM_EDIT。

(3) "TO[DEFAULT]"将系统菜单恢复为默认设置。

(4) SAVE 将当前的系统菜单配置指定为默认配置。如果在执行了 SET SYSMENU SAVE 命令之后,修改了系统菜单,那么执行 SET SYSMENU TO DEFAULT 命令就可以恢复 SET SYSMENU SAVE 命令执行前的菜单配置。

(5) NOSAVE 将默认设置恢复为 Visual FoxPro 系统的标准配置。要将系统菜单恢复成标准设置,可先执行 SET SYSMENU TO NOSAVE 命令,然后执行 SET SYSMENU TO DEFAULT 命令。

不带参数的 SET SYSMENU TO 命令将屏蔽系统菜单,使系统菜单不可用。

9.2 下拉式菜单设计

下拉式菜单是最常见的菜单,利用 Visual FoxPro 提供的菜单设计器可以很方便地进行下拉式菜单的设计。"菜单设计器"的功能有两个:一是通过定制 Visual FoxPro 系统菜单建立应用程序快速菜单,此时其条形菜单的内部名总是 _MSYSMENU;二是可以建立作为顶层表单而独立于 Visual FoxPro 系统菜单的下拉式菜单。

用菜单设计器建立下拉式菜单的一般过程如图 9.2 所示。

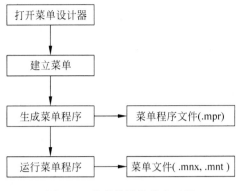

图 9.2 菜单设计的基本过程

9.2.1 菜单设计器

1. 打开"菜单设计器"窗口

在 Visual FoxPro 中无论是建立菜单或是修改已有的菜单,都需要使用"菜单设计器",打开"菜单设计器"的方法有 3 种:

(1) 通过系统菜单建立或打开。

- 菜单的建立。

选择"文件"菜单中的"新建"命令,出现"新建"对话框,在对话框中选择"菜单"按钮,出现如图 9.3 所示的对话框。若选择"菜单"按钮,将出现"菜单设计器"窗口,如图 9.4 所示;若选择"快捷菜单"按钮,将出现快捷"菜单设计器"窗口,可供用户设计快捷菜单。

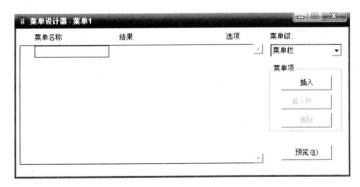

图 9.3 "新建菜单"对话框   图 9.4 "菜单设计器"窗口

- 菜单的打开。

选择"文件"菜单中的"打开"命令,在"打开"对话框的文件类型组合框中选"菜单",再选已有的菜单文件,再单击"确定"按钮,就会出现"菜单设计器"窗口。

(2) 用命令建立或打开。

- 建立菜单的命令格式如下:

CREATE MENU<文件名>

- 打开和建立菜单的命令格式如下:

菜单设计与应用

```
MODIFY  MENU<文件名>
```

功能：其中第一个只能建立新菜单，第二个既能建立新菜单也能打开已有的菜单。命令中的＜文件名＞指菜单文件，其扩展名为.MNX，扩展名允许缺省。

（3）通过项目管理器建立或打开。

- 新建或打开项目管理器。
- 在项目管理器中选择"其他"选项卡，选择项列表中的"菜单"项，再选定"新建"按钮建立新菜单，或用"添加"按钮来打开一个已有的菜单。
- 选定菜单项列表中的某菜单，便可用"修改"按钮来打开"菜单设计器"窗口。

2."菜单设计器"窗口

用前面介绍过的方法就可以打开"菜单设计器"窗口。"菜单设计器"窗口左边是一个列表框，它的每一行可以定义一个菜单项，包括"菜单名称"、"结果"和"选项"3列内容。条形菜单（菜单栏）或弹出菜单（子菜单）各占"菜单设计器"窗口中的一页。窗口右边的"菜单级"组合框用于从下级菜单切换到上级菜单，另外，还有插入、插入栏、删除和预览 4 个按钮。

（1）"菜单名称"列。

"菜单名称"列用来输入菜单项的名称，该名称只用于显示，并非菜单的内部名称。Visual FoxPro 允许用户在菜单名称中为该菜单项定义"访问键（热键）"。定义"访问键"的方法是在要定义的字符前加上"\＜"两个字符。菜单打开之后，只要按下访问键，该菜单就被执行。

（2）"结果"列。

"结果"列的组合框用于定义菜单项的性质，其中又分命令、填充名称、子菜单和过程等 4 个选项。

- "命令"。

该选项用于为菜单项定义一条命令，菜单项的动作即是执行用户定义的命令。定义时，只需将命令内容输入到组合框右边的文本框内即可。

- "过程"。

该选项用于为菜单项定义一个过程，菜单项的动作即是执行用户定义的过程。定义时一旦选定了过程项，组合框右边就会出现一个创建按钮，选定该按钮后将出现一个"菜单设计器——输入过程"窗口，供用户编辑所需的过程。

- "子菜单"。

该选项供用户定义当前菜单的子菜单。选定子菜单后，组合框的右边会出现一个"创建"按钮或"编辑"按钮。选定相应按钮后，"菜单设计器"窗口就会切换到子菜单项，供用户建立或修改子菜单，建立和修改子菜单的方法与修改主菜单的方法一样。

- "填充名称"或"菜单项＃"。

该选项供用户定义第一级菜单的菜单名或子菜单的菜单项序号。当前若是一级菜单就显示"填充名称"，表示让用户定义菜单名；当前若是子菜单项则显示"菜单项＃"，表示让用户定义菜单项序号。定义时将名字或序号输入到它右边的文本框内。

（3）"选项"列。

"选项"列含有一个无符号按钮，选定该按钮就会出现提示选项对话框，以便定义菜单项的附加属性。一旦定义过属性，按钮面板上就会显示符号√。下面说明提示选项对话框的主要功能。

- 定义快捷键。

快捷键是指菜单项右边的组合键,定义的方法是在"键标签"文本框中按下组合键,如Ctrl+X,字符串 Ctrl+X 就会自动填入本框中。另外,"键说明"文本框中也会出现相同的内容,但内容可以修改。当菜单激活时,"键说明"文本框中的内容将显示在菜单项标题的右侧,作为快捷键的说明。若要取消已定义的快捷键,只需将光标放在"键标签"文本框中按下空格键即可,如图 9.5 所示。

- 设定浅色菜单项。

"跳过"文本框用于设置菜单或菜单项的跳过条件,用户可在其中输入一个表达式来表示条件。当表达式值为.T.时该菜单项以浅色显示,表示不可用。

- 显示状态栏信息。

"信息"文本框用于设置菜单项的说明信息。指定一个字符或字符表达式,当鼠标指向该菜单时,该字符串或字符表达式的值就会显示在主窗口的状态栏上。

- 主菜单名或菜单项♯。

主菜单名或菜单项♯用于指定条形菜单或菜单项的内部名字或弹出菜单项的序号。如果不指定,系统自动设定。

注意:只有当菜单项的"结果"选项为"命令"、"过程"或"子菜单"时,该文本框选项才有效。

- 位置。

位置选项主要用于编辑 OLE 对象。控制在编辑 OLE 对象时,菜单栏显示在对象的哪一边,其中有 4 种选择:无、左、中、右。

(4)"插入"按钮。

选定插入按钮后,就在当前菜单行前插入一个新菜单行,等待用户输入新的菜单项。

(5)"插入栏"按钮。

插入栏按钮的功能是在当前菜单项行之前插入一个菜单项行,它能提供与系统菜单一样的菜单项供用户选择。方法:单击该按钮,打开"插入系统菜单栏"对话框,如图 9.6 所示。然后在对话框中选择所需的菜单命令(可以选多个),并单击"插入"按钮。

图 9.5 "提示选项"对话框

图 9.6 "插入系统菜单栏"对话框

233

第 9 章

菜单设计与应用

注意：只有在建立或编辑子菜单或快捷菜单时该按钮才可选，否则为灰色。

（6）"删除"按钮。

该按钮用于删除当前菜单项行。

（7）"预览"按钮。

该按钮用于菜单的模拟显示。在菜单设计期间选择此按钮，屏幕上可立即显示当前设计的菜单，用户可随时调整。

（8）移动按钮。

每个菜单项左边有一个移动按钮，拖动它可以改变菜单项的先后位置。

3. "显示"菜单选项

1）常规选项

选择"显示"菜单中的"常规选项"命令将出现"常规选项"对话框，如图 9.7 所示。

（1）过程编辑框。

为条形菜单中的各菜单选项指定一个缺省过程代码。如果条形菜单中的某个菜单选项没有定义子菜单，也没有规定具体的操作，那么当选择此菜单选项时，将执行该缺省过程代码。

（2）位置区。

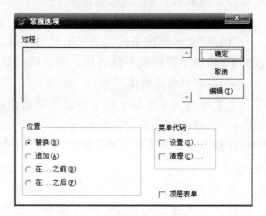

图 9.7 "常规选项"对话框

位置区有 4 个单选按钮，用来描述用户定义的菜单与系统菜单之间的关系。

- "替换"选项为默认按钮，表示可以用用户定义的菜单内容替换系统菜单的内容。
- "追加"选项将用户定义的菜单内容添加到当前系统菜单的右边。
- "在…之前"选项表示用户定义的菜单项将插在某个系统菜单项的前面，选定该按钮后，其右边将会出现一个用以指定系统菜单项的组合框。
- "在…之后"选项表示用户定义的菜单项将插在某个系统菜单项的后面，选定该按钮后，其右边将会出现一个用以指定系统菜单项的组合框。

（3）菜单代码区。

菜单代码区有两个复选框，即"设置"和"清理"。无论选定"设置"还是"清理"复选框，都将出现一个编辑窗口，供用户输入代码。

- "设置"复选框可供用户设置菜单程序的初始代码，该代码段位于菜单程序文件的首部，主要用于进行全局性设置。例如全局变量、数组、环境设置等，在菜单产生之前执行。
- "清理"复选框供用户设置菜单程序的清理代码，该代码段位于菜单程序文件的后部，清理代码在菜单显示出来后执行。

（4）顶层表单。

选择该复选框，可以将正在定义的下拉式菜单添加到一个顶层表单里。若没有选择此复选框，正在定义的下拉式菜单将作为一个定制的系统菜单。具体应用见例题 9.2。

2）菜单选项

选择"显示"菜单中的"菜单选项"命令，就会出现"菜单选项"对话框，如图9.8所示。该对话框中有一个编辑框，可供用户为子菜单写入公共的过程代码，如果这些菜单项未设置过任何命令或过程动作，也无下级菜单，选择此菜单选项时，将执行缺省代码。

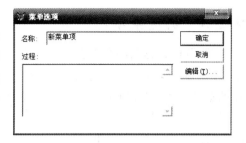

图9.8 "菜单选项"对话框

如果当前菜单是弹出式菜单，在对话框中还可以定义弹出式菜单的内部名称。该内部名称将出现在"菜单设计器"窗口的"菜单级"框中，如图9.4所示。

9.2.2 建立菜单文件

1. 菜单设计

"菜单设计器"窗口打开后，利用9.2.1节中讲过的知识很容易进行菜单设计，这里就不多讲了。

2. 保存菜单定义

菜单设计或修改完后，应作为菜单定义保存到扩展名为.mnx的菜单文件和扩展名为.mnt的菜单备注文件中。可用以下4种方法之一来保存所设计的菜单。

（1）单击"菜单设计器"窗口的"关闭"按钮退出菜单设计时，系统会自动询问是否保存。

（2）按 Ctrl＋W 键，菜单定义存到盘上且菜单设计窗口被关闭。

（3）选择系统菜单中"文件"菜单中的"保存"命令，系统会保存当前的菜单定义，但"菜单设计器"窗口不关闭。

（4）如果没有保存过菜单定义，当生成菜单程序时系统会自动询问"要将所做更改保存到菜单设计器中吗?"。

3. 生成菜单程序

"菜单设计器"窗口处于打开状态时，允许用户选择"菜单"菜单中的"生成"命令来生成菜单程序。选定该命令将会出现"生成菜单"对话框，如图9.9所示，单击对话框中的"生成"按钮就会生成菜单程序。用"菜单设计器"生成的菜单程序，其主文件名与菜单文件名相同，扩展名为.MPR，不能省略。

图9.9 "生成菜单"对话框

4. 运行菜单

在命令窗口使用 DO ＜菜单程序名＞命令或选择"程序"菜单中的"运行"命令后，在出现的对话框中选中所需要的文件就可以运行菜单程序，但需注意：

（1）菜单程序的扩展名.MPR 不能省略。

（2）运行菜单程序时，Visual FoxPro 自动对.MPR 文件进行编译并产生目标程序.MPX，而且对于主文件名相同的.MPR 和.MPX 系统总是运行后者。

9.2.3 快速菜单

"菜单设计器"窗口打开后,系统菜单就会增加一个"菜单"的菜单项,选择"菜单"菜单中的"快速菜单"命令,则在菜单设计器窗口中会出现一个与 Visual FoxPro 系统菜单一样的菜单,用户可以修改这个菜单,使它符合自己的需要,如图 9.10 所示。需要注意两点:

(1) 快速菜单在"菜单设计器"窗口为空时才允许选择,否则它是浅色的。

(2) 快速菜单命令仅可用于产生下拉式菜单,不能产生快捷菜单。

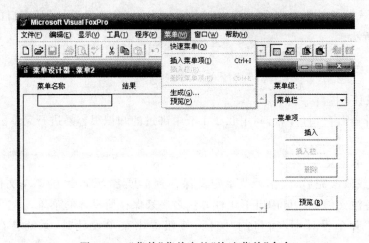

图 9.10 "菜单"菜单中的"快速菜单"命令

【例题 9.1】 利用"菜单设计器"窗口,设计一个快速下拉式菜单。

(1) 打开菜单设计器窗口。

选择"文件"菜单的"新建"子菜单中的"菜单"命令或在命令窗口输入 MODIFY MENU CC,就会出现如图 9.3 所示的"新建菜单"对话框,再选定"菜单"按钮,即可进入"菜单设计器"窗口。

(2) 建立快速菜单。

选择"菜单"菜单中的"快速菜单"命令,一个与 Visual FoxPro 系统菜单一样的菜单就会自动出现在菜单设计窗口中,修改该菜单,如图 9.11 所示。

(3) 生成菜单程序。

选择"菜单"菜单中的"生成"命令,在保存文

图 9.11 用户建立的快速菜单

件确认对话框中单击"是"按钮,保存菜单文件 CC. MNX,在"生成菜单"对话框中单击"生成"按钮。

(4) 运行菜单程序。

在命令窗口中输入命令 DO CC. MPR 或选择"程序"菜单中的"运行"命令后,在出现的对话框中选中所需要的文件,就会显示所设计的菜单。若要从此菜单退出,可在命令窗口输入 SET SYSMENU TO DEFAULT,此命令能恢复系统菜单的默认配置。

9.2.4 为顶层表单添加菜单

大多数情况下,使用"菜单设计器"设计的菜单,在命令窗口运行时,此菜单不是在窗口的顶层,而是在第二层,因为 Microsoft Visual FoxPro 标题一直都被显示。

若要换成用户想用的标题,可通过顶层表单的设计来实现,基本方法如下:

(1) 建立一个下拉式菜单文件。

(2) 菜单设计时,在"常规选项"对话框中选择"顶层表单"复选框。

(3) 将需添加此菜单的表单的 ShowWindow 属性值设置为"2—作为顶层表单",使其成为顶层表单。

(4) 在表单 Init 事件代码中添加调用菜单程序的命令,格式如下:

DO <文件名> WITH This [,"<菜单名>"]

<文件名>指定被调用的菜单程序文件,其中的扩展名.MPR 不能省略。This 表示当前表单对象的引用。通过<菜单名>可以为被添加的下拉式菜单的条形菜单指定一个内部名字。

(5) 在表单的 Destroy 事件代码中添加清除菜单的命令,使得在关闭表单时同时清除菜单,释放其被占用的空间。命令格式如下:

RELEASE MENU <菜单名> [EXTENDED]

其中的 EXTENDED 表示在清除条形菜单时一起清除其下属的所有子菜单。

【例题 9.2】 为"双色球预测系统"表单建立一个下拉式菜单,如图 9.12 所示。其中"技术分析"菜单中有中奖号码分布图、短期技术分析、中期技术分析、长期技术分析、综合预测 5 个菜单项。

操作过程如下:

(1) 打开"菜单设计器"窗口,定制下拉式菜单,如图 9.13 和图 9.14 所示。其中"双色球"是作为顶层表单文件的主名,而ss1 是应用于顶层表单中的一个表单的文件主名(如用于显示"双色球中奖号码分布图"的表单)。

图 9.12 例题 9.2 示意图

(2) 在"显示"菜单中选择"常规选项"命令,打开相应的对话框,并选择"顶层菜单"复选框。

(3) 从"文件"菜单中选择"保存"命令,将菜单定义保存在文件 ssq1. mnx 和 ssq1. mnt 中;从"菜单"菜单中选择"生成"命令,生成菜单程序文件 ssq1. mpr。

(4) 打开表单文件"双色球. scx"将其 ShowWindow 属性设置为 2,使其成为顶层表单;打开文件"ss1. scx"将其 ShowWindow 属性设置为 1,使其置于顶层表单中。

(5) 在表单"双色球"的 Init 事件代码中添加调用菜单程序文件的命令:

```
Do ssq1.mpr WITH This,'mymenu'
```

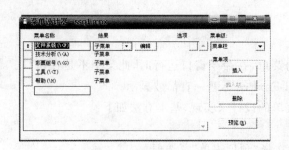
图 9.13 菜单栏定义

图 9.14 "技术分析"中子菜单的定义

(6) 在表单的 Destroy 事件代码中添加清除菜单的命令：

```
RELEASE MENU mymenu EXTENDED
```

9.3 快 捷 菜 单

Visual FoxPro 6.0 系统提供了大量的快捷菜单，为用户提供了方便。用户也可以创建自己的快捷菜单，并将它添加到对象中。在运行时，只要在该对象上单击鼠标右键，就会显示相应的快捷菜单。

下拉式菜单作为应用系统的菜单系统，列出了整个应用系统的所有功能。而快捷菜单仅列出与处理对象有关的一些功能命令。与下拉式菜单相比，快捷菜单没有条形菜单，只有弹出式菜单。快捷菜单基本是一个弹出式菜单，或由几个上下级关联的弹出式菜单组成的。

快捷菜单的操作步骤与下拉式菜单的步骤基本相仿，在出现如图 9.3 所示的"新建菜单"对话框后的操作步骤如下：

(1) 在"新建菜单"对话框中单击"快捷菜单"按钮，打开"快捷菜单设计器"窗口。

(2) 用与设计下拉式菜单相似的方法，在"快捷菜单设计器"窗口中设计快捷菜单，生成菜单文件。

(3) 在表单设计器环境下，选定需要添加快捷菜单的对象。

(4) 在选定对象的 RightClick 事件代码中添加调用快捷菜单程序的命令：

```
DO <快捷菜单程序文件名>
```

其中文件名的扩展名. MPR 不能省略。

【例题 9.3】 在"双色球预测系统"表单中添加一个快捷菜单 SSQ，如图 9.15 所示。

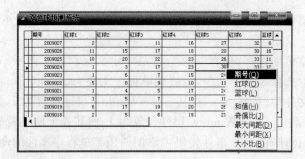
图 9.15 表单的快捷菜单

操作要点如下：

（1）快捷菜单的"设置"代码是一条接收当前表单对象引用的参数语句：

PARAMETERS BN

（2）快捷菜单的各选项名称（标题）和结果情况如表9.1所示。

表 9.1　选项的名称和结果

菜单名称	结果（过程）
期号(\\<Q)	S＝STR(N0,11)、BN.CAPTION＝S
红球(\\<O)	S＝STR(N1,3)＋STR(N2,3)＋STR(N3,3)＋STR(N4,3)＋STR(N5,3)＋STR(N6,3) BN.CAPTION＝S
篮球(\\<L)	S＝STR(NS,2)、BN.CAPTION＝S
\\-	
和值(\\<H)	S＝N1＋N2＋N3＋N4＋N5＋N6、SS＝STR(S,3)、BN.CAPTION＝SS
奇偶比(\\<J)	S1＝0、S2＝0、DIME A(8)、SCAT TO A、FOR I＝2 TO 7、IF MOD(A(I),2)＝1 S1＝S1＋1、ELSE、S2＝S2＋1、ENDIF、ENDF、SS＝STR(S1,2)＋":"＋STR(S2,2) BN.CAPTION＝SS
最大间距(\\<D)	S＝N6－N1－1、SS＝STR(S,2)、BN.CAPTION＝SS
最小间距(\\<X)	DIME A(8)、B(5)、SCAT TO A、FOR I＝3 TO 7、B(I－2)＝A(I)－A(I－1)、ENDF、FOR I＝1 TO 4、FOR J＝I＋1 TO 5、IF A(I)＞A(J)、T＝A(I)、A(I)＝A(J)、A(J)＝T、ENDIF、ENDF、ENDF、S＝STR(A(1),2)、BN.CAPTION＝S
大小比(\\<B)	DIME A(8)、SCAT TO A、S1＝0、S2＝0、FOR I＝2 TO 7、IF A(I)＜17、S1＝S1＋1 ELSE、S2＝S2＋1、ENDIF、ENDF、SS＝STR(S2,2)＋":"＋STR(S1,2)、BN.CAPTION＝SS

（3）在快捷菜单的"清理"代码中包含清除快捷菜单的命令：

release popups ssq

（4）在表单的 RightClick 事件代码中添加调用该快捷菜单程序的命令：

DO SSQ.MPR WITH THIS

基本操作过程如下：

（1）打开"快捷菜单设计器"窗口，然后按表9.1所列内容定义快捷菜单的各项内容。

（2）从"显示"菜单中选择"常规选项"命令，打开"常规选项"对话框。

（3）依次选中"设置"和"清理"复选框，打开"设置"和"清理"代码编辑窗口，然后在两个窗口中分别输入接收参数语句和清理快捷菜单命令。

（4）从"显示"菜单中选择"菜单选项"命令，打开"菜单选项"对话框，然后在"名称"框中输入快捷菜单的内部名字 SSQ。

（5）选择"文件"菜单中的"保存"命令，将结果保存在菜单文件 SSQ.MNX 和菜单备注文件 SSQ.MNT 中。

（6）选择"菜单"菜单中的"生成"命令，产生快捷菜单程序文件 SSQ.mpr。

（7）打开需要设置快捷菜单的表单，并将其 RightClick 事件代码设置成调用快捷菜单程序命令。

240

本 章 小 结

从应用界面的角度看,菜单有下拉式菜单、快捷菜单、主菜单、子菜单之分;从 Visual FoxPro 实现技术的角度看,菜单又可以分为条形菜单和弹出式菜单。本章首先介绍了菜单系统创建的过程,然后比较全面系统地介绍了利用"菜单设计器"设计快速菜单、快捷菜单和下拉式菜单的方法和技术。

习　　题

1. 简答题

1.1　菜单由几部分组成?

1.2　简述菜单文件与菜单程序的区别与联系。

1.3　什么是快捷键和快速菜单?

1.4　如何在顶层表单中添加菜单?

1.5　如何在用户菜单中添加系统菜单?

1.6　如何在弹出式菜单的菜单项之间插入分隔线,将内容相关的菜单项分隔成组?

2. 填空题

2.1　典型的菜单系统一般是一个下拉式菜单,下拉式菜单由一个_____和一组_____组成。

2.2　要将 Visual FoxPro 系统菜单恢复成标准配置,可先执行_____命令,然后在执行_____命令。

2.3　快捷菜单实际上是一个弹出式菜单。要将某个弹出式菜单作为一个对象的快捷菜单,通常是在对象的_____事件调用菜单程序的命令。

2.4　当用户选择菜单时,可能发生的动作是_____、_____和_____。

2.5　运行用户定义的菜单系统后,恢复 Visual FoxPro 的系统菜单,应执行_____命令。

2.6　设计菜单要完成的基本操作有_____、_____、_____和_____。

2.7　在菜单设计器窗口为菜单项定义快捷键,应该利用_____对话框。

2.8　打开"菜单设计器"以后,在"显示"菜单中将增加_____和_____两个选项。

3. 选择题

3.1　在 Visual FoxPro 中,扩展名为 .mnt 的文件是_____。

A) 菜单备注文件　　　B) 备注文件　　　　C) 项目文件　　　　D) 菜单文件

3.2　在 Visual FoxPro 中,菜单程序文件的默认扩展名是_____。

A) .mnt　　　　　　　B) .mnx　　　　　　C) .mpr　　　　　　D) .prg

3.3　定义_____菜单时,可以使用"菜单设计器"的"插入栏"按钮,以便插入标准的系统菜单命令。

A) 条形菜单　　　　　B) 弹出式菜单　　　C) 快捷菜单　　　　D) B、C 都可以

3.4　在菜单设计时,可以在定义菜单名称时为菜单项指定一个访问键。规定了菜单项

的访问键"Z"的菜单名称定义是_____。

A）综合查询(\<Z)   B）综合查询/<(Z)

C）综合查询<(\Z)   D）综合查询<(/Z)

3.5 在利用"菜单设计器"设计菜单时，不能指定内部名字或内部序号的元素是_____。

A）条形菜单   B）条形菜单菜单项

C）弹出式菜单   D）弹出式菜单菜单项

3.6 为一个表单设计了快捷菜单，打开这个菜单应当用_____。

A）热键   B）快捷键   C）事件   D）菜单

3.7 如果菜单项名为"统计"，热键是 T，在菜单名称一栏中应输入_____。

A）统计(Alt＋T)   B）统计 T

C）统计(\<T)   D）统计(Ctrl＋T)

3.8 设计菜单要完成的最终操作是_____。

A）定义主菜单和子菜单   B）指定各菜单项的任务

C）生成菜单程序   D）浏览菜单

3.9 设菜单文件名为 cj.mnx，运行该菜单文件正确命令是_____。

A）DO CJ.MNX   B）DO CJ.MPR

C）DO MENU CJ   D）MENU FORM CJ

4. 上机操作题

4.1 创建一个快速菜单，主菜单中只有文件、编辑、窗口和帮助 4 个菜单及其所包含的菜单项的子菜单。并分别给主菜单"文件"中的"关闭"命令，"编辑"中的"清除"命令设置快捷键"Ctrl＋F3"和"Ctrl＋F4"。

4.2 使用"菜单设计器"建立如下表的下拉式菜单。

条形菜单	菜单项	子菜单
文件	新建 打开 关闭	
浏览	学籍表 XJ.DBF 班级代码表.DBF 成绩表.DBF 加分表.DBF	
管理	学籍管理 成绩管理	
工具	向导	表 查询 表单
退出	退出	

4.3 在职员数据库 staff 中有 YUANGONG 表和 ZHIBAN 表，YUANGONG 表的结构式职工编码 C(4)、姓名 C(6)、夜值班天数 N(2)、昼值班天数 N(2)、加班费 N(7.2)，

ZHIBAN 表中只有一条记录两个字段,分别记载了白天和夜里的每天加班费。

(1) 计算 YUANGONG 表的加班费字段值,计算方法是:

加班费＝夜值班天数×夜加班费＋昼值班天数×昼加班费

(2) 根据上面的结果,将员工的职工编码、姓名、加班费存储到 staff 表中,并按加班费降序排列,如果加班费相同,则按职工编号升序排列。

选择"退出"菜单项,程序终止运行。

4.4　有一个数据库 stsc,其中数据库表 student 存放学生信息,使用"菜单设计器"制作一个名为 MENU1 的菜单。菜单中有"数据维护"和"文件"两个菜单栏。

每个菜单栏都包括一个子菜单,菜单的结构如下:

数据维护
　　数据表格式输入
文件
　　退出

其中数据表格式输入菜单项相对应的过程包括下列命令:打开数据库 stsc、表 student、Browse、关闭。

"退出"菜单对应的过程有 set sysmenu to default。

4.5　职员管理数据库 staff_8 中有 yuangong 和 zhicheng 两个表。yuangong 表的结构是职工编码 C(4)、姓名 C(10)、职称代码 C(1) 和工资 N(10.2) 字段。zhicheng 表是职称代码 C(1)、职称名称 C(8)、增加百分比 N(7.2)。现为 yuangong 表增加一个新字段,新字段名为新工资,类型是 N(10.2),然后编写运行符合下列要求的程序。

设计一个名为 staff_m 的菜单,菜单中有两个菜单项"计算"和"退出"。

程序运行时,选择"计算"相应完成下列操作:

现在要给每个人增加工资,请计算 yuangong 表新工资字段,方法是根据 zhicheng 表中的相应职称增加百分比来计算。新工资＝工资×(1＋增加百分比/100)

选择"退出",程序终止运行。

4.6　有 myform 表单文件,将该表单设置为顶层表单,然后设计一个菜单,并将新建立的菜单应用于该表单(在表单的 load 事件中运行菜单程序)。

新建的菜单文件名为××,结构如下(表单、报表和退出是菜单栏中的 3 个菜单项):

表单
　　浏览课程
　　浏览选课统计
报表
　　浏览报表
退出

选择"浏览课程"时在表单的控件中显示"课程"(在过程中完成,直接指定表名)。

选择"浏览选课统计"时在表单表格控件中显示简单应用,建立视图的内容(在过程中完成,直接指定视图名)。

选择"退出"时关闭和释放表单(在命令中完成)。

注意:最后要生成菜单程序,并将作为顶层表单的菜单。

第 10 章　　报表与标签

对于各种开放式的应用系统,将数据打印输出是一种很正常的合理要求。精美的报表与标签能使数据清晰地呈现在纸张上,使所需要汇总的数据、统计、查询与摘要信息等看起来清晰、直观、一目了然。

10.1　建　立　报　表

报表包括两个部分:数据源和报表布局。数据源通常是自由表或数据库表,但也可以是视图、查询和临时表。报表布局定义了报表的打印格式。

Visual FoxPro 提供了 3 种创建报表的方法:

(1) 使用报表向导建立报表。

(2) 使用快速报表建立简单的报表。

(3) 使用报表设计器建立报表。

在 Visual FoxPro 中,报表设计一般包括如下 5 个步骤:

(1) 确立数据源。

(2) 确定所建立报表的样式。

(3) 建立报表文件。

(4) 修改和定制布局文件。

(5) 预览和打印报表。

10.1.1　确立报表的格式

建立报表之前,应确立所需报表的常规格式。报表的布局可以很复杂,也可以比较简单,还可以设计特殊类型的报表。虽然报表的种类很多,但归纳起来也不外乎表 10.1 所示的几种。

表 10.1　报表的常规布局类型

布局类型	说　　明	示　　例
列报表	这种报表每行一条记录,每个字段一列,字段名在页面上方,字段名与其数据在同一列	分组/总计报表、财务报表、存货清单和销售总结
行报表	每个字段一行,字段在左侧,字段名与其数据在同一行	列表、清单
一对多报表	用于一条记录或一对多关系中,其内容包括父表的记录及其相关子表的记录	发票、会计报表

布局类型	说　明	示　例
多栏报表	每条记录的字段沿分栏的左边缘竖立放置	电话号簿、名片
标签	它是多列报表,每条记录的字段沿分栏的左边缘竖立放置,是打印在特殊纸上的	邮件标签、名片

10.1.2　报表布局文件

如图 10.1 所示为"常规报表布局"。

列报表　　　行报表　　　一对多报表　　　多栏报表　　　标签

图 10.1　常规报表布局

报表布局文件具有.frx 的文件扩展名,它存储报表的详细说明。每个报表文件还有带.frt 文件扩展名的相关文件。报表文件指定报表中需要的字段、打印的文本以及信息在页面上的位置。若要在页面上打印所需内容中的一些信息,可通过打印报表文件达到目的。报表文件不存储每个数据字段的值,只存储一个特定报表的位置和格式信息。每次运行报表,值可能不同,这取决于报表文件所用数据源的字段内容是否更改。

10.1.3　用向导创建报表

Visual FoxPro 为用户提供了两种类型的报表向导:一般的报表向导和一对多报表向导。在这两种向导中,一般报表向导只能处理一个表,一对多报表向导能处理两个表。在报表向导中,如果所要建立的报表可能包含多个表内容时,就需要先建立视图,然后利用视图作为数据源来建立报表。这里只对一般报表向导进行阐述,在 10.3.2 节将对一对多报表如何创建进行阐述。打开报表向导的方法如下:

(1) 打开"项目管理器",选择"文档"选项卡,再选"报表",单击"新建"按钮,然后在图 10.2(a)所示的对话框中选"报表向导"选项。

(2) 打开"文件"菜单或单击工具栏"新建"按钮,选"新建"对话框,单击"报表"按钮后,选择"向导"。

(3) 选择"工具"菜单中的"向导"子菜单中的"报表"命令,如图 10.2(b)所示。

(4) 直接单击工具栏上的"报表"按钮,如图 10.2(c)所示,可以使用报表向导。

不管使用哪一种方法,报表向导启动后,首先弹出"向导选取"对话框,如图 10.3 所示。如数据源只来自于一个表,应选择"报表向导",否则应选"一对多报表向导"。

下面用实例来说明使用报表向导的过程。

【例题 10.1】　用报表向导为表 XS.DBF(学生表)建立报表。

打开自由表 XS.DBF(学生)作为数据源;启动报表向导,弹出"向导选取"对话框后,选"报表向导"。因本例只对一个自由表建立报表,进入"报表向导"后将经历如下 6 个步骤:

(a) 选择"报表向导"选项　　　　　　(b) "报表"命令　　　　　　(c) "报表"按钮

图 10.2　用报表向导创建表

（1）字段选取，如图 10.4 所示。在"数据库和表"列表框中可能有多个表，这里选表 XS.
DBF。在"可用字段"中，选中在报表中要输出的字段，单击右箭头按钮，或直接双击字段名，该
字段就移到"选定字段"列表框中。单击向右的双箭头，则此表的所有字段都将移过去。

图 10.3　"向导选取"对话框

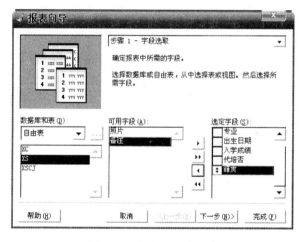

图 10.4　报表向导第一步

（2）分组记录如图 10.5 所示。这一步可以建立分组方式，但必须按分组字段建立索引
后才能正确分组，最多可建立三层分组。本例没有建立分组。

（3）选择报表样式，如图 10.6 所示。单击"样式"列表框中的样式名称，将会在左上角
即时显示样式的效果。这里选了"经营式"。

（4）定义报表布局，如图 10.7 所示。通过微调按钮可分别设置报表的列数、方向和字
段布局，在左上角框内会即时显示该样式的效果。本例选择的是横向单列表布局。

（5）排序记录，如图 10.8 所示。确定记录在报表中出现的顺序，排序字段必须已经建
立索引。可以设置 1～3 个字段在报表中出现的顺序，并可设置升序或是降序；也可以不选
排序字段。"选定字段"的第一个为主排序字段，第二个次之，第三个再次之。本例选择了
"籍贯"一个字段，并选了升序。

246

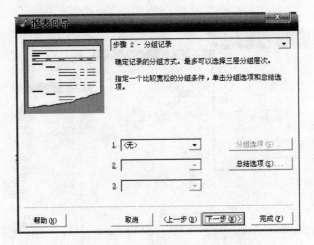

图 10.5　报表向导第二步

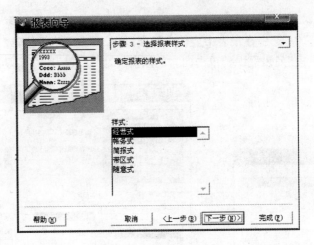

图 10.6　报表向导第三步

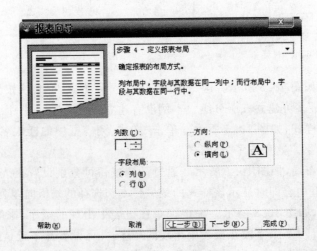

图 10.7　报表向导第四步

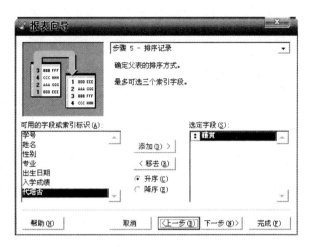

图 10.8　报表向导第五步

（6）完成，如图 10.9 所示。在"报表标题"中输入"学生信息"，选中"保存报表以备将来使用"单选按钮。

图 10.9　报表向导第六步

（7）为了查看所生成报表的情况，一般先单击"预览"按钮，查看一下效果。要预览报表布局，可以按照以下步骤进行：

- 在"显示"菜单中选"预览"命令，或在"文件"菜单中选择"打印预览"命令，或在工具栏中单击"打印预览"按钮 ⬚，或在快捷菜单中选择"预览"命令。本例的预览如图 10.10 所示。
- 结果报表中往往是多页的，在打印快捷工具栏中，单击 ▸（前一页）或 ◂（后一页）按钮可切换页面，也可以使用 ⬚（第一页）、⬚（最后一页）或 ⬚（转到页）按钮返回到用户指定的页面。

最后单击报表向导中的"完成"按钮，弹出"另存为"对话框，可以指定报表文件的保存位置和名称，扩展名为.FRX。

248

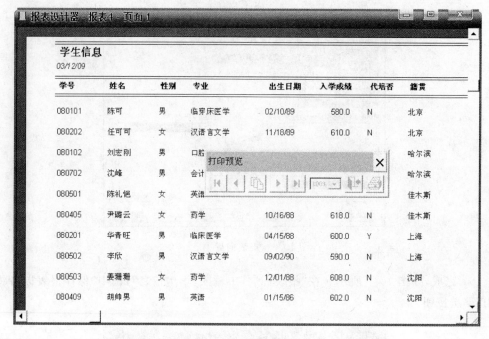

图 10.10　预览报表

10.1.4　打开"报表设计器"窗口

打开如图 10.11 所示的"报表设计器"窗口后，在 Visual FoxPro 系统菜单中将增加一个"报表"菜单(见图 10.12)，并在"显示"、"格式"、"文件"等菜单中增加或改变一些命令的功能(例如"文件"菜单的"页面设置"命令)。它们与"报表设计器"窗口互相配合，组成方便设计与打印报表的工具。

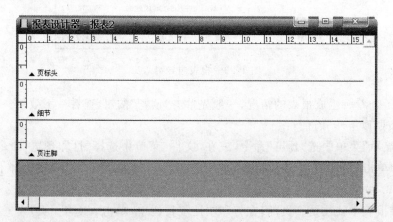

图 10.11　"报表设计器"窗口

打开"报表设计器"的方法如下：

(1) 打开"项目管理器"，选择"文档"选项卡，再选"报表"，单击"新建"按钮，然后在图 10.2 所示界面中单击"新建报表"按钮。

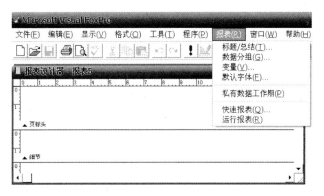

图 10.12 "报表"菜单

（2）选择"文件"菜单中的"新建"命令或单击工具栏"新建"按钮，打开"新建"对话框，选择"报表"，单击"新建文件"按钮。

（3）使用命令：

CREATE REPORT [<报表文件名>]

该命令用于建立新的报表并打开报表设计器。

如果缺省报表文件名，系统会自动给一个暂时名称，否则用户给的文件名将显示在标题栏上。

MODIFY REPORT <报表文件名>

该命令用于打开一个已经存在的报表文件并打开"报表设计器"。

（4）若在报表向导的最后一步，即"完成"这一步中选择"保存报表并在'报表设计器'中修改报表"，Visual FoxPro 将自动打开"报表设计器"。

（5）利用打开报表文件的方法打开"报表设计器"。选择"文件"菜单中的"打开"命令，在"打开"对话框中选择文件类型为"＊.frx，＊.frm"，并在相应的位置选择文件名，单击"确定"按钮。

使用"报表设计器"可以创建和修改报表，当"报表设计器"窗口为活动时，Visual FoxPro 的主菜单中将显示"报表"菜单和"报表控件"工具栏。

如图 10.11 所示，默认情况下，"报表设计器"显示 3 个带区：页标头带区、细节带区和页注脚带区。在每个报表中都可以添加或删除若干个带区。分隔栏位于每一带区的底部。带区名称显示在靠近蓝箭头的栏内，蓝箭头指示该带区位于栏之上，而不是栏之下。

10.1.5 用快速报表建立报表

除了使用报表向导比较方便地设计报表之外，"快速报表"也是一种用来建立简单报表比较有效的工具，它能自动创建简单报表布局。可以选择基本报表组件，然后 Visual FoxPro 根据选择自动创建简单的报表布局。用户可以通过修改这样产生的简单报表使其达到满意，这样既省时又省力。

提示：如果在已有的报表中"细节"带区是空的，就可以使用"快速报表"。如果"页标头"带区已包含控件，"快速报表"将保留它们。

打开"报表设计器"后再进行"快速报表"的操作为：

(1) 选择"报表"菜单中的"快速报表"命令。

(2) 选定所用的表，然后单击"确定"按钮。

(3) 选择想要的字段布局、标题和别名选项。

(4) 如果要为报表选择字段，选择"字段"，然后完成"字段选择器"对话框中参数的设置。

(5) 单击"确定"按钮。

选定的选项出现在报表布局中。这时可以保存、预览和运行报表。

注意："快速报表"不能向报表布局中添加通用字段。

【**例题 10.2**】 利用快速报表功能为表 xs.dbf 设计一张包括姓名、学号、出生日期、入学成绩和籍贯的 5 栏报表。

(1) 打开报表生成器窗口：在命令窗口中输入命令"modify report 学籍表"，使屏幕上出现"报表设计器"窗口（见图 10.11）。

(2) 设置数据源：在"报表设计器"窗口中右击，在快捷菜单中选择"数据环境"命令，再右击并选择"添加"命令或选择此时系统菜单中所多加的"数据环境"菜单中的"添加"命令，在数据环境中添加学籍表"xs.dbf"。

(3) 快速报表：在如图 10.12 所示的"报表"菜单中选择"快速报表"命令，出现如图 10.13 所示的"快速报表"对话框。

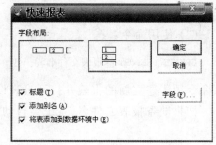

图 10.13 快速报表

注意：如果事先没有选择数据源，选择"快速报表"命令后会出现"打开表"对话框，要求用户打开一个表。还需注意，"快速报表"仅当"报表设计器"窗口的细节带区是空的时候才能对其操作，否则报表菜单的"快速报表"命令是灰色的。

快速报表对话框说明如下：

- 两个字段布局按钮：左按钮表示按行布局，即每行放置一条记录，且字段按水平方向放置；右按钮表示按列布局，即每条记录的字段在一侧竖立放置。

- "添加别名"复选框：如选中该框，则 Visual FoxPro 在某种场合（例如"报表表达式"对话框）显示字段名时会加上别名，例如 xs.姓名。

- "将表添加到数据环境中"复选框：一旦选中，能将当前打开的表添加到数据环境中。

通常以上 3 个复选框都应选中。

(4) 单击"快速报表"对话框的"字段"按钮在"字段选择器"对话框（见图 10.14）中一次选出学号、姓名、出生日期、入学成绩和籍贯 5 个字段，单击"确定"按钮，返回"快速报表"对话框，单击"确定"按钮返回"报表设计器"窗口。

定义"快速报表"后的"报表设计器"窗口如图 10.15 所示，若干个控件已分别置于设计器的不同带区中。图中包括页标头、细节和页注脚等 3 个报表带区。"报表设计器"最多可有 9 种带区。

"报表设计器"窗口的"页标头"带区中一次列出了学号、姓名、出生日期、入学成绩和籍贯等 5 个标签控件，用来表示各字段的标题；"细节"带区对应上述 5 个字段标题一次列出 5 个

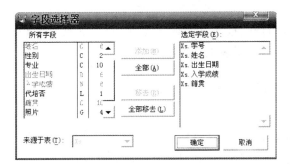

图 10.14　字段选择

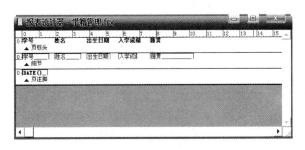

图 10.15　学籍管理报表

域控件,用来代替不同记录的字段值;在"页注脚"带区分别显示了表示日期的"DATE()"域控件,作为标题的"页"标签控件,用来返回页号的"_PAGEN()"域控件。关于页号的两个控件在带区的右端,可使用水平滚动条来观察。

　　(5) 保存报表定义:选择"文件"菜单的"保存"命令,将产生报表文件"学籍管理.frx"及其备注文件"学籍管理.frt"。备注文件与其报表文件的主名相同,扩展名为.frt。保存报表定义也有多种方法,情况与表单定义相同。

　　(6)"快速报表"预览方法参考例题 10.1 中的(7)所述,如图 10.16 所示。

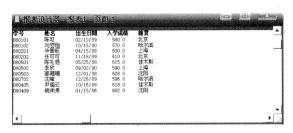

图 10.16　生成快速报表

10.2　设 计 报 表

　　大多数利用"报表向导"和"快速报表"所得到的报表都比较简单,不一定能满足用户的要求,往往需要反复进行进一步的修改和校正。Visual FoxPro 提供的"报表设计器"允许用户通过直观的操作来设计报表,或者修改已有的报表。使用"报表设计器"可以设计或修改更加复杂的报表。

在 10.1.4 节中讲了打开"报表设计器"的各种方法,这里不再重述。这里主要介绍数据环境设置、报表布局设计以及报表工具栏等。

10.2.1 设置报表数据环境

报表总是和一定的数据环境分不开的,因此在报表设计时,最好先确定报表数据环境。如果该报表总是使用相同的数据源,可以把数据源添加到数据环境中去。数据环境中的数据源可以更改,而原报表文件打印报表时是新的数据内容,格式却保持不变。

1. 数据环境对象

在报表中保存的数据源信息是数据环境对象。数据环境对象是一个复合容器,它包含数据源和关系。常用的数据对象属性如表 10.2 所示。

表 10.2 数据环境对象常用属性

属　性	说　明
AutoOpenTables	默认值为.T.,表示当预览或打印报表时,数据环境中的表或视图会被自动打开。否则为.F.,则数据环境中的表或视图由用户去打开
AutoCloseTables	默认值为.T.,表示当报表关闭或结束打印时,数据环境中的表或视图会自动关闭。否则为.F.,则必须由用户去关闭数据源
InitialSelectedAlias	数据环境中可能包含多个数据源对象,当报表输出时,会为每个数据源对象指定分配一个工作区,该属性可指定当前工作区。在默认情况下,第一个添加到数据对象中的表或视图所在的工作区为当前工作区

在数据环境对象中添加多少个表或视图,就会产生多少个数据源对象。数据源对象的CursorSource 属性记录着表或视图的名称。数据源常用属性如表 10.3 所示。

表 10.3 数据源对象常用属性

属　性	说　明
Alias	指定数据源对象的来源表或视图打开后的别名
CursorSource	指定数据源对象的来源表或视图
Exclusive	指定是否按独占方式打开数据源对象的源表
Order	决定数据源对象的主索引
RelationalExpr	决定是否以独占方式打开数据源对象的源表或视图

在数据环境中,关系对象记录两个表或视图之间的联结信息,每当在数据环境中建立两个表的关系时,就会产生一个关系对象,如表 10.4 所示。

表 10.4 关系对象常用属性

属　性	说　明
ChildAlias	联结子表的别名
ChildOrder	用以创建联结子表的索引
ParentAlia	联结父表的别名
RelationalExpr	联结运算表达式

2. 设置数据环境

设计报表时需要指定数据环境,以便确定报表的数据来源。设置数据源有两种方法:一是在数据环境中添加;另一种方法是在事先打开一个表(例如在命令窗口用 USE <表名>命令)。报表的数据来源可以是表、视图、查询的结果或各种数据统计结果。Visual FoxPro 6.0 提供了"数据环境设计器",可以用交互方式将表、视图或查询结果等添加到数据环境中。下面用实例来说明设置数据环境的方法。

【例题 10.3】 为报表设置数据环境,把"学生信息"数据库表 xs.dbf(学生表)、kc.dbf(课程表)、xscj.dbf(学生成绩表)添加到此数据环境中,并建立一定的关联。

(1) 在报表设计器空白处右击,并从弹出的快捷菜单中选择"数据环境"命令或在"显示"菜单中选择"数据环境"命令,打开如图 10.17 所示窗口。

图 10.17 "数据环境"设计器

(2) 右击"数据环境设计器"的任意区域,在快捷菜单中选择"添加"命令,并在弹出的"打开"对话框中,选中数据库"学生信息"中的一个表,将打开如图 10.18 所示的对话框。

(3) 在"添加表或视图"对话框中的"数据库中的表"列表框中选中要添加的表,并单击"添加"按钮将其添加到此数据环境中。

(4) 所需的表都添加到数据环境后,单击"关闭"按钮,关闭"添加表或视图"对话框。此后把 xs.dbf(学生表)中的"学号"拖到 kc.dbf(课程表)的"学分"字段上,同样把 kc.dbf(课程表)中的"课程号"拖到 xscj.dbf(学生成绩表)的"课程号"字段上,最后结果如图 10.19 所示。

图 10.18 "添加表或视图"对话框

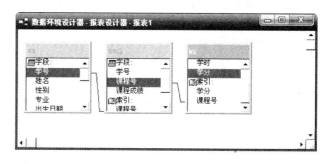

图 10.19 添加了表和关系后的数据环境设计器

253

如果报表使用的数据源是不固定的,则不必把数据源直接添加到报表"数据环境设计器"窗口中,可在使用报表时由用户先做出选择。

10.2.2 报表布局的设计

一个好的报表布局设计能使报表中的各数据信息恰好摆放在合适的位置,使人看起来赏心悦目。"报表设计器"中有若干个空白区(见图 10.11),这些空白区称为带区。默认情况下,"报表设计器"显示 3 个基本带区:页标头、细节和页注脚,但用户可以根据自己的需要添加或删除一些带区。表 10.5 列出了报表一些常用带区及其作用。

表 10.5 报表带区及作用

带 区	作 用
标题	在每张报表开头打印一次或单独占用一页,如报表名称
页标头	在每一页上面打印一次,如字段名
列标头	在分栏报表中每列打印一次
页注脚	在每一页的下面打印一次,如页码和日期
列注脚	在分栏报表中每列打印一次
组标头	有数据分组时,每组打印一次
组注脚	有数据分组时,每组打印一次
细节	为每条记录打印一次,如记录的字段值
总结	在每张报表的最后一页打印一次或单独占用一页

1. 报表带区

带区的作用主要是控制数据在页面上的打印位置。系统会以不同的方式来处理各个带区中的数据。"页标头"、"细节"和"页注脚"3 个基本带区是系统默认的,其他带区的设置和操作方法如下。

(1) 设置"标题"或"总结"带区。

从"报表"菜单中选择"标题/总结"带区命令,系统将显示如图 10.20 所示的"标题/总结"对话框。在此对话框中选中"标题带区"复选框,则在报表中添加一个"标题"带区。系统会自动把"标题"放在报表的顶部,若想把"标题"单独打印一页,应选中"新页"复选框。

选中"总结带区"复选框,则在报表中添加一个"总结"带区。系统会自动把"总结"带区放在报表的尾部。如果想把总结带区单独打一页,应选中"总结带区"复选框下面的"新页"复选框。

图 10.20 "标题/总结"对话框

(2) 设置"列标头"和"列注脚"带区。

设置"列标头"和"列注脚"带区可用于创建多栏报表。从"文件"菜单中选择"页面设置"命令,弹出如图 10.21 所示的"页面设置"对话框。把"列数"微调框的列数调整为大于 1(图中为 3),为报表添加一个"列标头"和一个"列注脚"带区。有关多栏报表的设计方法将在10.3.3 节中讲到。

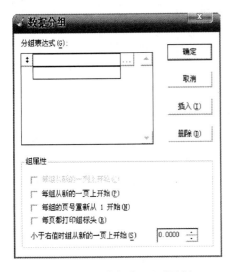

图 10.21 "页面设置"对话框

（3）设置"组标头"和"组注脚"带区。

必须按表的索引字段设置分组才能得到所想要的分组效果，只有将表中索引关键字相同值的记录集中起来，报表中数据才能组织到一起。

从"报表"菜单中选择"数据分组"命令或单击"报表设计器"工具栏上的"数据分组"按钮，弹出如图 10.22 所示的"数据分组"对话框。单击右侧的"…"按钮，弹出"表达式生成器"对话框，如图 10.23 所示，从中选分组表达式。

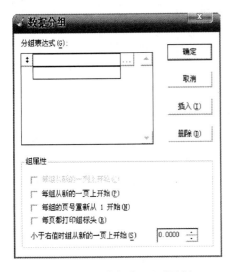

图 10.22 "数据分组"对话框　　　　　　图 10.23 "表达式生成器"对话框

此时，在"报表设计器"中将添加一个或多个"组标头"和"组注脚"带区。有关"数据分组"对话框选项内容如下：

- 分组表达式：显示当前报表的分组表达式，如字段名。若想添加一个新的表达式，则应输入新的字段名。
- 组属性：此属性用以指定如何分页。
  - "每组从新的一列上开始"复选框，表示当出现新的一组数据时，是否打印（显示）到下一列上。

255

第 10 章

报表与标签

◆ "每组从新的一页上开始"复选框,表示当出现新的一组数据时,是否打印(显示)到下一页上。

◆ "每组的页号重新从 1 开始"复选框,表示当出现新的一组数据时,是否在新的一页开始打印(显示),并把页号重置为 1。

◆ "每页都打印组标头"复选框,表示打印一组的数据内容分布在多页上时,是否每页都打印组标头。

◆ "小于右值时组从新的一页上开始",表示可以利用右边微调器输入一个数值,该数据值就是在打印"组标头"时"组标头"距页面底部的最小距离,应当设置成包括"组标头"和至少几行记录及页脚距页面底部的距离。原因是,有时因页面剩余的行数较少而在页面上只打印了"组标头"而未打印组内容,这样就会在页面上出现孤立的组标头,在报表设计时应当避免出现这种情况。

• 插入:在"分组表达式"框中输入一个空文本框,以便定义新的分组表达式。

• 删除:从"分组表达式"框中删除所选定的分组表达式或空文本框。

组带区的数目取决于分组表达式的个数。有关报表分组的具体问题将在 10.3.1 节中介绍。

2. 标尺和带区高度调整

(1) 标尺。

"报表设计器"的最上面和最左面设有标尺,可以在带区中精确定位对象的垂直和水平位置。把标尺和"显示"菜单的"显示位置"命令结合使用,可以帮助定位。

标尺刻度有"系统默认值"和"像素"两种。"系统默认值"的单位可以是英寸或厘米,它是由系统决定的。"像素"的单位为 Visual FoxPro 中的像素。选"格式"菜单的"设置网格刻度"命令,弹出如图 10.24 所示的"设置网格刻度"对话框。

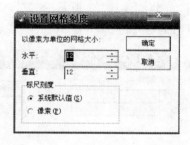

图 10.24 "设置网格刻度"对话框

如果标尺刻度设置为像素,并且状态栏中的位置指示器(如果在"显示"菜单中选择了"显示位置"命令)也以像素为单位显示。

(2) 带区高度调整。

设置了所需的带区后,就可以在带区中添加所需要的控件。如果设置的带区高度不够,可以在"报表设计器"中调整带区的高度。可以使用左侧标尺作为参照,标尺的高度仅指带区的高度,不包含页边距。

注意:不能使带区的高度小于布局中控件的高度。可把控件放在带区里,然后减少高度。

调整带区的高度方法之一是使用鼠标选中某一带区的标志栏,然后上下拖曳该带区,直到满意。另一种方法是双击要调整高度的带区标志栏,系统将显示一个对话框,如图 10.25 所示。

直接在所弹出的对话框中输入高度的数值,或调整"高度"微调器中的数值均可。微调器下面有"带区高度保持不变"复选框,选中该复选框可防止报表带区中由于过长的数据或者从其中移去数据而移动位置。

图 10.25　带区设置对话框

在各个带区对话框中还可以设置两个表达式：入口处运行表达式和出口处运行表达式。如设置入口处表达式，系统将在打印该带区内容之前计算表达式；如设置出口处表达式，系统将在打印该带区内容之后计算表达式。

10.2.3　报表工具栏

当"报表设计器"打开时，通常都会显示"报表设计器"的工具栏，如图 10.26 所示。还可以利用"报表设计器"的工具栏，打开其他工具栏，如图 10.27 所示（数据分组将在后面谈到）。使用这些工具栏会使报表设计更为方便，并能使效果更理想。

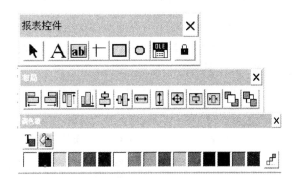

图 10.26　"报表设计器"工具栏　　　　　图 10.27　报表工具栏

1）"报表设计器"的工具栏

"报表设计器"工具栏各按钮功能如表 10.6 所示。

表 10.6　"报表设计器"工具栏各按钮功能

按钮名称	说　　明
数据分组	显示"数据分组"对话框，可以创建数据分组并指定其属性
数据环境	显示"数据环境"设计窗口
报表控件	显示或隐藏"报表控件"工具栏
调色板	显示或隐藏"调色板"工具栏
布局	显示或隐藏"布局"工具栏

2)"报表控件"工具栏

使用"报表控件"工具栏可在"报表"或"标签"上创建控件。单击需要的控件按钮,把鼠标指针移到报表上,然后单击报表放置控件并把控件拖动到适当大小。"报表控件"工具栏各按钮的功能如表10.7所示。

表 10.7 "报表控件"工具栏各按钮功能

按 钮 名 称	说 明
选择对象 ▶	移动或更改控件的大小。在创建了一个控件后,会自动选择"选定对象"按钮,除非按下"按钮锁定"按钮
标签 A	创建一个标签控件,用于保存不希望用户改动的文本,如复选框上面或图形下面的标题
域控件 ab	创建一个字段控件,用于显示字段、内存变量或其他表达式的内容
线条 十	设计使用与表单上类似的各种线条样式
矩形 ▢	用于在表单或报表上面画矩形
圆角矩形 ◯	用于在表单或报表上画椭圆和圆角矩形
图片/ActiveX绑定控件 ▦	用于在表单或报表上显示图片或通用数据字段的内容
按钮锁定 🔒	允许添加多个同类的控件,而无须多次按此控件的按钮

如果在报表上设置了控件后,可以双击报表上的控件,在显示的对话框中设置、修改其属性。在10.2.4节中将对不同的控件使用方法进一步说明。

3)"布局"工具栏

使用"布局"工具栏可以在报表或标签上对齐和调整控件的位置。"布局"工具栏各按钮功能如表10.8所示。

表 10.8 "布局"工具栏各按钮功能

按 钮 名 称	说 明
左边对齐 ▉	按最左边对齐选定控件。当选多个控件时可用
右边对齐 ▉	按最右边对齐选定控件。当选定多个控件时可用
顶边对齐 ▉	按最上边对齐选定控件。当选定多个控件时可用
底边对齐 ▉	按最下边对齐选定控件。当选定多个控件时可用
垂直居中对齐 ▣	按照一垂直轴线对齐选定控件的中心。当选定多个控件时可用
水平居中对齐 ▣	按照一水平轴线对齐选定控件的中心。当选定多个控件时可用
相同宽度 ↔	把选定控件的宽度调整到与最宽控件的宽度相同
相同高度 ▯	把选定控件的高度调整到与最高控件的高度相同
相同大小 ✛	把选定控件的尺寸调整到与最大控件的尺寸
水平居中 ▣	按照通过带区中心的垂直轴线对齐选定控件中心
垂直居中 ▣	按照通过带区中心的水平轴线对齐选定控件中心
置前 �	把选定控件放置到所有其他控件的前面
置后 ▣	把选定控件放置到所有其他控件的后面

4）"调色板"工具栏

使用"调色板"工具栏可以设定表单或报表上各控件的颜色。"调色板"工具栏各按钮功能如表10.9所示。

表10.9　"调色板"工具栏各按钮功能

按 钮 名 称	说 　 明
前景色	设置控件的前景色
背景色	设置控件的背景色
其他颜色	显示"Windows 颜色"对话框,用户可自己选择颜色

10.2.4　使用报表控件

在"报表设计器"中,为报表新设置的带区是空白的。通过在报表中添加控件来定义在页面上显示的数据项,可以安排要输出的内容。

为报表添加控件并非难事,只要在"报表控件"工具栏中选择相应的控件,接着在放置该控件的位置上单击或者按住鼠标左键画一个方框。添加不同的控件会出现不同的情况。表10.7列出了"报表控件"工具栏各按钮的一些基本功能,下面介绍不同控件的使用方法。

1. 域控件的使用

域控件实际上就是一个与字段、变量和计算结果链接的文本框,即用于显示这些内容的。使用域控件的方法和在"表单设计器"中的使用表单工具一样简单。在"报表设计器"工具栏单击域控件,然后在"报表设计器"中的相应带区中拖动就可以在"报表设计器"中设置一个域控件。

在完成拖动后会显示如图10.28所示的"报表表达式"对话框,用于设置域控件对应的字段、变量或表达式。

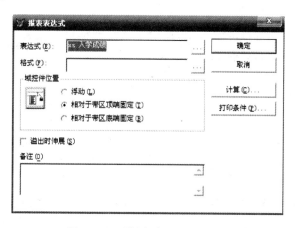

图10.28　"报表表达式"对话框

（1）图10.28中的"表达式"文本框用于输入表达式。如果不能准确写出表达式,可以通过单击文本框右边的"…"按钮进入表达式设计器进行选择。

（2）"格式"文本框用以设置输出格式。每个域控件都可由用户指定输出格式,格式输出比表达式设置还要复杂,一般可通过单击右边的"…"按钮,进入如图10.29所示的"格式"

对话框对格式进行设置。

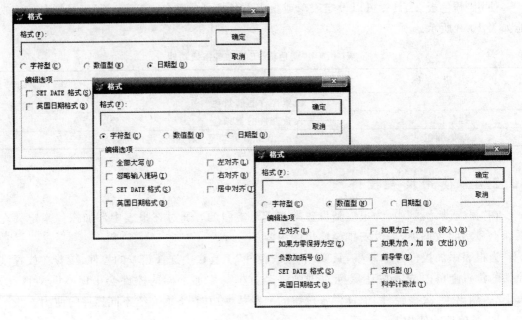

图 10.29 格式

（3）"域控件位置"选项组用于设置域控件的位置，有 3 种选择：

- 浮动，根据带区变化而变化。
- 相对于带区顶端固定。
- 相对于带区底端固定。

设置了"域控件位置"后，一旦带区的高度发生变化，控件的位置将根据设定的选项进行变化。

（4）"溢出时伸展"复选框非常有用，选中了该复选框后一旦域控件显示的内容超过控件原有的长度，系统会自动伸展该控件的长度以适应现实显示需要。

（5）"计算"按钮用于设置对域控件的计算设置，单击它会显示"计算字段"对话框，如图 10.30 所示。

图 10.30 "计算字段"对话框

- 重置。

设置把表达式重置为初始值的位置。默认是报表尾，也可以选择页尾或列尾。如果使用数据分组命令在报表中创建数组，"重置"框为报表中的每一组显示一个重置项。

- 计算。
  - ◆ 不计算：指定不计算此表达式。
  - ◆ 计数：计算每组、每页、每列或每个报表（取决于"重置"框中的选择）中打印变量的次数。此操作基于变量出现的次数，而不是变量的值。
  - ◆ 总和：计算变量值的总和。求和运算在运行时对每组、每页、每列或每个报表（取决于"重置"框中的选择）进行变量的求和运算。

- 平均值：在组、页、列或报表（取决于"重置"框中的选择）中计算变量的算术平均值。
- 最小值：在组、页、列或报表（取决于"重置"框中的选择）中显示变量的最小值。默认将组中第一个记录的值放入变量，当更小的值出现时，此变量的值随之更改。
- 最大值：在组、页、列或报表（取决于"重置"框中的选择）中显示变量的最大值。默认将组中第一个记录的值放入变量，当更大的值出现时，此变量的值随之更改。
- 标准误差：返回组、页、列或报表（取决于"重置"框中的选择）中变量方差的平方根。
- 方差：衡量组、页、列或报表（取决于"重置"框中的选择）中各字段值与平均值的偏离程度。

（6）"打印条件"按钮用于进行打印条件的设置。单击该按钮会得到如图 10.31 所示的"打印条件"对话框。

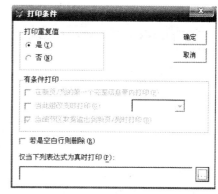

图 10.31 "打印条件"对话框

- "打印条件"对话框中的"打印重复值"选项区，可用于设置在报表中是否打印重复值。
- "打印条件"对话框中的"有条件打印"选项区有 3 个复选框：
  - 在新页/列的第一个完整信息带内打印。
  - 当此组改变时打印。
  - 当细节区数据溢出到新页/列时打印。
- "打印条件"对话框中的"若是空白行则删除"复选框用于决定出现空白项时是否删除。
- "打印条件"对话框中的"仅当下列表达式为真时打印"文本框用于设置特定打印条件，相当于查询语句中的过滤条件。

（7）插入页码和当前日期。

使用"报表控件"工具栏的域控件，可以在报表中插入页码和当前日期，步骤如下：

从"报表设计器"窗口中，打开要插入页码和当前日期的报表。在"报表控件"工具栏中，单击"域控件"按钮。在"报表表达式"的对话框中，单击"表达式"框后的"…"按钮，出现"表达式生成器"对话框，如图 10.23 所示。在"表达式生成器"对话框中单击"选项"按钮之后，在弹出的对话框内选中"显示系统内存变量"复选框并单击"确定"按钮，之后在"表达式生成器"对话框的"变量"下拉式列表框中双击"_pageno"便可插入页码；若要插入日期，双击"日期"列表框中的 DATE()函数，最后单击"确定"按钮即可。

2. 标签控件的使用

报表中的标签控件添加和使用方法与表单基本相同，只是不如表单中灵活。在报表中的标签控件具有不可编辑性，即输入的文字不可修改，只有删除此标签控件重新设置来实现更改。标签的字体属性可通过"格式"菜单的"字体"命令进行更改。

当标签控件添加完后，双击此标签控件会弹出如图 10.32 所示的"文本"对话框。

3. 线、矩形和圆角矩形控件的使用

为了使报表布局更加美观、清晰、合理，经常使用一些几何图形，如线、矩形和圆等，下面分别说明。

（1）在报表中画出线条可以使报表的内容更清晰、条例更清楚。报表中线控件的操作方式与表单基本相同，只是不能画斜线，只能画竖线和横线。

（2）从"报表控件"工具栏中选"矩形"按钮，然后在报表设计器中，拖动光标调整矩形的大小。

（3）"圆角矩形"的操作方法与"矩形"的一样。双击已绘制好的"圆角矩形"控件将弹出如图 10.33 所示的"圆角矩形"对话框，在"样式"区域选择所需要的样式后，单击"确定"按钮。

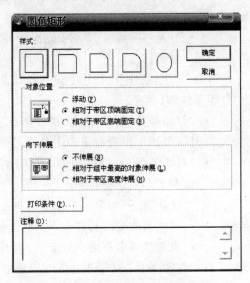

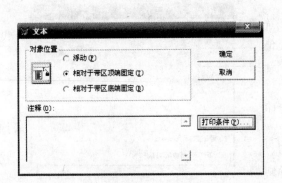

图 10.32　"文本"对话框　　　　　　　　　图 10.33　"圆角矩形"对话框

画出矩形或圆角矩形控件后，报表中显示的是一个空白的矩形方框，用户可对控件进行填充，使控件更加美观。具体做法是从"格式"菜单中选择"填充"命令，在"填充图像"子菜单（见图 10.34）中选择需要填充的样式。

4．图片/ActiveX 绑定控件的使用

为了使报表更加美观，可以为报表添加图片。通过"图片/ActiveX 绑定"控件可以为报表添加图片。

在工具栏上单击"图片/ActiveX 绑定"按钮后，在"报表设计器"中添加该控件时弹出如图 10.35 所示的 "报表图片"对话框。

（1）图片来源。

图片来源主要有两种，一种是从计算机文件中获得，还有一种是通过数据库表中的通用字段获得。通过单击文本框右边的"…"按钮可以打开"文件"对话框或"字段"对话框，进行图片或字段的选择。

（2）假如图片和图文框大小不一致。

如果报表中的图片和需要显示的图片尺寸不一致，可以通过对这一选项区的设定来解决。在该选项区中共有 3 个单选按钮，分别是：

图 10.34 "填充图像"子菜单   图 10.35 "报表图片"对话框

- 剪裁图片：如果图片的尺寸大于报表或标签设计器中定义的文本框的尺寸,图片将保持原有大小,显示出来的将只是图片在文本框中的部分。图片将以图文框的左上角为基准点,超出的右下部分不可见。
- 缩放图片,保留形状：显示整个图片,在保持图片的相对比例的条件下尽量填满图文框。这可以防止图片的纵向或横向变形。
- 缩放图片,填充图文框：显示整个图片,完全填满图文框。图片通过纵向或横向变形来填满图文框。

（3）对象位置。

与其他控件一样,图片在报表中也有自己的位置。

- 浮动：指所选的图片相对于周围字段的大小浮动。
- 相对于带区顶端固定：使图片保持在报表或标签设计器中指定的位置,并保持其相对于带区顶端的位置。
- 相对于带区底端固定：使图片保持在报表或标签设计器中指定的位置,并保持其相对于带区底端的位置。

（4）图片居中。

确保比图文框小的通用字段图片放在报表或标签框的中央。通用字段中的图片可以有不同的形状和大小。如果未选中"图片居中"复选框,则当图片比图文框尺寸小时,图片将显示在框的左上角。

（5）注释。

报表图片对话框中的注释区允许用户为所放置的图片加一些解释。注释仅用于参考,并不输出到报表或标签中。

5. 报表变量的使用

在计算机任何一种高级语言中变量的使用是必不可少的,同样在报表设计中使用变量会带来极大的方便。Visual FoxPro 使用变量来保存打印报表时所计算的结果。

如果用户使用自定义变量,可以在主菜单中选择"报表",然后再选"变量"命令,这时会弹出"报表变量"对话框,如图10.36所示。在报表对话框中可创建报表中所要使用的变量。可以添加新变量,改变或删除已有的变量或者更改变量的计算顺序。

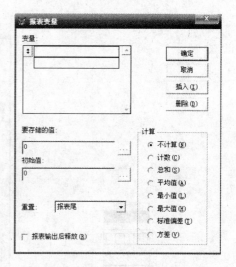

图10.36 "报表变量"对话框

下面介绍"报表变量"对话框中的选项:

(1) 变量:显示当前报表中的变量,并且为新变量提供输入位置。

(2) 要存储的值:显示存储在当前变量中的表达式,也可以在文本框中输入表达式。要创建一个存入变量的表达式,可以单击文本框后的"…"按钮,将显示"表达式生成器"对话框,为要存储的值创建表达式。

(3) 初始值:在进行任何计算之前,显示选定变量的值以及此变量的重置值。可以直接在文本框中输入一个值或单击文本框后的"…"按钮,显示"表达式生成器"对话框,为初始值创建表达式。

(4) 重置:指定变量重置为初始值的位置。"报表尾"是默认值,也可以选择"页尾"或"列尾"。如果使用数据分组命令在报表中创建组,"重置"框将为报表中的每一组显示一个重置项。

(5) 报表输出后释放:在报表打印后从内存释放变量。如果未选中此选项,那么除非退出 Visual FoxPro 或者使用 CLEAR ALL 或 CLEAR MEMORY 命令来释放变量,否则此变量一直保留在内存中。一般应该选择此项,以便释放占用的计算机资源。

(6) 插入:在"变量"框中插入一个空文本框,以便定义新的变量。

(7) 删除:在"变量"框中删除选定的变量。

(8) 计算:用来指定变量执行的计算操作。从其初始值开始计算,直到变量再次重置为初始值为止。

定义完自己的变量后,就可以在"表达式生成器"对话框"变量"列的列表框中选择它们,如图10.23所示。在"变量"列的前几行显示了才定义的变量,接着才显示系统变量。

【例题 10.4】 设计一张标题为"学生信息"的报表。

(1) 打开报表设计器,此时只有"页标头"、"细节"和"页注脚"3个默认带区。

(2) 设置数据环境:右击报表设计器的空白处,选择"数据环境"命令,再右击数据环境的空白处,选择"添加"命令,之后在打开的对话框中选择 xs.dbf(学生表)。

(3) 添加"标题"带区和"总结"带区:从"报表"菜单中选择"标题/总结"命令,在弹出的"标题/总结"对话框中选中"标题带区"复选框和"总结带区"复选框,单击"确定"按钮。"标题"带区出现在报表的顶部,"总结"带区出现在报表的尾部。

(4) 调整带区的高度:用鼠标选中"标题"带区标志栏(标志栏变黑),向下拖曳来扩展"标题"带区的空间。同样调整其他带区,改变原格局。

(5) 输入标题:单击"报表控件"工具栏中的"标签"按钮,在报表的"标题"带区上单击鼠标左键，出现一个闪动的文本插入点，输入“学生信息”作为标题。从“字体”对话框中选择合适的字号和字体，此处设的是“华文行楷”、二号字。

(6) 用上一步同样的方法在“页标头”带区适当位置添加 7 个标签控件，并分别输入“学号”、“姓名”、“性别”、“专业”、“出生日期”、“入学成绩”和“籍贯”。从“字体”对话框中选择合适的字号和字体，此处设的是“宋体”二号字。同样为“细节”带区添加 7 个内容相同的字段域控件。

(7) 移动控件：单击“报表设计器”工具栏中的“布局工具栏”按钮，打开“布局”工具栏。选定标题的“标签”控件，然后单击“布局”工具栏中的“水平居中”和“垂直居中”按钮，使标题“标签”位于带区的中央位置。把“页标头”带区的 7 个控件都选中，然后选择“布局”工具栏中的“顶边对齐”，并在“字体”对话框中选小四号字。“细节”带区的控件对齐方式与以上方式相同。

(8) 添加线条：单击“报表控件”工具栏中的“线条”按钮，横贯“标题”带区下沿画出两条水平线。在“页标头”各字段的下面画出一条细线。

同时选中这 3 条线，单击“布局”工具栏中的“相同宽度”按钮，使它们一样长。选定第二条线，从“格式”菜单下选择“绘图笔”，从子菜单中选“4 磅”。

(9) 添加图片：在“报表控件”工具栏中单击“图片/ActiveX 绑定控件”按钮，在报表的“标题”带区左端单击并拖动鼠标拉出图文框。在“报表图片”对话框的“图片来源”区域选择“文件”，选定一个图片文件。为保持图片不受破坏，选择“缩放图片，保留形状”选项。对象位置选“相对带区底端固定”。单击“确定”按钮，关闭“报表图片”对话框。

(10) 单击“常用”工具栏中的“打印预览”按钮，得到如图 10.37 所示的报表打印预览效果。

(11) 单击“常用”工具栏中的“保存”按钮，保存“xs.frx”文件。

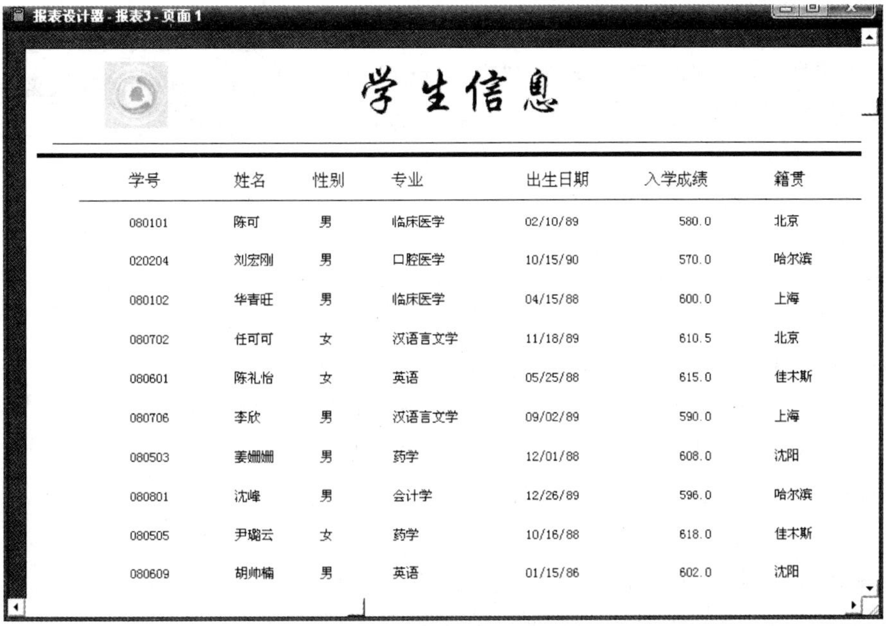

学号	姓名	性别	专业	出生日期	入学成绩	籍贯
080101	陈可	男	临床医学	02/10/89	580.0	北京
020204	刘宏刚	男	口腔医学	10/15/90	570.0	哈尔滨
080102	华青旺	男	临床医学	04/15/88	600.0	上海
080702	任可可	女	汉语言文学	11/18/89	610.5	北京
080601	陈礼怡	女	英语	05/25/88	615.0	佳木斯
080706	李欣	男	汉语言文学	09/02/89	590.0	上海
080503	姜姗姗	男	药学	12/01/88	608.0	沈阳
080801	沈峰	男	会计学	12/26/89	596.0	哈尔滨
080505	尹璐云	女	药学	10/16/88	618.0	佳木斯
080609	胡帅楠	男	英语	01/15/86	602.0	沈阳

图 10.37　报表打印预览效果

10.3　数据分组和多栏报表

在上述各种报表设计中所制作的报表可能还不能满足用户的需要,利用数据分组和多栏报表就能够把一些相同的信息放在一起,使得报表更宜于阅读。例如,要将销售表中同一个人或同一型号货物信息打印在一起,就应当根据"姓名"或"型号"字段数据进行分组。而分栏报表使得数据显示更加清晰,阅读更为方便。

10.3.1　分组报表

在一个报表中可能有一个分组或多个分组,组是基于表达式来确立的。一个表达式可以是一个字段,也可以由多个字段组成。在对报表建立分组时,报表会自动生成"组标头"和"组注脚"带区。

1.　设置报表记录的打印(显示)顺序

如果数据源是表,记录的物理顺序可能不能用于数据分组。报表布局设计过程并不给数据排序,只是按它们在数据源存放的次序来处理数据。例如,一个组以"姓名"字段为依据进行分组,报表每遇到一个不同的人名,就会产生一个新组。报表自身不会按"姓名"字段的值从头到尾在表中对数据进行排序处理。

如果在报表中要进行数据分组显示类别方式要求不同的数据,必须对数据源进行必要的索引或排序。可以对表建立索引,也可以在数据环境中使用视图或查询作为数据源,这些都能够满足分组操作的要求。

有关索引、排序、视图和查询的问题在前面讲过,下面只谈在"数据环境"中如何进行主控索引的设置。

(1) 在"数据环境设计器"中右击,从快捷菜单中选择"属性"命令,打开属性窗口,如图 10.38 所示。

(2) 在属性窗口中选择对象框中的"Cursor1"。

选择"数据"选项卡,选择"Order"属性,输入索引名,或者在索引列表中选择一个索引,如图 10.38 所示。

2.　添加单个数据组

有关"数据分组"对话框的内容在 10.2.2 节中已讲过。下面通过建立一个单级分组报表的实例介绍分组报表的基本操作。

【例题 10.5】　首先打开数据库设计器,为 xs.dbf (学生)表的"性别"建立普通索引;然后以 xs.dbf 表作为数据源,按性别创建数据分组报表,并分别统计男、女生的平均入学成绩。

(1) 打开"报表设计器"。

(2) 设置数据环境,并把 xs.dbf 表添加到此数据环境中。打开属性窗口,把按"性别"建立的索引设为主控索引。

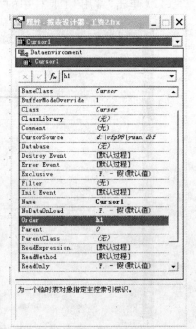

图 10.38　"报表设计器"属性窗口

（3）打开"数据分组"对话框，单击第一个"分组表达式"框右侧的"…"按钮，在"表达式生成器"对话框中选择"性别"作为分组依据。单击"确定"按钮，"报表设计器"中添加了"组标头1：性别"和"组注脚1：性别"两个带区。之后再添加一个"标题带区"。

（4）添加控件：

- 把"性别"字段从表 xs.dbf 中拖到"组标头"带区的最左边。
- 把"性别"字段从表 xs.dbf 中拖到"组注脚"带区的最左边，在"组注脚"的"性别"字段控件右边添加一个标签控件，标签的内容为"生入学成绩平均分"，再在此标签控件的右边添加一个域控件，并在弹出的"报表表达式"对话框单击"表达式"右边的"…"按钮，打开"表达式生成器"对话框，选择"字段"中的"入学成绩"，单击"确定"按钮，单击"计算"按钮，选择"计算字段"中的"平均值"。除线控件之外各控件的字体、字号都使用默认值，字形都加粗，前景色为蓝色；线控件的前景颜色为绿色，粗细为1磅。
- 在"标题"带区添加一个标签控件，控件内容为"学生成绩分组统计表"，并在此标签控件的下方添加一条贯穿的线控件。标签控件字体为"华文中宋"、字号为"四号"、加粗、前景色为红色；线控件的背景为深黄，粗细为2磅。
- 在"页标头"带区适当位置分别添加内容为"学号"、"姓名"、"入学成绩"的3个标签控件，字体、字号都为默认值，字形都加粗，前景色为洋红色。
- 把"学号"、"姓名"、"入学成绩"3个字段从表 xs.dbf 中拖到"细节"带区的适当位置，字体、字号都为默认值，字形都加粗，前景色为黑色。

用"布局"工具栏中的按钮调整以上各控件的位置及对齐方式。

（5）单击"常用"工具栏中的"打印预览"按钮，得到如图10.39所示的预览效果。

图10.39　分组报表预览

3. 添加多个数据分组

Visual FoxPro 允许在报表中有最多可达20级的数据分组。嵌套分组有利于组织不同层次的数据和总计表达式，但是在实际应用中往往只用到2、3级分组。在设计多级分组报表时,需要注意分组的级与多重索引的关系。

（1）多个数据分组基于多重索引。

多级数据分组报表的数据源必须可以分出级别来,例如,一个表中有"性别"和"职称"字段,要使同一职称的记录集中显示,只需建立以"职称"字段为关键字的索引,就可以设计出单级分组的报表。如果要使同一职称中同一性别的记录也连续显示,必须建立基于关键字表达式的复合索引,即"职称"＋"性别"。

又如,一个表中有"姓名"、"货物类型"和"收货单位"字段,则关键字表达式应为"姓名"＋"货物类型"＋"收货单位",或者按关键字表达式"姓名＋货物类型＋收货单位"来建立索引,须根据具体需要来确定。

（2）分组层次。

一个数据分组对应于一组"组标头"和"组注脚"带区。数据分组将按照在"报表设计器"中创建的顺序在报表中编号,编号越大的数据分组离"细节"带区越近。即分组的级别越细,分组的编号就越大。

在报表设计过程中,可以移动组的次序,重组组标头和组注脚,更改或删除组带区。

（3）设计多级数据分组报表。

设计多级数据分组报表的操作方法与单级分组报表的操作方法基本相仿,特别是分组表达式可以连续向下设计,并可以拖动左边的移动按钮上下调整分组表达式的次序。

系统按照分组表达式创建的顺序在"数据分组"列表中编号。在"报表设计器"内,组带区的名称包含该组的序号和一个缩短了的分组表达式。最大编号的"组标头"和"组注脚"带区出现在离"细节"带区最近的地方。

（4）更改分组。

定义好了报表中的数据分组后,可以再次打开"数据分组"对话框,在此对话框中显示有原来保存的组定义。可以改变分组表达式、组打印选项、表达式的顺序,删除原有的某些分组表达式或添加新的分组表达式。

当移动组的位置而重新安排时,组带区中定义的所有控件都将自动移到新的位置上。

需要注意的是,分组表达式顺序改变后,必须重新确立主控索引才能正确地组织各组的数据。例如,定义了第一组为"姓名",第二组为"货物类型",第三组为"收货单位"之后,主控索引一定是以"姓名＋货物类型＋收货单位"为关键字的表达式。如果重新安排,改第一组为"收货单位",第二组为"货物类型",第三组为"姓名",则必须指定索引关键字"收货单位＋货物类型＋姓名"为表达式。

组被删除之后,该组带区随之从布局中删除。若此组中包含控件,系统自动提示是否同时删去其中的控件。

【例题 10.6】 为"北京瑞元电缆公司销售一览表"建立按"姓名"和"货物类型"两级数据分组的报表。要求给出姓名相同,货物类型也相同的总金额;每个人的销售总金额及销售的次数;公司总的销售额。

（1）打开"报表设计器"。

（2）设置数据环境,添加表,打开属性窗口,指定主控索引。

（3）添加带区及控件。

- 添加"标题"和"总结"带区。

利用"报表"菜单中的命令添加这两带区。

在"标题"带区添加一个标签控件,内容为"北京瑞元电缆公司销售一览表",字体为"华文仿宋"、字号为"小三"。在"标题"带区右端添加一个域控件,其表达式为"STR(YEAR(DATE()),4)+"年"+STR(MONTH(DATE()),2)+"月"+STR(DAY(DATE()),2)+"日""。在上述两个控件的下面添加一条粗细为2磅的线。

在"总结"带区左端添加一个标签控件,其内容为"瑞元电缆公司总的销售额为:",字体、字号都采用默认值。在此标签的右边再添加一个域控件,其表达式为"数量 * 金额",并在"计算字段"中选择"总和",在上面两个控件下面添加一条细线控件。

- 在"页标头"带区中添加5个标签控件,内容分别为"职工编号"、"姓名"、"数量"、"单价"和"销售额",字体、字号都采用默认值。在这些标签控件下面添加一条细线控件。

- 打开"数据分组"对话框,添加分组带区。

单击第一个"分组表达式"框右边的"…"按钮,在"表达式生成器"对话框中选择"姓名",而不是"职工编号",主要目的是使组标头更加清楚。在第二个"分组表达式"框中输入"货物类型"。

单击"确定"按钮,"报表设计器"中添加了"组标头1:姓名"、"组标头2:货物类型"、"组注脚2:货物类型"和"组注脚1:姓名"两对组带区。

把"姓名"字段从表中拖到"组标头1:姓名"带区的左端;把"姓名"字段从表中拖到"组注脚1:姓名"带区最左端,在此字段控件的后面添加一个标签控件,内容为"总的销售额为:",在此标签控件的后面添加一个域控件,其表达式为"数量 * 金额",并在"计算字段"中选择"总和",在此控件的后面添加一个标签控件,内容为"销售次数是:",在此标签控件后面添加一个域控件,其表达式为"姓名"字段,并在"计算字段"中选择"计数"。

把"货物类型"字段从表中拖到"组标头2:货物类型"带区;把"姓名"字段从表中拖到"组注脚2:姓名"带区最左端,再把"货物类型"字段从表中拖到"组注脚2:姓名"带区中"姓名"字段控件的后面,在"货物类型"字段控件的后面添加一个标签控件,其内容为"型货物销售总额为:",在此标签控件后面添加一个域控件,其表达式为"数量 * 金额",并在"计算字段"中选择"总和"。

- 把"职工编号"、"姓名"、"数量"、"销售额"4个字段拖到"细节"带区适当位置,在"销售额"字段控件的后面添加一个域控件,其表达式为"数量 * 金额",并在"计算字段"中选择"不计算"。

(4)预览结果如图10.40所示。

10.3.2 一对多报表

如果要想创建一对多报表,可以使用报表设计器或一对多报表向导将多个表中的内容打印或显示出来。这里介绍一下如何用"报表设计器"创建一对多报表,过程如下:

(1)确定要在一对多报表中输出的信息在哪些表中,打开相关的数据库。

(2)打开"报表设计器"。

(3)添加数据环境,并把所需要的表添加进去,并且这些表是存在关系的。

(4)从数据环境的快捷菜单选择"属性"命令,在属性窗口中为父表与子表建立关系,在

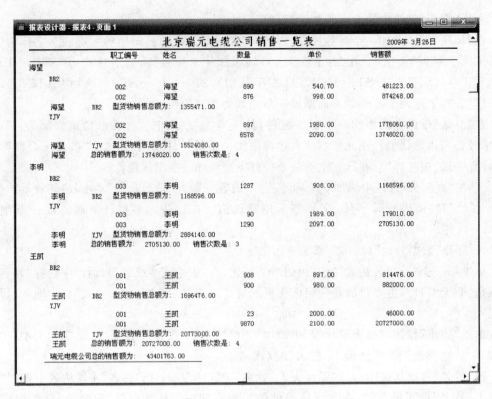

图 10.40　多组报表预览

其他表之间建立关系。

（5）在属性窗口的"对象"框中选择 Relational，并在"数据"选项卡中设置 OneToMany 属性为".T."，即此属性设置与使用 SET SKIP TO 命令效果相同。

（6）在"对象"框中选择 Cursor1，在"数据"选项卡中选择 Order 属性并从下拉列表框中选择一个索引以设置父表的排序索引。使用相似的方法为其他各表之间建立关系。

（7）在"对象"框中选择 DataEnvironment，选定 InitialSelectedAlias 属性，然后在下拉列表框中选父表。

（8）在"报表设计器"中，根据关系中父表的数据向报表中添加数据分组。

（9）将字段添加到报表中。例如，可以将父表的某些字段添加到"组标头"带区，而子表字段添加到"细节"带区。

【例题 10.7】　有学生数据库中的三张表如图 10.41 所示。建立一个一对多的报表，要求：以 xs.dbf 表中的学号为分组表达式，查询出本表的每个人"学号"、"姓名"、"专业"及根据 xs.dbf 表中"学号"查询出 xscj.dbf 表中的"课程号"和"课程成绩"，再根据 xscj.dbf 表中的"课程号"查询出 kc.dbf 表中的"课程名"、"学时"和"学分"。

在例题 10.3 图 10.19 的基础上作此题，并假设标题带区都已设置完。

（1）设立数据分组：在"分组表达式"对话框中选择 xs.dbf 表中的"学号"。

（2）在属性窗口的"对象"框中选择 Relational，并在"数据"选项卡中设置 OneToMany 属性为".T."。

（3）在"页标头"带区添加"学号"、"姓名"、"专业"、"课程号"、"课程名"、"学时"、"学分"

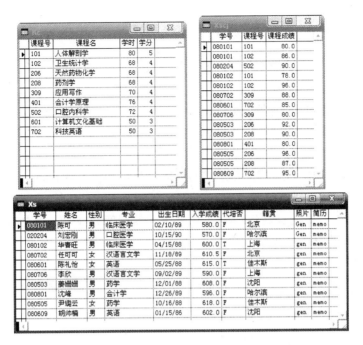

图 10.41　学生数据库中的三张表

和"课程成绩"8 个标签,并在这些控件下面添加一条细线控件。

(4) 在"组标头"带区添加 xs.dbf 表中"学号"、"姓名"和"专业"字段控件;在"组注脚"带区添加一条细线控件。

(5) 在"细节"带区添加 xscj.dbf 表中的"课程号"和"课程名"字段控件及 kc.dbf 表中的"学时"和"学分"字段控件。

(6) 预览效果如图 10.42 所示。

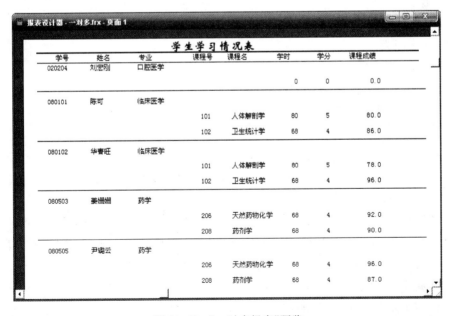

图 10.42　"一对多报表"预览

10.3.3 多栏报表

多栏报表是一种分成多个栏目打印或显示的报表。一般当一行打印的内容较少时,才使用这种报表形式。

1. 设置"列标头"和"列注脚"带区

有关"列标头"和"列注脚"带区的设置在 10.2.2 节中简单介绍过(如图 10.21 所示),这里不再多谈。

但要注意的是:这里的"列"指的是横向打印或显示的记录数目,不是指单条记录的字段个数,"报表设计器"并没有这种设置,它只显示了页边距内的区域,在默认的页面中,整条记录为一列。因此,如果报表中有多列,可以调整列的宽度和间隔。当左边距改变时,列宽将自动更改以显示出新的页边距。

2. 添加控件

在向多栏报表添加控件时,应注意不要超过"报表设计器"中带区的宽度,否则可能使显示或打印的内容相互重叠。

3. 页面设置

报表输出时,对于"细节"带区中的内容系统默认为"自上而下"输出。这适合除多栏报表以外的其他报表。对于多栏报表而言,这种输出顺序只能靠左边打印一个栏目,页面上其他栏目则为空白。为了在页面上输出多个栏目,需要把输出顺序设置为"自左而右"。在"页面设置"对话框中单击右面的"自左而右"打印顺序按钮即可。

【例题 10.8】 建立如图 10.42 所示的表 xs. dbf 的多栏报表。

(1) 打开报表设计器。

(2) 打开如图 10.21 所示的"页面设置"对话框。

- 列选项设置。

列数:3;宽度:6.1323;间隔:0.3。

- 打印区域为:整页。

- 左页边距为:2。

- 打印顺序选择"自左向右"。

(3) 设置数据环境并添加表 xs. dbf。

(4) 添加控件。

标题带区内容设置此处不再重复。

- 在"列标头"带区的顶端添加"姓名"和"入学成绩"标签控件,并在这两个标签控件下面添加一条细线控件。

- 在"细节"带区的顶端添加"姓名"和"入学成绩"字段控件,在"姓名"字段控件的下面添加一个"性别"标签控件,在"入学成绩"字段控件下面添加一个"性别"字段控件,并在这两个"性别"控件的下面添加一条点线控件。

(5) 预览效果如图 10.43 所示。

(6) 保存文件为"多栏报表. frx"。

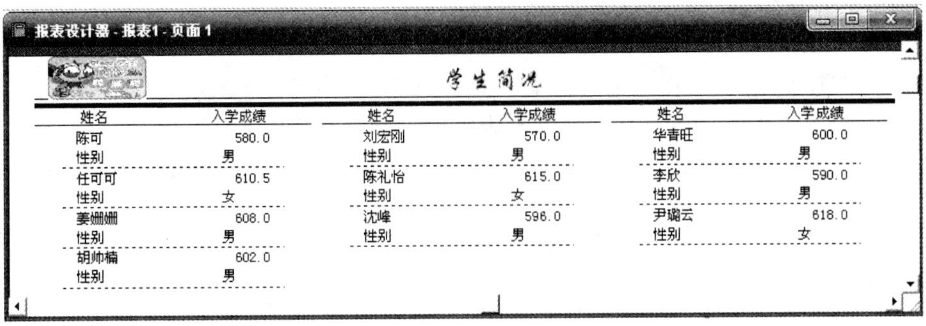

图 10.43 多栏报表预览

10.3.4 报表输出

报表设计的最终目的是要把符合要求的数据按照预想的格式输出。数据文件的扩展名为.frx,报表文件存储报表设计的详细说明。每个报表文件还带有一个扩展名为.frt 的相关报表文件。报表文件不存储每个数据字段的值,只存储数据源的位置和格式信息。

报表文件按数据源中记录出现的顺序处理记录。如果直接使用表内的数据,数据就不会在布局内正确地按组排序。因此,在打印一个报表文件之前,应确认数据源中已对数据进行了正确排序。报表的数据源最好使用视图或查询文件。

1. 页面设置

规划报表时,一般会考虑页面的外观,例如页边距、纸张类型和所需的布局。在"页面设置"对话框中可以设置报表的左边距并为多列报表设置列宽和列间距以及纸张的大小和方向。

(1) 从"文件"菜单中选择"页面设置"命令,出现"页面设置"对话框,与图 10.21 类似。

(2) 在"左页边距"框中输入一个边距值,页面布局将按新的页边距显示。

(3) 若要选择纸张大小,单击"打印设置"按钮。

(4) 在"打印设置"对话框中,从"大小"列表中选定纸张大小。

(5) 如果要选择纸张方向,可从"方向"区域选择一种方向,再单击"确定"按钮。

(6) 在"页面设置"对话框中,单击"确定"按钮。

在更改了纸张的大小和方向设置时,需要注意该纸张大小是否可以设置所选的方向,例如,纸张定为信封,则方向必须是横向。

2. 预览报表

通过报表预览,可反复调整报表的设计,使得最后能得到满意的报表效果。例如,可以检查数据列的对齐方式和间隔,或者查看是否显示所需的数据。有两个选择:显示整个页面或者缩小到一部分页面。

"预览"窗口有它自己的工具栏,使用其中的按钮可以逐页地进行预览。简述如下:

(1) 从"显示"菜单中选择"预览"命令,或在"报表设计器"中单击鼠标右键并从弹出的快捷菜单中选择"预览"命令,也可以直接单击"常用"工具栏中的"打印预览"按钮。

(2) 在"打印预览"工具栏中,单击"上一页"或"下一页"按钮来切换页面。

(3) 若要更改报表图像的大小,单击"缩放"按钮。

（4）若要打印报表，单击"打印报表"按钮。

（5）如果想返回到设计状态，单击"关闭预览"按钮。

注意：如果得到提示"是否将所作更改保存到文件？"，那么，在选定关闭"预览"窗口时一定还选取了关闭布局文件。此时可以单击"取消"按钮回到"预览"，或者单击"保存"按钮保存所作更改并关闭文件。如果选择了"否"，将不保存对布局所作的任何更改。

3．打印输出

使用"报表设计器"创建的报表布局文件只是一个外壳，它把要打印的数据组织成令人满意的格式。如果使用预览报表，在屏幕上获得了最后符合设计要求的布局，一般会打印出来。步骤如下：

（1）从"文件"菜单选择"打印"命令，或在"报表设计器"中单击鼠标右键并从弹出的快捷菜单中选择"打印"命令，也可以直接单击"常用"工具栏中的打印按钮，出现"打印"对话框。

（2）在"打印"对话框中，设置合适的打印机、打印范围、打印份数等项目，通过"属性"设置打印纸张的尺寸、打印精度等。

（3）单击"确定"按钮，Visual FoxPro 就会把报表发送到打印机上。

如果未设置数据环境，则会显示"打开"对话框，并在其中列出一些表，从中可以选定要进行操作的表。

在命令窗口或程序中使用 REPORT FORM ＜报表文件名＞[PREVIEW]命令也可以打印或预览指定的报表。其中的一些选项含义为：

- TO PINTER ［PROMPT］：控制输出到打印机。PROMPT 选项指定在打印前是否提示。
- PREVIEW：指定输出到预览窗口。
- TO FIEL Filename：指定输出到 Filename 指定的文件中。

如果不指定任何关键字，报表将输出到屏幕或活动窗口。使用 NOCONSOLE 选项将指定不输出到屏幕上。例如，在程序中执行下列命令将把 input.frx 报表输出到屏幕上预览。

```
REPORT FORM input.frx PREVIEW
```

此外，用户还可以通过 REPORT FORM 命令的 FOR 子句限制输出记录的范围。例如，使用如下命令将在报表中输出年度为 2009 的记录：

```
REPORT FORM input.frx PREVIEW FOR YEAR(include.日期) = 2009
```

10.4 标 签 设 计

标签是一种多列报表布局，为匹配特定标签纸，它具有对列的特殊设置。

和建立报表一样，可以使用标签向导来创建标签，也可以直接使用"标签设计器"创建标签。无论使用哪一种方法，都必须指明使用的标签类型，它确定了"标签设计器"中的"细节"尺寸。"标签设计器"是"报表设计器"的一部分，它们使用相同的工具栏，甚至有的界面名称都一样，主要的不同是"标签设计器"是根据所选标签的大小自动定义页面和列。

使用向导和快速创建标签在这里不讲。这里只简单介绍一下如何用"标签设计器"设计标签。在"文件"菜单选择"新建"命令，在打开的对话框中选择"标签"并单击"新建文件"按钮,显示"新建标签"对话框。对话框中提供了几十种型号的标签,每种型号的后面都列出了其高度、宽度和列数,标签向导提供了多种标签尺寸,分为英制和公制两种。默认情况下,"标签设计器"显示5个报表带区:页标头、列标头、列注脚、细节和页注脚,还可在标签上添加组标头、组注脚、标题和总结带区,之后就可以像处理报表一样在"标签设计器"中给标签指定数据源并插入控件。

本 章 小 结

报表和标签是数据输出的常用手段,本章重点介绍了报表和标签布局的定义。创建报表和标签的一般步骤是:根据需要设计布局→添加数据环境,必要时进行数据分组→加入域控件、标签控件、OLE控件的内容并设置其格式→加入线控件及颜色工具来修饰报表→对报表进行预览,根据预览效果再对报表进行修改完善→保存→打印输出。

利用报表(或标签)向导或快速报表功能可以很快生成报表(或标签)布局,虽然比较简单,但在此基础上再用报表(或标签)设计器进行修改完善就会方便很多。

本章通过8个例子分别讲解和演示了使用报表向导、创建快速报表、使用"报表设计器"设计或修改报表、创建分组报表、一对多报表、多栏报表的方法和技术。因标签的设计方法和技术与报表基本都差不多,所以没有用更多的篇幅去讲解。读者通过上述的实例反复模仿就能够熟练地掌握系统提供的各种报表(或标签)工具。

习　　题

1. 简答题

1.1　在"报表设计器"中,带区的主要作用是什么?

1.2　报表的主要功能是什么?

1.3　报表和表单的区别在哪里?

1.4　报表包括哪几个基本组成部分?

1.5　报表控件指的是什么?

1.6　什么是标签?在打开一个视图或查询之前,可以创建报表或标签吗?

2. 填空题

2.1　报表中的域控件用于打印字段、_____和_____。

2.2　报表由_____和_____两个基本部分组成。

2.3　在"报表设计器"中添加"标签"的目的是_____。

2.4　不用打印就能看到报表打印的效果,需要用到报表的_____功能。

2.5　"图片/ActiveX"绑定控件用于显示_____和_____的内容。

2.6　快速报表的基本带区是_____、_____和_____。

2.7　如果已对报表进行了数据分组,报表会自动包含_____和_____带区。

2.8　标签文件的扩展名是_____。

2.9　多栏报表的打印顺序应设置为_____。

2.10　创建标签的命令是_____。

2.11 多栏报表的栏数目可以通过_____设置。

2.12 在"报表设计器"下创建快速报表,首先选择_____菜单的_____命令,调出"快速报表"对话框。

2.13 在分组报表中,要使域控件的内容每组打印一次,应把该控件移到_____带区里。对于"细节"带区中的控件,要想不打印重复值,应在_____对话框中对该控件设置打印条件。

2.14 报表布局定义了_____。

2.15 在"数据环境设计器"中指定当前索引的方法是打开_____对话框,对Cursor1的_____属性输入索引名,或者在索引列表中选定索引。

3. 选择题

3.1 在"报表设计器"中,要添加标题或其他文字说明,应使用的控件是_____。

A) 域控件   B) 标签   C) 文本框   D) 列表框

3.2 报表的数据源可以是_____。

A) 自由表或其他报表   B) 数据库表、自由表、视图或临时表

C) 数据库表、自由表或查询   D) 表、查询或视图

3.3 在创建快速报表时,基本带区包括_____。

A) 标题、细节和总结   B) 页标头、细节和页注脚

C) 组标头   D) 报表标题、细节和页注脚

3.4 如果要创建一个 3 级分组报表,第一级分组是"部门",第二级分组是"性别",第三级分组是"基本工资",当前索引的表达式是_____。

A) 部门＋性别＋基本工资   B) 性别＋部门＋STR(基本工资)

C) STR(基本工资)＋性别＋部门   D) 部门＋性别＋STR(基本工资)

3.5 要在分组报表的组注脚带区上创建一个计数的域控件,可以单击工具按钮_____。

A) ▦   B) ▣   C) A   D) **ab**

3.6 要使所有选定控件的中心处在一条水平线上,应单击下面工具栏上的_____。

A) 第 2 个按钮   B) 第 4 个按钮   C) 第 6 个按钮   D) 第 9 个按钮

3.7 不能作为报表数据源的是_____。

A) 数据库表   B) 查询   C) 视图   D) 自由表

3.8 利用"报表设计器"设计报表时,域控件可以用来表示_____。

A) 变量   B) 数据源中的字段

C) 表达式的计算结果   D) 以上都对

3.9 多栏报表的栏目可以利用_____进行设置。

A)"文件"菜单的"页面设置"命令   B)"报表设计器"工具栏

C)"报表控件"工具栏   D)"报表布局"工具栏

第 11 章　　系统开发实例

成功地开发一个实用的数据库应用系统是一个非常复杂的过程,它涉及很多方面的因素,有技术因素,也有经济和人为因素,在这里我们主要从技术方面来考虑问题,在技术方面,它也涉及很多方面的知识,有系统分析理论、数据库设计理论、软件开发方法、程序编制和调试方法、软件项目的管理、软件系统评价、软件系统测试等。同时软件也离不开硬件系统的支持,开发数据库应用系统时,还需要对硬件、软件和网络环境有所了解,由于一个人的精力是有限的,这些工作不可能由一个人来完成,而是由系统分析人员、相关业务人员、数据库专家、软件设计专家、程序编制人员、软件项目经理、软件测试工程师等共同协作来完成的。

虽然这样,但是对于小型的数据库应用系统,在工期许可的情况下,也可以由一两个人完成所有工作,由于 Visual FoxPro 6.0 可以用来开发规模小的单机管理系统,也可以几个同学互相合作,用 Visual FoxPro 6.0 开发出一些实用的数据库应用系统,本章通过一个学籍管理系统的例子,详细地介绍了用 Visual FoxPro 6.0 开发一个数据库应用系统的全过程,同时介绍了开发过程的每一步所需要的理论知识。简单介绍了开发一个数据库应用系统所应注意的问题,对有志于做系统开发的同学,起到一个抛砖引玉的作用。

11.1　数据库应用系统开发概述

在介绍具体数据库应用系统开发之前,我们首先简单回顾一下软件开发和数据处理系统的发展过程,有助于我们理解现代软件设计中的一些思想。

首先我们回顾一下数据处理系统的发展,最早期的数据处理系统,一般只是处理一些专门的数据,如记账软件、工资管理软件、库存数据管理等,后来发展的数据处理系统称为管理信息系统(MIS),MIS 系统的数据处理层次比它前期的数据处理程序要高级一些,不但包含以前系统所拥有的数据加工汇总、输入和输出等功能,还包括趋势预测和很强的辅助决策功能,在系统中不但有数据,还有各类数学模型和推理模型,不但能帮用户完成复杂的管理工作,还可以帮助用户决策,所以有时也称它为决策支持系统(DSS)。是目前管理信息化中推广较多,发展较快的技术。

软件开发历史

首先回顾一下软件开发发展的简单历程。

1. 软件开发发展阶段

软件的开发经过了以下几个阶段。

278

在 20 世纪 60 年代以前,由于当时计算机硬件的价格比较昂贵,所以软件设计的主要研究对象是程序设计技巧,即把如何更有效的利用内存,如何提高运行效率作为一个主要目标,用户所需要的程序一般都是自己编写的。编程语言用的也是第一、二代语言——机器语言和汇编语言。

第二个阶段是六十到七十年代,随着软件规模的扩大,单个用户已经无力单独开发软件,软件开始出现定做的情况,同时出现了专门开发软件的软件公司,不过开发软件的时候仍然采用以前积累的方法和经验。编程语言主要是第三代语言——高级语言。

第三个阶段是七十年代以后,随着软件的规模进一步扩大,采用以前的软件设计方法所设计的软件基本上是不可维护的,也很难重复使用,造成大量的资源浪费。很多大型软件开发项目半途而废,以失败告终,出现了所谓的软件危机,为了解决这一问题,人们把工程管理中的概念引入到软件开发的过程中,提出了软件工程的概念,制定了一整套的系统方法,把软件开发的全过程纳入科学的管理之下,部分解决了软件开发中所出现的一些问题。

2. 软件工程概念

软件工程的提出主要针对的是一些"老的"软件设计人员在程序设计过程中,所形成的一些错误的做法和观念,比如"拿到一个项目,不做详细的分析,就开始编写程序","不重视软件文档的编写","所谓的软件开发就是编写程序并使之运行",等等。我们要想设计一个可靠而实用的应用系统就必须遵循软件工程的理论和规范,才能保证软件的质量,使软件的维护和升级等工作容易进行。

这一时期,编程语言也有较大的发展,语句功能很强,但灵活性很差的第四代语言(4GL)出现了,同时辅助编程工具、程序自动生成技术、软件工程支持工具也有很大的发展,Visual FoxPro 6.0 就集中了简化的第三代编程语言,支持 SQL 和一些宏命令组成的第四代语言,支持程序界面的交互式设计这一辅助设计工具,系统提供的一些简单的向导,属于简单的程序自动生成工具,在模型开发中很有帮助。

设计数据库应用系统,要求我们既要有扎实的数据库设计理论,还要有丰富的软件设计经验。对于一个实际的管理系统,不管看起来多么小,实际上都涉及很多的数据和比较复杂的业务流程,需要各方面的人员相互配合来实现,要在实际应用中取得较好效果,还要考虑在使用过程中可能出现的各种复杂情况。要想在各种情况下数据和软件都尽量不出错误,对数据库结构的设计和软件设计都有较高的要求。对于复杂的系统设计,不像我们平时做练习和作业时的程序设计,可以边想边做,程序设计和程序编码混在一起进行,而是采用系统工程学的方法,对系统设计的各个阶段——从需求分析到软件质量的保证,都用一套完整而科学的方法进行规范,以保证软件的最终质量。

3. 软件工程方法开发软件的步骤

软件工程把软件开发的各个阶段作了明确的划分。

(1) 问题定义和可行性研究。

这一步所做的主要工作是,得到要解决问题的性质、工程的目标规模。对于得到的工程项目和问题是否有解决的方法,以及是否值得去解决,是否有可行解,这个阶段将给出系统的成本效益分析,是决定项目是否可行的重要一步,对于没有较大效益的项目可及时终止。这一阶段给出可行性报告。

（2）需求分析。

这一步需要完成的工作主要是，确定所开发的系统必须具备的功能，和系统数据模型，用户通常了解自己的业务流程，但一般不能准确而完整的表达出来，软件开发人员也往往对用户的具体要求不完全清楚，这需要软件人员和用户密切配合，最后得到用户认可的系统逻辑模型，常用的工具主要有：业务流程图、数据流图、ER 实体联系模型、数据字典等，在用户确认之前不能进入下一步的设计工作。防止急于作具体设计的现象产生。

（3）概要设计。

主要目标是寻找实现项目要求的一般方法，描述方案一般采用的工具是系统流程图，同时给出软件系统的模块结构，即软件由哪些模块组成、各个模块之间的关系，一般用结构图或层次图来描述软件的结构。在这一阶段还要完成数据库的逻辑设计。

（4）详细设计。

给出解决问题的具体方法，给出程序的详细规格说明书，程序员可以根据它写出程序代码。

（5）编码和单元测试。

写出正确的、易理解、易维护的程序代码，同时仔细调试每个模块。

（6）综合测试。

主要有集成测试，验收测试，现场测试等。集成测试是根据软件的结构，把经过单元测试的模块装配起来，在装配中进行的测试。验收测试是指根据软件的规格说明书的要求，由用户软件系统进行验收。

（7）软件维护。

通过各种工作使得系统长久的满足用户的需要，主要有 4 类工作：改正性维护、适应性维护、完善性维护、预防性维护。

对于系统开发的每一个阶段，软件工程都有相应的要求和标准，我国也把软件的开发标准纳入国家管理的范围，制定了"计算机软件工程规范国家标准"，改变了以前手工作坊生产软件的局面，以后不符合软件工程规范的软件产品，将越来越少。因为软件工程的方法和规则比较复杂，限于篇幅在此我们不作详细介绍。希望大家能通过本章的学习初步掌握采用 Visual FoxPro 进行应用系统开发的一般过程。

11.2 用 VFP 开发数据库应用系统的一般步骤

在介绍学籍管理系统例子之前，我们先来了解一下，用 Visual FoxPro 6.0 开发一个实用的数据库应用系统需要哪些步骤，一般来说，我们使用 Visual FoxPro 6.0 设计系统所做的工作主要有两个：

（1）数据库本身的设计和实现。

要考虑的主要问题是如何把业务系统中的数据合理地组织成数据库系统中的表。数据表的逻辑结构确定以后，即可在现有的数据管理系统之上建立数据库表的结构。

（2）数据处理程序的设计和实现。

即根据业务系统的流程，编写对数据进行加工处理的程序。

本节介绍使用 Visual FoxPro 系统开发的应用程序要经过的几个步骤。

11.2.1 可行性研究和需求分析

这一阶段首先是问题定义,简单给出要解决问题的准确描述。然后是可行性研究,确定要开发系统的规模,在这一阶段应该给出系统高层逻辑模型,成本效益分析表等文档。然后就是需求分析阶段,这一阶段是整个数据库系统设计中的一个最重要的步骤之一,它是其他各步的基础,需求分析做的好坏,直接影响软件的开发周期和软件开发风险。这一步的主要工作就是对实际业务系统调查分析,需求分析的目的是根据企业的高层管理人员、中层管理人员和最终用户的要求来决定整个管理的目标、范围及应用性质,它又可以分为以下几个步骤:

1. 准备阶段

包括对分析人员和业务人员进行简单的需求分析方法培训。

2. 系统调查

在这一阶段,我们需要了解业务部门的业务系统的现状、信息流程、经营方式、处理要求以及组织机构,主要调查内容有用户的外部要求、信息的性质、响应时间的要求、经济效益的考虑、安全性要求、完整性要求,还有信息的种类、信息的流程、信息的处理方式、各种业务的工作过程、各种票证等等。系统调查的方式主要有开座谈会、跟班实习、查阅票据资料、发放调查表格等几种方法,要注意的问题是,向业务人员问问题的时候,要先问一般性、总体性的问题,然后再问细节问题,业务人员回答问题的时候,尽量多听少问,不要引导业务人员回答问题的内容,同时如果可能还要仔细观察用户手工操作的详细过程,做出详细的记录,了解用户对软件功能、性能、界面等各个方面的要求。

3. 系统分析

简单的调查结束以后,就要对调查所得到资料进行综合分析抽象,确定数据库设计和数据处理程序设计的策略和方案,确定实体、属性和实体之间的关系,以便其后的数据库设计。系统分析的主要任务是,通过对业务系统现状的分析,确定计算机能够处理的范围和内容。比如对一些手工处理起来很简单,但计算机处理起来非常复杂的问题仍由手工来进行处理,对那些便于计算机进行处理,但是手工处理比较困难或效率不高的问题优先由计算机来进行处理。同时以信息流程为线索,画出业务流程图,在这一阶段主要完成以下工作。

(1) 确定系统所必需完成的功能,给出功能框图。

(2) 画出业务流程图。

(3) 确定系统的性能要求,如响应时间、安全性等要求。

(4) 运行要求,主要是指运行环境,如内存容量、CPU 档次、要求的操作系统和数据库管理系统等。

(5) 确定将来用户可能提出的要求,以便为将来软件的扩充和修改做准备。

(6) 确定系统的数据要求,建立数据字典,给出实体关系的描述,如 E-R 图、Warnier 图等。

(7) 分析系统数据流程,画出数据流图。

(8) 如果需要,在这一阶段可以采用快速开发工具,开发模型系统,以检验所作的需求是否真正满足用户的需要。

这一阶段完成后,最终要给出的是系统的需求规格说明书,在其中列出详细的需求说明。系统需求规格说明书主要内容应有:系统完成的功能、对用户的要求、用户提出的每一项功能要求的详细说明、用户界面、软件界面、硬件界面、易用性要求、安全性要求、可移植性要求、工作场地要求等等。说明书经过用户、系统分析人员和系统设计人员共同审定,合格后,方可进行下一步的开发工作,审定的主要内容是规格说明书内容的正确性、无二义性、安全性、可验证性、一致性、可理解性和可修改性等。

图 11.1 是一个描述新生入学登记的业务流程图的例子,给出了一个用流程图来描述新生入学登记过程的方法,通过结点来描述动作和数据处理过程,通过线和箭头来描述数据的流向,图的低端还有图例说明,通过这个图我们应对流程图描述业务流程有一个一般性的了解。

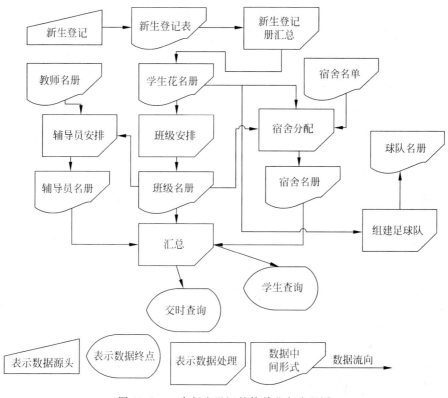

图 11.1　一个新生登记的简单业务流程图

图 11.2 是一个局部的课程管理的数据流图的例子,通过这个例子,同学们对数据流图描述数据的流向和处理应该也有一个一般性的了解,图的右侧有数据流图所有符号的图例,同学们可以参考了解一下。

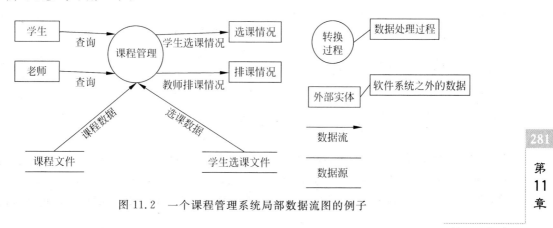

图 11.2　一个课程管理系统局部数据流图的例子

11.2.2 数据库设计和实现

完成需求分析之后,就可以进行数据库设计的设计工作了。数据库的设计方法有很多,比较常用的有视图模型化及视图汇总方法、关系模式的设计方法、New Orleans 方法、LRA 方法、E-R 模型法和析取法等。这一部分工作可以和应用程序的设计工作同时进行,也可以先进行数据库系统的设计工作,再进行应用软件的设计。

在需求分析阶段,我们已经对系统所涉及的数据进行了汇总和归纳,画出了数据流图,建立了数据字典,通过简单的 E-R 图,层次图等给出了数据的一般关系。在这一步我们要对数据的 E-R 图等进一步细化分析、精确分析它们之间的关系。我们现在使用的数据模型绝大多数是关系模型,在此我们主要讨论关系数据库的设计方法,下面给出一种常用的关系数据库设计方法。

1. 概念设计

构造每个程序模块或局部用户所需要的视图,然后根据各局部视图得到系统的全局视图,在这一阶段,使用最广泛的方法是 E-R 实体模型图法,这里我们先简单介绍一下 E-R 图,在 E-R 图中,基本的图形元素有 3 个:矩形框表示实体,椭圆框表示属性,菱形框表示实体之间的联系。双向箭头表示 1-1 关系,单向箭头表示 1-多关系,实线表示多-多关系,图 11.3 为一个学生和课程的简单 E-R 图。

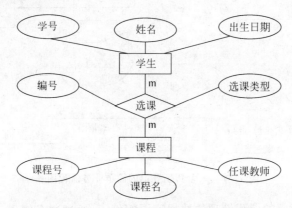

图 11.3 一个学生和课程的实体关系图

在设计的时候,我们先画出每个模块或局部用户所用的分 E-R 图,然后再组合成一个全局的 E-R 图,在建立 E-R 模型的时候,有些项目既可以作为一个单独的实体,也可以作为另外一个实体的属性,如何确定一个数据项是作为属性还是作为一个实体呢?有几个原则可以帮助我们确定,首先属性不需要进一步的说明和描述,属性和它所描述的实体只能单线联系,其次属性只能和一个实体有联系,满足这些条件的数据项我们一般把它作为属性来对待,画出了各个局部模式的 E-R 图后,就可以进行组合了,组合成全局的 E-R 模型图后,还要进行简单的优化处理,以消除冗余的数据和联系,这可以采用规范化理论来完成。

2. 逻辑设计

完成了全局的 E-R 图后,就可以进行数据库的逻辑设计了,这一步的主要工作就是把上一步得到的 E-R 图,转变成关系数据库中的关系模式,也就是转化成 Visual FoxPro 6.0 中的数据库和表,方法有多种,我们介绍其中的一种。首先我们把图中的每个实体(矩形框)

变成一个关系(表),每个实体的所有属性(椭圆框)变成这一关系的属性(字段),每个实体联系(菱形框)变成一个关系,这个联系的所有非关键字属性加入到这一关系中去,该关系的主关键字由它所联系的实体的关键字组成,如果两个实体是 1-多联系,需要把一侧实体集的关键字加入到另一侧实体转化成的关系中去,按照这种方法可以把 E-R 图转化为关系模型,但是这样得到的关系模型不一定是规范化的,需要进行规范化处理。

进行规范化处理的时候要平衡考虑,一般来讲规范化程度越高数据的冗余度越小,可靠性也好,数据的安全性也好,不会产生更新异常等错误,但是规范化程度越高,进行查询连接等操作的时候,所花费的时间代价越大,在操作时可对关键的数据进行高规范化处理,其他一般查询数据规范到 BCNF 即可。

关系模式规范化以后,就可以用 Visual FoxPro 6.0 中的数据模式描述语言,写出关系模型的定义,比如我们写出学生和课程的关系模型定义语言如下:

```
CREATE DATABASE 学籍管理数据库
CREATE TABLE 学生 (学号 c(6) PRIMARY KEY,  姓名 C(20),出生日期 d)
CREATE TABLE 课程 (课程号 c(6) PRIMARY KEY,  课程名 C(20),课程类型 c(2))
```

同时定义各个用户和模块所用的子模式定义,比如一个用户需要用一个模式,这一个关系模式只有学号、姓名两个属性,并且这个用户只需要 1988 年后出生的人的数据,我们可以用 Visual FoxPro 6.0 定义如下:

```
CREATE SQL VIEW 学生摘要 AS SELECT 学号,姓名 FROM 学生
WHERE 出生日期>{1988/12/31}
```

3. 物理设计

定义了关系模型以后,我们就可进入物理设计阶段,这一阶段主要是逻辑结构的物理实现。

在 Visual FoxPro 6.0 中形如:

```
CREATE TABLE 学生 (学号 c(6) PRIMARY KEY,  姓名 C(20),出生日期 d)
CREATE TABLE 课程 (课程号 c(6) PRIMARY KEY,  课程名 C(20),课程类型 c(2))
CREATE SQL VIEW 学生摘要 AS
SELECT 学号,姓名
FROM    学生
WHERE   出生日期>{^1988/12/31}
```

的语句可以直接被执行,执行后就建立了实际的物理数据库和库中表结构,修改库结构也比较方便,简单的修改定义语句即可。

物理设计的时候,还需要根据各个表的查询频度,建立一定的索引,建立索引要注意的问题就是,哪些文件需要建立索引,一般情况下,经常查询,数据很少被修改,数据量很大的表可建立索引,对于经常需要修改的数据表就可根据情况具体分析建立索引,防止索引更新引起系统性能大大下降。

物理设计的另一个内容就是要确定数据的安全性和完整性约束的参数,设置用户名称和口令等,因为 Visual FoxPro 6.0 是一个很简单的数据库管理系统,对数据库本身没有安全管理机制,数据库本身的安全只能靠操作系统的安全验证来保证,这些工作完成后,数据库的设计工作基本结束。

数据库设计要注意的问题是,一旦数据库结构确定后,一般极少修改,即使应用软件更新了,软件平台也发生了变化,但是数据库结构和内容一般也不作修改,一个设计比较好的数据库可能要用上很多年时间,有些数据如银行客户数据库、人口管理数据库等,可能要几十年甚至更长时间不发生变动,所以数据库的设计在应用系统中是最重要的环节之一。

11.2.3 应用程序设计和实现

应用程序的设计主要就是数据处理程序和人机交互界面的设计,软件的设计方法很多,对不同应用领域和不同规模的软件有不同的设计方法。

1. 常用软件设计方法

常用软件设计方法有以下几种。

(1) 结构化设计方法(SD 法)。

是目前比较流行的设计方法,主要用于 MIS 系统、过程控制、复杂的科学计算等领域,这一方法使用的主要工具是数据流图,通过数据流图推导出详细的程序结构。

(2) 面向对象的设计方法(OOD)。

目前发展比较快的设计方法,需要和 OOA(面向对象分析)、OOP(面向对象编程)结合使用,方法很多,如 OMT 等,具体步骤可参考相关书籍。

(3) 快速原型法。

主要步骤是需求定义-原型实现-改进,重复三步直到满足用户需要为止。

Visual FoxPro 6.0 程序设计语言支持结构化程序设计,同时支持面向对象的功能,如类定义、继承、重载等,在这里我们主要介绍常用的结构化设计方法。

2. 结构化程序设计步骤

结构化程序设计一般都要经由以下几个步骤。

1) 概要设计

这一阶段的主要工作是,首先确定系统实现的最终方案,确定了最佳方案以后,就可以着手进行方案结构设计工作,即确定出系统的所有模块和模块之间的调用关系,具体实现方法是进行功能分解,把比较复杂的功能模块分解成一个个易于实现的简单模块,同时明确所有模块的调用和被调用的层次关系,画出详细的层次结构图,与此同时还要开始制定测试计划,准备软件的测试工作,还要给出详细的用户操作手册。

在进行模块分解时,应当遵循几个基本原则,首先,模块既不能太大也不能太小,太大不容易理解和实现,太小导致模块总体数量增加,模块之间的接口变得复杂。其次,模块之间尽量互相独立,模块之间联系越少越好。在 Visual FoxPro 6.0 中,我们通过定义过程可以实现程序的模块化。再次,还要控制层次结构图中每一层模块的数量和总的层数。还有,一个模块调用其他模块的数量应当适当不应太多,但是一个模块被其他模块调用的次数,在不影响模块独立性的情况下,越多越好。一个新生录入模块的层次图如图 11.4 所示。

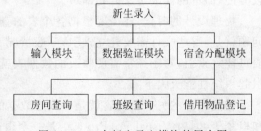

图 11.4 一个新生录入模块的层次图

2）详细设计

这一阶段主要完成的工作是给出每一个模块的详细算法描述,程序员可以根据这个描述,直接转变成具体的程序代码,这个阶段使用的主要工具有程序流程图、N-S 盒图、判定表、过程设计语言(PDL)等,根据模块功能描述,转换为具体的流程图的方法有几种,比较常用的是 Jackson 方法和 Warnier 方法,具体方法可参考其他书籍。

下面给出用几种描述工具来描述的一个新生入学分配宿舍的算法流程,各种方法都很直观,同学们对照文字说明可以很容易看懂,同时也可以自己比较一下各种方法的优点和缺点,以及适用的场合。几种常用流程图表示的宿舍分配流程如图 11.5 所示。

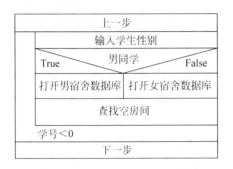

(a) Nassi-Schneiderman盒图表示的程序流程

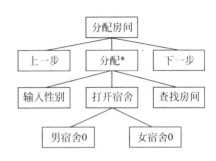

(b) Jackson结构图表示的结构图

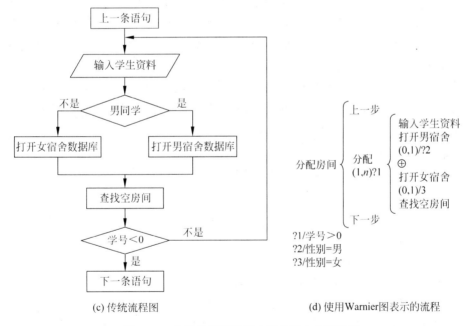

(c) 传统流程图   (d) 使用Warnier图表示的流程

图 11.5   几种常用流程图表示的宿舍分配流程

用一种 PDL(过程设计语言)描述的分配宿舍房间的描述段,如下:

(1) 循环反复执行下列语句 直到学号<0 为止。

输入学生资料
若 性别 = "男"
    则 打开男宿舍库文件

```
        否则 打开女宿舍库文件
    查找空房间
```
（2）下一条语句

这些工具分别适用于不同场合，比如在复杂的条件判断描述中，用判定表很方便；而描述计算过程，用传统流程图比较方便；描述结构化模块，用 N-S 盒图比较方便；在复杂算法描述中，最直观的应属 Warnier 图；其中 Jackson 图和 Warnier 既可以描述算法，还可以描述数据结构；如果论转换成高级语言哪个最快，当属 PDL 语言。在设计过程中，大家可以选择其中的一种，同学们在进行这一阶段的设计时，要注意掌握结构化程序设计思想。

3）编码实现和模块调试

这一阶段的主要任务是根据上一阶段完成的程序流程图，编写具体的程序代码，并调试通过。编码实现对于 Visual FoxPro 6.0 来讲，主要有两部分内容：

一个是用 Visual FoxPro 6.0 的程序设计语言实现程序流程图，也就是常说的编程工作。

另一部分内容就是对于上一步给出的人机界面设计内容，使用 Visual FoxPro 6.0 提供的交互式人机界面设计工具，来生成交互界面，在 Visual FoxPro 6.0 中，提供的屏幕输入和输出界面元素主要是表单，像传统的 Windows 程序一样在 Visual FoxPro 6.0 也取消了直接输入和输出的语句，所有的输入和输出通过表单传递到程序中，对于打印输出的内容，Visual FoxPro 6.0 提供了报表设计器，对于输入和输出数据的简单处理，还需要对表单进行简单的编码，以提供更加友好的界面。

在编写程序的时候，要注意良好的程序设计风格，比如，不要把多条语句写在一行；书写表达式的时候，使用括号来表示计算次序，而不是应用语言默认的次序；尽量使用注释；定义有意义的标志符；使用缩进；嵌套循环中的语句尽量提到循环外面；能用整型的地方，不要使用浮点型；使用通用标志符；不要使用汉字标志符等。

Visual FoxPro 6.0 中经过编码设计阶段后，生成以下几种类型的文件：

- 表单文件：应用程序输入和输出数据的窗口，包含表单代码和表单属性定义。
- 报表：数据输出的报表格式，主要是报表格式定义。
- 类库：包括应用程序所需要的各种自定义类。
- 程序文件：程序代码文件。
- 菜单：包括程序中所用到的各种菜单项目定义。

这些文件需要统一进行管理，Visual FoxPro 6.0 中提供了项目管理器，可以方便地管理，编码阶段所生成的各类文件，有关项目管理器内容，可参阅后面的介绍。

11.2.4 软件测试

在数据库和应用程序设计完成后可进行初步的软件测试和试运行工作。测试的主要目的是尽可能多的发现程序中的错误，主要有以下几步：

1. 单元测试

测试每一个模块，主要测试单个模块的接口、功能、错误处理，测试时尽量采用边界数据进行测试。

2. 集成测试

把模块按照总体结构图,组装起来进行测试。

3. 验收测试

主要是代入实际数据,进行应用测试。

11.2.5 应用程序的发布

让应用程序脱离 Visual FoxPro 6.0 的开发环境,独立运行,以及生成软件的安装盘的过程。

11.2.6 系统运行和维护

主要包括对系统的调整修改等工作。

1. 改正性维护

用户在运行过程中发现错误,需要改正错误。

2. 适应性维护

用户购置了新的硬件设备,或软件平台发生了变化需要进行修改以适应现在的环境。

3. 完善性维护

用户提出了新的功能要求,需要增加新的功能模块。

4. 预防性维护

为了程序以后的适应性,提前进行修改,比如给一个没有网络功能的程序增加网络接口,一旦用户需要可以方便地增加网络功能。

11.3 一个系统开发的实例:学籍管理系统

下面我们简单介绍一个"学籍管理系统的"开发的全过程,通过它使大家对开发一个软件系统各个步骤有所了解,为了使大家了解软件开发过程的全貌,我们基本上按照软件开发的各个步骤进行介绍,为了简单起见,我们把问题定义和可行性研究归到了需求分析中。

11.3.1 需求分析

开发一个软件的第一步,就是要分析系统的需求,了解系统所要达到的目标、系统的规模。开发一个学籍管理系统,首先要了解学籍管理的基本过程。

1. 可行性分析

通过调查我们得知某学校学籍科准备开发一个学籍管理系统,想要通过计算机来管理学生的学籍和成绩等数据,以取代人工的学籍管理,学校预计投入成本是:数台 PC,几台打印机,几个操作员,一个计算机维护人员,具有可行性。

2. 软硬件环境和一般性需求调查

希望达到的要求是:可完成几千名学生的学籍管理工作。

引入计算机系统的意义：节省大量时间和人员的工资、办公场地、纸张等。

系统实施的硬件环境：通过实地考察我们画出了学籍科的计算机硬件环境配置的示意图，如图 11.6 所示。通过这个示意图可以简单了解系统的规模和硬件运行环境，为以后系统安装实施和网络规划创造条件。

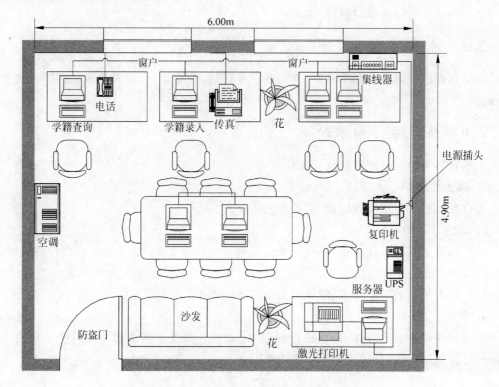

图 11.6　经调查得到的学籍科硬件环境图

3. 功能需求

经过调查学籍管理基本功能如下：

(1) 新学生报到后录入学生的基本情况，建立学生的基本情况档案。

(2) 每学期结束后，学生的成绩和评语等集中录入到学生的档案库中。

(3) 学生平时的奖惩情况，随时录入到数据库中。

(4) 根据需要，方便地查询学生的情况，同时可以打印出来。

(5) 打印每学期的学生成绩单、补考通知等各种所需要的报表。

(6) 打印出符合要求的学生档案资料。

(7) 严格的权限管理功能，对于修改，查询等操作都应当有很强的保护功能。

(8) 方便的数据备份和数据恢复功能。

根据以上情况，我们分析了手工管理的过程，同时研究了大量的同类型系统，我们初步判断，开发这样一个系统是可行的，同时大概估计了软件的规模。学籍管理系统网络结构示意图如图 11.7 所示，需求分析报告见表 11.1。

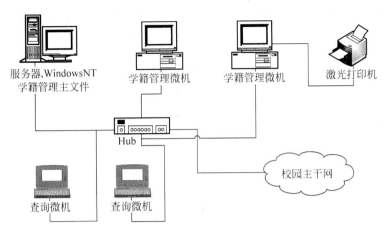

图 11.7　学籍管理系统网络结构示意图

表 11.1　需求分析报告

关于学籍管理系统的规模和目标的报告

项目名称	学籍管理软件系统
解决问题	人工管理效率低下,容易出错,查询困难
目标	通过引入计算机软件系统,来完成以前手工完成的大部分学籍管理工作,同时将系统的软件和硬件价格限定在合适的范围内
规模	软件开发成本在 10 000 元左右,硬件成本在 10 000 元左右
预计时间	6 个月
采用平台	软件平台初步设定 Windows＋Visual FoxPro 6.0 数据库系统,硬件平台为 5 台 PC＋2 台打印机＋网络硬件
系统移植性	一般
使用年限	10 年左右
系统对操作人员的要求	简单了解 Windows 操作,熟悉一种汉字输入方法,熟悉本软件系统的操作
系统对维护人员的要求	熟悉 Windows,了解 Visual FoxPro 6.0,熟悉 PC 和打印机的使用,熟悉局域网络硬件和软件
系统对查询人员的要求	无特殊要求,会开关计算机,会操作鼠标,会简单汉字输入
要求参与人员	熟悉学籍管理工作过程的人员,软件开发人员;手工数据移植到计算机系统的时候,还临时需要大量的数据录入人员,还需要一个项目管理人员

4. 系统流程图

根据学籍管理的业务流程,绘出简单的系统流程图,如图 11.8 和图 11.9 所示。

同时还要画出局部的详细的系统流程图,限于篇幅,在系统流程图中,给出数据源头、数据目的、处理过程、数据流向等。其他的在此不一一画出。

5. 数据需求分析

分析了简单的系统流程以后,就要分析系统的数据流程,即数据在系统中的流动过程,经过对系统的分析,对系统中所用的数据简单归纳如表 11.2 所示。

第 11 章

系统开发实例

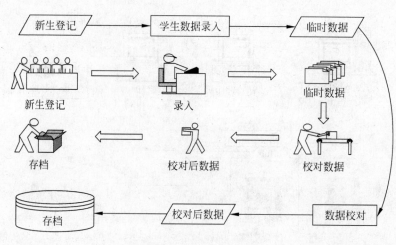

图 11.8　新生录入系统流程图

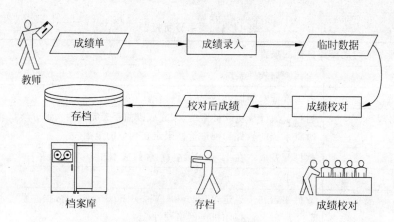

图 11.9　成绩录入系统流程图

表 11.2　学籍管理系统数据

名称	来源	目的	使用频度	处理部分
新生数据	新生报名表	学生档案	每年一次	新生录入
学期成绩数据	成绩单	学生成绩档案	每学期一次	成绩录入
奖惩数据	录入	学籍档案	不定	录入程序
变动数据	录入(查分等)	学籍档案	间或	修改程序
毕业生离校	学籍档案	历史学籍档案 学生档案表格 毕业证等	每年一次	毕业程序
查询	学籍档案	屏幕显示 打印报表 班级成绩单 家长通知书等	不定	查询程序
客户数据	管理员名单	管理员权限管理表	不定	用户管理

　　在对系统的数据流程进行简单的分析以后,可对系统中使用的数据元素进行简单归纳,整理建立数据字典,在这里我们不一一列举,只列出如表 11.3 所示的主要数据的数据字典内容。

表 11.3　主要数据的数据字典

名称	别名	描述	格式	所在位置
学生编号	学号	每个学生给的唯一一个编号,每一个学生都不同,在校和已毕业学生不同,由入学年份个人身份证号等组成,学生转班级,学号不变	字符串	学籍等
学生姓名	姓名	学生的姓名,一般 2~4 个汉字,为查询方便,内部存有姓名的拼音缩写	字符串	学籍数据成绩数据等
学生成绩	成绩	学生的成绩取值在 0~100 之间或 A,B,C,D	数值保留两位小数	成绩单学籍库毕业生档案
出生日期	生日	学生出生日期	日期数据类型	学籍档案
身体情况	体格	学生体检情况	字符串	学籍档案

其他数据在此不一一列举

建立了基本的数据字典以后,可以在后续的系统设计过程中,进一步修改细化。

6. 模块功能描述

在这一阶段还要给出系统的总体结构和各个主要模块的描述,在这一步骤中描述模块或算法时,不需要给出模块的内部结构和实现细节,只需要给出模块的输入和处理的功能就可以了。描述模块比较常用的工具是 IPO 图。下面举一个 IPO 图的例子(见图 11.10)来

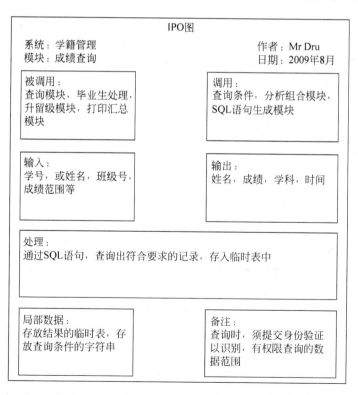

图 11.10　成绩查询 IPO 图

简单说明这一工具的使用。这是一个程序查询模块的 IPO 图的描述形式,由此可以看到 IPO 图主要包括输入数据、处理过程、输出数据和调用关系等几个部分,这里要说明的一点是,处理过程给出概要说明,不需要详细实现。

这些步骤完成后,我们可以把所作的需求文档、数据流图、系统流程图、IPO 图等,拿去和业务人员,进一步研究商量,检查是否符合业务要求,如有疏漏的部分,则需要进行修改。

7. 制定系统开发计划

在基本符合业务系统要求以后,我们就可以做出简单的系统开发计划(见表 11.4)。

表 11.4　学籍管理系统开发计划

任　　务		计划时间	所需人数	估算时间误差	备注
需求分析		10 天	3 人	20%	
审查		2 天	主管		
详细设计	数据录入模块	10 天	3 人	30%	
	成绩统计计算模块	2 天	2 人	10%	
	查询模块	10 天	2 人	30%	
	打印输出模块	10 天	3 人	20%	
	库结构设计	20 天	5 人	30%	
运行调试	以往学生数据录入	20 天	10 人	30%	
	录入数据核对	3 天	3 人	20%	
	模块调试	3 天	所有人	20%	
	联调	3 天	所有人	50%	
	操作人员培训	5 天	2 人	20%	

同时还要画出开发系统各个模块的网络图,如图 11.11 所示。

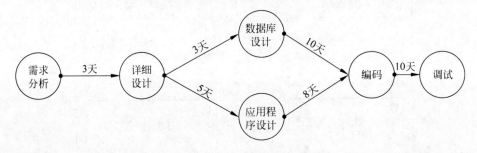

图 11.11　系统开发总体进度图

8. 数据流动分析

通过对业务系统的调查分析,和前面画出的系统流程图,我们可以画出数据流图,数据流图(DFD)是用来描述数据在系统中流动的一个图形工具,尤其是在以数据处理为主的管理系统开发中,尤为重要。数据流图和系统流程图需要一一对应。下面举一个学生成绩管理的局部数据流图的例子(见图 11.12),这个数据流图给出了学生成绩从录入到最终登记的流动过程,数据流图是描述数据处理流程的一个重要的工具,对我们描述系统很有帮助,并有助于我们从系统流程中,把数据的流动找出来,一个数据从开始的源头到数据最终处理的终点,在数据流图中都有体现。其他的我们不一一列出,同学们可参考图 11.12,画出其他的各个模块的数据流图,同时根据学校提供的学籍管理表格,我们可以大致归纳出学籍管理中所需要的各种各样的数据,根据这些数据,我们已经建立了系统中数据的数据字典。下一步的工作就是,找出这些数据之间的逻辑关系,决定哪些数据可以放在一张表中,哪些数据不能放在一张表中。我们根据学籍管理的业务流程大致把系统中所涉及的表格做一简单归纳,如图 11.13 所示。

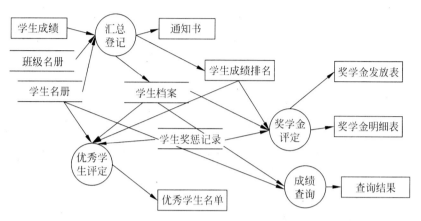

图 11.12　学生成绩处理局部数据流图

学生基本情况一览表							
学号	姓名	性别	班级	出生日期	政治面貌	备注	照片

学生成绩表			
学号	课程编号	成绩	成绩类型

班级代码表					
班级编号	系	学院	专业	辅导员	班长

所开课程表						
课程编号	课程名	教材	任课教师	课程类型	学分	考试类型

系学院名称代码						
编号	系名	联系人	系主任	办公地点	电话	联系地址

学生奖惩情况表						
学号	奖惩	原因	时间	证明人	证书编号	备注

班级获奖情况表						
班号	奖惩	原因	时间	证明人	证书编号	备注

学生学期评语表					
学号	综合名次	评语	时间	证明人	备注

学生所选课程表					
学号	课程编号	时间	成绩	证明人	备注

学生补考情况表					
学号	补考课程编号	补考后成绩	时间	批卷人	备注

学生请假情况表					
学号	开始时间	结束时间	原因	证明人	备注

学生所借物品表							
学号	物品名称	单位	经手人	借出时间	应还时间	是否归还	归还经手人

图 11.13　系统所需表结构

9. 详细功能需求

明确用户所要求的功能,经过和用户的讨论,大致分为以下几种功能。

(1) 数据输入。

输入所需要的数据,包括新生入学登记、学生成绩的登记、课程登记、班级登记、学生奖惩情况登记、学生评语登记等功能。

(2) 数据查询功能。

按照各种条件,查询得到所需要的数据,如学生基本情况查询、学生成绩查询、课程查询补考情况查询、所借物品情况查询、学期排名查询、奖惩情况查询、给定情况查询等。同时根据需要将查询结果生成报表、文件等形式供用户使用。

(3) 数据修改功能。

学生基本情况修改、课程修改、成绩修改等。

(4) 打印输出功能。

打印班级学生名册、打印补考名册、打印班级成绩单、打印学期评语等。

(5) 安全管理功能。

主要是操作用户身份认证、关键数据库加密等。

(6) 数据备份功能。

完成各种类型数据的备份工作,如学生毕业后基本情况转为历史库等。

11.3.2　数据库设计

数据库设计的任务是确定系统各个表的结构和表之间的关系,根据需求分析所做的表格情况分析,图 11.13 可以和 Visual FoxPro 6.0 中的表结构对应。

1. 逻辑设计

逻辑设计主要是数据表的结构设计、表和表之间的关系设计、用户所需要的各类视图结构的设计,要着重注意的是数据表结构符合标准范式要求,防止产生更新异常等错误,对于一般要求的应用系统,规范到 3NF 或 BCNF 即可,在一般的数据库设计中,具有初步经验的数据库设计人员所作的数据需求已经是 BCNF,对于比较复杂的应用,尤其是经常需要多表插入的情况,为了解决插入后再删除产生的异常情况,需要把关系结构分解到 5NF,并且我们可以证明任何关系范式都可以规范到 5NF,对于投影和联结操作来讲,5NF 最大限度的消除了冗余和更新异常。数据库设计的方法有很多种,有手工设计、计算机辅助设计,还有自动的设计方法,其中最常用的是 E-R 图方法,即实体关系图,通过 E-R 图表示出各个实体的属性和实体之间的关系,进行优化以后,确定每个实体的属性之间的数据依赖关系,根据固定的规则变换为关系模型,具体过程可参考数据库设计方面的书籍限于篇幅在这里不做过多介绍。

2. 物理设计

下面列出了学籍管理系统所需要的基本表结构和索引,为了理解方便也列出了一部分记录内容。

(1) 学生情况表(students.dbf):students(学号 c(15) 主索引,姓名 c(8),性别 n(1),班级 c(15) 出生日期 d,政治面貌 c(1),备注 m,照片 g)

(2) 政治面貌代码表:zzmm(编号 c(2) 普通索引,名称 c(20))

（3）学生成绩：cj(学号 c(15)普通索引,课程编号 c(15),成绩 n(8.2),成绩类型 c(1))

（4）成绩类型代码：cjlx(编码 c(1)普通索引,名称 c(20))

（5）班级代码表：bjdm(班级编号 c(15)普通索引,系 c(15),学院 c(15),辅导员 c(15),班长 c(15))

（6）专业代码表：zydm(编号 c(15)普通索引,名称 c(20))

（7）所开课程表：kc(课程编号 c(15)普通索引,课程名 c(20),教材 c(15),任课教师 c(15),课程类型 c(4),学分 n(3),考试类型 c(2))

（8）任课教师及辅导员库：js(编号 c(15)普通索引,名字 c(8),系 c(15),性别 n(1),联系电话 c(15),类别 c(6))

（9）系学院名称代码：xb(编号 c(15)普通索引,系名 c(15),联系人 c(8),系主任 c(15),办公地点 c(20),电话 c(20),联系地址 c(20))

（10）学生奖惩情况表：jcqk(学号 c(15)普通索引,奖惩 c(2),原因 c(20),时间 d,证明人 c(10),证书编号 c(30),备注 m)

（11）班级获奖情况表：bjhj(班号 c(15)普通索引,奖惩 c(2),原因 c(20),时间 d,证明人 c(10),证书编号 c(30),备注 m)

（12）学生学期评语表：py(学号 c(15)普通索引,综合名次 c(2),评语 c(50),时间 d,证明人 c(15),备注 m)

（13）学生所选课程表：xk(学号 c(15),课程编号 c(15),时间 d,成绩 n(8.2),证明人 c(15),备注 m)

（14）学生补考情况表：bk(学号 c(15),课程编号 c(15),补考成绩 n(8.1),时间 d,批卷人 c(15),备注 m)

（15）学生请假情况表：qj(学号 c(15),开始时间 d,结束时间 d,原因 c(20),证明人 c(15),备注 m)

（16）学生所借物品表：jw(学号 c(15),物品名称 c(20),单位 c(20),经手人 c(15),借出时间 d,是否归还 c(6))

（17）学生历史库表：students1 结构同 students,其他各个表和学生情况直接相关的均有历史库,相应表名＝原表名＋1,比如 bk1,qj1,jw1,xk1,py1 等,学生毕业后相关信息转为历史库,以备需要时查询。

建立库结构的时候,本系统比较小,只有不到 50 个表,可以建立两个库来容纳这些表,其中历史库存放所有历史表 zqd1.dbc,其他表放在另一个库 zqd.dbc 中。

11.3.3　应用程序设计

1. 总体设计

根据系统的功能划分系统的结构和模块,在一般的设计过程中,经常采用的方法是自顶向下,逐步细分的方法,描述系统的总体结构可用层次图来描述(Hierarchy Chart,HC 图),这种图把一个系统从上到下分为几个层次,我们可以根据系统的要求画出如图 11.14 所示的大致的总体结构图。

一般的数据库应用程序由数据库、用户界面、查询选项和报表等组成。在设计应用程序时,应仔细考虑每个组件将提供的功能以及与其他组件之间的关系。一个经过良好组织的

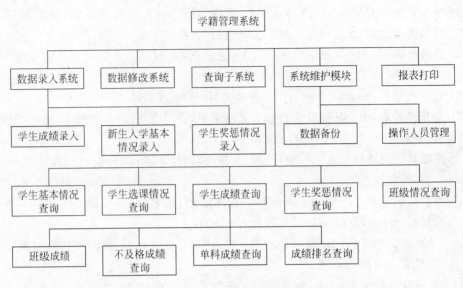

图 11.14　学籍管理系统模块图

Visual FoxPro 6.0 应用程序一般需要为用户提供菜单；提供一个或多个表单，供数据输入并显示。同时还需要添加某些事件响应代码，提供特定的功能，保证数据的完整性和安全性。此外，还需要提供查询和报表，允许用户从数据库中选取信息，我们这个程序也不例外，下面我们来看一下各个部分的设计过程。

2. 初始用户界面设计

从系统的总体结构图中可以比较容易地列出程序所需要的菜单和菜单的层次结构，程序的初始界面一般要求至少提供两种调用程序模块的方法，即菜单和工具条，如果有兴趣还可以提供图形按钮来进入系统的各个功能模块。

程序下拉菜单可参照总体结构图，逐层建立，同时把常用功能建立在工具条上。

3. 模块设计与编码

本小节对学籍管理系统的主要模块的编写和设计过程作简要的说明和介绍，在开始模块设计之前，我们先来看一下 Visual FoxPro 6.0 中的具体操作过程，因为本系统涉及的文件比较多，我们可以用 Visual FoxPro 6.0 中的项目文件，对整个程序进行管理，Visual FoxPro 6.0 中把一个工程中所涉及的各种表单、报表、程序等文件都存放到同一个目录下，统一管理。首先我们进入 Visual FoxPro 6.0 界面，然后从"文件"菜单中选择"新建"命令，文件类型选择项目文件，输入文件名 zqdxjgl，目录选择 c:\zqdxjgl，然后单击"确定"按钮，屏幕上显示当前的项目管理窗口，在数据选项中选择数据库，建立两个数据库 zqd. dbc 和 zqd1. dbc，分别根据我们在前一小节给出的表结构建立各个数据库表、索引，同时建立各个表之间的永久关系，再根据需要建立用户模块所需要的用户视图，然后选择代码窗口，在程序项目下选择"新建"，建立本系统的主程序模块 xjglmain. prg，第一个建立的模块也是默认的程序执行的入口模块。

1）主入口文件（xjglmain. prg）

主菜单文件这里定为 xjgl. mpr，程序封面设为 xjglfm. scx。

主文件代码如下：

```
* -- 通用学籍管理系统 v1.0
Clear
IF SET('TALK') = 'ON'                        && 保留当前环境
   SET TALK OFF
   PUBLIC gcOldTalk
   gcOldTalk = 'ON'
ELSE
   PUBLIC gcOldTalk
   gcOldTalk = 'OFF'
ENDIF
lcSys16 = SYS(16)                            && 设置当前路径
lcProgram = SUBSTR(lcSys16,AT(":",lcSys16) - 1)    && 为程序文件所在路径
CD LEFT(lcProgram,RAT("\",lcProgram))
set default to LEFT(lcProgram,RAT("\",lcProgram))
Clear all
do form xjglfm                               && 显示封面
keyb '{ ctrl + f4}'                          && 关闭命令窗口
modify window screen title '学籍管理系统 v2.0'   && 设置主窗口标题
do xjgl.mpr                                  && 显示程序主菜单
read events        && 建立事件循环,直到碰到 clear events 才继续执行下一条语句
Quit
** 为了简化起见,本程序没有错误处理功能,作为一个实用系统没有错误处理功能是不可想象的,
** 在实际的系统中,一定要加上
```

2) 菜单程序(xjgl.mpr)

在工程窗口选择"其他"→"菜单"→"新建"命令,即可建立一个新的菜单,根据提示把我们所需要的菜单项逐条输入,最后生成 xjgl.mpr 文件,在"退出"菜单项使用 clear events 命令退出事件循环,结束程序,其他的菜单项可直接调用相应功能的表单即可:do form 对应功能的表单文件名。

3) 新生入学登记表单(xsrx.scx)

本表单用于新生入学的时候,学生基本项目的录入工作,它可以输入、修改学生的记录,其中学生照片的输入可用数码相机、扫描仪或摄像头进行输入,输入的图像经过简单处理后,粘贴到 Visual FoxPro 6.0 中对应表单的 olecontrol 控件中,设计步骤如下:

(1) 创建表单。

在工程窗口中选择"表单"→"新建"→"新建 xsrx.scx 表单文件",根据录入要求添加文本框和标签作为提示和输入区,再添加几个按钮,用来选择上一个、下一个、添加、编辑等记录操作。

(2) form 的属性设置。

Caption 属性设置为"新生登记",AutoCenter 设置为.T.。

在数据环境中添加 students 表和政治面貌代码表,并将 students 的政治面貌和代码表中的编号字段建立联结,在输入政治面貌的时候通过列表框进行选择,从数据环境中拖动相应字段到 form 设计窗口中,即可自动生成相应的文本框和提示,同时自动设置相应的数据绑定关系。

(3) 创建命令按钮及其程序代码。

① 添加按钮的 Click 事件代码。

```
** 因为添加记录在许多界面中都用到,这里提供的是一个通用的记录添加代码
# DEFINE C_NOUPDATE_LOC  "数据更新错误"        && 定义字符串常量
IF EMPTY(ALIAS())                             && 是否有打开的表,如无则返回
RETURN .F.
ENDIF
IF EOF() OR BOF()
GO TOP
ENDIF
DO CASE
CASE CURSORGETPROP("SourceType") # 3 AND ;    && 操作的不是不可更新的视图
  !CURSORGETPROP("offline") AND ;             && 不是脱机视图
  !CURSORGETPROP("SendUpdates")
      MESSAGEBOX(C_NOUPDATE_LOC)
      RETURN .F.
CASE EMPTY(CURSORGETPROP("database"))         && 操作的表是自由表
      APPEND BLANK                            && 添加一条空记录
CASE CURSORGETPROP("SourceType") # 3          && 操作的是视图
      APPEND BLANK                            && 添加一条空记录
CASE CURSORGETPROP("buffering") # 1 AND !THIS.lPromptKey    && 缓冲区数据
      APPEND BLANK
ENDCASE
THISFORM. Refresh()
```

② 前一条记录。

```
IF !BOF()
        SKIP - 1
    ENDIF
THISFORM. Refresh()
```

③ 下一条记录。

```
IF !EOF()
        SKIP 1
ENDIF
THISFORM. Refresh()
```

④ 第一条记录。

```
go top
```

⑤ 最后一条记录。

```
go bottom
```

⑥ 更新子程序。

定义一个子程序用于更新操作:

```
* 子程序名 updateR
# DEFINE E_FAIL_LOC                     "修改表出错"
# DEFINE E_PRIMARYKEY_LOC               "关键字不唯一"
# DEFINE E_TRIGGERFAIL_LOC              "触发器失败"
# DEFINE E_FIELDNULL_LOC                "不能是空值"
# DEFINE E_FIELDRULE_LOC                "字段规则错误"
```

```foxpro
# DEFINE E_RECORDLOCK_LOC                      "记录被另外的用户使用"
# DEFINE E_ROWRULE_LOC                         "行规则错误"
# DEFINE E_UNIQUEINDEX_LOC                     "索引不唯一"
# DEFINE E_DIRTYREC_LOC                        "数据已经被另外的用户改变,你想覆盖吗?"
# DEFINE E_NOFORCE_LOC                         "表无法更新"
# DEFINE E_PROMPT_LOC                          "错误:"
# DEFINE MSGBOX_YES                            6
LOCAL aErrors, cErrorMessage, aTablesUsed, nTablesUsed, nTotErr
LOCAL nFld, i, nOldArea, lSuccess, lInDBC, lOverwrite, lHadMessage
DIMENSION aTablesUsed[1]
DIMENSION aErrors[1]
m.cErrorMessage = ""
m.lSuccess = .T.
m.nOldArea = SELECT()
m.nTablesUsed = AUSED(aTablesUsed)
FOR i = 1 TO m.nTablesUsed
    SELECT (aTablesUsed[m.i,1])
    m.lInDBC = !EMPTY(CURSORGETPROP("Database"))
    m.cErrorMessage = ""
    m.lOverwrite = .F.
    m.lHadMessage = .F.
    DO CASE
    CASE CURSORGETPROP("Buffering") = 1
        * 如果缓冲区没有打开则越过
        LOOP
    CASE GetFldState(0) = 2                 && 删除记录
        * 只是删除当前的记录
        m.lSuccess = TableUpdate(.F.,.T.)
        IF m.lSuccess                       && 更新成功
            LOOP
        ENDIF
    CASE !m.lInDBC AND (ATC("2",GetFldState(-1))#0 OR;
        ATC("3",GetFldState(-1))#0)
            m.nModRecord = GetNextMod(0)
        DO WHILE m.nModRecord # 0           && 所有记录加锁
            GO m.nModRecord
            m.lSuccess = RLOCK()            && 记录加锁
            IF !m.lSuccess                  && 记录加锁失败
                m.cErrorMessage = E_RECORDLOCK_LOC
                UNLOCK ALL                  && 所有记录解锁
                EXIT
            ENDIF
            IF !m.lHadMessage               && 不重复报错
                * 检查是否记录被另外的用户编辑
                FOR m.nFld = 1 TO FCOUNT()
                    IF TYPE(FIELD(m.nFld)) = "G"      && 跳过一般的错误
                        LOOP
                    ENDIF
                    IF OLDVAL(FIELD(m.nFld)) # CURVAL(FIELD(m.nFld))
                        m.lHadMessage = .T.
                        IF MESSAGEBOX(E_DIRTYREC_LOC,4+48) = MSGBOX_YES
```

```
                            m.lOverwrite = .T.
                  ELSE
                        m.lSuccess = .F.
                        UNLOCK ALL
                        EXIT
                  ENDIF
            ENDIF
        ENDFOR
     ENDIF
     m.nModRecord = GetNextMod(m.nModRecord)
   ENDDO
   IF m.lSuccess                              && 记录可以更新
     m.lSuccess = TableUpdate(.T.,m.lOverwrite)
     IF m.lSuccess                            && 所有的记录可以更新
        LOOP
     ENDIF
     UNLOCK ALL
   ENDIF
CASE m.lInDBC                                 && 操作的表在库中
   BEGIN TRANSACTION                          && 开始一个事务操作
         m.lSuccess = TableUpdate(.T.,.F.)     && 更新成功
   IF m.lSuccess
     END TRANSACTION                          && 结束一个事务
     LOOP
   ENDIF
   ROLLBACK                                   && 更新失败,进行回滚操作
ENDCASE
```

4）其他数据录入表单

与此类似,可参照新生录入的表单界面及程序制作。其他和数据录入有关的表单有学生评语录入表单 pylu. scx,代码库录入表单 dmlu. scx 用于对系名、学院名、专业代码、政治面貌代码表进行录入,班级数据录入表单 bjlu. scx 用于输入班级的数据,课程录入表单 kclu. scx 用于录入所开的课程,班级奖惩情况录入表单 bjjclu. scx 录入班级的奖惩情况,学生奖惩情况录入表单 xsjclu. scx 用于录入学生的奖惩情况,教师资料录入表单 jslu. scx 用于输入教师的基本情况,学生选课录入表单 xklu. scx,成绩录入表单 cjlu. scx 用于录入学生的成绩。建立这些表单的时候应当注意,如果表单涉及多个表可以有几种方法建立多个表之间的关系:

5）查询表单的建立

为了程序简单起见,我们在录入表单中增加一个"查询"按钮,完成记录查询功能,其他的特殊查询可通过建立单独的表单来完成,查询可用 SQL 语句中的 select 语句来完成,可以完成各种复杂条件的查询。

6）打印报表的设计

本系统涉及的报表较多,比如班级成绩表、学生评语表、补考学生统计表、学生基本情况一览表等。建立报表,在工程窗口选择"表单"→"报表"→"新建"可以建立一个新表单,也可以用 modify report 表单名来建立报表。具体操作可参阅前几章的内容,这里不再多说。

编码结束后,进入综合的调试阶段,输入试验数据和各种边界条件反复测试,直到各项

功能满足用户的需要,各种问题得到解决为止。

11.3.4　调试运行

1. 装载数据

系统在运行之前要装载数据,可用数据录入表单,录入所需要的基本数据,比如代码库的代码系统、课程库的所开各类课程等。

2. 设置应用系统程序项目

本系统应用了 Visual FoxPro 6.0 的项目文件,整个系统可以编译成独立的 exe 文件,脱离 Visual FoxPro 6.0 环境,单独执行,在工程窗口选择连编可执行文件,具体操作参见 11.4 节。

11.4　应用程序管理与发布

使用"项目管理器"可以方便地组织和管理一个应用系统中的文件。开发一个比较大的应用系统时,涉及的文件个数和种类都很多,通过手工来管理这些文件是个非常麻烦的过程,为了解决这个问题 Visual FoxPro 6.0 给我们提供了项目管理器这一方便的集成管理工具,对一个系统中的各类文件统一管理,是我们编写程序必不可少的助手。本节具体介绍项目管理器的用法和使用过程中应该注意的事项。

11.4.1　应用程序管理

项目管理器是一个方便的项目管理工具,所谓的项目是文件、数据、文档以及 VFP 对象的集合,项目文件以 .pjx 扩展名保存,在"项目管理器"中,以类似于大纲的形式组织各项,可以展开或折叠它们。在项目中,如果某类型数据项有一个或多个数据项,则在其标志前有一个加号。单击标志前的加号可查看此项的列表,单击减号可折叠展开的列表。项目管理器可以完成数据库、数据库表、菜单、程序、表单、报表、查询、视图、类等的新建、添加、编辑、运行等工作,还可以对应用程序进行连编,把应用程序连编成可执行程序。

1. 建立一个项目

建立一个项目的方法很多,我们可以通过菜单来建立项目,还可以通过命令来建立项目。

利用菜单建立项目文件的方法是:在 Visual FoxPro 6.0 主菜单选择"文件"→"新建"→"项目",按照提示输入文件名之后单击"保存"按钮。

2. 设置项目中的主文件

在一个应用系统中,用许多可执行的文件,比如表单、程序、菜单、报表等都可以直接执行,我们在编写程序的时候,一般要编写一个主程序文件,作为程序启动的第一个程序,其他的模块都通过主程序文件调用得到执行,主程序文件可以是程序文件,也可以是表单文件或菜单文件。那么在一个项目管理器中如何设置主文件呢? Visual FoxPro 6.0 中的项目管理器把第一个加入到项目中的可执行文件作为主文件,也就是程序启动时的第一个文件,在项目管理器窗口中,主文件以粗体字显示,如图 11.15 所示,使用主文件时,应当注意以下几个问题。

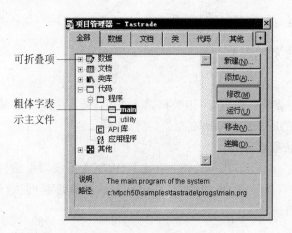

可折叠项——

粗体字表
示主文件

图 11.15　项目管理器

（1）主文件只能有一个，而且必须有一个。

（2）如果要修改主文件，在项目管理器中选择将要设定的主文件，然后在 Visual FoxPro 6.0 主菜单中选择"设定主文件"命令。

（3）设置主文件以后，在程序编译成可执行文件时，项目管理器会自动把主程序中调用的其他各种可执行文件增添到项目管理器中，给我们提供了很大方便。

3. 连编应用程序

一个项目建完以后还要进行连编。连编的过程是将所有在项目中引用的文件（除了那些标记为排除的文件）合成为一个应用程序文件。可以将应用程序文件和数据文件（以及其他排除的项目文件）一起发布给用户，用户可运行该应用程序。连编的方法有两种。

（1）使用命令进行连编，命令格式是：

```
Build project 项目名称↵
Build app app 文件名 from 项目文件名↵    连编成一个 app 应用程序文件
Build exe exe 文件名 from 项目文件名↵    连编成一个 exe 可执行程序文件
```

例如：build project 学籍管理系统

（2）在"项目管理器"中，单击"连编"按钮。在"连编选项"对话框中，选择"连编应用程序"，生成 .app 文件；或者"连编可执行文件"以建立一个 .exe 文件。

下面我们说明连编选项对话框的选项。

① 重新连编项目：该选项对应于 BUILD PROJECT 命令。用于编译项目中的所有文件，并生成.PJX 和.PJT 文件，同时给出编译过程中发现的错误。

② 连编应用程序：该选项对应于 BUILD APP 命令，用于连编项目，连编后，生成以 .APP 为扩展名的应用程序。需要注意的是.APP 文件须在开发环境中运行，例如 DO xjgl .app，不能脱离 Visual FoxPro 6.0 单独运行。

③ 连编可执行文件：该选项对应于 BUILD EXE 命令，生成以.exe 为扩展名的可执行文件。.exe 文件既可在 Visual FoxPro 6.0 环境下运行，也可在 Windows 环境单独运行，是我们平时使用较多的选项。

比如，若要从主文件 xjgl.prg 生成 xjgl.exe 程序，步骤如下：在 xjgl.pjx 项目管理器窗口中单击"连编"按钮,在"连编选项"对话框中选定"连编可执行文件"选项,单击"确定"按钮,在"另存为"对话框的"应用程序名"文本框中输入"xjgl",单击"保存"按钮。

另外几个复选框功能如下:

① 重新编译全部文件:用于重新编译项目中的所有文件,并对每个源文件创建其目标文件。

② 显示错误:用于指定是否显示编译时遇到的错误。

③ 连编后运行:用于指定连编应用程序后是否马上运行它。

④ 版本按钮:当在"连编选项"对话框中选定"连编可执行文件"或"连编 COM DLL"选项时,"版本按钮"即变为可用。单击它将显示"exe 版本"对话框,用于指定版本号以及版本类型。

4. 文件的包含与排除

项目管理器中的文件在连编过程中并不都是连编到一个可执行文件中,如果把经常需要修改内容的文件也连编到一个文件中,则文件无法修改了,所以在项目管理器中提供了一个选项,用户可选择一个文件是否要包含到可执行文件中,这就是文件的包含与排除,在项目管理器中左侧有∅标记的文件属排除类型,无此标记的文件则属包含类型。文件的包含或排除代表该文件的是否连编到可执行文件中,可执行文件中内容是不能修改的。所以选择包含的文件,连编以后就不能修改。对于用户需要经常修改的文件,选择排除,连编时单独存放,我们可以修改它们的内容。

通常将可以执行的文件(例如表单、报表、查询、菜单和程序)设置为"包含",而数据文件则设置为"排除"。

当在项目管理器中选定一个文件后,利用"项目"菜单或快捷菜单的"包含"(或排除)命令就可以改变该文件的类型,即变包含为排除,或变排除为包含。

11.4.2 应用程序的发布

所谓发布应用程序,是指为所开发的应用程序制作一套应用程序安装盘,方便安装到其他计算机上使用。下面介绍.exe 应用程序发布的方法与步骤。

1. 发布准备

1)连编

应用程序开发完成之后,首先进行连编,那么如何考虑连编类型呢? 一般情况下,应用程序文件(.app) 比.exe 文件小 10KB~15KB,但是用户必须拥有 Visual FoxPro 6.0 才能运行。可执行文件(.exe) 应用程序中包含了 Visual FoxPro 6.0 加载程序,因此,用户无须拥有 Visual FoxPro,但提供必须两个支持文件 Vfp6r.dll 和 Vfp6renu.dll,这些文件必须放置在与可执行文件相同的目录中,或者在 MS-DOS 搜索路径中。COM DLL 用于创建可被其他应用程序调用的文件。在此我们只考虑.exe 文件类型。连编成.exe 文件时,对程序语句有一些限制,一些语句不能在.exe 文件中使用。

不可用的命令有:BUILD APP,MODIFY FORM,BUILD EXE,MODIFY MENU,BUILD PROJECT,MODIFY PROCEDURE,COMPILE,MODIFY PROJECT,CREATE FORM,MODIFY QUERY,CREATE MENU,MODIFY SCREEN,CREATE QUERY,MODIFY STRUCTURE,CREATE SCREEN,MODIFY VIEW,CREATE VIEW,SUSPEND,MODIFY CONNECTION,SET STEP,MODIFY DATABASE

被忽略的命令有：SET DEBUG SET DOHISTORY，SET DEVELOPMENT SET ECHO

2）创建发布目录

创建目录，目录名为希望在用户机器上出现的名称。把发布目录分成适合于应用程序的子目录。从应用程序项目中复制文件到该目录中。

可利用此目录模拟运行环境，测试应用程序。如果必要，还可以暂时修改开发环境的一些默认设置，模拟目标用户机器的最小配置情况。当一切工作正常时，就可以使用"安装向导"创建磁盘映射，以便在发布应用程序副本时重建正确的环境。

用来存放用户运行应用程序所需的全部文件。最好在 Visual FoxPro 6.0 目录外另建一个专用目录，并且仅将必需的文件放进去。这些文件包括：

- .exe 可执行程序。
- 连编时未自动增入项目管理器的文件。
- 设置为排除类型的文件。
- 支持库 Vfp6r.dll、特定地区资源文件 Vfp6rchs.dll（中文版）或 Vfp6renu.dll（英文版），这些文件都存放在 Windows 的 SYSTEM 目录中。

例如，若为学籍管理系统建立一个专用目录 d:\xjgl，然后将上述文件复制到该目录中。

$$
d:\backslash xjgl \begin{cases} 学生当前数据 \\ 已毕业学生数据 \\ 表单目录 \\ 报表目录 \\ 临时表目录 \end{cases}
$$

2. 创建发布磁盘

Visual FoxPro 6.0 提供的"安装向导"可用来创建发布磁盘并预制磁盘的安装路径。安装向导要求用户建立发布树，指定在硬盘上建立磁盘映像的目录，以及指定应用程序安装时使用的默认目标目录。

磁盘映像由安装向导生成在硬盘的磁盘映像目录中，它含有二级目录及要发布文件。第一级目录包含若干子目录，Visual FoxPro 6.0 将发布树中所有文件以压缩格式分别存在这些子目录中，每个子目录中的文件可供复制一张发布时使用的软盘。应用程序安装时，这些文件通过解压缩装入用户机器的默认目标目录，或由用户另行指定的目录中。

下面说明安装向导的使用步骤：

选择"工具"菜单的"向导"中的"安装"命令，屏幕即显示安装向导对话框（首次安装时），要求用户指定安装向导自用的目录，此时若单击"创建目录"按钮，安装向导就会自动在 Visual FoxPro 6.0 系统目录中建立一个 DISTRIB 子目录，并且显示安装向导（定位文件）对话框，供引导用户逐步操作。

（1）定位文件对话框。

利用发布树目录文本框的"…"按钮选择发布树目录 d:\xjgl\后，单击"下一步"按钮，出现安装向导（制定组件）对话框。

（2）指定组件对话框。

该步骤要求用户指定必须包含的系统文件，此时可选中"Visual FoxPro 运行时刻组件"和"Microsoft Graph8.0 运行时刻"两个复选框，然后再单击"下一步"按钮。

（3）磁盘映像对话框。

该步骤要求指定磁盘映像目录和安装磁盘类型，此时可利用"…"按钮来选定磁盘映像目录 d:\xjgl\，然后单击"下一步"按钮。

（4）安装选项对话框。

该步骤要求指定安装时显示对话框的标题，以及版权升级等内容。可在"安装对话框标题"文本框中输入"学籍管理系统"，并在"版权信息"文本框中输入"佳木斯大学"后单击"下一步"按钮。注意，若不输入版权信息，"下一步"按钮就以浅灰色显示。

（5）默认对话框。

该步骤要求指定默认的文件安装目录和"开始"菜单中"程序管理器"组名。此时保持"默认目标目录"文本框的"\xjgl"和"程序组"文本框的"Visual FoxPro 应用程序"的显示，并单击"下一步"按钮。

（6）改变文件设置对话框。

该对话框中有一个表格，每行显示一个文件，用户可通过更改某列中的某项来改变对文件的设置。

- "文件"文本框：用于指定在用户机器上创建文件时使用的名称。
- "目标目录"组合框：用于指定将文件安装在用户机器上的应用程序目录、Windows 目录或 Windows 的系统目录中。
- "程序管理器项"复选框：选定后将显示"程序组菜单项"对话框，从中可以指定 3 个程序项属性。
- ActiveX 复选框：用于在用户机器上注册 ActiveX 控件。

在表格设置完毕后，单击"下一步"按钮。

（7）完成对话框。

这一步可直接单击"确定"按钮。单击"确定"按钮后，安装向导将生成磁盘映像，然后显示"安装向导磁盘统计信息"窗口。

3. 磁盘映像复制到软盘

经过上述操作，在 d:\xjgl 目录中产生了磁盘映像子目录，子目录中的全部文件复制到软盘上。

从磁盘映像复制而得的软盘称为母盘，用户可从一套母盘复制出一套套的应用程序发布软盘。

4. 应用程序安装

发布软盘 disk1 中含有应用程序的安装程序 setup.exe，只要在 Windows 中运行该程序就可以按照提示一步一步地进行应用程序的安装。

应用程序安装好后，Windows 的"开始"菜单中出现该应用程序的程序组及程序项，供启动应用程序。为了方便使用，也可以在资源管理器中找出该应用程序后，把它拖到桌面上创建一个应用程序的快捷方式图标。

本 章 小 结

在前两小节中，我们讨论了 Visual FoxPro 6.0 系统开发的一般步骤和一个简单的实例——"学籍管理系统"的具体开发过程。接着又讨论了应用程序的管理和发布。下面我们作一简单归纳和小节。

在一个数据库应用系统中,数据库本身的设计是一项极其重要的工作,也是决定系统成败的重要因素,因为一个好的数据库的数据要应用很长时间,而且数据库一般不会随着应用程序的升级而改变,数据库中的数据会随着时间变得越来越庞大,如果没有好的设计将直接影响系统的效率,比如银行的数据资料、人口数据、地理数据等大型数据库一旦设计成形,数据几十年,甚至几百年不变,而建立在这些数据库之上的应用系统,却会发生变化。我们现在常用的数据库都是关系数据库系统,对于关系数据库的设计需要有扎实的关系数据库设计理论,丰富的系统分析知识和经验,一般情况下大中型系统的数据库结构的设计都是由数据库系统专家、相应业务系统专家、系统分析人员和有丰富经验的软件开发人员共同完成的,一般的程序设计人员是不涉及数据库结构逻辑结构设计的。对于小型的数据库应用系统,由于人员有限,资金有限,加之系统简单,一般从需求分析到编码测试,都是由一个或几个人来完成,对于这样的数据库结构设计,我们只要掌握一般的关系数据库设计原则,严格按照规则要求设计即可,具体步骤和规则可参考关系数据库原理与设计方面的书籍。使用 Visual FoxPro 6.0 设计数据库的时候,注意几个问题:

(1) 利用 Visual FoxPro 6.0 提供的数据库来建立表,方便统一管理,不要使用以前的自由表,数据库表有一些功能是自由表没有的,比如最常用的事务处理和回滚功能,只有数据库表才支持。

(2) 设计数据库表结构的时候,不要过多考虑每个模块所需要的结构,而是从系统效率出发,最大可能地设计规范化和高效率的逻辑结构,具体的输入和输出所用的逻辑结构,我们可用大量定义视图来实现,以实现全局结构和用户局部结构的分离,用户程序的改变不会影响全局的逻辑结构,只需要简单改变视图即可,这样有利于程序的升级和维护。

(3) 经常需要更新的数据和不太需要更新的数据,不要放在同一个表中而要分开存放,比如学籍管理程序,当新生入学的时候,需要改变学生的资料库,可是资料表中有老生的数据,如果每一个新生登记都直接录入到主库中,必定要影响整个库的使用和安全,我们可以把新生的数据先录入到另外一个表中,等所有新生登记完毕,然后一起合并到主库中。

大型的程序的设计工作比较复杂,有很多工程管理方法和规范,在这里我们不做更多的介绍,Visual FoxPro 6.0 的程序设计语言,部分支持面向对象的程序设计,也支持面向过程的程序设计,我们编写程序的时候可以综合考虑两种方法。进行程序设计的时候应当注意以下几个问题:

- 程序界面设计的时候,很多按钮是通用的,比如记录添加按钮、查找等,我们可以把它定义成一个类,可以方便在程序需要的任何地方使用,假设需要一个按钮,在单击该按钮时释放表单。可以在 Visual FoxPro 6.0 命令按钮类的基础上创建一个子类,将它的标题属性设置为"返回",并在 Click 事件中包括下面的命令:THISFORM. Release,我们可以将这个新按钮添加到应用程序的任何表单中,我们也可以把程序界面所用的编辑框、命令按钮等,定义成自己的类,这样可以保持整个程序界面具有相同的风格。

- 在程序设计的时候,注意向导的使用,很多时候使用向导,可大大简化我们的界面设计工作。还要注意的另一个界面设计问题就是,界面是给用户操作用的,一定要简洁明快,不要搞一些花里胡哨的东西,界面的设计一定要以用户的喜好,而不是自己的喜好为主,对于一些使用频率特别高的界面,可以召集一些人机界面专家、美工设计人员、心理学家等一起设计界面方案。

- 程序设计的时候,一定要考虑程序的可维护性和可重用性,不然花费很多心血设计的程序和模块,在其他的应用系统中可能没有丝毫的可用之处,或者系统需要升级换代的时候,原来程序能用的很少,这里多用面向对象的设计方法,用户子程序最好定义在类中,这样做的可重用性很好,最好不要让相同或相类似的代码在同一程序中多次出现。
- 在使用 Visual FoxPro 6.0 的查询功能的时候,在实现同样功能的情况下,尽可能多地使用 SQL 语句,可大大减少代码长度,提高系统效率。

习　　题

1. 填空题

1.1　使用应用程序向导创建的项目,除项目外还生成一个_____。

1.2　在应用程序的"常规"选项卡中,选择程序类型时选中顶层,将生成一个_____。

1.3　应用程序中执行 do form 语句后应执行_____语句,进行事件处理。

1.4　退出应用程序事件循环应当执行的语句是_____。

1.5　VFP 6.0 生成的程序主要有_____、_____、_____等类型。

1.6　VFP 6.0 通过_____、_____和其他数据库连接,建立 C/S 方式程序。

1.7　开发一个应用系统一般经过_____、_____、_____、_____、_____、等几个步骤。

2. 选择题

2.1　连编应用程序不能生成的是_____。

A).app 文件　　　　B).exe 文件　　　　C) com dll 文件　　　D).prg 文件

2.2　应用程序入口点应具有_____功能。

A) 初始化环境

B) 初始化环境,显示用户界面

C) 初始化环境,显示用户界面,控制时间循环

D) 初始化环境,显示用户界面,控制事件循环,退出时恢复环境

2.3　如果应用程序中包含用户修改的文件,必须将该文件标记为_____。

A) 只读　　　　　B) 排除　　　　　C) 读写　　　　　D) 包含

2.4　退出程序的命令是_____。

A) quit　　　　　B) exit　　　　　C) clear events　　　D) return

2.5　如果没有 read events 语句,编译后的程序将_____。

A) 直接退出　　　B) 正常运行　　　C) 出错　　　　　D) 都不对

参 考 文 献

[1] 史济民,汤观全. Visual FoxPro 及其应用系统开发. 北京:清华大学出版社,2000.

[2] 教育部考试中心. Visual FoxPro 数据库程序设计. 北京:高等教育出版社,2007.

[3] 刘卫国. Visual FoxPro 程序设计教程. 北京:北京邮电大学出版社,2005.

[4] 王珊,陈红. 数据库系统原理教程. 北京:清华大学出版社,1998.

[5] 万建平,宋阳,张勇,张艳珍. Visual FoxPro 6.0 参考详解. 北京:清华大学出版社,1999.

[6] 郭吉平,李华,陈玉林. Visual FoxPro 程序设计教程. 哈尔滨:哈尔滨工程大学出版社,2003.

读者意见反馈

亲爱的读者：

感谢您一直以来对清华版计算机教材的支持和爱护。为了今后为您提供更优秀的教材，请您抽出宝贵的时间来填写下面的意见反馈表，以便我们更好地对本教材做进一步改进。同时如果您在使用本教材的过程中遇到了什么问题，或者有什么好的建议，也请您来信告诉我们。

地址：北京市海淀区双清路学研大厦 A 座 602 室　　计算机与信息分社营销室　收

邮编：100084　　　　　　　　　　电子邮件：jsjjc@tup. tsinghua. edu. cn

电话：010-62770175-4608/4409　　　邮购电话：010-62786544

教材名称：Visual FoxPro 程序设计

ISBN 978-7-302-20981-2

个人资料

姓名：＿＿＿＿＿＿　年龄：＿＿＿＿＿所在院校/专业：＿＿＿＿＿＿＿＿＿

文化程度：＿＿＿＿　通信地址：＿＿＿＿＿＿＿＿＿＿＿＿＿＿＿＿＿＿＿

联系电话：＿＿＿＿　电子信箱：＿＿＿＿＿＿＿＿＿＿＿＿＿＿＿＿＿＿＿

您使用本书是作为： □指定教材 □选用教材 □辅导教材 □自学教材

您对本书封面设计的满意度：

□很满意 □满意 □一般 □不满意　改进建议＿＿＿＿＿＿＿＿＿＿＿＿＿＿＿

您对本书印刷质量的满意度：

□很满意 □满意 □一般 □不满意　改进建议＿＿＿＿＿＿＿＿＿＿＿＿＿＿＿

您对本书的总体满意度：

从语言质量角度看　□很满意 □满意 □一般 □不满意

从科技含量角度看　□很满意 □满意 □一般 □不满意

本书最令您满意的是：

□指导明确 □内容充实 □讲解详尽 □实例丰富

您认为本书在哪些地方应进行修改？（可附页）

＿＿＿＿＿＿＿＿＿＿＿＿＿＿＿＿＿＿＿＿＿＿＿＿＿＿＿＿＿＿＿＿＿＿＿＿＿

您希望本书在哪些方面进行改进？（可附页）

＿＿＿＿＿＿＿＿＿＿＿＿＿＿＿＿＿＿＿＿＿＿＿＿＿＿＿＿＿＿＿＿＿＿＿＿＿

＿＿＿＿＿＿＿＿＿＿＿＿＿＿＿＿＿＿＿＿＿＿＿＿＿＿＿＿＿＿＿＿＿＿＿＿＿

电子教案支持

敬爱的教师：

为了配合本课程的教学需要，本教材配有配套的电子教案（素材），有需求的教师可以与我们联系，我们将向使用本教材进行教学的教师免费赠送电子教案（素材），希望有助于教学活动的开展。相关信息请拨打电话 010-62776969 或发送电子邮件至 jsjjc@tup. tsinghua. edu. cn 咨询，也可以到清华大学出版社主页（http://www. tup. com. cn 或 http://www. tup. tsinghua. edu. cn)上查询。

21 世纪普通高校计算机公共课程规划教材
系列书目

ISBN	书　名	作　者	定价
9787302173113	3D 动画与视频制作	王明美 等	38.00
9787302173267	C 程序设计基础	李瑞 等	25.00
9787302176855	C 程序设计实例教程	梁立 等	25.00
9787302168133	C 语言程序设计教程	张建勋 等	29.00
9787302132684	Visual Basic 程序设计基础	李书琴 等	26.00
9787302176725	Visual Basic 程序设计学习指导教程	盛明兰	25.00
9787302175025	Visual Basic 程序设计教程	许薇 等	26.00
9787302189725	Visual FoxPro 程序设计基础	梁玉国	29.00
9787302173663	Visual FoxPro 课程设计(第二版)	张跃平	29.00
9787302138389	Visual FoxPro 数据库应用	康萍 等	29.00
9787302191094	毕业设计(论文)指导手册(信息技术卷)	温艳冬 等	20.00
9787302134626	程序设计基础(C语言版)	赵妮 等	25.00
9787302177012	大学计算机基础	马利	24.00
9787302132325	大学计算机基础(含实验)	王长友 等	29.00
9787302185413	大学计算机基础教程(Windows Vista · Office 2007)	王文生 等	29.00
9787302150565	多媒体技术应用基础	王中生 等	25.00
9787302168195	多媒体技术应用教程	郭丽丽 等	29.00
9787302174585	汇编语言程序设计	宋人杰 等	21.00
9787302175384	计算机常用工具软件教程	王中生 等	32.00
9787302154150	计算机基础	彭澎 等	29.00
9787302133025	计算机网络技术及应用	王中生 等	27.00
9787302174677	计算机网络与多媒体技术	胡虚怀 等	29.00
9787302174677	计算机网络与多媒体技术	李焕 等	29.00
9787302156857	计算机应用基础	刘义常 等	24.00
9787302185055	计算机组装与维护技术实训教程	李恬 等	27.00
9787302152200	计算机组装与维护教程	王中生 等	25.00
9787302183310	数据库原理与应用习题·实验·实训	鲁艳霞 等	18.00
9787302171805	图形图像技术与应用	王明美 等	22.00
9787302150572	网页设计与制作	付永平 等	26.00
9787302185635	网页设计与制作实例教程	袁磊 等	28.00
9787302158783	微机原理与接口技术	牟琦 等	33.00
9787302153160	信息处理技术基础教程	马崇华 等	33.00